AF238549

CMZ. Wir machen die guten Bücher. Seit 1979.

Foto: Udo Giesen

*Alexa Thiesmeyer*, Jahrgang 1949, Jura-Studium in Bonn, seitdem freie Journalistin und Schriftstellerin. Verfasserin von zahlreichen Theatertexten (Komödien, Sketche und Satiren), Kriminalromanen und Kurzkrimis. Mitglied der »Mörderischen Schwestern« und im »Syndikat«. *Venusberg* ist der vierte Fall des Ermittler-Duos Pilar Álvarez-Scholz und Freddy Stieger.

Alexa Thiesmeyer

# *Venusberg*

Rheinland-Krimi

**Bibliografische Information der Deutschen Nationalbibliothek**

Die Deutsche Nationalbibliothek verzeichnet diese Publikation
in der Deutschen Nationalbibliografie; detaillierte bibliografische Daten
sind im Internet über http://dnb.d-nb.de abrufbar.

© 2017 by CMZ-Verlag
An der Glasfachschule 48, 53359 Rheinbach
Tel. 02226-9126-26, Fax 02226-9126-27, info@cmz.de

Satz
(Aldine 401 BT 11 auf 14,5 Punkt)
mit Adobe InDesign CS 5.5:
Winrich C.-W. Clasen, Rheinbach

Papier (Muncken Print Cream 90 g mit 1,5f. Vol.):
Grycksbo Paper AB, Grycksbo/Schweden

Umschlagfoto *(Venusberg mit Universiätskliniken)*:
Volker Lannert, Bonn

Umschlaggestaltung:
Lina C. Schwerin, Hamburg

Gesamtherstellung:
Livonia Print Ltd., Riga/Lettland

ISBN 978-3-87062-252-7

20170514

www.cmz.de

www.alexa-thiesmeyer.de

Auge um Auge – und die ganze Welt wird blind sein

*Mahatma Gandhi*

# Anfang November

## Halbinsel Snæfellsnes, Island

Der Winter war nah. Ein heftiger Wind fuhr um das Häuschen am Hang, rüttelte an der Holztür, peitschte die Zweige des Birkenbuschs gegen die Fensterscheibe, unterbrach sein Tosen und legte aufs Neue los.

Drinnen lag Gerda unter dem Federbett. Ihr Körper war schweißnass, ihr Nachthemd klebte auf der Haut. Sie wusste nicht, was mit ihr los war und warum es nicht besser wurde; sie war nahe daran, an Geister zu glauben, die gekommen waren, um sie zu strafen.

Das nächste Wohnhaus war weit entfernt, hinter den Hügeln, dem Lavafeld und dem Fluss. Gerda besaß kein Telefon, keinen Computer und kein Auto. Kartoffeln, Möhren, Kaffee und Trockenfisch brachte ihr Helgi per Jeep oder Pferd, und mehrmals im Jahr kam ihr Sohn mit Leinwand und Farben, die er in Reykjavík kaufte. Viel mehr brauchte sie nicht. An klaren Tagen sah sie von der Tür aus die weiße Kappe des Gletscherbergs. Sie wusste um seine Mystik und die uralten Geschichten. Das war Reichtum genug.

Mit dieser Landschaft und dem endlosen Himmel allein zu sein, war ihr Wunsch gewesen. Hier fragte niemand: Was hast du gemacht, warum bist du hergekommen? Sie war einfach da, in dieser Hütte mit dem Grassodendach, die ein alter Kauz vor langer Zeit verlassen hatte, *Gerda, die Deutsche, die Bilder malt.* Deutsche war man hier gewohnt und Menschen, die merkwürdig waren, sowieso. Hier erinnerte nichts an die Stadt, die sie verlassen hatte, und jene fatale Zeit.

Das ist ein neues Leben, hatte sie sich eingeredet. Die Fehler der Vergangenheit wogen federleicht und schienen mit dem Wind davon zu fliegen.

Was für eine Illusion. Alles, was sie falsch gemacht hatte, lag wieder zentnerschwer auf ihrer Bettdecke. Sie hätte wissen müssen, dass ein Fehler zehn andere gebar. Fehler waren wie Ratten.

Sie hatte mehrfach erbrochen. So etwas kannte sie nicht, zumindest war Ähnliches geraume Zeit her. Es war noch in Deutschland gewesen, in der zugigen Dachwohnung, wo bald jede Mark aufgebraucht war, da die Krankheit verhindert hatte, dass sie wie gewohnt ihre Artikel gegen lausiges Honorar auf der Schreibmaschine tippte, nachts, wenn andere Frauen an der Seite ihres Gatten schlummerten. Ja, sie hatte auch mal einen. Kurz vor der Geburt des Sohnes war er aus dem Haus geeilt, *tschüs, bis nachher,* und wenig später stand die Polizei vor der Tür. Er war nicht zur Post gegangen, wie sie dachte, sondern zum Alten Zoll, dem Rest der barocken Stadtbefestigung, und hatte sich fünfzehn Meter in die Tiefe gestürzt.

Ach, und das Geld … *Versagerin!*, hatte die Tochter gebrüllt, die mit Sprösslingen höherer Beamten zur Schule ging, *hätte ich nur eine andre Mutter!* Da überkam es Gerda – sie schlug mit dem Besen zu. Das Mädchen raste die Treppe hinunter. *Ich hau ab für immer!,* hallte ihre Stimme durch den Hausflur, in dem das Licht erlosch. *Endlich eine vernünftige Idee!,* schrie Gerda ihr nach. Sie hörte die Tür ins Schloss knallen, während sie, gestützt auf den Besen, einfach nur dastand. Bis sie sich einen Ruck gab und zur Polizeiwache lief, obwohl es ihr zuwider war. *Teenager, da könnte ich Ihnen was erzählen,* meinte der Staatsdiener in Uniform, *die kommt zurück.* Was natürlich nicht stimmte.

Gestern, unzählige Jahre später, war das Gesicht der Tochter plötzlich an der Fensterscheibe aufgetaucht. Gerda fuhr der Schreck in die Glieder. Wie ein Unwetter brachen die Erinnerungen über sie herein, Wortfetzen dröhnten in ihren Ohren, die letzte Szene jagte als Sturmwolke vorbei. Was bedeutete der Besuch, den sie sich nie gewünscht hatte? In ihrer Verwirrung blickte Gerda auf die schmale weiße Hand, die ihrer eigenen ähnlich war und sich hob, um den Wollschal unterm Kinn zu lockern. Ein Gefühl, das ihr fremd war, stieg in ihr auf, als wüchse es aus dem Boden dieser unergründlichen Gegend tief in ihr Innerstes hinein. Den Tränen nahe öffnete sie die Tür ganz weit.

Die Tochter sah gut aus mit ihrem vom Wind zerzausten Haar. Sie war im Morgengrauen mit dem Bus von Reykjavík gekommen und den Rest zu Fuß gegangen. In ihrem Rucksack, der nicht mal Kleidung zum Wechseln enthielt, hatte sie etwas mitgebracht, französischen Rotwein, Brot und selbstgemachte Wurst.

Was für eine sonderbare Überraschung! Die Wurst schmeckte wie früher, als Gerda sie zubereitete, weil es billiger kam als Aufschnitt vom Metzger. Sie langte kräftig zu, aber die Tochter saß ihr gegenüber wie eine Magersüchtige, nahm nur Brot und Wein und erklärte, sie lebe jetzt vegan. Ihr Gesicht glich einer kühlen, glatten Wand, an der man weder Tür noch Fenster fand. Es war zu viel schief gelaufen damals. Nichts war rückgängig zu machen. Alles war unrettbar vorbei. Das Gespräch war wie ein Stochern in kalter Asche.

»Seit wann malst du?«, war das einzige, was die Tochter fragte, nachdem ihr Blick die Wände entlang gewandert war.

»Bald dreißig Jahre.«

Die Augen der Tochter trafen auf die ihren.

»Deine Liebe galt der RAF.«

Das kam unerwartet.

»Die Terroristen haben dein Geld, deine Zeit und deine Kraft bekommen. Alles, was dich ausmachte.« Die Worte glichen Salven scharfer Geschosse, die anscheinend seit langem im Kopf der Tochter bereitgelegen hatten, um an diesem Tag herausgeschleudert zu werden. »Deine Kinder hättest du am liebsten verschachert.«

»Ach wo, nein«, erwiderte Gerda schnell.

*RAF. Rote Armee Fraktion.* Gerda hatte die Bezeichnung lange nicht gehört. In Island noch nie. Woher wusste die Tochter davon? Die war damals ein Kind gewesen, und Kinder verstanden nichts von Politik.

Warum kam sie jetzt damit?

9

»Dem verdammten Mist von Revolution und bewaffnetem Kampf habt ihr alles geopfert – eure Familien zuerst.«

Es war unendlich lang her und Gerda so fremd geworden. Sie konnte es nicht ändern, und erst recht nicht darüber reden, ihre Kehle zog sich zu. So wartete sie auf den nächsten Schlag, und er kam.

»Du hast mein Leben vergiftet.«

Später war Gerda völlig verstummt. Was schlich jetzt in ihren Körper herum und lähmte ihn? Ihre Hausmittel, die sonst immer halfen, hatten versagt. Nun lag sie steif auf dem Rücken und konnte den Kopf nicht heben.

Wie ein dickes graues Kissen zog von Westen eine Wolkenfront heran. Gerda sah sie mit schweren Lidern verschwommen durch das Fenster neben dem Bett. Ihr Mund war trocken, das Schlucken unmöglich, ihr Brustkorb seltsam starr. Die Arme lagen neben ihrem Körper, als gehörten sie nicht zu ihr.

Sie versuchte, die Panik zurückzudrängen. Was sie brauchte, war die richtige Medizin. Die würde sie bald bekommen. Endlich war ihre Tochter unterwegs zum Arzt. Wenn sie sich nur nicht so viel Zeit gelassen hätte! Erst war ihr der Wind zu scharf, dann hatte sie nach irgendwas gesucht, angeblich Wollsocken und Mütze. Schließlich draußen, war sie noch einmal hereingekommen, um ihren Rucksack zu holen, hatte umständlich eine Flasche mit Tee gefüllt, in aller Ruhe zugeschraubt und eingepackt. Nun war sie seit Stunden fort, der neue Tag längst angebrochen. Später würde sie vielleicht behaupten, sie habe kein bewohntes Haus gefunden, um zu telefonieren, ein Handy besaß sie angeblich nicht. Falls sie überhaupt zurückkehrte …

Gerda erschrak – was gärte da in ihrem Kopf? Auf ihre Weise hatte sie ihr Kind doch geliebt, auch wenn es im Weg war, als sie der Frau folgen wollte, deren Worte bei ihr gezündet hatten: Ulrike Meinhof. Gegen das System, ja! Gegen den Imperialismus, den Kapitalismus, die Ausbeutung, die Unterdrückung, die ganze Verlogenheit! Für eine gerechte Gesellschaft! Aber mit dem Kind

10

ging alles über ihre Kräfte, zumal sie noch ein zweites bekam. Aus ihrem Examen wurde nichts, und zu den Treffen in Hamburg, Stuttgart oder Frankfurt erschien sie selten und immer zu spät. Statt über Klassenkampf zu diskutieren, schlief sie ein, statt den Bundeskanzler im Umfeld seines Hauses aufs Korn zu nehmen, saß sie bei den kranken Blagen, wo der Keuchhusten kein Ende nahm.

Ja, sie hätte sie *verschachert,* wenn sich die Möglichkeit geboten hätte. So aber beschränkte sich ihr Beitrag zur Revolution auf Kleinkram und das Gewähren von Unterschlupf. Vor dem Attentat auf den Generalbundesanwalt nahm sie ein Paar auf, das mit dem Motorrad auf dem Weg nach Karlsruhe war, und vor der Entführung des Arbeitgeberpräsidenten ließ sie zwei Leute bei sich nächtigen, die tags darauf nach Köln fuhren, um die Aktion einzuleiten. Die gefangenen RAF-Kämpfer motivierten sie, und als sie tot waren, wollte sie nicht nachlassen. Bis zum 10. Oktober 1986. Sie erfuhr es aus den Spätnachrichten: Zwei Vermummte hatten den Diplomaten Gerold von Braunmühl vor seinem Haus in Bonn erschossen. Das war zu nah. Sie vermied den Blick zum Sofa, wo die zwei gepennt hatten, und vor ihren Augen teilten sich die Nebel. Töten als Mittel revolutionärer Politik? Das war kein Weg zum sozialistischen Traum, es waren sinnlose, miese Verbrechen. Sie zählte ihr Geld und flog nach Island. Das schien fern genug. Dann der Schock, als sie ankam: Schwarze Limousinen in Reykjavík, Sicherheitskräfte, Journalisten, Fotografen. Sie glaubte, man suche sie. Bis sie begriff, dass Reagan und Gorbatschow in diesem Land das Ende des Kalten Kriegs verhandelten und niemand sich für die blasse Sympathisantin deutscher Revolutionäre interessierte.

Hier lag sie nun. Nach so vielen Jahren. Die Wolken färbten sich gelb und verhüllten das Sonnenlicht. Sie konnte die Augen nicht offen halten. Die Luft im Raum – was war mit der Luft? Die war so zäh und passte nicht durch ihre Kehle, die einem Eisenrohr glich.

Plötzlich war es hell und klar in Gerdas Kopf, als hätte jemand ein Licht angeknipst. Schlagartig wusste sie Bescheid. Für einen kurzen Moment vor der ewigen Dunkelheit.

# Mitte April

## Venusberg, Bonn, Deutschland

Der Wald war finster. Keine Sterne, kein Mond. Aus dem Rheintal klang das Vorbeirauschen eines Zuges herauf. Kleine Tiere raschelten im Laub neben dem Weg. Von weiter her kam der Ruf eines Käuzchens.

Die Lichtkegel wiesen die Richtung. Ingas Haare flatterten, sie trug keinen Helm auf der Tour durch den Kottenforst und über den Venusberg, dem Plateau mit den Universitätskliniken, ein paar Wohnstraßen und diesem Wald, wo zwischen den Bäumen schwärzliches Wasser schimmerte.

*O schaurig ist's, übers Moor zu gehen* … So ein Gedicht aus der Schulzeit bleibt im Kopf, bis du Oma bist. Schauriger Venusberg, haha! Das war wirklich zum Lachen. Und von wegen *gehen*, sie fuhren, aber wie! Sie traten in die Pedalen wie die Teufel.

Das Tempo war zu hoch – ein ebenso lästiger wie flüchtiger Gedanke. Inga fühlte sich unsagbar jung. Ein tolles Gefühl, wenn dein vierzigster Geburtstag ein paar Jahre zurückliegt.

Berauscht von der Flasche Rotwein, die sie in der Schutzhütte geleert hatten, sangen sie laut, was ihnen in den Sinn kam, zuletzt eine verrückte Mischung aus *Yesterday* und *I love you, yeah, yeah, yeah*. Die Beatles hatte Inga immer gemocht. Im Takt fuhr sie in Schlangenlinien auf die Wegkreuzung zu.

Sie schrie auf. Die Räder hatten sich berührt. Sie schlingerte. Meinte, sich noch halten zu können. Da kam ein Stoß von der Seite. Hey! Ihr Fahrrad kippte. Sie stürzte. Prallte mit dem Schädel gegen eine Kante.

Schmerz flammte auf. Jemand war über ihr. Hände nahmen ihren Kopf. Hoben ihn hoch. Höher. Stießen ihn hinab auf den Stein.

Der Moment furchtbarer Erkenntnis.

Der Wille, es jemandem zu sagen, sofort.

Das Wissen, dass es zu spät war. Für alles.

Über ihr rauschte der Wind in den Baumkronen. Ihr Fahrrad lag neben ihr, das andere entfernte sich. Sie hörte das Knirschen unter den Reifen. Dann nichts mehr.

Stunden später erhoben sich erste Vogelstimmen, und stetiger Regen ging nieder. Doch die Nässe, die tropfenden Äste und feuchtkalten Morgennebel konnten einen jungen Studenten nicht von seinem Lauftraining abhalten. Auf dem aufgeweichten Waldboden erblickte er das Fahrrad und die Frau mit dem nassen Haar.

Er beugte sich zu ihr hinunter. Seine Hand zuckte zurück. Ihr Körper war kalt und starr.

# Anfang Mai

## Venusberghang, Bonn, Deutschland

Das war schon eine merkwürdige Prozedur. Wie die beiden Männer die Trage die Stufen hinunterschleppten. Sie hielten das Ding ganz schräg und diagonal zu den Stufen, anders ging es wohl nicht. Man musste bei jedem Schritt befürchten, dass die Tote, die zugedeckt darauf lag, herunterrutschte und in den Steingarten plumpste. Die Treppe, an deren Fuß der schwarze Leichenwagen stand, war steil, wie es hier, am Hang des Venusbergs, nicht ungewöhnlich war.

In einem solchen Haus sollte man nicht sterben, dachte die alte Frau mit dem straffen Haarknoten, die mancher von den Älteren als *Mariesche* kannte. Sie stand in einer geblümten Kittelschürze, wie sie kaum noch jemand trug, im Vorgarten ihrer Enkelin.

Überhaupt, sagte sie sich, ist die Sache doch höchst mysteriös. Niemand hatte gewusst, dass Ute Hackmeyer krank gewesen war. Und krank musste man wohl sein, wenn man mit 48 Jahren so mir nichts, dir nichts, verstarb. Wenn nur irgendwas von der Erkrankung bekannt gewesen wäre, hätte Mariesche ihre Hilfe angeboten, Tee und Hühnerbrühe gekocht, die Wäsche gemacht, jedenfalls solange der Ehemann verreist war. Aber bestimmt hatte auch der nichts davon gewusst, sonst wäre er nicht weggefahren. Und anscheinend handelte es sich nicht um eine gewöhnliche Krankheit. Wäre sonst der Polizeiwagen in der Straße aufgetaucht? Der hatte lange am Bürgersteig gestanden. Die Beamten waren im Haus gewesen und gerade erst weggefahren.

Der Herr von gegenüber, seit kurzem Rentner, ehemals Apotheker, hatte die Prozedur ebenfalls beobachtet und trat ans Gartentor. Er bedeutete dem Mariesche, näher zu kommen.

Der Leichnam werde in die Rechtsmedizin gebracht, sagte er, eine Obduktion sei angeordnet, wegen unklarer Todesursache.

15

O je ... Stimmte das? Die stummen, ernsten Träger konnte man schlecht fragen, schon gar nicht über den Zaun hinweg.

»Ute Hackmeyer war Staatsanwältin«, raunte der Nachbar. »Zuständig für Kapitalverbrechen. Ob nicht einer der Mörder, die sie vors Schwurgericht gebracht hat ...« Statt den Satz zu vollenden, warf er ihr einen bedeutungsschweren Blick zu.

Mariesche schüttelte den Kopf, so dass ihr Haardutt wackelte. »So einfach wird das nicht sein.«

»Sie war so nett«, meinte der Apotheker.

Wer weiß, ob sie das wirklich immer war, dachte die Frau mit dem Dutt, behielt den Gedanken aber für sich.

# EINS

## Mitte Mai

Soll ich oder soll ich nicht?« Pilar starrte gedankenverloren auf die Kolonne der Erdbeerkörbchen auf dem Tisch des Verkaufsstands.

Freddy hatte kaum zugehört und wusste nicht, ob ihre Worte an ihn gerichtet waren oder ob es sich um ein Selbstgespräch handelte. Er hatte mit einer Kundin telefoniert und gerade erst aufgelegt.

»Was red ich für ein Blech.« Pilar sah ihn nicht an, ihre dunklen Augen waren noch immer auf den Tisch gerichtet, der zwischen ihnen stand. »Es geht ja nicht.«

»Moment ...«, brummelte er, während er die soeben erhaltene Bestellung notierte: sechs Dinkelhörnchen, vier Haferbrötchen, fünf Stück Möhrenkuchen. Hoffentlich war ihm nichts durcheinander geraten. Wenn es nun fünf Dinkel, sechs Hafer und vier Möhrenkuchen waren? Egal, die Kundin hatte angekündigt, in einer Stunde vorbeizukommen, und noch war von allem genug da.

Hier, am luftigen Stand von Neles Biobauernhof auf dem Venusberg am Rand einer Grünanlage, arbeitete Freddy, um sich finanziell über Wasser zu halten, eine Verlegenheitslösung, aber keine schlechte. Nur wenige Menschen wussten, dass er auch Privatdetektiv war, was ebenfalls eine Verlegenheitslösung darstellte, nachdem er zweimal durchs juristische Staatsexamen gerasselt war.

»Nein, es geht ja nicht«, wiederholte Pilar. Das klang kreuzunglücklich und hatte sicher nichts mit dem Kauf von Erdbeeren zu tun.

Freddy hob den Kopf mit dem frisch gestutzten Mecki-Schnitt, der so kurz ausgefallen war, dass er das Gefühl nicht loswurde, überhaupt keine Haare zu haben. Er rückte seine verrutschte

Goldrandbrille zurecht und musterte die zierliche Frau mit den schwarzen Locken, die mit leerem Blick an ihrer Unterlippe nagte. Pilar und er waren gute Freunde, seit sie als Studenten gemeinsam hinter dem Tresen einer Altstadtkneipe gestanden hatten. Vor ein paar Jahren waren sie zusammen in die Ermittlung eines Verbrechens geschlittert, und obwohl sie sich geschworen hatten, sich nie wieder in so was hineinziehen zu lassen, war es zwei weitere Male passiert. Ihm standen die Haare zu Berge, wenn er nur daran dachte. Der letzte Fall hatte Pilar arg zugesetzt. Anscheinend hatte sie sich noch nicht ganz davon erholt. Ihr Gesicht wirkte schmal und spitz, und sie lachte viel seltener als früher.

»Was geht nicht?«

»Ich kann nicht wegfahren.«

»Warum nicht? Die furchtbaren Erlebnisse müssen mal raus aus deinem Kopf.«

Endlich blickte Pilar ihn an. »Meiner Mutter geht es nicht gut. Sie braucht mich.« Sie sah auf ihren kohleschwarzen Hund hinunter, der angeleint neben ihr stand. »Auch Tajo braucht mich. Ebenso mein Kater. Dann ist da noch der Job in der Buchhandlung. Es gibt keine Vertretung für mich. Außerdem zieht Damian um, und Lukas ...«

»Nun mach einen Punkt«, unterbrach Freddy. »Deine Söhne sind erwachsen. Du bist oft genug für andere da, und um deine Mutter kümmerst du dich mehr, als dir gut tut. Fahr weg, wenn dir danach ist, erhol dich!«

Sie schüttelte den Kopf. »Das wäre egoistisch.«

»Unsinn! Leg dich an einen Sandstrand, genieße Sonne, Wärme, Entspannung mit Sangria und Horchata ...«

»Spanien? Die zwei Dutzend Verwandten meines Vaters würden mich wärmstens empfangen und in ihrem Dorf eine mehrtägige Fiesta veranstalten. Aber ich will Kälte, Wind, Einsamkeit und Stille.«

»Dann eben das. Dein Mann und deine Schwester übernehmen deine Mutter, Lukas versorgt den Kater, und der Hund kommt zu

Birgit und mir. Damian bewältigt den Umzug mit Freunden, und ich vertrete dich in der Buchhandlung. Wo ist das Problem?«

Pilar gab ein verblüfftes Lachen von sich. Aber der Blick, den Freddy auffing, war voller Skepsis. Dass er nicht für besondere Tatkraft bekannt war, wusste er. Doch er arbeitete nur halbtags am Biostand und kannte sich in Literatur einigermaßen aus. Ein paar Stunden im Buchladen wären eine hübsche Abwechslung, zumal der Terminkalender seiner Detektei geradezu peinlich leer war.

»Lieb von dir. Vielleicht später mal.« Pilar wandte sich zum Gehen.

War das eine Antwort auf seinen Vorschlag? An ihrem Geburtstag hatte Pilar noch erklärt, nichts mehr aufschieben zu wollen. *Schon wieder ein Jahr älter – ich will noch so viel sehen!* Warum hatte sie jetzt solche Bedenken? Und was hatte sie mit *Kälte, Wind, Einsamkeit und Stille* gemeint?

»Wohin willst du überhaupt?«, fragte er. »Wenn du könntest.«

»Ich würde gern nach …« Sie sah die Straße hinunter, als läge an deren Ende das Land ihrer Träume.

Aus der Richtung, in die sie blickte, näherte sich eine ungefähr gleichaltrige Frau mit strubbeligem braunem Haar und einer flatternden weiten Sommerbluse. Sie wohnte in der Nähe, kaufte oft am Biostand ein und war besonders nett. Freddy fühlte einen Anflug von Enttäuschung, weil ihr herzliches Lächeln offensichtlich nicht ihm, sondern Pilar galt.

»Wohin?«, hakte er schnell nach.

»Island«, erwiderte Pilar, ohne den Blick von der Strubbligen zu wenden. »Hallo, Nina.«

Die Kundin umarmte Pilar. Sie stellte ihren Einkaufskorb auf den Boden und fuhr sich mit der Hand durchs Haar, eine Geste, die ohne weiteres ihre zerzauste Frisur erklärte. Die beiden Frauen fingen an, miteinander zu schwatzen.

Das kann dauern, sagte sich Freddy. Er wandte sich der rückwärtigen Plane des Verkaufsstands zu und zog sein Handy aus der Tasche. Ihm war eine Idee gekommen.

Das rundliche Gesicht der Freundin hatte heute etwas ungeheurer Strahlendes. Pilar hätte nicht für möglich gehalten, dass Ninas Augen derart blitzen konnten. Bei ihren bisherigen Auftritten in der Theatergruppe Katzenbuckel, der sie beide angehörten, hatte es genau daran gefehlt. Weshalb man ihr nur Nebenrollen zugeteilt hatte, damit das Publikum nicht einschlief.

»Pilar, ich freu' mich so, ich freu' mich total! Rate mal, warum!«

Während Freddy im Hintergrund leise telefonierte, erzählte Nina, dass sie bald Besuch von einer Freundin erhalte, die sie im Alter von fünfzehn Jahren zuletzt gesehen habe.

»Dreiunddreißig Jahre lang haben wir nichts voneinander gehört, und gestern rief sie plötzlich an! Da hab ich sie spontan nach Bonn eingeladen. Sie wohnt in Berlin, führt ein ganz anderes Leben als ich und hat sich an mich erinnert, als ihr ein altes Karl-May-Buch in die Hände fiel, in dem mein Name stand. Den hab ich ja nach der Heirat weitergeführt, deshalb hat sie meine Telefonnummer gefunden. Nun will sie zehn Tage bei uns bleiben. Ist das nicht toll?«

Pilar konnte nicht verhindern, dass ihre Stirn sich in Falten legte. »Zehn gemeinsame Tage nach dreiunddreißig Jahren Funkstille?«

Mir wäre das zu riskant, dachte sie, wer weiß, ob man noch zueinander passt. Nach so langer Zeit kann es Gegensätze geben, von denen man früher nichts geahnt hat. Wenn die eine Freundin auf echte Pelze steht und die andere Tierschützerin ist … Wenn die eine das kommunistische Manifest auf dem Nachttisch hat und die andere ein Hakenkreuz überm Bett … *Sie führt ein ganz anderes Leben als ich.* Das konnte allerlei bedeuten.

»Kennst du sie gut genug?«

»Eine gute Freundin aus der Kindheit kennt man fast wie sich selbst.«

»Trotz der vielen Jahre dazwischen? Sie kann sich verändert haben.«

»Skeptikerin!« Ninas Stimme klang gereizt. »Immer bist du so pessimistisch.«

Das scheinen jetzt meine hervorstechenden Eigenschaften zu sein, dachte Pilar betroffen.

»Verdirb mir nicht die Freude, Pilar. Soll ich die Einladung etwa bereuen? Oder gar zurücknehmen?«

»Nein, nein«, murmelte Pilar schuldbewusst.

»Es passt gerade hervorragend. Sie hat frei, und ich hab Urlaub nehmen können.«

Pilar riss sich zusammen und zwang sich zu einem Lächeln. »Wie schön.« Das klang so falsch, dass sie sich schämte.

»Sie ist die erste Schulfreundin, mit der ich wieder Kontakt bekomme. Keine Ahnung, wo die anderen stecken. Verheiratet und den Nachnamen gewechselt, so ist das noch bei vielen Frauen. Wenn die Eltern nicht mehr da sind, findet man sie nicht.«

»Warum will man sie denn finden? Wozu soll das gut sein?«

Die Fragen kamen harscher heraus, als Pilar beabsichtigt hatte. Sie war eine Miesmacherin und konnte sich nicht verstellen. Aber sie sollte wenigstens den Mund halten!

Nina blickte kopfschüttelnd auf sie herab. Sie war einen halben Kopf größer als Pilar, wie die meisten Frauen.

»Mit einer alten Freundin zusammenzukommen, ist wie die Heimkehr in einen zauberischen Garten. Wir hatten dieselben Erlebnisse, ganz ähnliche Gefühle und Gedanken. Das verschafft unvergleichliche Nähe.«

»Auch jetzt noch?«, rutschte Pilar heraus. »Da wäre ich mir nicht so sicher.«

Nina verzog das Gesicht, was nach Verärgerung aussah.

»Alle Welt sucht nach Freunden aus der Jugend, das ist normal.«

»Ich dachte, das kommt erst im Rentenalter.«

»Na, hör mal, jeder erinnert sich doch gern an Vergangenes und hat Spaß daran. Nicht nur alte Leute. Du kommst auch noch auf den Geschmack.« Nina atmete geräuschvoll aus, und als Pilar nichts erwiderte, sagte sie: »Sehen wir uns an meinem Geburtstag?«

»Klar«, antwortete Pilar mit belegter Stimme.

Woher kam dieses Unbehagen? Was ging sie der Besuch der Freundin an? Sollte Nina die Frau doch treffen, mit ihr spazieren gehen, frühstücken, grillen, nächtelang über vergangene Zeiten quatschen und glücklich sein! Wahrscheinlich wusste Pilar einfach nicht, was wahre Freundschaft bedeutete. Die Mädels, mit denen sie selbst zur Schule gegangen war, musste sie nicht unbedingt wiedersehen.

Freddy hatte sein Telefongespräch beendet und trat aus dem Hintergrund an den Warentisch. Nina kaufte ein halbes Dutzend Grünkernfrikadellen und ein Körbchen Erdbeeren, verabschiedete sich und überquerte die Fahrbahn. Pilar sah ihr nach, bis zwei vorbeifahrende Linienbusse ihr Blickfeld durchkreuzten. Sie hoffte, dass Nina die kleine Unstimmigkeit vergessen würde.

»Ich hab zu viel erlebt«, wandte Pilar sich an Freddy, während er die Geldstücke in die Stahlkassette fallen ließ. »Möglich, dass ich mal ganz normal war, aber ich bin es nicht mehr. Ich hab zu oft in den Abgrund geschaut. Wenn ich eine Schnur sehe, denke ich ans Erdrosseln, wenn ich ein Messer sehe, ans Erstechen, und wenn zwei Frauen nach dreiunddreißig Jahren Pause zehn gemeinsame Tage unter einem Dach verbringen wollen, denke ich, es muss schief gehen. Das ist krankhaft, oder? Ein Fall für die Psychiatrie?«

Freddy rückte sich umständlich die Brille mit den kreisrunden Gläsern zurecht.

»Sei ehrlich, Freddy.«

»Du musst dringend wegfahren und abschalten. Dein Chef meint das auch.«

»Mein Chef? Wie kommt der dazu?«

»Ich hab mit ihm gesprochen. Er ist damit einverstanden, dass ich dich in der Buchhandlung vertrete, und besteht darauf, dass du nach Island fährst.«

»Ist nicht wahr.«

»Damit du einen knackigen Vortrag über die isländischen Sagas und ihre Schauplätze halten kannst.«

»Du weißt nicht, wovon du redest«, wehrte Pilar ab. »In den Sagas geht es um blutige Fehden, da kommen Hauspieße, Schwerter und Äxte vor, abgeschlagene Arme, gespaltene Schädel, und am Ende sind alle tot. Glaubst du, das wäre jetzt gut für mich?«

»Es ist ein Auftrag, Pilar. Die isländische Erzählkunst des Mittelalters ist weltberühmt, und wenn jemand sie vermittelt, der das Land besucht hat, ist das besonders interessant.«

Pilar war auf Abwehr eingestellt, dennoch geschah etwas Merkwürdiges mit ihr: Die maigrünen Bäume und Büsche und die roten Geranien an den Häusern jenseits der Wiese verblassten vor ihren Augen, als wären die kräftigen Farben des rheinischen Frühlings eine Täuschung. Dort wogte das weiß schäumende Meer, ragten bizarre Klippen und dunkle Vulkankegel auf, glitzerten silbrigklare Flüsse. Sie konnte die Schreie der Seevögel hören und den scharfen Wind an den Ohren spüren. Die Zeit der isländischen Recken war mehr als tausend Jahre her. Wäre es so schlimm, sich mit ihnen zu befassen?

»Na?« Freddy beobachtete sie lächelnd.

Wie aus einem Traum erwacht, wählte Pilar auf ihrem Handy die Nummer ihres Mannes, der in seinem Büro im Bundesministerium für Ernährung und Landwirtschaft weilte. Ihr war beklommen zumute, weil sie wusste, dass auch Richard gern ausspannen würde, aber erst im September Urlaub nehmen konnte.

»Wir kommen schon klar«, brummelte ihr Mann, als sie ihn fragte, was er davon hielte, wenn sie für neun oder zehn Tage nach Island verschwände.

»Vielleicht kannst du mitfliegen, wenn …«

»Unsinn«, fiel er ihr ins Wort. »Du brauchst auch Erholung von mir.«

»Ach, was«, erwiderte sie, obwohl ihr im selben Moment der katastrophale gestrige Nachmittag einfiel: Ahnungslos hatte sie Dutzende von schwarzen, grauen und dunkelblauen Herrensocken sortiert und ein paar Oberhemden Größe XXL gebügelt, während eine Etage tiefer der Keller voll Abwasser lief. Als sie es

23

bemerkte, schwammen bereits Schuhe, abgelegte Kleidung, Pappkartons und alte Akten in der kniehohen stinkenden Brühe, und Richard machte ihr Vorwürfe, weil sie das Zeug nicht beizeiten entsorgt hatte, was sie zu lautstarker Empörung veranlasste. War es nicht auch sein *Zeug*? Hatte er nicht ebenso wie sie an die Möglichkeit eines Rohrbruchs denken können?

Aber das war vorbei. Das Rohr war erneuert, der Keller ausgepumpt und das nasse Zeug im Garten zum Trocknen ausgelegt. Nun stieg Pilar dankbar in ihren gelben Ford Fiesta, um vom Venusberg heimzufahren. Sie geriet immer mehr in euphorische Stimmung. Der Venusberg hatte ihr Glück gebracht! Venus, der hellste der Planeten, Morgenstern und Abendstern zugleich, benannt nach der römischen Liebesgöttin, ein gutes Vorzeichen! Ach, nein, fiel ihr ein, damit hatte der Berg nicht das Geringste zu tun, das wusste hier jedes Kind. Der Name leitete sich von *Venn* ab, was Hochmoor und Sumpf bedeutete und als gutes Omen völlig ungeeignet war. Na, egal!

Eine halbe Stunde später buchte sie eine Reise zur Insel aus Feuer und Eis am nördlichen Polarkreis. Für einige Tage alles hinter sich lassen, dort würde es gelingen.

Sie ahnte nicht, wie sehr sie sich irrte.

»Seit wir nicht mehr Hauptstadt sind, scheinen die Menschen hier so harmlos«, sagte Margot Mohn und setzte ihr Sherryglas auf dem Beistelltisch aus Rosenholz ab. »Wahrscheinlich sind alle suspekten Typen in Berlin.«

Was für eine Laus war ihr da über die Leber gelaufen? Sicher hatte es mit dem Lokalteil der Tageszeitung zu tun, den sie beim Frühstück studiert hatte: Treffen der Maiköniginnen, Start in die Grill-Saison, Reibekuchen-Testessen im Stadtrat und noch mehr solche Albernheiten, mit bunten Fotos wie in einem Werbeprospekt. Das war doch mal anders gewesen?

Edith Scholz, die Margot gegenüber saß, richtete sich im Sessel auf und spitzte die Lippen. Sie ist anderer Meinung, dachte Margot verstimmt, so ist es ja immer, ob es um die Pflege der Balkon-blumen geht oder um Politik, sie will stets im Recht sein. Und am ärgerlichsten ist es, wenn sie wirklich Recht hat.

»Haben Sie die Bombe am Hauptbahnhof vergessen?« Edith sprach in einem überlegenen Ton, den Margot überhaupt nicht mochte. »Gibt es nicht zahllose Fälle von Straßenraub und bru-talen Schlägereien? Und was die Einbruchsstatistik angeht, liegt Bonn ganz weit vorn.«

»Ich dachte eher an Mörder«, sagte Margot mit einem Anflug von Verachtung, als handele es sich bei der sonstigen Kriminalität um Kleinkram.

»Keine Sorge«, sagte Edith. »Mörder haben wir auch noch, das steht ja hin und wieder in der Zeitung. Wenn ich daran denke, was meine Schwiegertochter Pilar ...«

»Ich meine Mörder aus dem bürgerlichem Umfeld«, schnitt Margot ihr das Wort ab. »Raffinierte Planer, denen man nur mit Intelligenz auf die Spur kommt.«

»Ach, so ist das.« Edith lächelte. »Gelüstet es Sie, Ihrem Bridge-partner nachzuweisen, dass er seine Frau erstochen hat? Möchten Sie herausfinden, dass ein Politiker seinen Konkurrenten vergiftet hat und das Lehrersterben an städtischen Schulen auf ehrgeizige Väter zurückgeht?«

Das klang deutlich nach Spott. Margot beschloss, es zu ignorie-ren. Sie bereute die unüberlegte Bemerkung, mit der das Gespräch begonnen hatte, die hätte sie sich besser verkniffen.

»Ich würde meine letzten Jahre gern in den Dienst der Gerech-tigkeit stellen«, entgegnete sie mit Würde. »Wie Miss Marple. Die ist für mich die Größte.«

Edith ließ ein amüsiertes Lachen hören und leerte ihr Glas. »Das liegt am Alter, liebe Frau Mohn. Wenn man die Achtzig er-reicht hat, langweilen einen Krimis mit jungen Kommissaren, die immer irgendwelche Probleme haben. Eine englische Lady, die bei einer Tasse Tee in guter Gesellschaft einem Mörder auf die Spur kommt, hat bei weitem mehr Stil.«

»Leider wird mir nicht das Gleiche passieren wie der alten Dame in St. Mary Mead.«

»Ihr ist überhaupt nichts passiert«, bemerkte Edith schroff. »Sie ist eine Romanfigur von Agatha Christie, und St. Mary Mead finden Sie auf keiner Landkarte.«

Als wenn sie das nicht wüsste! Margot zupfte verärgert an ihrer schwarzen Kostümjacke, die ein wenig spack saß, und bemühte sich zugleich, liebenswürdig zu lächeln. »Es muss höchst befriedigend sein, einen Täter, der so schlau ist, dass die Mittel der Polizei versagen, seiner verdienten Strafe zuzuführen.«

Edith Scholz zog eine ihrer dünnen, in Form gezupften Augenbrauen hoch. Sie traut es mir nicht zu, dachte Margot, sie kennt mich nur als Strickerin von geringelten Socken für den Kirchenbasar, sie vergisst, dass ich vor meiner Pensionierung vier Jahrzehnte lang Lateinlehrerin war und römische Texte übersetzen kann, von denen sie keine zwei Worte versteht.

»Sie sollten nicht übersehen«, sagte Edith, »dass die Polizei heutzutage über andere Möglichkeiten verfügt als früher.«

»Moderne Kriminaltechniken sind nichts gegen die Lebenserfahrung und Intuition einer alten Dame«, behauptete Margot kühn.

»Im Krimi vielleicht.« Edith lächelte nachsichtig. »Ich für meinen Teil möchte mit einem realen Mord nichts zu tun haben. Da wird man leicht selbst zum Opfer. Sie ahnen ja nicht, was meine Schwiegertochter, unsere fabelhafte Pilar …«

Die Haustürklingel schrillte – die beiden fuhren zusammen. Perfekt!, dachte Margot, genau im rechten Augenblick, sonst hätte ich mir noch die Geschichte von der *fabelhaften* Schwiegertochter anhören müssen.

Margot erhob sich vom seidenen Polster ihres Sessels, was in ihrem Alter seine Zeit brauchte. Die Schelle meldete sich erneut. In diesem Haus in der Weberstraße, einer der ältesten Straßen in der Bonner Südstadt, schepperte immer noch das Ding aus den Vorkriegsjahren des vorigen Jahrhunderts. Auch das Eichenpar-

26

kett knarrte wie eh und je, als Margot zum Türöffner neben dem Gründerzeitspiegel schritt. Sie genoss das Gefühl, dass die meisten Dinge, die sie hier umgaben, seit ihrer Jugend unverändert waren.

Wer zur Haustür hereinkam, über den Terrazzoboden schritt und einen Schwall kühler Frühlingsluft mitbrachte, war Werner, der jüngste Sohn ihres Bruders und, wie Margot sich eingestand, ihr Lieblingsneffe. Er sah gut aus mit seinem schmalen Gesicht und den blauen Augen und war von sanftem Naturell, obwohl ihn das Schicksal arg gebeutelt hatte. Der Arme war, obwohl noch keine Fünfzig, bereits Witwer. Margot seufzte bei dem Gedanken. Die hübsche, grazile Inga, das Nachbarskind von einst, hatte er vor siebenundzwanzig Jahren hier in Margots Wohnzimmer kennen gelernt. Und vor ein paar Wochen durch einen tragischen Unfall auf dem Venusberg verloren.

Seit Ingas Tod kümmerte sich Margot ein wenig mehr um Werner. Heute allerdings sollte es umgekehrt sein: Er hatte versprochen, sie mit dem Auto zum Alten Friedhof zu bringen und später dort abzuholen – nach der Bestattung. Denn wieder war eine Frau gestorben, der noch ein paar Jahrzehnte Leben zugestanden hätten: Ute Hackmeyer, die wie Inga ihre Kindheit in Margots Nachbarschaft verbracht hatte. Wirklich, man verstand es nicht. Wie konnte das Schicksal so ungerecht sein? Margot war Mitte achtzig und hatte einen Weltkrieg überlebt.

»Wollen wir?«, rief Werner durch den Hausflur. »Wir müssen los, wenn du pünktlich auf der Trauerfeier sein willst.«

Richtig, stellte Margot mit Blick auf die antike Standuhr fest. Meistens brauchte man ja länger, als man gedacht hatte, weil man nicht ahnen konnte, in welchem Verkehrsstau man landete und wo sie wieder die Straße aufrissen. Sie stülpte ihren kleinen schwarzen Hut auf die weißen Löckchen, warf einen Kontrollblick zum Spiegel und ergriff ihre Handtasche sowie den Strauß Nelken, der an der Garderobe bereitlag.

Auch Edith Scholz hatte sich erhoben, sie wollte vor dem Haus auf das bestellte Taxi warten, das jeden Moment eintreffen musste. Ihre Bekanntschaft – sie hatte sich im Wartezimmer ihrer Zahnärztin angebahnt – war noch frisch und keineswegs ideal, aber die Auswahl an Damen, die als Gesellschaft in Frage kamen, war nicht mehr groß, zu viele waren gestorben oder allzu krank und gebrechlich. Doch Margot beglückwünschte sich, dass Edith mit dem Reden nicht mehr zum Zuge kam. Nach der *fabelhaften* Schwiegertochter, die sie nicht interessierte, wären bald die *fabelhaften* Enkel dran gewesen, ganz abgesehen von dem Sohn, der als Ministerialrat in einem Bundesministerium natürlich besonders *fabelhaft* war. Auf solche Schilderungen war Margot nicht scharf. Sie hatte weder Söhne noch Enkel, war nur die Tante eines reizenden Neffen. Wie Miss Marple, diese großartige Spürnase.

Sie war erschüttert über den frühen Tod der Frau, die sie als Mädchen gekannt hatte, aber fast im gleichen Maße war Margot beeindruckt von der stattlichen Beerdigung, dem ergreifenden Gottesdienst und der beachtlichen Anzahl trauernder Menschen. Wie Scharen großer schwarzer Vögel bevölkerten sie den Weg von der Kapelle bis zu Utes letzter Ruhestätte, standen in den Querwegen, im Schatten hoher Bäume und neben uralten Grabmälern, die dem Gedenken einen stilvollen, wenn auch teilweise ramponierten Rahmen gaben. Die Inschriften auf den verwitterten Steinen waren nicht alle lesbar, und auf manchem Grab wucherte ungehemmt das Unkraut.

Die Hackmeyers hatten eine Patenschaft für eine der alten Grabstellen, erfuhr Margot von einem hochgewachsenen Herrn mit schlohweißem Haar. Deshalb durfte Ute zwischen den berühmten Toten auf dem Alten Friedhof zur ewigen Ruhe gebettet zu werden, nicht allzu weit von Maria Magdalena van Beethoven, Clara und Robert Schumann, Charlotte von Schiller, Mildred Scheel und bedeutenden Bonner Professoren.

»Beneidenswert«, sagte Margot, die schon das weniger illustre Umfeld vor sich sah, in dem sie selbst einmal zu liegen käme, abgesehen davon, dass Werner, den sie als Erben erkoren hatte, nicht

28

viel Zeit zur Pflege ihres Grabes hätte, weil er schon Ingas versorgen musste.

»Aber so jung, mit 48 Jahren …«, raunte der Mann, der Margot bekannt vorkam, mit dieser Wolke weißen Haars über der hohen Stirn, den langen Gliedmaßen und den großen Händen.

»Woran ist Ute gestorben?«, flüsterte Margot und fürchtete, dass es als unschicklich galt, so etwas fragen, solange die Feierlichkeiten andauerten. Andererseits standen sie weit hinten, und viele andere wechselten ebenfalls leise Worte.

Er neigte den Kopf zu ihr herab. Das weiße Haar fiel über seine Stirn. »Sie wissen es nicht?«

Margot wusste überhaupt nichts über den Trauerfall, sie hatte nur die Anzeige in der Tageszeitung gelesen. Utes Namen dort zu finden, hatte sie furchtbar getroffen. Sie sah sie noch halbwüchsig vor sich, linkisch und verträumt, dennoch ein As in der Schule, ein *Genie*, wie ihre Mitschüler sagten. Und nun tot.

»Das muss man sich mal vorstellen«, platzte eine hagere Frau in Margot Gedanken. »Der Ehemann kommt von einer Dienstreise nach Hause, und die Frau liegt tot im Bett.«

»Oh, nein«, entfuhr es Margot.

Sie registrierte das Nicken des Weißhaarigen.

»Das ist alles, was wir wissen. Er redet nicht drüber«, sagte er.

»Vielleicht ist ihr Anblick zu schrecklich gewesen«, flüsterte die Hagere. »Messer im Bauch oder Kugel im Kopf. Ich meine, als Staatsanwältin, die mit schweren Jungs zu tun hatte …«

Die Stirn des Weißhaarigen runzelte sich. »Oder sie ist still entschlafen. Was in ihrem Alter schockierend genug ist.«

Margot entfuhr ein Seufzer. »Die Frau meines Neffen ist ebenso jung gestorben. Ute und unsere Inga waren als Kinder befreundet. Mit zwei weiteren Mädels haben sie ordentlich Unfug getrieben.«

Der hochgewachsene Mann blickte ihr forschend ins Gesicht. »Die Viererbande? Ich glaube, wir kennen uns. Frau Kollegin.«

*Frau Kollegin!* So hatte sie seit zwanzig Jahren niemand mehr angesprochen. Margot musterte seine Gesichtszüge, die rosige, er-

29

staunlich straffe Haut, die kleinen, hellen Augen, die ein wenig tränten. Ob er die Neunzig schon erreicht hatte?

»Herr Holzschröder? Mathe und Physik?«

Er lächelte. »Frau Mohn? Latein und Englisch?«

Und beide gleichzeitig sagten: »Clara-Schumann-Schule.«

Das geriet zu laut, ein paar Leute drehten sich um.

Die Schlange der Trauergäste hatte sich ein gutes Stück vorwärtsgeschoben, das Grab war nicht mehr weit entfernt. Margot hatte Mühe, sich nicht anmerken zu lassen, wie aufgewühlt sie war. Die Vergangenheit stürmte wie eine Brandungswelle auf sie zu. Das Schulgebäude in der Loestraße hatte sie nie wieder betreten, sah sich aber nun im Geiste mit einer Tasche voller Hefte über Treppen und Flure eilen, im Klassenraum vor der Wandtafel stehen und nach Kreide suchen, auf dem Schulhof während der Pausenaufsicht hin und her gehen. Manchen ihrer früheren Kollegen war sie zwischendurch begegnet, doch Holzschröder hatte sie zuletzt bei seiner Pensionierung gesehen. Konnte sie trotzdem *Karl* zu ihm sagen? Früher hatten sie sich geduzt und oft ein Tässchen Kaffee zusammen getrunken, waren sogar Gegenstand des Schülerklatsches gewesen: *Der Holzschröder und die Mohn.* Und wer weiß, wenn er nicht verheiratet und Vater von vier Kindern gewesen wäre … Welch unpassender Moment für solche Gedanken! Margot war an der Reihe, ans Grab zu treten. Sie ließ ihre Nelken auf den Sargdeckel in der Tiefe fallen, bedachte Ute mit einem Seufzer, der von Herzen kam, und drückte dem Witwer, einem schmalen, dunkelhaarigen Mann, die Hand, ebenso der hoch gewachsenen Tochter und den gebeugten, faltigen Eltern, die sie kaum wiedererkannte.

»Ich bin sehr traurig«, sagte Margot.

Ja, das war sie wirklich. Ute war das ruhigste Mädel der Viererbande gewesen. Sie wohnte in der Weberstraße schräg gegenüber, bis sie mit den Eltern auf die andere Rheinseite zog. Rechts neben Margot lebte Inga, links die pummelige Nina. Und der Name des vierten Mädchens? Wie hieß es nur, das rothaarige Ding aus dem

30

Dachgeschoss, zwei Stockwerke über Nina? Ein Schlüsselkind. Vater tot, Mutter überfordert, keine Großeltern, keine Tante, niemand, der mit aufpasste. *Wenn die mal nicht unter die Räder kommt,* hieß es damals. Sie kletterte aufs Dach, goss Wasser auf die Köpfe der Passanten, saß rittlings auf der geschlossenen Bahnschranke und entführte Hunde, Kleinkinder und Aktentaschen, um sie gegen Finderlohn zurückzubringen. Wenn dieses Luder infolge irgendeiner Untat jung gestorben wäre, hätte es niemanden gewundert. Aber Ute ...

Blödes Vorurteil, schalt sich Margot und richtete ihr schuldbewusstes Lächeln an einen steinernen Engel, auf dessen Flügeln grünes Moos wuchs. Sonderbar – sekundenlang war ihr, als höbe der Engel den grauen Kopf, um etwas zu sagen. Sie erschrak. Sich so was einzubilden, war ein schlechtes Zeichen, wenn man so alt war wie sie.

Holzschröder, der sich mit anderen Trauergästen unterhalten hatte, trat wieder neben sie und verabschiedete sich. »Wir sollten uns mal treffen.«

Es war genau das, was sie sich erhofft hatte.

»Sehr gerne«, sagte sie überschwänglich.

Sie wollte etwas hinzufügen, etwas Verbindliches, einen Terminvorschlag, aber er wandte sich bereits ab und schritt auf seinen langen Beinen davon. Margot schluckte ihre Enttäuschung herunter. Sie hielt nach Werner Ausschau und sah ihn auf sich zukommen. Anscheinend hatte er die geplanten Besorgungen erledigt.

»Wir können geh ...«

Sie vergaß, den Satz zu vollenden, weil ihr Blick an einer Frau hängen blieb, die nicht Schwarz, sondern leuchtendes Lila trug. Das war sie, die Vierte im Kleeblatt, die dünne Rothaarige! Ihr Kostüm hatte nicht nur die falsche Farbe, sondern auch die falsche Länge, es war viel zu kurz. Und wie sie den Witwer anschaute! Dieser Augenaufschlag ...

»Warte, Werner«, sagte Margot hastig, »ich muss mir das Grabmal drüben anschauen, das ist von dem berühmten Steinmetz ...«

Sie musste die Lüge nicht zu Ende bringen. Werner hatte offenbar nicht vor, ihr zu folgen, als sie einen Bogen schlug, um näher an Hackmeyer und die Frau in Lila heranzukommen.

»Ich fahre zurück nach Berlin«, vernahm sie gleich darauf deren Stimme, die ihr unangemessen schrill vorkam. »Wir sollten in Verbindung bleiben. Ich habe ein paar alte Fotos, die ich Ihnen zeigen möchte.«

»Verzeihen Sie, ich bin ziemlich fertig.«

»Sie glauben mir doch, dass ich keine Ahnung …«

»Natürlich«, fiel er ihr ins Wort.

»Sonst wäre ich bei ihr geblieben.«

»Das sagten Sie bereits.«

Nun trat ein älterer Herr an den Witwer heran, und die Frau mit dem rostroten Haar war gezwungen, beiseite zu treten.

In diesem Moment fiel Margot der Name ein: Dörte. Anscheinend war sie nicht unter die Räder gekommen, jedenfalls sah sie nicht danach aus. Ob sie einen Beruf hatte? Sie hatte die Schule vorzeitig verlassen und war mit einem Kerl durchgebrannt, hieß es damals. Margot sah zu Werner hinüber. Wurde er ungeduldig? Sie beeilte sich, zu ihm zurückzukommen.

»Kennst du diese Frau, mein Lieber?«

»Nein«, antwortete er.

Sonderbar, dass er bei etwa hundert herumstehenden Frauen nicht fragte, welche sie meinte. Er blickte ja nicht mal richtig hin, sondern sah irgendwo zwischen den Bäumen und Monumenten hindurch. Nein, wirklich, Werner war verändert, seit das mit Inga passiert war.

»Die mit der krausen roten Mähne, das ist Dörte«, erläuterte Margot. »Inga und sie waren Freundinnen. Anscheinend lebt sie in Berlin. Ich überlege, ob ich sie ansprechen soll. Aber …«

»Ich warte solange.«

»Na, vielleicht später mal.«

»Wenn sie in Berlin wohnt, wird sich später kaum eine Gelegenheit ergeben.«

»Möchtest du sie nicht kennenlernen, Werner?«

»Nein.«

»Ach, gehen wir lieber.«

Margot hakte sich am Arm ihres Neffen ein. Ein unangenehmes Gefühl war in ihr aufgestiegen. Sie erinnerte sich unklar an etwas, das mit Dörte zusammenhing.

Während sie neben Werner auf den westlichen Ausgang des Alten Friedhofs zuging, fiel ihr ein, was es gewesen war: ein Ausspruch von Ninas Vater, ihrem Nachbarn, aber so viele Jahre her, dass sie nicht sicher sein konnte, ob er das tatsächlich behauptet hatte – von einem mageren Schlüsselkind, einer unbedeutenden kleinen Zicke. Margot sah den stattlichen Herrn Pützen mit seiner birnenförmigen Nase noch vor sich, wie er vor dem Haus stand und mit seinem langen Zeigefinger zornig auf das schmiedeeiserne Zaungitter deutete, das frisch gestrichen war. In die noch feuchte graue Farbe hatte jemand Regenwürmer und Nacktschnecken gepappt und die fettesten auf die pfeilartigen Spitzen gespießt.

Ja, entschied Margot, das hat Ninas Vater gesagt, so einen Satz vergisst man nicht: *Das Gör ist fähig, eine Katastrophe auszulösen.*

## Posteingang

Betreff: Hier hält mich nichts mehr
Von: Dörte Flauscher
Datum: 3.6.

*Allerliebster wuscheliger Ansgarschatz,*

*ich hab mich entschlossen: Ich komme! Tusch und Fanfare, bitte. Tatatata! Morgen schon. Ich kehre Berlin den Rücken. Endgültig. Das Loch von Wohnung ist samt Schimmelpilz vermietet, das Auto gepackt. Die paar Sachen, das ging schnell. So gegen Mitternacht gurke ich hier los, dann sind die Straßen schön frei. Müsste also in den frühen Morgenstunden bei dir eintrudeln. Wenn du Frühstück da hast, umso besser.*

*Hoffentlich schafft die alte Karre die Strecke noch mal. Wenn der Tacho über Hundert steigt, ächzt und klappert alles, dass einem ganz anders wird. Hauptsache, es fliegen keine wichtigen Teile ab. Auf der Autobahn ist das kein Spaß. Wäre auch gemein, wenn es so weit käme. Für was Neues fehlt mir die Knete, und Pech im Leben hatte ich wirklich genug. Aber damit ist bald Schluss. Mit dem Pech, meine ich. Jetzt wird ausgemistet und aufgeräumt. Bin schon länger dabei und muss schauen, was geht. Wenn ich fertig bin, starte ich durch, und alles wird anders. Dann fahr ich im Mercedes bei dir vor und lad dich zu Trüffel und Champagner in mein Haus ein.*

*Ich werfe dir eine Kusshand zu,*
  *Dörte*

# ZWEI

## Anfang Juni

Sie kommt!«, jubelte Ansgar. »Sie kommt!« Er stieß den Laptop auf der zerknüllten Decke beiseite und sprang vom Bett, hüpfte und tanzte quer durch den Raum bis zum Kühlschrank und wieder zurück.

Verdammt, ging das schon wieder los? Ludger knallte die Zeitung, in die er sich vertieft hatte, auf den Tisch. Solche Freudentänze seines Bruders waren ihm bestens vertraut. Unnötig zu fragen, wer da vorhatte zu kommen. Es begann wie beim letzen Mal. Und würde genauso enden. Mit einem Zusammenbruch. Der Gedanke schmerzte, war kaum zu ertragen.

»Morgen ist sie da!« Ansgar beugte sich zum Bett hinunter und küsste den Bildschirm, wie man früher das Papier eines Liebesbriefs geküsst hätte. »Alles wird gut!«

»Nichts wird gut«, knurrte Ludger.

»Du bist gemein.«

»Hast du ihren letzten Besuch vergessen? Der ist noch nicht lange her.«

»Diesmal wird es anders.«

»Bild dir nichts ein. Erinnere dich an die letzten Male, erinnere dich bitte genau!«

»Lies ihre wunderbare Email, und du zweifelst nicht mehr.«

»Zeig her.«

Ludger stand auf und sah auf den Bildschirm des Laptops, den Ansgar in seine Richtung drehte. *Allerliebster wuscheliger Ansgarschatz* … So ein Unfug! Sie schmierte ihm Honig um den Bart, trieb ein mieses Spiel mit dem armen Kerl. Ludger überflog die ganze Email. *In den frühen Morgenstunden* wollte sie in Bonn sein. *Jetzt wird ausgemistet und aufgeräumt.* Wie war das gemeint? Seltsame Person, völlig verkorkst.

35

»Sie kommt in weniger als zwölf Stunden, Ludger! Und diesmal bleibt sie bei mir. Für immer.«

»Ach, was. Die hat was ganz anderes vor.«

»Du hast keine Ahnung.«

»Begreifst du nicht? Sie macht sich nichts aus dir. Nichts!«

»Wie bös das klingt.«

»Ich bin dein Bruder und beobachte dich schon lange. Ohne diese Dörte wäre dein Leben nicht den Bach runtergegangen. Seit zwölf Jahren hoffst du vergeblich und bist zu nichts anderem in der Lage.«

»*Vergeblich*? Von wegen! Sie hat gemerkt, dass ich der Beste für sie bin.«

»Davon steht hier kein Wort.«

»Es steht quasi zwischen den Zeilen. Sie ist einsam.«

»Mag sein, dass sie das ist. Sie will aber keinen psychisch angeschlagenen Arbeitslosen in einer schäbigen Kellerwohnung, der nichts auf die Reihe kriegt. Das hat sie selbst gesagt.«

»Das gilt nicht mehr. Sie braucht mich, ich spüre das. Nur die Liebe zählt.«

»Deine Liebe ist Dörte scheißegal. Die braucht dich für ihre Tiere und ihre Topfpflanzen. Sie wird dich um deine letzten Euros erleichtern und nach fünf Minuten aus der Tür sein, um irgendwohin zu fahren, wo sie was Besseres am Köcheln hat. Während du mit den Tränen kämpfst. Das hatten wir schon ein paar Mal. Sag einfach nein.«

»Ich soll diese Chance verpassen? Das kann nicht dein Ernst sein!«

»Befrei dich von ihr – *das* ist deine Chance. Die hast du seit zwölf Jahren verpasst.«

»Was redest du da? Schon der Gedanke an sie ist ein einziges Glück.« Ansgar presste die Lippen auf einander, wandte sich ab und füllte den Wasserkocher.

Jedes weitere Wort in dieser Sache war im Augenblick zwecklos. Ludger beschloss, über Nacht zu bleiben. Er wohnte in Köln,

36

arbeitete aber in Bonn und hatte schon manche Nacht in Ansgars Wohnküche auf dem Sofa verbracht, wenn es abends spät geworden war. Er nahm sein Handy und schrieb eine Nachricht an Tanja, seine Lebensgefährtin. Sie würde es verstehen. Ansgar war ja nicht irgendwer, er war der kleine Bruder, den er sich als Kind gewünscht und nach seinem neunten Geburtstag endlich bekommen hatte. Und dessen Probleme er viel zu spät erkannt hatte.

Ludger schloss die Nachricht mit dem Satz: *Ich muss mit eigenen Augen sehen, ob es dieses Mal anders läuft mit Dörte.*

Am nächsten Morgen erwachte Ludger gegen halb sechs. Durch das Brummen des Staubsaugers drang plärrende Radiomusik. Ein deutscher Song aus weiblicher Kehle, abgelöst von der Stimme eines munteren Sprechers. Beides mutete in Ansgars Kellerwohnung völlig fremd an, ebenso wie der zitronenartige Duft, der Ludgers Nase durch den Nebel aufgewirbelten Staubs erreichte. Für gewöhnlich roch es hier nach modriger Gruft.

Das alte Sofa gab ein Quietschen von sich, als Ludger sich aufrichtete. Nicht möglich, dachte er, rieb sich die Augen und setzte seine Brille auf. Der ganze eingestaubte Krempel, der gestern noch die Anrichte, die Kommode, den Kühlschrank und die Arbeitsplatte bedeckt hatte, war verschwunden. Das Geschirr, das sonst mit eingetrockneten Essensresten überall herumstand, lag feucht glänzend auf der Ablage am Spülbecken. Keine Frage: Ansgar, der sogar ein sauberes, wenn auch knittriges Hemd trug, gab sich mehr Mühe als jemals zuvor.

Der Sauger verstummte röchelnd. Ansgar bugsierte ihn unter sein Bett, das in einer dunklen Nische stand und dessen braune Überdecke ungewohnt glatt gezogen war. Sodann ergriff er einen schmuddeligen Lappen und wischte über die fleckige Resopalplatte des quadratischen Tischs in der Mitte des Raums. Er nahm drei tropfnasse Teller und ebenso viele Tassen von der Ablage und platzierte sie sorgfältig auf den Tisch.

»Hast du kein Handtuch?«, fragte Ludger.

»Kein sauberes.«

Ansgar entnahm der Schublade der Anrichte ein langes Messer und stieg die Kellertreppe zur Straße hinauf. Ludger suchte den kleinen Toilettenraum auf, um sich am Kaltwasserkran des winzigen Beckens zu waschen. Als er in die Wohnküche zurückkehrte, stand sein Bruder vor der Spüle und füllte ein Glas, in dem sich am Vortag Gurken befunden hatten, mit Wasser. Er stellte ein paar rote und weiße Rosen hinein, die vermutlich aus den Vorgärten der Nachbarschaft stammten.

Wenig später füllte der Duft von Bohnenkaffee und frischen Brötchen den Raum. Im Wasserkocher brodelte es.

»Wozu das Wasser?«, fragte Ludger.

»Manchmal trinkt sie lieber Tee. Und ich weiß nicht, ob die Brötchen richtig sind.«

»Das letzte Mal hat sie nichts gegessen und getrunken.«

»Hoffentlich hab ich noch Müsli.« Ansgar wühlte hastig im Küchenschrank herum. »Sie kann jeden Moment kommen.«

Der Morgen verstrich, ohne dass sie kam. Die Kaffeekanne war leer, das Teewasser mehrfach aufgekocht und wieder erkaltet. Jeder von ihnen hatte schweigend zwei Brötchen gegessen, während die in Eile gekaufte Müslitüte unberührt auf dem Tisch stand. Ludger schrieb eine Nachricht an Tanja auf dem Handy: *Dauert noch was. Bis später.*

»Musst du nicht gehen?«, fragte Ansgar. »Arbeiten?«

»Heute nicht. Wir haben Samstag.«

Der späte Vormittag ging vorüber, ebenso der frühe Nachmittag. Ludger besorgte Kuchen und kochte frischen Kaffee. Ansgar wählte viele Male vergeblich Dörtes Handynummer. Jede Viertelstunde lief er zur Straße hoch.

Mit hängenden Schultern kam er zum vielleicht vierzigsten Mal in den Keller zurück. Er ließ die Tür angelehnt, um nicht eine Sekunde von der Ankunft ihres Wagens zu verpassen. Als hätte ihn dieser letzte Gang endgültig zermürbt, sank er mit bleichem

Gesicht auf das verschlissene Sofa. »Ihr ist was zugestoßen, Ludger. Die alte Karre hat sie im Stich gelassen.«

»Dann kommt sie mit einem Leihwagen, und du darfst ihn bezahlen.«

»Sie liegt an der Autobahn. Blutüberströmt und tot.«

»Das wäre mir recht«, sagte Ludger. »Dann kannst du endlich mit ihr abschließen.«

Ansgar starrte ihn an, Entsetzen in den Augen. »Du hast kein Gefühl«, stieß er hervor. »Du bist kalt wie ein Eisblock.«

»Im Gegenteil. Ich brenne für den Wunsch, dich zu retten. Diese Frau macht dich kaputt, und sie weiß es. Das ist Mord auf Raten.«

»Du bist ekelhaft. Hör auf.«

»Sie ist wie schleichendes Gift, das dich schmerzhaft von innen aushöhlt. Seit Jahren hängst du zwischen Kummer und Hoffnung und kriegst nichts gebacken. Das trifft mich ins Herz.«

»Du siehst das völlig falsch.«

»Sei mal still.«

Ludger meinte, etwas gehört zu haben. Und richtig – auf der Kellertreppe ertönten feste Tritte. Die Tür traf ein Stoß, sie flog auf und prallte gegen die Anrichte. Eine blassblaue Plastikwanne, über deren Rand Blätter, Ranken, Stängel und Blüten wippten, schwebte in die Wohnküche, dahinter ein schmales, bleiches Gesicht, das eine rostrote Haarpracht wie ein Strahlenkranz umgab. Unterhalb der Wanne staksten dünne Beine unter einem kurzen Sommerrock herein.

Dörte. Unversehrt.

Sie stellte ihre Last auf den Boden und zischte einen Fluch, der vielleicht der Schlepperei oder dem Straßenverkehr galt, aber ebenso auf die brüchigen Stufen der Treppe gemünzt sein konnte.

Ansgar sprang auf.

Sie grüßte mit einem knappen »Hallo« und sah sich um. »Habt ihr was zu trinken?« Ihr Blick traf die Kanne. »Aber bloß keinen Kaffee oder Tee.«

39

Ludger griff nach der Wasserflasche und füllte ein Glas, das er ihr reichte. Ansgar stand unbeweglich da und sah Dörte an. Sein breites bärtiges Gesicht hatte sich verändert, es war rosig angehaucht und zeigte einen verzückten, zärtlichen Ausdruck.

Dörte schien das nicht wahrzunehmen oder ignorierte es bewusst. Sie leerte das Glas in einem Zug und richtete ihre goldbraunen Augen auf die Wanne, die zwei bis drei Dutzend Töpfe aus Ton und Plastik enthielt. Ihre mageren weißen Hände entnahmen ihr eine Pflanze nach der anderen. Mit beachtlicher Schnelligkeit lud sie alle aus, bis der Boden zwischen Anrichte und Tisch vollständig bedeckt war mit Azaleen, Alpenveilchen, Hibiskus, Orangenbäumchen, russischem Wein und anderen, deren Namen Ludger nicht kannte. »Die wären alle vertrocknet«, sagte sie.

Sekunden später rannte sie die Treppe hinauf zur Straße, wo irgendwo ihr Auto stehen musste. Kurz darauf kam sie zurück, unter dem linken Arm einen fetten Zwergdackel, in der rechten Hand einen Käfig, in dem ein gelber und ein blauer Wellensittich dicht an dicht auf einer Stange hockten. Den Hund trug sie zum Sofa, den Käfig zur Arbeitsplatte vor dem Fenster.

Sie verschwand ein zweites Mal, und kehrte mit einer Kiste Futterpackungen zurück. Sie schob die Kuchenteller beiseite, dass es nur so klirrte, stellte die Kiste auf den Tisch, warf zwei Blister Tabletten dazu und gab Anweisungen zur Behandlung und Versorgung der Tiere und Pflanzen, insbesondere des herzkranken Hundes. Ansgar erhielt einen flüchtigen Kuss auf die Nase, und als er die Lippen öffnete, um etwas zu sagen, vermutlich etwas ganz Liebes und Einzigartiges, wirbelte sie bereits hinaus auf die Treppe. Ansgars Gesicht versteinerte.

Ludgers Herz zog sich zusammen. »Wie beim letzten Mal«, sagte er.

Im selben Moment tauchte ihr Gesicht wieder in der Tür auf. »Habt ihr mal schnell hundert Euro? Ich muss tanken.«

Ansgar zerrte hastig einen Zwanzig-Euro-Schein aus seiner Hosentasche und gab ihn ihr.

40

»Mehr hast du nicht? Damit komm ich nicht weit.«

»Ich ...« Ansgar sah sich suchend um. »Irgendwo müsste noch ein Zehner herumliegen. Ludger, kannst du vielleicht ...?«

Dem flehenden Gesichtsausdruck seines Bruders vermochte Ludger nichts entgegensetzen. Ohne nachzudenken, zog er sein Portemonnaie heraus und reichte Dörte zwei Fünfziger. Sie riss die Scheine an sich und verschwand.

»Sie bedankt sich nicht und zahlt es nicht zurück«, sagte Ludger. »Genau wie beim letzten Mal.«

Ansgar blieb unbeweglich an der Tür stehen, die sie offen gelassen hatte. Durch den Verkehrslärm, der von der Kreuzung und der stark befahrenen Reuterstraße herrührte, drang das Zuschlagen einer Wagentür. Dann das Anlassen eines Motors.

Die Zündung wirkte auf Ansgar wie ein Startschuss. Er stürmte die Kellertreppe hoch. Ludger folgte ihm und sah ihn nach einem grauen, von Rost gesprenkelten Fahrrad greifen, das am Zaun des Vorgartens lehnte.

»Lass es sein«, sagte Ludger.

»Ich muss wissen, wo sie hinfährt«, stieß Ansgar hervor. »Was sie macht.«

Er schwang sich auf den Sattel und fuhr los.

Auch das wie beim letzten Mal, dachte Ludger. Sein Bruder konnte nicht anders. Er war dieser Frau schon so oft gefolgt. Nur eine Kleinigkeit schien verändert: Ansgar wirkte entschlossener als sonst. Verbissener. Was ging in ihm vor? Wie lange hielt er das Spiel, bei dem er immer der Verlierer war, noch aus?

Ludger nahm seinen Autoschlüssel aus der Tasche, sprang die Stufen zur Wohnung hinab, zog die Tür zu, rannte die Treppe wieder hoch und lief zu seinem Opel Zafira, den er am Anfang der Nebenstraße geparkt hatte. Er gab Gas und sah Ansgars olivgrünes Hemd für einen Augenblick am Ende der Argelanderstraße, bevor es links in die Lotharstraße eintauchte, die am Fuß des Venusbergs entlang führte. Als Ludger die Kreuzung erreicht hatte, wurde er von einem Lastwagen aufgehalten, hatte den Bruder aber bald wieder im Blick und konnte erkennen, wie er rechts abbog und den Berg hinaufradelte. Ludger folgte und drosselte sein Tempo. In Höhe des Marienhospitals sah er Dörtes graublauen Fiat Panda ein gutes Stück vor Ansgar an der Ampel. Wusste sie, dass Ansgar auf dem Rad hinter ihr herstrampelte? Amüsierte es sie, ärgerte es sie, oder war es ihr gleichgültig? Oder merkte sie nichts, weil der Blick durchs Heckfenster von Gepäck verstellt war?

Vielleicht war es unsinnig, hinter den beiden herzufahren. Das hatte Ludger noch nie getan. Er fühlte sich unwohl dabei. Warum tat er es jetzt? Aus Neugier und weil er die Zeit dazu hatte? Nein, ihn trieb etwas anderes. Es war das mulmige Gefühl, dass die Situation eskalieren und früher oder später was passieren musste. Die menschliche Psyche war ihm unheimlich. Sie konnte ein Lamm oder ein Raubtier sein. Oder eine Schlange mit tödlichem Gift.

Margot Mohn saß in ihrem hellen Leinenkostüm im Bus, auf einer der vorderen Sitzbänke. Sie hatte in der Stadt einen herrlichen Strauß aus Gerbera, Freesien und Rosen gekauft, und nachdem sie in einer spiegelnden Schaufensterscheibe festgestellt hatte, dass sie für ihr Alter noch ganz erfreulich aussah, war sie beschwingt in die Linie 601 gestiegen, die zum Venusberg hinauffuhr.

Mit dem Fahrschein fächelte sie sich ein wenig Luft zu. An dem schönen Wetter gab es nichts aussetzen, nur mit der Wärme hatte sie nicht gerechnet. Wahrscheinlich hätte sie sonst einen anderen Nachmittag gewählt, um Edith Scholz zu besuchen. Aber die Arme würde sich natürlich freuen. Vor einer guten Woche waren sie sich noch zufällig auf dem Marktplatz begegnet und hatten sich gegenseitig zu ihrer guten Gesundheit beglückwünscht, doch gestern hatte Edith mit schwankender Stimme angerufen, sie sei operiert worden und liege in der Universitätsklinik, sie habe sich beim Kuchenbacken die Hüfte gebrochen. *Wie geht das denn?*, war Margot herausgerutscht, und Edith hatte erwidert, sie habe nach der Teigrolle gelangt, die ein Stück weit entfernt auf dem Tisch gelegen habe, sei über den eigenen Fuß gestolpert und auf die Fliesen gestürzt.

Der Bus fuhr schon eine Weile bergauf. Das Marienhospital hatte er bereits passiert, nun begann der Wald. Hohe Laubbäume mit leuchtend grünem Blattwerk reckten sich auf beiden Seiten der Straße in den Himmel. Rechts führte der schmale Nachtigallenweg zu den Sportanlagen der Universität, links stieg der Hang zum Kaiserpark an, der längst kein Park mehr, sondern nur ein Wald mit Spazierwegen war. Der Blick dorthin gab Margot einen Stich. Sie versuchte krampfhaft, sich abzulenken: Dies war der älteste Teil des Bonner Stadtwalds, Ende des 19. Jahrhunderts angelegt mit Hütten, Bänken und einem Fahrweg, der lange Zeit die einzige Zufahrt zum Venusberg war. Und reichte bis hierhin nicht die Wallanlage aus der Jungsteinzeit, von der nichts mehr zu sehen war?

Es half nichts. Denn irgendwo dort hinten stand das Kaiser-Wilhelm-Denkmal, das *Spargeldenkmal*, wie man es seiner langen, schmalen Basaltsäulen wegen nannte. Obwohl Spargel weich, schlimmstenfalls holzig war und Inga nicht das Leben gekostet hätte, als sie in einer Aprilnacht mit dem Fahrrad dagegen stürzte. Basalt war härter als Granit. Der Witwer, Margots Neffe Werner, verlor nie ein Wort über den Unfall. Hatte ihr Kollege Holzschröder nicht von Utes Ehemann Ähnliches behauptet? *Er redet nicht drüber* ... Ach, Holzschröder ... Margot hatte gehofft, er riefe mal an.

Die Straße schlängelte sich in gemäßigten Windungen. Der Bus erreichte die Höhe und fuhr ungewöhnlich langsam. Was war los? Margot richtete sich auf, um besser auf die Fahrbahn blicken zu können. Sie sah sofort, was den Bus behinderte: Ein kleines graublaues Auto mit fleckigem Lack zuckelte vor ihm her.

»Jott em Himmel!«, schimpfte der Busfahrer. »Watt es datt für e Trontütt?« Er schlug mit der flachen Hand aufs Lenkrad. »Berliner natürlisch! En däm Tempo tun die och rejiere!«

Berliner? Margot kramte ihre Brille aus der Handtasche. Tatsächlich, ein großes B auf dem Nummernschild. Sie bemühte sich, einen Blick auf die *Trantüte* im Innern des Wagens zu erhaschen – vergeblich.

Nach einer Weile schwenkte der Bus in den Haager Weg ein, während das graublaue Auto geradeaus fuhr. Margot reckte und verbog sich nach Kräften und wurde belohnt: Durch das offene Seitenfensters des Fahrzeugs sah sie einen weißen Hals, eine magere Schulter und krauses Haar, das brennend rot im Sonnenlicht aufflammte.

Das war Dörte! Anscheinend schlug sie die Richtung zu dem eckigen Turm ein, der sich über alle übrigen Gebäude erhob, ein weithin sichtbares Wahrzeichen und Überbleibsel aus der Zeit, als hier nicht die Universitätsklinik, sondern die Herrmann-Göring-Kaserne stand. Dort hinten befand sich einer der Zugänge zu dem mittlerweile stark ausgebauten Gelände. Ob auch Dörte vorhatte, einen Patienten zu besuchen?

Der Bus bog links in die Sertürnerstraße ein, passierte die Wiese mit dem kleinen Obst- und Gemüsestand auf der einen und die Ladenzeile auf der anderen Seite, erreichte die Sigmund-Freud-Straße und fuhr an der alten Umfassungsmauer entlang. Margot wollte bis zur Hauptpforte fahren, weil Edith gesagt hatte, von dort aus könne man sich nicht so leicht zwischen den Neubauten verirren und den Eingang des Chirurgischen Zentrums kaum verfehlen.

Doch wieder verlangsamte der Bus das Tempo.

»Leeve Jott!«, rief der Fahrer. »Do es et jo widde!«

Margot blickte zur Fahrbahn und erkannte das graublaue Auto. Wieder zog es gemächlich vor dem Bus her. Es sah so aus, als sei sich die Fahrerin nicht im Klaren über den richtigen Weg. Nun leuchtete der rechte Blinker auf. Zu den Kliniken ging es geradeaus, aber der Wagen bog in den Kiefernweg ein.

Da hielt Margot nichts mehr auf dem Sitz, sie schnellte hoch und drückte den Halteknopf, obwohl *Hauptpforte* erst der übernächste Halt war. Der Busfahrer, der gerade erneut Gas gegeben hatte, bremste und fluchte.

»Hätten Se sisch datt net watt fröher övveleje könne, Oma?«

»Entschuldigung«, erwiderte Margot schuldbewusst.

44

Sie stieg so rasch aus, wie ihre betagten Knie es zuließen, und überhörte die deftige rheinische Strafpredigt in ihrem Rücken. Immerhin war sie noch recht beweglich und brauchte weder Stock noch Rollator, das war ein großes Glück. Sie schaffte es sogar, sich ein wenig in Trab zu setzen. Das muss ein grotesker Anblick sein, dachte sie, in meinem Alter mit dem krummen Rücken und den Gesundheitsschuhen. Füße heben, nur nicht stolpern!

Ihre Beine trugen sie erstaunlich flott um die Ecke, jedenfalls schnell genug, um das graublaue Auto in eine Nebenstraße einbiegen zu sehen – oder nein, es hielt an, setzte zurück auf die Mitte der Fahrbahn, gab Gas und fuhr geradeaus weiter.

Margot kam ans Keuchen, sie schwitzte bereits, und der Arm, der den Blumenstrauß hielt, schmerzte. Was sollte das Gerenne überhaupt? Konnte es ihr nicht gleichgültig sein, wohin Dörte unterwegs war? Wollte sie ihr wirklich begegnen? Sie sollte schleunigst umkehren, statt sich von ihrer Neugier immer weiter vorwärts treiben zu lassen. Aber sie lief, als käme Umkehren nicht in Frage, als ginge es um etwas ungeheuer Wichtiges, dessen Bedeutung sich noch herausstellen würde.

In Höhe einer Kirche aus dunklem Backstein hielt das kleine Auto an und blinkte links, während ihm ein Linienbus entgegenkam. Als der vorbei war, schien Dörte es sich anders überlegt zu haben und fuhr geradeaus. Sie sucht eine Adresse, mutmaßte Margot, ich könnte ihr weiterhelfen, sie ist fremd hier. Vorbei an einer Grünanlage hastete sie weiter und sah den graublauen Wagen rechts einbiegen. Sie eilte um die Ecke in die schmale Straße, in der er verschwunden war, konnte ihn aber nicht sehen. Wie ärgerlich!

Dennoch ging sie, wenn auch langsamer, weiter. Flüchtig nahm sie ein paar noble Häuser wahr, die sich hinter Thuja- und Buchenhecken erhoben und von schlichterer Bebauung abgelöst wurden. Nina, fiel ihr ein, hier irgendwo muss Nina wohnen, die ebenfalls zur Viererbande gehört hatte. *Sie haben sich was Eigenes auf dem Venusberg gekauft,* erinnerte sich Margot an Frau Pützens Worte, *sie verdienen ja beide gut.* Ninas Mutter hatte nicht versäumt, auf die illustren früheren Bewohner des Venusbergs hinzuweisen, die Ex-Bundespräsidenten Heinrich Lübke und Walter Scheel sowie Bundeskanzler Willy Brandt. Und nun Nina, ihr Mann und Kinder, die vielleicht schon erwachsen waren. Was wäre wahrscheinlicher, als dass Dörte bei Nina vorbeischaute? Jetzt, wo Inga und Ute tot waren, wollten die übriggebliebenen Freundinnen sicherlich enger zusammenrücken. War es nicht legitim, dass Margot wissen wollte, wo genau das ehemalige Nachbarskind lebte, das sie vom Sandkasten bis zum Abitur hatte heranwachsen sehen? Falls sich jetzt, wo der Berliner Wagen ihren Augen entschwunden war, überhaupt noch die Chance dazu bot.

Margot blickte sich um. Das viele Grün! Diese herrlichen Bäume! Obwohl außen herum viel Verkehr von und zu den Uni-Kliniken herrschte, war es ziemlich ruhig in diesem Viertel, das in den fünfziger Jahren des 20. Jahrhunderts entstanden war, als man Wohnraum für die Beamtenfamilien der jungen Bundesregierung benötigte.

Rechter Hand blickte Margot in einen Stichweg und bemerkte eine zweigeteilte Reihe schmaler Einfamilienhäuser. Sie stutzte. Da war es ja, das graublaue Auto! Es parkte an einem Zaun gegenüber den vorderen Häusern. Dörte befand sich hinter dem Wagen und ließ die Heckklappe zufallen. Neben ihr standen zwei Koffer und eine prall gefüllte Reisetasche. Das sah nach einem längeren Aufenthalt aus.

Im dritten Haus der Reihe öffnete sich die Eingangstür. Ein großer, schlanker Mann um die Fünfzig mit blondem, kurz geschnittenem Haar trat heraus und ging Dörte entgegen. Gut sah der aus!

Margot blieb stehen, klemmte sich den von Zellophan umhüllten Strauß unter den Arm und beugte sich, um nicht durch ihren forschenden Blick aufzufallen, über ihre Handtasche, die sie ein wenig höher hielt als sonst. Während sie mit ihrer Rechten darin wühlte, als ob sie etwas suchte, spähten ihre Augen unter dem Bogen des Henkels hindurch. Der blonde Mann hieß Dörte will-

46

kommen, hängte sich die Reisetasche um die Schulter und ergriff mit jeder Hand einen Koffer. Er sagte ein paar Sätze zu Dörte. Die Worte »Nina«, »Geburtstagsfeier« und »Terrasse« wehten deutlich zu Margot herüber. Also hatte sie richtig vermutet: Hier wohnte Nina. Der gutaussehende Blonde war vermutlich ihr Ehemann.

Die hellbraune Tür schloss sich hinter Dörte, dem Mann und dem Gepäck. Zögernd betrat Margot den Stichweg und dann die grauen Betonplatten, die, flankiert von blühenden Stauden und einer Nische mit Mülltonnen, auf das Haus zuführten. Ihr kam eine Idee: Sie könnte Nina zum Geburtstag gratulieren und vorgeben, sich an das Datum zu erinnern, es sei ihr während der Beerdigung auf dem Alten Friedhof, wo sie Nina leider nicht gesehen habe, eingefallen. Neugier, der Komödie zweiter Akt, dachte sie amüsiert, eine Art Altersschwachsinn womöglich.

Sie las die Namen *Pützen/Lindner* auf dem Schild neben der Tür, hob die Hand und streckte den Zeigefinger zum Klingelknopf aus. Kurz davor hielt sie inne. Sollte sie das wirklich tun? Was würden Nina und Dörte über das Hereinplatzen der ehemaligen Nachbarin denken? Würden sie sich freuen oder es als störend, sonderbar und peinlich empfinden?

Einer Frau von 86 Jahren sollte das nichts ausmachen, entschied Margot. Schließlich kam sie nicht mit leeren Händen, sondern mit diesem herrlichen, kostspieligen Blumenstrauß, der für Edith Scholz bestimmt gewesen war.


Pilar rückte mit ihrem Stuhl an den Rand des Rasens, um dem beharrlich in ihre Richtung ziehenden Zigarettenrauch zu entgehen. Die Szene auf der Terrasse betrachtete sie, als gehörte sie nicht mehr dazu, als hätte der Flieger sie bereits davongetragen und schwebte mit ihr über dem Atlantik, in zehntausend Meter Höhe, von wo alles hier unten klein und bedeutungslos schien.

Unter der goldgelben Markise saß Nina neben einem achteckigen Beistelltisch, den man eigens für die Anordnung der Geschenke aus dem Wohnzimmer geholt hatte. Sie war umringt

47

von schwatzenden Freundinnen. Neben dem Kübel mit Oleander stand ein Freund mit einem Camcorder und filmte, um den Tag unvergesslich zu machen. Die Idylle war perfekt: der liebevoll gestaltete Garten mit den bunten Beeten, die Hollywoodschaukel, auf deren Polster sich die Katze räkelte, der sorgsam dekorierte Kaffeetisch, die blanke Silberplatte mit den magentaroten Geburtstagskerzen und der wolkenlose zartblaue Himmel. Gleich würde Gregor, Ninas attraktiver Ehemann, das Bild der gelungenen Feier wieder komplettieren; er war ins Haus gegangen, weil es an der Tür geklingelt hatte.

Nina selbst wirkte überhaupt nicht perfekt. Sie, die immer darauf achtete, dass Haus und Garten einen ansprechenden Eindruck machten, schien ihr eigenes Äußeres bisweilen zu vergessen: Ihre Figur war aus dem Leim geraten, das braune Haar hätte einen Schnitt gebraucht, ihre Ballerinas waren ausgelatscht, und die gemusterte Bluse hatte fatale Ähnlichkeit mit einem Haushaltskittel. Doch Pilar gefiel das. Sie mochte Menschen, die unvollkommen waren. Ihre Gedanken schweiften ab zu ihrer eigenen Unvollkommenheit und ihrer unvollständig gepackten Reisetasche, in der noch Handschuhe, Mütze, Schal und warme Socken fehlten. Die anderen Gäste hatten ihr soeben versichert, dass es *verrückt* war, sich aus dem Sommer, den alle begierig erwartet hatten, in die nordische Kälte zu begeben.

Pilar hob den Kopf. Um sie herum war eine Veränderung im Gang. Nina sprang auf und lief ins Wohnzimmer. Die Gespräche verstummten, die Gesichter zeigten gespannte Aufmerksamkeit. Alle Blicke richteten sich auf die offene Terrassentür.

Mit leuchtenden Augen kam Nina zurück. »Sie ist da!«

Die getigerte Katze richtete sich auf. Ihre Haare sträubten sich. Sie buckelte und schnellte vom Polster der Hollywoodschaukel. In geduckter Haltung schoss sie zur Hausecke, hinter der sie verschwand.

»Darf ich vorstellen«, sagte Nina. »Dörte, eine Freundin aus meiner Kindheit!«

48

Die Luft schien sich elektrisch aufzuladen, als die dürre Frau mit dem rotblonden Kraushaar auf die Terrasse trat. Sie lächelte nicht, sie begrüßte niemanden, und ihre Stimme erinnerte an die Fanfare einer ramponierten Trompete:

»Warum sitzt ihr im Schatten? Tisch und Stühle müssen in die Sonne! Alle anpacken!«

Zwei Männer waren mit ein paar Sätzen zur Stelle. Nina blies die Geburtstagskerzen aus. Gregor und der Freund mit dem Camcorder, den er rasch ins Gras legte, halfen den beiden anderen, den beladenen Esstisch zur Mitte des Rasens zu tragen. Jemand rief: »Vorsicht, die Kanne!«, ein paar Freundinnen folgten mit Stühlen.

Unglaublich, staunte Pilar, warum tun sie, was die Frau verlangt? War es die durchdringende Stimme, der intensive Blick aus den hellbraunen Augen, das Haar, das in der Sonne loderte wie Feuer, das energisch angespannte Kinn oder ihr Auftreten, das eine Auseinandersetzung befürchten ließ, wenn man widerspräche? Die könnten wir in der Theatergruppe gebrauchen, dachte Pilar, die hat das Zeug zur Hauptfigur.

Kaum stand der Tisch in der prallen Junisonne, ergriff Dörte die runde Platte mit den letzten Stücken Sahnetorte und drückte sie Nina in die Arme.

»Schmeiß sie ins Klo, die ist ungesund und macht fett. Ich hab Früchte mitgebracht, die müsst ihr essen.«

Sie langte in ihre geräumige Tasche. Bleiche Apfelsinen, schrumplige Kiwis und bräunliche Kirschen kullerten über den Tisch. Die verblüfften Freundinnen lachten ratlos auf. Sie blickten zu Nina, die auf die Torte und die Sahnekleckse an ihrer Bluse hinabstarrte, während Dörte zwei halbvolle Tassen vom Tisch nahm und den Kaffee an die Pfingstrosen goss.

»Ich hab Mineralwasser mitgebracht, das ist besser für den Teint und für Magen, Darm und Leber sowieso.« Dörte griff nach zwei weiteren Tassen.

»Halt«, sagte Pilar und hielt den Henkel ihrer Tasse fest. »Meinen Kaffee trinke ich noch.«

49

Sie musterten sich gegenseitig. Dörtes Augen zogen sich zusammen, das magere Kinn schob sich vor. Diese Frau will keine Freunde, schoss es Pilar durch den Kopf, sie verlangt Untertanen, sie will herrschen. Sollte ich je mit ihr zu tun haben, wird sie meine Feindin sein. Aber keine Sorge, Señora. Morgen bin ich unterwegs nach Island, dann liegt der halbe Ozean zwischen uns.

»Setzt euch doch wieder«, bat Nina und warf einen hilflos wirkenden Blick in die Runde. Die Platte mit der Sahnetorte hatte inzwischen Gregor übernommen.

»Wartet, mein Geschenk!«, rief Dörte. »Hebt mal schnell alles hoch!«

Sie griff erneut in die Tasche aus fleckigem Leder, zerrte eine gehäkelte Decke in bräunlichgrüner Farbe heraus und breitete sie unter dem mattgrauen Porzellan aus, das eine Vielzahl hilfreicher Hände eilends hoch genommen hatte.

»Sieht toll aus, wie?«

Alle blickten stumm auf das kotzfarbene Gewebe mit dem schlammbraunen Rand. Zögernd wurden die elegant geformten Teller und Tassen darauf abgestellt.

Pilar versuchte vergeblich, in der wulstigen Häkelei irgendeine Regelmäßigkeit zu erkennen.

»Ich hol den Champagner«, durchbrach Gregor die peinliche Stille. Die Tortenplatte vor sich her tragend, verschwand er im Haus.

»Champagner!« Dörte lächelte zustimmend.

Pilar starrte sie an. Wie war das möglich? Diese Kratzbürste war verwandelt, das Lächeln verlieh ihr etwas Feenhaftes. So übel konnte sie nicht sein. Man sollte sie nicht vorschnell verurteilen. Vielleicht war ihr brüskes Verhalten nur die Folge eines seelischen Problems.

Doch unter den Gästen war Unruhe entstanden. Eine von Ninas Freundinnen und der Mann mit dem Camcorder entschuldigten sich mit der hastigen Bemerkung, es sei spät, sie hätten noch was zu erledigen und beinah die Zeit vergessen.

»Sie waren seit Ihrer Schulzeit nicht mehr in Bonn?«, wandte sich eine Freundin namens Angela an Dörte, als die meisten Gäste wieder saßen. »Was ist das für ein Gefühl, nach so langer …«

Sie brachte den Satz nicht zu Ende, denn ihre Tischnachbarin erhob sich mit einem Ruck und murmelte: »Tut mir leid, Nina. Ich hab noch – ich muss noch – ich hätte fast verpennt, dass ich meine Tochter abholen muss!«

Angela wiederholte die Frage, doch wieder blieb sie unvollendet, weil ein weiteres Paar sich erhob. Pilar schloss sich an. Sie wollte noch bei ihrer Mutter vorbeischauen und ihren Hund nebst Schlafkissen und Futter zu Freddy bringen, da sie am nächsten Tag schon im Morgengrauen zum Flughafen fahren musste. Der allgemeine Aufbruch schien gemein, glich er doch allzu deutlich einer Flucht. Aber konnten Nina und Dörte auf diese Weise nicht viel besser ihre Erinnerungen austauschen und auf das Wiedersehen anstoßen? War es nicht völlig in Ordnung?

Pilar blieb an der Hausecke stehen und drehte sich um, weil ihr eingefallen war, dass sie sich nicht von Gregor verabschiedet hatte. Sie hielt nach ihm Ausschau und sah, wie Dörte sich über den Marmorkuchen beugte.

»Fertig gekauft etwa?«

»Selbst gemacht«, antwortete Nina.

»Aus weißem Mehl und Zucker?«

»Ja, ganz normal.«

»Wirf ihn weg, den könnt ihr nicht essen. Ich back euch was aus Vollkorn und Möhren, dann könnt ihr mal sehen, was gesund ist.«

Nina öffnete den Mund und schloss ihn wieder, ohne etwas zu sagen.

Pilar dachte an Ninas Äußerung vor Freddys Biostand: *Mit einer alten Freundin zusammenzukommen, ist wie die Heimkehr in einen zauberischen Garten.* Das hier glich wohl eher der Auffindung eines Trümmergrundstücks. An Ninas Stelle würde sie die sogenannte Freundin mit sämtlichen neunundvierzig Geburtstagskerzen bombardieren – ganz egal, ob das gesund war oder nicht.

Margot hielt sich für eine geduldige Frau, die sich aufs Warten verstand, aber es gab Grenzen. Nachdem sie viermal geklingelt hatte, schien ein weiterer Versuch zwecklos. Man hörte sie nicht. Was nicht verwunderlich war, denn den Stimmen nach zu urteilen, weilten Gastgeber und Gäste im Garten, der an der Seite des Hauses von einem Jägerzaun begrenzt wurde. Das kleine Tor stand einladend offen. Ein schmaler Plattenweg führte dorthin und vermutlich weiter zur Terrasse. Sie folgte der Plattenreihe, in deren Zwischenräumen Grasbüschel und Gänseblümchen wuchsen. Der Gedanke, dass es ziemlich dreist war, so überraschend auf einem fremden Grundstück aufzutauchen, plagte sie bei jedem Schritt und irritierte sie. Prompt geriet ihr Absatz in eine Vertiefung. Sie strauchelte und rettete sich mit einem Satz nach vorn, doch die Handtasche entglitt ihr, ein Fuß blieb im Henkel hängen. Sie schwankte, ruderte mit dem Blumenstrauß durch die Luft und konnte sich gerade noch auf den Beinen halten. Rasch drehte sie sich um. Hatte jemand diese unwürdige Akrobatik beobachtet?

Ein Mann in einem grauen Anzug mit einer umgehängten Laptoptasche ging langsam vorbei, hatte aber anscheinend nur Augen für den graublauen Fiat und die übrigen Autos vor dem Gartenzaun einer parallel laufenden Häuserreihe. Das schäbige Auto mit dem Berliner Kennzeichen nahm sich unter den glänzenden Bonner Fahrzeugen wirklich ein bisschen seltsam aus.

Margots Blick wanderte weiter zur Einmündung des Stichwegs in die Straße. Dort stand im Schatten eines hohen Ahorns ein Kerl in einem kurzärmeligen Hemd neben einem verschmutzten Fahrrad und stierte zu ihr herüber. Seine Statur war gedrungen, das Gesicht breit und bärtig, mit wulstigen Augenbrauen und dichtem schwarzem Haar. Gottlob grinste er nicht, im Gegenteil, seine Miene war finster, und er schien Margot kaum wahrzunehmen. Oder tat er nur so? Weshalb stand er dort? Galt sein Blick nicht ihr, sondern den Häusern?

Das Klappern hoher Absätze näherte sich vom Garten. Margot wandte sich schnell um und sah wieder vor sich auf den Weg.

52

Hinter einem weiß blühenden Strauch tauchte ein Paar auf, dahinter eine einzelne Frau. Die drei tuschelten miteinander und verstummten, als sie Margot erblickten. Sie traten höflich beiseite und grüßten knapp.

Margot ging an ihnen vorbei. Jetzt hörte sie deutlich die Stimmen hinterm Haus, die durchdringende musste Dörtes sein. Sie blieb stehen und lauschte. Dörte redete so laut, dass Margot fast jedes Wort verstand. Sie behauptete, dass weite Kreise in Berlin, darunter Chefärzte und Professoren, in Gesundheitsdingen auf sie hörten. Das ist typisch, dachte Margot, die hatte immer eine große Klappe. Vermutlich entsprach nicht die Hälfte der Wahrheit. Als Kind hatte Dörte erzählt, ihr Onkel besitze ein Schloss mit zweihundert Zimmern, vergoldeten Wasserhähnen und zwanzig Pferden, die sie alle reiten dürfe. Aber jeder wusste, dass Dörte nicht mal einen Onkel hatte.

»Du gehst auch schon, Pilar?«, vernahm Margot eine wohlklingende Bariton-Stimme.

Das musste Ninas Ehemann sein. Offenbar löste die Geburtstagsfeier sich auf. Das war nicht der richtige Zeitpunkt, um auf der Terrasse aufzukreuzen. Wahrscheinlich würde die Gastgeberin sie nach all den Jahren nicht einmal erkennen und den Strauß für übertrieben halten. Da schien es doch sinnvoller, schleunigst den Rückzug anzutreten und Edith Scholz damit zu beglücken, bevor die Blumen vollends die teuren Köpfe hängen ließen.

Margot machte kehrt und ging zurück zum Stichweg und zur Straße.

Der Mann mit dem Fahrrad stand noch im Schatten des Baumes an der Ecke. Seine Arme waren stark beharrt, sie hingen lang an ihm herunter, als wären sie ihm zu schwer. Er erinnerte sie an einen missmutigen Affen.

Plötzlich vernahm Margot Motorgeräusche. Ein schwarzer Wagen, ein Opel, glitt langsam vorüber. Am Steuer saß ein Mann, dessen Gesicht von einer eckigen Hornbrille beherrscht wurde. Er blickte zu dem Bärtigen hinüber, der das nicht zu bemerken schien, weil seine kleinen dunklen Augen nur auf Ninas Haus gerichtet waren.

Gott im Himmel! Das war unheimlich! Was ging hier vor? Sie eilte davon, Richtung Nordeingang der Kliniken. Doch die aufgeschnappten Worte ließen sie nicht los. Wo und wann hatte sie diesen ungewöhnlichen Namen schon mal gehört? *Pilar.*

Als sie in die Sertürnerstraße einbog, fiel es ihr ein: Pilar hieß die *fabelhafte* Schwiegertochter, von der Edith neulich irgendwas erzählen wollte, woran Margot sie gehindert hatte. Oh, wie dumm. Hätte sie das nur nicht abgeblockt!

»Kann ich Ihnen helfen?«, rief der Verkäufer des Obststandes von der anderen Straßenseite herüber. Er war damit beschäftigt, die Waren in der Mitte seines Klapptischs zusammenzuschieben. Die Erdbeeren schienen alle verkauft. Sicher war sein Feierabend nicht mehr fern. »Ist Ihnen nicht gut?«

»Alles in Ordnung«, versicherte Margot mit mehrfachem Kopfnicken und setzte ihren Weg fort.

Sie merkte, dass er ihr zweifelnd nachsah, und vermutete, dass sie gehörig blass geworden war. Der haarige Mann, der Fahrer im Auto, die tuschelnden Gäste … Und diese Pilar, über die Edith so seltsame Andeutungen gemacht hatte. Das alles war höchst beunruhigend.

Von ihrem Umweg ermüdet, erreichte Margot das Gelände der Uni-Kliniken. Sie war seit zwanzig oder dreißig Jahren nicht mehr hier gewesen. Die vielen modernen Bauten waren ihr fremd. Wie konnte sich alles so schnell verändern?

Sie folgte dem Wegweiser zum Chirurgischen Zentrum, schritt zwischen überdachten Stahlsäulen in ein Gebäude, das ihr rätselhaft erschien, und ließ sich von einem schrägen Gang in eine lichte Halle führen. Und jetzt? Sie entschied sich für eine Treppe, über die man laut Wandtafel zu verschiedenen Stationen gelangte, auch zu der, die Edith ihr genannt hatte. Im zweiten Stock entnahm sie einem Schild, dass die Station durch eine Glastür und einen Flur zu erreichen war, an dessen Ende sich eine weitere Tür befand. Margot betrat den hell gestrichenen Gang. Als die schwere Glastür hinter ihr zufiel, hielt sie inne.

Es war der Eindruck unglaublicher Stille, der sie irritierte. Auf beiden Seiten des vor ihr liegenden Gangs waren geschlossene weiße Türen. Dahinter lagen stumme Räume, in denen am Samstagnachmittag bestimmt weder Ärzte noch Schwestern weilten. In dieser Leere und Einsamkeit kam ihr der Flur sehr lang und vor allem falsch vor. Hatte Edith nicht von einer *breiten* Treppe gesprochen? Die, auf der Margot gekommen war, musste man eher schmal nennen. Es war wohl besser, einfach umzukehren.

Zurück im Erdgeschoss ging sie durch den dortigen Flur, vorbei an Zimmerschildern von Oberärzten und deren Sekretariaten, und wurde erneut unsicher. Ein Mann im weißen Kittel mit einem Handy am Ohr überholte sie eilig, ein missmutig blickender Beinamputierter kam ihr im Rollstuhl entgegen, sonst war niemand hier. Der Gang mündete in einen größeren Raum, und da war sie, die breite Treppe. Margot stützte sich auf den gelben Handlauf und stieg hinauf. Oben angekommen, war sie ratlos. Es boten sich vier Möglichkeiten, von denen keine die richtige schien. Hinter einem leeren Patientenbett betrat sie die nächste Treppe. Abgesehen vom Zufallen einer entfernten Tür und dem Signal des Aufzugs in einer anderen Etage, vernahm sie nur das Geräusch ihrer eigenen Schritte. Nach der letzten Stufe hielt sie Ausschau nach Wegweisern und übersah ein aufgestelltes Kunststoffschild. Es polterte laut durch die Stille, während sie dem blanken Boden entgegen flog und schmerzhaft auf den Knien landete. *Vorsicht Rutschgefahr*, las sie auf dem Schild. Der reinste Hohn.

Zum Glück war sie vor die richtige Station gestolpert und entdeckte hinter der Glastür auch die richtige Zimmernummer. Sie klopfte und trat ein, erschöpft von ihrer Odyssee durch das Gebäude, das sie sich belebter vorgestellt hatte.

Edith Scholz saß in einem türkisblauen Hausanzug auf dem Bett am Fenster, das weiße Haar sorgsam frisiert und toupiert wie

55

immer. Margot steuerte an dem unbelegten vorderen Bett vorbei auf sie zu.

»Was für ein fabelhafter Strauß!«, flötete die wohlbekannte Stimme, die immer nach einer feinen Prise Spott klang. »Aber das war doch nicht nötig!«

Nachdem Margot eine Vase gefunden und sich nach der gebrochenen Hüfte, dem Verlauf der Operation und dem Grad der Schmerzen erkundigt hatte, setzte sie sich auf den Besucherstuhl und kam zur Sache. Seit der letzten Woche duzten sie einander, das würde die Frage, die sie auf dem Herzen hatte, erleichtern.

»Frau Scholz, sagten Sie – äh, ich meine: Edith, sagtest du neulich, deine Schwiegertochter heißt Pilar?«

»Richtig.«

»Das ist wohl ein ausgefallener Name?«

»Ihr Vater stammte aus Spanien, wo der Name häufig vorkommt.«

»Ich habe den Vornamen heute zufällig gehört.«

»Ach?«

»In einem Garten, hier auf dem Venusberg.«

Edith zog eine ihrer dünnen Augenbraue hoch, wie so oft, wenn sie skeptisch war. »Zufällig?«

»Nun ja, es war kein beliebiger Garten. In dem Haus lebt eine junge Frau, die als Mädchen neben mir wohnte. Sie heißt Nina.«

Die Augenbraue sank auf Normalhöhe. »Ah! Pilar ist heute bei einer Nina auf einem Geburtstagsfest, ich erinnere mich, dass sie das gesagt hat. Und du warst auch eingeladen, Margot?«

»Nein, nein, ich habe den Namen nur von weitem aufgeschnappt, als ich dort vorbeikam.«

Die Augenbraue stieg wieder hoch. »Da müssen die ganz schön gebrüllt haben! Das Haus liegt nicht direkt an der Straße, hat Pilar erzählt. Sie sprach von einem Stichweg.«

»Ich habe ein scharfes Gehör«, behauptete Margot.

»Das ist ungewöhnlich in unserem Alter. Und sehr praktisch, falls du es Miss Marple gleich tun willst, wie es dein Wunsch ist.«

56

»Wie meinst du das?«

Edith lächelte. »Wo Pilar auftaucht, ist das Verbrechen nicht weit.«

Margot zuckte zusammen. »Ist sie kriminell?«

»Nun …« Edith schien Margots Verwirrung auszukosten und betrachtete eingehend ihre rosa lackierten Fingernägel. »Das trifft es nicht ganz.«

»Verkehrt sie in anrüchigen Kreisen?«

Margot gestand sich ein, dass sie auf ein verschämtes *Ja* hoffte, und beugte sich vor.

»Wo denkst du hin!« Edith lachte. »Pilar ist zwar als Hausfrau eine Niete, aber sonst eine fabelhafte Person.«

Ach ja, das war Margot für einen Moment entfallen.

»Nein, die Dinge liegen anders. Meine Schwiegertochter hat der Polizei mehrmals geholfen, einen Mörder dingfest zu machen«, sagte Edith mit sichtlichem Stolz. »Aber diesmal kann sie das nicht. Sie wird dem Schicksal seinen Lauf lassen müssen.«

»Warum denn?«

»Sie fliegt morgen in aller Herrgottsfrühe nach Island.«

Margot richtete sich auf. Ihr war ganz merkwürdig zumute.

»Meinst du etwa …?«, brachte sie mühsam hervor.

Edith nickte. »Aber sicher. Wo meine Schwiegertochter weilt, ist was im Busch. Ich wette, da hat irgendwer eine Leiche im Keller. Wenn du Gespür für das Böse hast, Margot, dann solltest du es jetzt gebrauchen.«

Wieder hatte Margot den unangenehmen Eindruck, dass Edith sich über sie lustig machte. Andererseits entsprach das, was sie über die Hilfestellung ihrer Schwiegertochter bei der Festnahme von Verbrechern sagte, vermutlich der Wahrheit. So was dachte sich niemand aus. Und wenn diese Pilar ab morgen weit weg, Margot aber hier war, von einem unglaublichen Zufall zu diesem Haus auf dem Venusberg geführt, war es dann nicht geradezu eine moralische Verpflichtung, dass sie …

»Glaubst du, Pilar weiß etwas?«, fragte sie.

Edith zuckte mit den Achseln. »Im Anfang gibt sie es nie zu.«

Margot dachte an den finster blickenden Mann und das Auto, das langsam an ihm vorbeifuhr. Keine Frage, da stimmte was nicht.

»Sag ihr, bitte, sie kann mich anrufen.«

Ediths Gesichtsausdruck veränderte sich jäh. »Was reden wir da für einen Unfug, Margot? Wirklich, ich muss dir ganz energisch davon abraten, deine Nase in solche Dinge zu stecken.« Es klang ernst und bestimmt, ohne jeden Spott. »Bitte, denk nicht mehr daran. Sich um solche Dinge zu kümmern, bedeutet, den Tod zu riskieren.«

Margots Wangen glühten, ihr brach der Schweiß aus. Zwecklos, es vor sich selbst zu leugnen: Sie fühlte sich berufen. Ein Funke hatte sie getroffen und war zur Flamme geworden. Natürlich durfte sie mit keiner Menschenseele drüber reden, niemand durfte es wissen, so viel war klar. Wie sie vorgehen sollte, war allerdings völlig unklar.

Sie merkte, dass Edith sie besorgt beobachtete.

»Wie ist denn das Essen hier?«, fragte Margot rasch.

Während sie sich mit geheucheltem Interesse dies und das von Geschnetzeltem mit Leipziger Allerlei und Hühnerfrikassee mit Reis erzählen ließ, drehten ihre Gedanken sich unaufhörlich im Kreis: Was konnte da *im Busch* sein? Was musste sie tun?

Als Pilar nach Hause kam, nachdem sie ihren Hund zu Freddy gebracht und sich von ihrer Mutter verabschiedet hatte, fand sie, dass ihr Mann müde und abgespannt wirkte, auch wenn sie ihn nur im Profil sah, weil er am Herd hantierte. Sie selbst fühlte sich auch nicht taufrisch und war froh, dass er es übernommen hatte, etwas zum Abendessen zu kochen. Die Woche war anstrengend gewesen.

»Noch zwölfeinhalb Jahre bis zur Pensionierung«, murmelte Richard während er frische Champignons in eine Pfanne schnippelte, auf deren Boden kleingehackte Zwiebeln in Olivenöl schmorten und köstlichen Duft verströmten.

»Schlaf morgen aus«, sagte Pilar. »Ich fahre mit dem Zug zum Flughafen. Kein Problem.«

»Ach was, ich bring dich mit dem Auto, das lasse ich mir nicht nehmen. Ich kann den restlichen Tag noch genug schlafen. Ist ja Sonntag.«

»Ich hab ein schlechtes Gewissen. Wir müssen um vier Uhr morgens los.«

Er nickte. »Wahrscheinlich verpennen wir. Dann hat sich die Sache erledigt, und dein Gewissen ist rein.«

Pilar seufzte laut. Jetzt, wo alle Hindernisse aus dem Weg geräumt waren, wollte sie um jeden Preis nach Island fliegen. Das *Verpennen* war ihre größte Sorge. Richard und sie waren alles andere Frühaufsteher. Zwei Wecker und zwei Handys würden nötig sein, damit sie rechtzeitig auf die Beine kamen. Aber das Schlimmste war, dass Pilar frühmorgens meistens völlig daneben war. Sie würde es fertigbringen, im Schlafanzug ins Auto zu steigen und die Reisetasche in der dämmrigen Diele stehen zu lassen.

»Ich setze mein Gepäck schon mal in den Wagen, damit ich es nicht vergessen kann«, verkündete sie ihrem Mann, der es möglicherweise nicht hörte, weil es in der Pfanne kräftig brutzelte.

Sie stopfte die noch fehlenden warmen Sachen in die Seitenfächer, nahm den Autoschlüssel vom Brett und trug die Tasche hinaus. Während sie auf den Carport mit dem blauen Familien-Van zuging, vernahm sie von der Garagenzufahrt des Nachbarhauses ein männliches Räuspern und gleich darauf eine Stimme, die an klapperndes Blech erinnerte:

»Ah, Sie verreisen, Frau Álvarez-Scholz!«

Ihr Nachbar Winter. Sie blieb stehen und drehte sich um. Es gab kein Entkommen. Er näherte sich bereits.

»Ich fliege morgen in aller Frühe.«

»Hoffentlich nicht allein.«

»Doch. Nach Island.«

Das speckige Gesicht über dem Hemdkragen wirkte irritiert. »Also, normal ist das nicht. Wenn Sie …« Er senkte die Stimme und trat dicht an sie heran. Sie roch, dass er schon ein oder zwei Bierchen getrunken hatte. »Wenn Sie eheliche Probleme haben, kommen Sie bitte zu mir und holen sich juristischen Rat. Sie wissen, ich bin Anwalt. Gerade die Frauen machen Fehler, die sie später bereuen. Sie ahnen ja nicht, wie …«

»Herr Winter«, unterbrach ihn Pilar, »gerade die Frauen reisen auch gern mal allein, ohne ein Eheproblem zu haben.«

»Fährt ihr Freund, der Privatdetektiv, denn mit?«, fragte er mit besonderer Betonung.

»So ein Freund, wie Sie da andeuten, ist er nicht, das sollten Sie inzwischen wissen«, erwiderte sie verärgert. Schließlich spähen Sie oft genug durch die Thujahecke, fügte sie in Gedanken hinzu. »Freddy und seine Frau betreuen meinen Hund, da mein Mann erstens ins Büro muss, zweitens Zeit für seine Mutter braucht, die im Krankenhaus liegt, und drittens sich um meine Mama kümmern muss.«

Die Erwähnung ihrer Mutter versetzte ihr einen Stich. Die Neunzigjährige hatte beim Abschied recht jämmerlich gewirkt und den Kopf hängen lassen, als ob ihre Tochter sie in der Wüste aussetzte und keine Aussicht bestünde, einander jemals wiederzusehen.

Pilar ging die restlichen Schritte zum Auto. Winter folgte ihr.

»Und da fahren Sie einfach weg?«, fragte er streng, während sie die Tasche verstaute. »Ihr Rasen müsste übrigens gemäht werden, und Ihr Efeu wuchert über unsere Thujahecke.«

Geräuschvoll schloss sie die Heckklappe. »Mein Gewissen plagt mich genug, Herr Winter. Aber die Reise muss sein.«

Sie ging zurück zur Haustür und bemerkte, dass Winter ihr wieder folgte.

»Natürlich wollen Sie es nicht zugeben«, meinte er.

Pilar blieb stehen. »Was?«

»Dass Sie wieder auf Jagd sind. Die Spur führt diesmal ins Ausland.«

Sie war so überrascht, dass sie auflachte.

60

»Klar, Herr Winter, so ist es.«

»Essen ist fertig!«, rief Richard von drinnen.

»Passen Sie auf sich auf«, sagte Winter. »Eine Frau wie Sie stolpert immer irgendwo hinein.«

»Wo hinein?«, fragte Pilar, die beinahe über die Fußmatte gestolpert wäre.

»Mitten in die Gefahr. Diesmal könnte es Sie Kopf und Kragen kosten.«

»In der weltweiten Mord-Statistik steht Island ganz am Schluss, Herr Winter. Da ist es wahrscheinlicher, dass Ihnen hier in Bonn was zustößt. Ist Ihre Alarmanlage repariert? Wenn nun ein Bewaffneter nachts in ihr Haus eindringt und …«

»Hören Sie auf!«, stöhnte der Nachbar, drehte sich um und eilte auf sein Haus zu, wo die Eingangstür offenstand.

»Eva«, hörte Pilar ihn rufen. »Wann kommt der Mann für die Alarmanlage?«

»Das hab ich dir doch gesagt, Christoph, der macht Urlaub in Australien«, war die Antwort aus dem Innern. »Der kommt frühestens in vier Wochen.«

Pilar grinste. Noch nie war sie ihren Nachbarn auf so elegante Weise losgeworden.

# Aus einem alten Adressbüchlein

## März 1977

*Ein Tagebuch hatte ich mir gewünscht, ein richtig schnuckeliges, und hab dieses krähenschwarze Buch bekommen, was Vernünftiges, für jeden Buchstaben eine Doppelseite, alphabetisch im Gänsemarsch. Ich hab meine Freundinnen eingetragen und ein paar Lehrer, den Holzschröder, den Meier und die Naumann, die ich hasse, und hab dann noch Namen aus dem Telefonbuch abgeschrieben. Anneliese Streichfett und Uwe Saftbrocken fand ich irgendwie nett. Die Seiten hier hinten sind mein Tagebuch-Ersatz. Da kommt nur das Wichtigste rein, sonst reicht der Platz nicht.*

*Ich hab schon was, und das ist oberwichtig. Die olle Naumann hat vor der ganzen Klasse gesagt: Du bist dumm wie Bohnenstroh. Alle haben gekichert. Auch meine Freundinnen. Ich bin losgeschossen, um die drei mit dem Füller aufzuspießen. Am Ende war der Füller kaputt, und sie haben noch lauter gelacht. Als die Naumann draußen war, hat Inga mein offenes Federmäppchen aus dem Fenster geschmissen. Ich musste die Treppen runter auf die Straße, um meine Stifte aufzusammeln, und oben an den Fenstern hat sich die Klasse vor Lachen kaum eingekriegt. Ich hab gehofft, dass alle rauskippen und mit dem Kopf aufs Pflaster knallen. Ist leider nicht passiert. Aber der Gong ertönte und dann war Ruhe. Bin im Rekordtempo wieder hoch. Als ich oben angekeucht kam, saßen alle brav auf ihren Plätzen, und die Naumann brüllte mich an, weil ich zu spät kam. Sie ließ mich nicht ausreden und keifte: keine Widerrede! Das vergesse ich nicht, gnädige Frau.*

*Für meine Mutter ist neuerdings Ordnung das Wichtigste. Alles muss weg, unters Bett, auf den Schrank, in die Ecke hinter der Tür. Was sie da nicht haben will, schmeißt sie weg: Zeichnungen, Gebasteltes, getrocknete Blätter, Schneckenhäuser, Kieselsteine, Kastanien. Das landet alles in der Mülltonne im Vorgarten. Mich würde sie auch wegschmeißen, wenn es erlaubt wäre, ich koste nur Geld. Meinen Bruder muss sie nicht wegwerfen, der hat den Patenonkel, der ab und zu was beisteuert. Glück gehabt, Brüderchen. Aber die Spinne aus Draht, die ich für die Kunststunde beim Meier gemacht hab, die hatte Pech. Hab es zu spät gemerkt, die Müllabfuhr* war schon dagewesen, nichts mehr zu machen. Der Meier hat mir natürlich kein Wort geglaubt und mich eiskalt runter geputzt: Lüg mich nicht an! Wieder eine Sechs kassiert. Für fehlende Hausaufgaben gibt es Sechsen und immer dieselbe Gardinenpredigt: Bei dir muss sich was ändern.

Können Sie haben, meine Damen und Herren, bitteschön. Serviere Ihnen nächstens nicht die Wahrheit, sondern die prächtigsten Lügen. Lasse die Oma, die ich nicht hab, ganz grausam sterben und meinen ausgedachten Opa im Mittelmeer ertrinken. Dazu heul ich Krokodilstränen. Dann müssen sie Mitleid mit mir haben, ob sie wollen oder nicht.

# DREI

Seit ein paar Wochen verfügte der Biostand auf dem Venusberg über eine Neuerung, auf die Freddy stolz war: eine großflächige Pinnwand aus Kork, ein »schwarzes Brett« für alle Kunden, die etwas suchten oder anzubieten hatten. Sie hing an der Seite zwischen den Metallstangen unter der Plane, breit genug, um an unwirtlichen Tagen den Westwind abzuhalten.

Eine alte Dame im hellen Kostüm, deren Gesicht von weißen Löckchen umrahmt war, trat vor die Auslage. Freddy glaubte, sie kürzlich schon einmal gesehen zu haben. Sie machte nicht den Eindruck, als ob sie an Grünkernfrikadellen, veganer Gemüsepaste oder Erdbeeren aus ökologischer Landwirtschaft interessiert wäre. Offensichtlich hatte sie nur Augen für die Pinnwand. Mit gerunzelter Stirn studierte sie die mit bunten Nägeln angehefteten Zettel.

»Dass alles immer so klein geschrieben ist«, murmelte sie und griff nach dem Verschluss ihrer bauchigen Henkeltasche. »Ich muss meine Brille raussuchen.«

»Kann ich Ihnen helfen?«, fragte Freddy höflich.

»Die Sache ist die …« Sie zögerte.

Freddy lächelte sie an. Er wusste, dass ältere Damen sein Lächeln oft als jungenhaft einstuften, es kam gut an und erweckte meistens Vertrauen.

»In der Apotheke, wo ich mir Salbeibonbons geholt habe, hörte ich zufällig, wie eine Angestellte sagte, dass jemand dort hinten«, sie deutete zur anderen Straßenseite und dem anschließenden Wohnviertel, »quasi ab sofort eine zuverlässige Person sucht, die während des Urlaubs die Blumen gießt. Leider habe ich nicht rechtzeitig geschaltet. Erst jetzt ist mir klar geworden, dass diese Tätigkeit genau das Richtige für mich wäre.«

»Solche Wünsche finden Sie nicht an meiner Pinnwand«, erklärte Freddy. »Schließlich soll sie keine Info-Tafel für Einbrecher sein. Fragen Sie lieber in der Apotheke nach.«

64

»Das geht nicht, die ist inzwischen rappelvoll.« Sie zog ein zerknirschtes Gesicht. »Sie wissen nicht zufällig etwas darüber?«

»Es könnten Zimmermanns gemeint sein. Oder nein«, korrigierte er sich, »eher Breuers, die wohnen dort hinten. Vor zwei, drei Wochen hat mich Frau Breuer gefragt, ob ich jemanden wüsste.« Er überlegte. »Könnte aber sein, dass sie schon weg sind. Ich hab sie länger nicht gesehen.

»Hätten Sie die Adresse?«

Freddy nannte Straße und Hausnummer, die er auswendig wusste, weil er dort mehrmals einen Sack Kartoffeln vorbeigebracht hatte. Aber war Blumengießen nicht eine typische Aufgabe der Nachbarn? Die konnten nicht alle gleichzeitig verreist sein.

»Ach, nein«, korrigierte er sich, »es ging nicht um die Blumen. Breuers suchten jemanden für den Hund. Eine dänische Dogge.«

Die alte Dame riss erschrocken die Augen auf. »Dann ist es nichts für mich. Haben Sie vielen Dank.«

Sie entfernte sich in Richtung Uni-Kliniken. Freddy sah ihr nach.

Oh, Mann, durchfuhr es ihn, wie konnte mir das passieren? Warum gebe ich einer wildfremden Person die Adresse einer verreisten Familie? Wieso verlasse ich mich darauf, dass eine gepflegte alte Dame eine ehrenwerte Person ist? Sie kann die mütterliche Chefin einer Einbrecherbande sein, die eine spezielle Masche des Ausbaldowerns drauf hat, oder die Organisatorin eines Kinderporno-Rings, der für seine widerlichen Zwecke vorübergehend ein unbewohntes Haus benötigt. Ich bin genauso verdreht wie Pilar, dachte er im nächsten Moment. Wie kann man nur überall Böses wittern? Natürlich ist das eine nette, anständige Dame, die sich nützlich machen möchte und deshalb gern aushilft, wo sie gebraucht wird!

Dennoch ließ ihm die Sache keine Ruhe. Zu oft hatte er feststellen mussen, wie trügerisch der äußere Schein war. Und wie gut die Menschen sich verstellen konnten.

Margot ging in Richtung Kliniken, weil sie vorhatte, Edith einen weiteren Besuch abzustatten. Aber ihre Schritte wurden merklich langsamer, während ihr Herz schneller schlug, seit der Verkäufer ihr die Straße genannt hatte. Es war dieselbe, in der Nina wohnte! Deren Hausnummer hatte sie zwar nicht im Gedächtnis, kannte aber nun die der Breuers, und wenn der Zufall es wollte, dass diese Leute in Ninas unmittelbarer Nähe wohnten und tatsächlich verreist waren ... Margot wagte ihr Vorhaben kaum zu Ende denken, es schien allzu kühn.

Sie überquerte die Straße, als wollte sie das Café an der Ecke aufsuchen, ging aber stattdessen auf der anderen Seite zurück, während sie sich die Hausnummer der Breuers laut wiederholte, um sie nicht zu vergessen. Nach einem prüfenden Blick hinüber zum Biostand, vor dem jetzt eine Traube Kunden stand, so dass der Verkäufer sie bestimmt nicht sehen konnte, bog sie in die Nebenstraße ein, die ihr schon vertraut war. Sie erreichte den Stichweg, las sie die Nummern an den Fassaden der Reihenhäuser ab und hielt die Luft an. Das Haus der Breuers war nur durch den Streifen Grün, der die Reihe unterteilte, von Ninas Eigenheim getrennt. Das Gartentor an der Seite und die Fenster waren geschlossen, die Gardinen vorgezogen. Es sprach viel dafür, dass die Familie Breuer verreist war. Bestimmt kam einmal am Tag jemand, um die Post aus dem Briefkasten zu holen, aber ansonsten ...

Margot war geradezu erschrocken, weil alles so passend schien. Was sie als vage Möglichkeit ins Auge gefasst hatte, empfand sie nun als Fügung einer höheren Macht, die sie zum Handeln verpflichten wollte, das machte sie ganz nervös. Wenn das Wetter so schön bliebe und die Fenster offen stünden oder die Bewohner sich draußen aufhielten, wäre es für eine aufmerksame Beobachterin durchaus möglich, vom Grundstück der Breuers etwas von dem, was nebenan vor sich ging, mitzubekommen.

Während sie darüber nachsann, ob der Gedanke vernünftig oder verrückt war, nahm Margot im Augenwinkel eine Bewegung wahr, schräg hinter ihr, wo der hohe Ahorn einen breiten Schatten warf. Dort stand der Finstere mit dem Fahrrad. Auf ihn zu achten, hatte sie völlig vergessen. Heute trug er ein lila-schwarzes Sweatshirt, das seine Miene noch düsterer erscheinen ließ als zuvor. Er beugte sich über sein Rad, als gäbe es da was zu überprüfen. Was machte er hier schon wieder, was führte er im Schilde? Vielleicht ging es ihm nicht um Ninas Haus, sondern um das der Breuers? Plante er einen Einbruch? Wenn ihm bewusst wurde, dass auch sie zum zweiten Mal hier auftauchte, konnte er das auf sich beziehen und womöglich aggressiv werden.

Der Mann hob den Kopf. Margot sah schnell weg. Da erblickte sie noch jemanden: einen dunkelblonden, glattrasierten Mann in einem schmalen grauen Anzug mit einer schwarzen Laptoptasche. Es überkam sie wie ein kalter Guss – auch diesen Menschen hatte sie vorgestern gesehen, er war hier vorbeigegangen und hatte die parkenden Autos betrachtet. Vielleicht kam er aus einem der hinteren Häuser und wohnte hier. Aber warum dann die angespannte Art, wie er sein Tempo verlangsamte, seinen Blick auf Dörtes Auto heftete und zu Ninas Haustür wandern ließ, wie er seinen Schritt beschleunigte, den Finsteren aber ignorierte und um die Ecke verschwand?

Margot stieß den angehaltenen Atem aus. Nein, das war kein Spaß, das war schlichtweg gruselig. Auch in den schönsten Wohnvierteln konnten Dinge vor sich gehen, die kein Mensch dort vermutete. Und ruckzuck wäre sie eine Geisel, die man in einem dunklen Kabuff gefangen hielte. Was nicht gut enden konnte, weil ihre Tabletten für Herz und Blutdruck zu Hause auf dem Vertiko lagen.

Sekundenschnell beschloss sie, nie wieder hierhin zu kommen. Nie wieder! Ihr Plan war schwachsinnig gewesen.

Aufgewühlt machte sie kehrt und vermied es, dem Mann im lila-schwarzen Sweatshirt ins Gesicht zu sehen. Sie schritt energisch aus und bog an einer Hecke um die Ecke. Abrupt blieb sie stehen – ein heller Aufschrei durchfuhr den Frieden des Nachmittags.

Wut, Schrecken oder Schmerz? Er kam aus einem der Gärten. Wahrscheinlich aus Ninas.

Ludger machte gegen halb sechs Schluss, der letzte Patient hatte kurzfristig abgesagt. Die Praxis für Physiotherapie, die er gemeinsam mit zwei Kollegen betrieb, lag im Bonner Stadtteil Endenich. Von dort aus waren es mit dem Auto kaum zehn Minuten bis zu Ansgars Kellerwohnung, zuzüglich etlicher Minuten für die Suche nach einer Parklücke. Wenn er nach Köln führe, müsste er allein zu Abend essen, weil Tanja auf einem Symposium mit anderen Biologen weilte. Solch einen Abend nutzte er immer gern, um bei seinem Bruder vorbeizuschauen. Unterwegs konnte er noch etwas Essbares kaufen. Vermutlich hatte Ansgar kaum mehr als eine Tüte Chips im Haus.

Halt, dachte Ludger, während er den Motor anließ, Ansgar ist bestimmt nicht zu Hause. Sicherlich hatte er am Morgen Dörtes schnaufenden Dackel zur nächsten Grünfläche geführt, nachmittags vielleicht noch ein zweites Mal, und die übrige Zeit auf dem Venusberg herumgestanden und auf jenes Haus gestarrt. Wie am Samstag. Womöglich hatte er am Sonntag dasselbe getrieben, das wusste Ludger nicht, weil er den Tag zu Hause in Köln verbracht hatte – bei seiner fröhlichen Tanja in der freundlichen Wohnung mit den hellen Fichtenmöbeln und den Blumen am Balkon.

Er lenkte seinen Wagen zum Venusberg, erstand bei Kaiser's am Haager Weg Tomaten, Oliven, Käse und Fladenbrot für ein einfaches Abendessen und fuhr weiter in die schmale Nebenstraße, in der er Ansgar am Samstag hatte stehen sehen. Schon von weitem konnte er den breiten Rücken seines Bruders im Schatten eines Baumes erkennen. Er fuhr langsam heran, bremste und ließ die Fensterscheiben herunter.

»Sie werden bald die Polizei rufen, weil sich hier ein Gaffer herumtreibt.«

Ansgar sah ihn nicht an. Er starrte auf die Häuserreihe des Stichwegs, der hier begann.

68

»Leg dein Fahrrad hinten rein und steig ein«, sagte Ludger und stellte den Motor aus.

»Hörst du das nicht?«, flüsterte Ansgar.

»Was?«

»Sie streiten!«

»Wer?«

»Die Frauen!«

»Wo?«

»Da im Haus. Wo das Fenster offen steht. Dort muss die Küche sein.«

»Oh, Mann, Ansgar.« Ludger entfuhr ein Stöhnen.

Sein Bruder wedelte verärgert mit der Hand.

»Still!«

Jetzt hörte Ludger es auch. Zwei Frauenstimmen, die sich gegenseitig ins Wort fielen. Die helle, durchdringende musste Dörtes sein. Ab und zu schwang dazwischen ein tiefes »Na, na« wie die Schläge eines Tamburins. Offenbar war ein Mann dabei, der es nicht schaffte, den Streit zu schlichten.

»Ich muss was tun«, murmelte Ansgar. »Da passiert noch was.«

»Du musst gar nichts tun, außer mit mir nach Hause fahren. Ich mach uns was zu essen.«

»Sie ist unglücklich. Eben hat sie gellend aufgeschrien. Das ging mir durch und durch. Sie quält sich mit irgendwas herum. Wieso wohnt sie hier, warum kommt sie nicht zu mir?«

»Sei mal ruhig«, sagte Ludger, denn die helle Stimme erhob sich schrill über die anderen. Jedes Wort war zu verstehen.

»Du solltest dein Gesicht sehen! Verkniffen und sauertöpfisch!«, schallte es herüber.

Im Haus knallte eine Tür.

»Nina!«, war die Stimme des Mannes zu hören. »Bleib bitte hier!«

Dann war es still.

»Dörte scheint ein offenes Wort zu lieben«, meinte Ludger.

»Unter guten Freunden nicht so ungewöhnlich.«

»Ich weiß nicht, ob das Freunde sind.«

»Sonst würde sie nicht dort wohnen.«

»Jetzt ist sie mit dem Mann allein in der Küche. So ein blonder, großer ist das. Gegen den hab ich keine Chance.«

Ludger stieg aus, öffnete die Heckklappe, ergriff das Fahrrad und brachte es auf der Ladefläche unter. Er warf die Klappe zu und hielt Ansgar die Beifahrertüre auf.

»Schluss mit dem Blödsinn. Steig ein.«

Ansgar ließ sich auf den Sitz fallen, er schien erschöpft. Als Ludger den Motor startete, hatte er nicht den Eindruck, einen Bruder neben sich zu haben, sondern einen Sack, der in sich zusammengefallen war, weil kaum noch was drin war. Ansgars Gesicht sah grau und alt aus. Er wirkte schwerkrank. Krank von Dörte. Verdammt, der Zustand musste ein Ende haben.

Diese Frau könnte ich umbringen, dachte Ludger grimmig.

*Umbringen* ...Wie schnell man das Wort parat hatte, wie leicht es zu denken war und sogar Befriedigung verschaffte. Er lachte bitter auf. Natürlich brächte er das nicht fertig. Aber vielleicht könnte er es gutheißen, wenn jemand anders Hand an sie legte – mein Gott, nein! Entsetzt schüttelte er den Kopf. Wie kam er auf so was Ungeheuerliches? Mensch, so war er doch nicht! Nie gewesen! Der Hass war drauf und dran, ihn zu verändern. Was für ein gefährliches, starkes Gift.

Der Schrei hatte sich nicht wiederholt. Margot war weitergegangen und versuchte, sich zu beruhigen. Vielleicht hatte Dörte sich in die Hand geschnitten oder war Ninas schönste Glasschüssel auf den Terrassenplatten zerschellt. Lächerlich, sich darum kümmern zu wollen; sie war keine Lehrerin bei der Pausenaufsicht!

Kneif nicht, meldete sich eine andere Stimme in ihrem Kopf. Die übliche Gleichgültigkeit von Leuten, die jemanden schreien hören und achselzuckend weitergehen, hast du doch stets beklagt. Margot machte auf dem Absatz kehrt. Natürlich, man durfte nicht immer davon auszugehen, es sei schon nichts Schlimmes passiert.

70

Nach wenigen Schritten bremsten sie neue Bedenken. Selbst wenn der Aufschrei eine ernstere Ursache haben sollte, konnte sie so gut wie gar nichts tun. Sie wusste nicht einmal, wo der Schrei hergekommen war. Wenn sie jetzt Nachforschungen anstellte, würde man ihr mit Recht vorwerfen, dass sie sich in Angelegenheiten einmischte, die sie nichts angingen. Denn in aller Regel war eben doch nichts passiert, was das Eingreifen Fremder erforderte.

Sie drehte wieder um und ging in der ursprünglichen Richtung weiter. Was hätte Miss Marple getan? Die hätte die Sache geklärt, und jeder hätte sie dafür bewundert. Man kann nie wissen, hätte sie gesagt, besser, man geht den Dingen auf den Grund.

Margot nickte zur Bestätigung und machte von neuem kehrt. Es war einen Versuch wert. Sie musste nur den Plan wieder aufnehmen, den sie bereits verworfen hatte.

Am Abzweig des Stichwegs kam ihr ein Wagen entgegen. Es war das schwarze Auto, das sie kannte. Am Steuer saß der Fahrer mit der Hornbrille, der den finsteren Typen am Samstag so angestarrt hatte, und wenn die spiegelnde Frontscheibe sie nicht täuschte, befand sich der Mann im lila-schwarzen Pulli auf dem Beifahrersitz.

Margot drückte sich nah an die Hecke, als der Wagen an ihr vorbeifuhr. Dieser Mensch war also fort, sie durfte sich einigermaßen sicher fühlen, zumal der Mann im grauen Anzug auch nicht mehr zu sehen war. Für das, was sie vorhatte, konnte sie keinen Zeugen gebrauchen.

Sie näherte sich dem Haus der Breuers und klingelte, um sich zu vergewissern, dass wirklich niemand da war. Alles blieb ruhig. Auch schien niemand aus den Fenstern der Nachbarhäuser zu blicken. Sie begab sich zu dem Holztor an der Seite und öffnete es. Kein Knarren und Quietschen, was für ein Glück. Im Schatten schützender Bäume und Büsche führte eine Reihe quadratischer Betonplatten, ähnlich wie bei Nina, sie an der Flanke des Hauses entlang zur Terrasse. Dort standen vier wettergraue Sessel aus

Rattan und ein kleiner Tisch. Kein einziger Pflanztopf, kein Beet am Rande. Von Blumen schienen die Breuers nicht viel zu halten. Der Garten diente als Hundespielplatz. Margot bemerkte einen zerkauten Ball, einen Gummiknochen und mehr als ein Dutzend tiefer Buddellöcher, die jeden, der die Fläche betrat, Gefahr laufen ließen, sich die Knöchel zu brechen.

An der rechten Grundstücksseite bildeten verschiedene Arten von Sträuchern eine dichte Hecke, die den Breuerschen Garten von Ninas abgrenzte. Margot vernahm von nebenan das Klirren und Klappern von Geschirr und Besteck. Vermutlich wurde dort der Tisch gedeckt.

Vorsichtig ließ sie sich auf einem der Rattansessel nieder. Er gab ein leichtes Knirschen von sich, so dass sie nicht wagte, sich bequemer hinzusetzen oder auch nur die Handtasche am Boden abzustellen. Sicherlich wussten die Nachbarn, dass die Breuers verreist waren, und jedes Geräusch konnte sie veranlassen, hier nach dem Rechten zu schauen.

Von drüben ertönte das Rücken von Stühlen, deren Beine über die Steinplatten kratzten. Anscheinend setzte man sich auf der Terrasse zu Tisch. Margot konnte die Stimmen gut unterscheiden, verstand aber nur wenige Worte, die sich allesamt aufs Essen bezogen. Kein Zweifel: Beide Frauen waren wohlauf, und die ruhige männliche Stimme gehörte Ninas Ehemann. Alles schien so, wie es sich gehörte.

Was hab ich mir da eingebildet, dachte Margot beschämt, das kommt von Ediths Geschwätz über diese Pilar. Ich hab mir einen Floh ins Ohr setzen lassen! Wie konnte ich das für bare Münze nehmen? Sie fühlte sich veräppelt. Niemand würde es ihr danken, wenn sie noch weiter herumspionierte. Es war anstrengend und überflüssig.

Sie erhob sich mit Bedacht, um kein weiteres Geräusch zu verursachen. Da schnitt scharf wie ein Skalpell eine Stimme durch die Luft:

»Du arbeitest für den Staat, diesen Sauhaufen?«

72

Dörte! Halb aufgerichtet blieb Margot stehen und starrte die Hecke an. Als Beamtin des Landes Nordrhein-Westfalen war sie dem Staat, der ihr jeden Monat pünktlich ihr Ruhegehalt überwies, ausgesprochen zugetan.

»Ich bin im Bundesamt der Justiz«, hörte sie die zweite Frauenstimme antworten – tiefer, wärmer, wohltuender. Das musste Nina sein.

»Eine Behörde ist wie die andere. Da sitzen nur Arschlöcher.«

»Hör mal …«

»Alle, die einfältig, charakterlos und manipulierbar sind und ein bequemes Leben führen wollen. Aber das passt zu dir. So warst du ja immer.«

Das war starker Tobak! Margot wagte kaum zu atmen.

»Bitte, sag so was nicht.« Ninas Stimme bebte, klang aber beherrscht. Wie lange würde sie das durchhalten?

»Natürlich magst du das nicht hören. Weil ich Recht hab.«

Wie kam Dörte dazu, so etwas von sich zu geben, was steckte dahinter? Lang gehegter Neid?

»Dann frag ich mich, weshalb du mich zur Freundin haben wolltest.« Wieder Nina.

»Es gab ja nichts Besseres. Ihr wart alle so.«

»Und was willst du jetzt hier?«

»Na, na«, war endlich die Stimme des Mannes zu hören. »Nina, das Gebot der Gastfreundschaft.«

»Das gilt nur, wenn sie sich anständig verhält«, entgegnete Nina.

»Jeder kann mal impulsiv sein, und dann ist wieder Frieden«, meinte der Mann.

»Nina ist Teil meiner Vergangenheit.« Dörtes Stimme klang auf eine verbissene Art feierlich. »Ich krame darin herum wie in einer Schublade mit alten Sachen. Ja, es ist ähnlich. Ich muss aufräumen. Ausmisten. Was stört, muss weg.«

»Was soll das heißen?«, fragte Nina.

»Hier, nehmt Erdbeeren, sie sind wunderbar«, warf der Mann ein. »Bitte, Dörte, die Sahne.«

»Nina verträgt keine Kritik«, zischte Dörte.

Margot wartete gespannt auf die Erwiderung, hörte aber nur das Klimpern der Löffel. Vielleicht begnügte sich Nina mit vernichtenden Blicken, vielleicht hatte sie beschlossen, Dörtes Worte nicht ernst zu nehmen. Oder sie sann auf eine saftige Rache. Jedenfalls schwieg sie. Und auch ihr Mann, von dem sich Margot mehr Parteinahme für seine Frau gewünscht hätte, sagte nichts.

Ein Klingeln im Haus ließ Margot zusammenfahren. Das war nicht nebenan, das war hier! Da wollte jemand zu Breuers! Kein Grund zu Unruhe, sagte sie sich sogleich. Diese Person würde noch ein zweites Mal läuten und dann einfach verschwinden. Was für ein Irrtum, erkannte Margot kurz darauf erschrocken. An der Seite des Hauses näherten sich Schritte. Männerschritte.

Hektisch sah sie sich nach einem geeigneten Gebüsch um. Doch zum Verstecken war es zu spät, die Schritte waren zu nah. In ihrer Not ergriff sie kurzerhand den Drahtbesen, der an der Hauswand lehnte, und strich damit über den durchlöcherten Rasen, auf dem ein paar zerpflückte Zweige lagen. Das sah wenigstens nach einer vernünftigen Beschäftigung aus, einer Berechtigung, hier zu sein. Blöd nur, dass am linken Arm immer noch ihre Henkeltasche baumelte.

Margots Herz drohte stehen zu bliebn, als ein männlicher Turnschuh, ein männliches Jeansbein und ein dunkles Hemd um die Hausecke bog. Sie sah schon das düstere Gesicht darüber – aber nein! Das war nicht der Finstere mit dem Bart. Es war ein schmächtiger Mensch mit millimeterkurzem Mecki-Haarschnitt und Goldrandbrille. Der nette Herr vom Biostand.

Sein Lachen wirkte verlegen. »Oh, Sie machen sich nützlich.«

»Aber sicher«, antwortete sie, während der Drahtbesen in einem Buddelloch der dänischen Dogge hängen blieb. »Ich hab Frau Breuer noch kurz vor ihrer Abreise erwischt. Sie war in Eile, aber sehr erleichtert, dass ich ihr anbot, hier nach dem Rechten zu sehen. Die Dogge ist natürlich längst in der Hundepension, aber der Garten hat es nötig.«

74

Unfassbar, was für Lügen ihr über die Lippen gingen!

»Dann ist ja alles gut«, sagte der Verkäufer und wandte sich zum Gehen. »Ich wollte mich nur vergewissern, ob Breuers wirklich fort sind – wegen der Kartoffellieferung. Die fällt dann diese Woche aus.«

Aufs Lügen versteht der sich auch, dachte sie beunruhigt. Mit Sicherheit hatte nicht die Kartoffel-Frage, sondern sein Misstrauen ihn hierher getrieben. Hoffentlich schickte er ihr nicht die Polizei auf den Hals. Was für ein schauderhaftes Gefühl, sich wie eine Kriminelle fühlen zu müssen! Und womöglich hatte man im Nachbargarten das Zwiegespräch mit angehört. Das konnte noch peinlicher werden.

»Ich bin jetzt fertig«, sagte sie schnell, stellte den Drahtbesen an die Hauswand und folgte dem Mann, obwohl sie zu gern gewusst hätte, wie das Gespräch auf der anderen Seite der Hecke weiterging.

Welch böse Worte hatte Dörte von sich gegeben! Was war in sie gefahren, dass sie die Gastgeberin derart verärgern musste? Alles war so bissig, ja, geradezu hasserfüllt herausgekommen, dass Margot noch im Nachhinein ein kühler Schauder über den Rücken lief. Das konnte nicht lange gut gehen. Wahrscheinlich würde Dörte schon morgen ihr Gepäck im Auto verstauen und abreisen, und Nina bliebe um eine Erfahrung reicher zurück. So war das mit dem Fortführen alter Freundschaften: Es klappte nicht immer.

# Nordwest-Island

An den Fenstern des Busses flogen kaffeebraune Vulkankegel vorbei. Es folgten Felder aus buckeliger Lava, bedeckt von winterfahlem Moos und grauen Flechten, grüne Talsohlen mit weidenden Pferden und langgestreckte kahle Bergrücken mit weißen Streifen aus letztem Schnee. Und immer wieder glänzte links und rechts der Straße klares Wasser auf und spiegelte den blauen Himmel. Wasser in Fjorden und Seen, in Flüssen und Bächen. Von mancher hohen Felskante stürzte es in breitem Strahl hinab in die schäumende, brodelnde Tiefe, schnellte davon und entzog sich den Blicken.

Island! Pilar konnte sich kaum satt sehen während der Fahrt in den Norden der Insel. Angestrengt hielt sie die Augen offen, obwohl sie immer wieder zuzufallen drohten. Sie war furchtbar müde – vom frühen Aufstehen, vom Flug über den Wolken und der ungeheuren Fläche des Meeres mit Inseln, von denen sie nicht wusste, ob sie zu Orkney oder den Färöer gehörten, zuletzt von der Erkundung der Hauptstadt Reykjavík zu Fuß.

Gegen Abend erreichte die Zehn-Personen-Gruppe das breite Tal des Flusses Miðfjörderá. Der kleine Bus hielt vor einem alleinstehenden weißen Haus mit blauem Dach, dem Gästehaus Brekkulækur. Welche Ruhe! Nur der Wind, der geradewegs aus Grönland zu kommen schien, war ein unruhiger Geist und pfiff ihnen kalt um die Ohren, als sie ausstiegen. Mit der Reisetasche in der Hand betrat Pilar das gemütliche Haus, in dessen Vorraum man sich Jacke, Schal und Schuhe auszog. Die mit hellem Holz vertäfelten Gasträume waren gut geheizt, und es roch wunderbar nach warmem Abendessen.

Später unternahm sie allein einen Spaziergang in die Umgebung, die taghell war, obwohl es auf Mitternacht zuging. Das weite Grasland schimmerte wie in Goldbronze getaucht, der Fluss leuchtete strahlend blau. Als sie in ihrem kleinen Einzelzimmer zu

76

Bett ging, lauschte sie dem einen oder anderen Vogel, der aus der Wiese vor dem Fenster seinen Ruf ertönen ließ. Ihr Zuhause in Bonn schien so weit weg, als läge es auf einem anderen Planeten.

In den Nachmittagsstunden des nächsten Tages war die Gruppe auf temperamentvollen stämmigen Pferden in flottem Tölt unterwegs zum Fluss. Ihre Hufe stampften auf dem Geröll durchs flache Wasser. Am anderen Ufer ging es weiter über Kiesel, Sand und Gras. An einem von flachen Felsen bedeckten Hügel hob die Isländerin Steinunn, die gut deutsch sprach, die Hand und hielt ihr Pferd unweit eines Gedenksteins an.

»Ihr kennt die berühmte Grettir-Saga? Ist eine unserer besten Sagas.«

Alle verneinten höflich lächelnd. Niemand schien wirkliches Interesse daran zu haben. Nur Pilar, die an den geplanten Vortrag dachte, wurde ganz aufgeregt und hätte jede Einzelheit am liebsten schriftlich gehabt. Die Sagas waren ihr mit einem Mal ungeheuer wichtig, weil ihr bewusst wurde, dass sie zu realen Orten gehörten, wo sie noch vorstellbar waren. So standen sie hier nicht weit vom Hof Bjarg, auf dem Grettir der Starke um das Jahr 1000 aufgewachsen sein sollte. Während die Gäste die Aussicht auf den sich zum Fjord schlängelnden Fluss fotografierten, erzählte die Isländerin mit leuchtenden Augen von dem geächteten Wikinger, der gewaltige Steinbrocken stemmte, ständig in Auseinandersetzungen geriet, das Unglück anzog und schließlich getötet wurde.

Sie ritten weiter durch die Auen im Mündungsgebiet, wo leuchtend grünes Gras spross, während die Berge noch das stumpfe Braun des Winters trugen. Zunächst am Ufer entlang, später auf der Schotterstraße, kehrten sie in rasendem Tempo zurück zum Hof Brekkulækur. Auf dem letzten Stück des Heimwegs hörte sich das Getrappel zunehmend sonderbar an. Nach und nach wurde Pilar klar, weshalb: Mit dem Staccato der Hufe, die auf den harten Boden trafen, vermengte sich ein Kastagnetten-Geklimper, das aus ihrer Bauchtasche kam. Die Klingeltöne ihres Handys.

77

Am Hof angekommen, schwang sich Pilar vom Pferd, sattelte ab, streifte die Trense vom Kopf des Rappen und ließ ihn mit der Herde auf die Wiese laufen. Die Kastagnetten meldeten sich erneut. War was mit Mama? Mit Richy, der in letzter Zeit angestrengt gewirkt hatte und einen Urlaub vielleicht nötiger gebraucht hätte als sie? War bei Damians Umzug was schief gelaufen? Pilar stellte den Sattel auf den Boden, nestelte am Reißverschluss ihrer Tasche und zog, die Finger klamm vom kalten Wind, das Handy heraus. Es war keine der gespeicherten Nummern.

»Hallo?«

»Pilar, hier ist Nina. Dein Mann hat mir deine Handynummer gegeben.«

Na, toll, dachte Pilar und knirschte unwillkürlich mit den Zähnen. Danke Richy.

»Nina, ich bin in Island«, sagte sie in sprödem Ton und nahm mit dem freien Arm den Sattel auf, um ihn in die Scheune zu tragen.

»Das weiß ich, und Richard wollte auch nicht, dass ich dich störe. Ich hab ihm gesagt, es ist dringend, ich muss unbedingt mit jemandem reden, und alle scheinen unerreichbar. Außerdem verstehst du das besser als jede andere.«

Pilar betrat die Scheune, legte den Sattel über eine Stange, hängte Trense und Reithelm dazu und ging wieder ins Freie, um den anderen ins Gästehaus zu folgen. »Was verstehe ich besser?«

»Mein Problem.«

Pilar setzte zur Abwehr an. »Nina, ich …«

»Dörte ist grauenhaft!«, brach Nina los. »Ich hab sie völlig falsch eingeschätzt!«

Das hab ich geahnt, dachte Pilar. Sie ging nicht mit den anderen ins Haus, sondern blieb draußen stehen. Nur Claudia, eine etwas jüngere Frau, war noch mit dem Fotoapparat in ihrer Nähe und beobachtete einen Vogel mit gesprenkeltem Rücken und weißen Seitenstreifen. Er spazierte am Fuße eines Grashügels auf der Hauswiese herum und stieß einen Pfiff aus.

»Goldregenpfeifer«, sagte Claudia und ging zum Fotografieren in die Hocke.

Nina schilderte ihre ersten beiden Tage mit Dörte hastig und gehetzt, als fürchtete sie, es nicht zu Ende bringen zu können. Mit dem freien Ohr lauschte Pilar dem flötenden Trillern eines anderen Vogels, den sie nicht sehen konnte. Er befand sich irgendwo zwischen den Grasbuckeln auf der anderen Seite des Bachs, der gurgelnd am Haus vorbei floss.

»Regenbrachvogel«, erläuterte Claudia und richtete sich vorsichtig auf.

Der Goldregenpfeifer trippelte hinter den Hügel. Neben einem Birkenbusch kam lautlos ein größerer Vogel mit leuchtend roten Hals herangestakst, den langen geraden Schnabel immer wieder zu Boden führend.

»Uferschnepfe«, murmelte Claudia und ging wieder in die Knie, langsam und bedächtig, um das Tier auf keinen Fall zu verscheuchen.

Der Kontrast zwischen dem Frieden, der sich allen Sinnen bot, und der Aufgeregtheit aus der Ferne hätte kaum größer sein können.

»Sie ist zänkisch und anstrengend«, rief Nina. »Sie kritisiert mich unentwegt, und noch schlimmer ist, dass sie …«

»Nina!« Pilar wollte sie unterbrechen, aber die Freundin ließ nicht die kleinste Lücke zwischen den Worten, als ahnte sie, dass Pilar sie abhängen wollte.

»… jede Menge Geschichten aufwärmt, in denen wir Freundinnen sie früher mies behandelt haben. Wir hätten sie dauernd geärgert und ausgelacht, weil sie geerbte Klamotten trug, Löcher in den Schuhen hatte, kein Fahrrad besaß und kein Taschengeld bekam. An die meisten Einzelheiten, die sie mir auftischt, kann ich mich überhaupt nicht erinnern und vor allem kann ich sie nicht ändern. Aber sie hackt immerzu darauf herum, als ob …« Nina versagte die Stimme. Gleich darauf hob sie wieder an. »Als ob sie Wiedergutmachung oder Schadensersatz fordern wollte.«

79

Um Pilar herum fegte ein heftiger Wind, der am Kragen zerrte und ihr Halstuch wie eine Fahne flattern ließ. Vom Fjord her schob sich eine dunkle Wolkenbank ins Land und näherte sich wie ein Zeppelin aus grauer Watte. Darüber leuchtete türkisblau der Abendhimmel. Die Sonne stand noch hoch überm Horizont, doch weißliche Schwaden ließen sie zusehends blasser erscheinen. Bei dieser Szenerie und dem unglaublichen Licht war es fast unmöglich, sich auf eine ferne Freundin und ihre Probleme einzulassen, und Pilar wollte es auch nicht. Sie hatte die Absicht, ihren einmaligen, kostbaren Urlaub mit aller Macht zu genießen, jede Minute, jede Viertelstunde.

»Sei einfach sagenhaft nett zu ihr, vielleicht braucht sie das.«

»Du hast keine Ahnung, wie schwer das ist, wenn man ständig mit giftigen Worten attackiert wird. Ich kann nicht mehr!«

»Dann schmeiß sie raus.«

»Das geht nicht, Pilar, ich hab sie doch selbst eingeladen. Gregor meint, Dörte habe Probleme mit sich selbst. Im Grunde sei sie eine arme Socke und sollte einem leidtun, ich müsse das aussitzen und ihre Angriffe ignorieren.«

»Klingt vernünftig. Versuch es einfach.«

»Ich versuche es ständig! Aber es ist aussichtslos. Ich schaffe das nicht.«

»Kopf hoch«, sagte Pilar. »Hab Geduld, es geht bestimmt.«

Mittlerweile war sie eingehüllt von kalten Nebelschwaden. Das kaum dreißig Meter entfernte Gästehaus, in dem gerade die schlanke Silhouette der vogelkundigen Claudia verschwand, war nur noch eine helle Fläche mit unklaren, weichen Konturen, wie mit Kreide gemalt. Der schwächer gewordene Wind trug einen Hauch von Essensduft heran.

»Ich muss zum Abendessen, Nina. Du schaffst das. Alles Gute.«

Pilar legte auf. War das gemein? Konnte eine erwachsene Frau mit Derartigem nicht fertig werden, ohne eine Freundin im Urlaub zu belästigen? Schließlich ging es nicht um Leben und Tod, und die Schilderung war bestimmt übertrieben. Nina war nur furchtbar enttäuscht, weil sie sich so sehr auf Dörte gefreut hatte. Absolut verständlich, aber kein Grund, jemanden anzurufen, der in einem fernen Land mal richtig abschalten wollte.

Durch die Nebelhülle drang ein eigenartiges gelbliches Licht. Pilar fühlte sich seltsam entrückt und hätte sich kaum gewundert, wenn aus den Gräsern am Ufer des Bachs ein Grüppchen Elfen herangeschwebt wäre.

Wie weit musste man reisen, um vor den Problemen anderer sicher zu sein? In den Himalaya? Ins ewige Eis? Pilar hätte ihr Handy einfach ausgestellt, wenn nicht ihre Mutter die Befürchtung, ja, sogar die Gewissheit geäußert hätte, dass sie genau in dieser einen Woche sterben würde, in der ihre Tochter so unvorstellbar weit entfernt war. Nun lagen Zettel mit Pilars Mobilnummer über die ganze Wohnung der Neunzigjährigen verteilt, und Pilar hatte hoch und heilig versprechen müssen, vor dem letzten Atemzug ihrer Mutter jederzeit auf dem Handy erreichbar zu sein.

# Aus einem alten Adressbüchlein

## April 1977

*Hab gestern zehn Mark Einkaufsgeld verloren. Meine Mutter hat gezetert und mich im Badezimmer eingesperrt, unsrem schweinekalten Verschlag unter den Dachsparren. Ich hab mir alle Handtücher umgehängt, aber die waren feucht. Abends hat sie mich rausgelassen. Vielleicht musste sie aufs Klo.*

*In der Küche saßen ein Mann und eine Frau in Motorradklamotten. Die Frau steckte Geldscheine ein und sagte zu meiner Mutter: In Ordnung, reicht fürs Erste. Auf dem Tisch stand ein Teller mit Wurstbroten, nicht so dünn belegt wie sonst, sondern daumendick. Da hätte ich mal speisen können wie reiche Leute, aber ich hab noch so gebibbert von der Kälte, dass ich kaum was runter bekam, und die Typen quatschten über Politik, kapitalistisches Herrschaftssystem und so, das kenn ich, da schlaf ich immer ein, solche sind öfter da.*

*Meine Mutter hat sich bei mir entschuldigt und fast geheult. Meistens denke ich, sie ist eine Hexe, aber das stimmt nicht, denn Hexen entschuldigen sich nicht. Manchmal träum ich, dass sie nicht meine Mutter ist, und dann kommt meine echte Mama, eine schöne, zarte Frau mit rotem Haar und grünen Seidengewändern, eine Art Elfe. Sie nimmt mich in ihre weichen weißen Arme und holt mich heim ins Schloss, wo es alles umsonst gibt, wo alles silbern ist und man nur freundliche Stimmen hört und selbst ganz leise, ruhig und freundlich wird.*

*Die Frau und der Mann in der Küche hatten dicke Brillen auf, als wären sie kurzsichtig. Sie gingen mit ihrem Koffer ins Wohnzimmer und machten die Tür zu. Ich lausche ja nicht, wenn Leute bei uns sind, doch bei denen hatte ich Lust dazu. Ich hab aber nur einen Satz verstanden: Der General muss weg. Hä? Der General? So heißt unser Putzmittel, und es ist ziemlich gut. Keine Ahnung, was sie dagegen hatten. Vielleicht stand die Flasche irgendwo herum.*

*Am Morgen waren sie fort, und am Nachmittag hab ich zwei Mark siebzig ergattert, weil ich einer alten Frau die Einkäufe gemacht hab. Von*

82

dem Geld hab ich mir Bienenstich gekauft. Mein Bruder bekommt immer Schokolade vom Patenonkel, und die vertilgt er allein an einem einsamen Ort, meistens auf dem Klo. Aber als ich mal was Leckres hatte und nichts abgeben wollte, hat er mich in den Bauch getreten. Deshalb bin ich mit meinem Kuchen schnurstracks zum Rhein gegangen. Hab mich am Alten Zoll auf eine Kanone gesetzt, vor mich hingekaut und die Kähne tuckern gehört. Zum Schluss hab ich überlegt, ob es schön wäre, einen Vater zu haben. Einen, der nicht von der Brüstung springt.

# VIER

Margot konnte in der Nacht nicht einschlafen. Daran vermochten weder ihre Baldriantabletten noch der sonst so hilfreiche Rotwein etwas zu ändern. Sie zählte im Geiste Schafe, die über Zäune sprangen, brach aber ermattet nach hundert Schafen ab. Sie versuchte es mit autogenem Training, soweit sie sich daran erinnerte, doch der erhoffte Erfolg blieb aus. Erst das morgendliche Konzert der Vogelstimmen, die durchs gekippte Fenster drangen, verschaffte ihr zwei, drei Stunden Schlaf.

Für Aufregungen wie die gestrigen bin ich zu alt, sagte sie sich, als sie am späteren Morgen vor ihrer zweiten Tasse Kaffee in der Küche saß und ins Blattwerk ihres Gartens starrte. War sie von allen guten Geistern verlassen, dass sie sich hatte hinreißen lassen, widerrechtlich ein fremdes Grundstück zu betreten, um zu lauschen? Jetzt hatte sie ihr Fett weg, weil das Gehörte sie nicht losließ. Vor Müdigkeit drohten ihr ständig die Augen zuzufallen. Das durfte nicht wieder vorkommen. Als das Telefon klingelte, konnte sie sich nicht aufraffen, seinem Ruf zu folgen. Sie schloss die Augen und versuchte, es zu ignorieren. Womöglich war es nur eine Meinungsumfrage, wie so oft. Oder die Polizei, die der Bioverkäufer auf sie angesetzt hatte, um ihr auf den Zahn zu fühlen … Ihr wurde ganz mulmig. Vielleicht war es doch besser, dran zu gehen, ehe ein paar Uniformierte mit dem Haftbefehl vor der Tür standen.

Mit weichen Knien näherte sie sich dem Apparat und hob ab. Zu ihrem Erstaunen war es Edith, die anrief.

»Bist du nicht mehr in der Klinik?«, fragte Margot.

»Doch, doch, deshalb rufe ich ja an. Im Krankenhaus hat man Zeit zum Nachdenken.«

Edith sprach nicht weiter. Margot hörte jemanden im Hintergrund rumoren. Sie wurde ungeduldig.

»Und?«

»Momentchen, mein Blutdruck wird gemessen.«

84

»Margot wartete drei Atemzüge lang, dann hielt sie es nicht mehr aus.

»Worüber hast du nachgedacht?«

»Ich frage mich die ganze Zeit, ob du versucht hast – danke, Schwester Lydia -, irgendwas herauszubekommen.«

»Nein«, erwiderte Margot scheinheilig. »Das liegt mir ganz fern.«

»Ich hatte den Eindruck, dass du dazu entschlossen warst, weil meine Schwiegertochter verreist ist.«

»Nein, nein.« Margot spürte, dass sie errötete, und war froh, dass Edith es nicht sehen konnte.

»Es sollte ja nur ein Scherz sein, als ich sagte, da hat irgendwer eine Leiche im Keller.«

»Das war mir klar«, log Margot.

»Aber nun weiß ich, dass Spaß ganz fehl am Platz ist.«

Margot schluckte. »Ich verstehe nicht.«

»Die Sache ist todernst.«

»Wie kommst du darauf?«

»Diese Nina vom Venusberg hat meine Schwiegertochter in Island angerufen, verzweifelt, völlig außer sich. Pilar hat es meinem Sohn erzählt, und der hat es mir berichtet. Und weil du Nina von klein auf kennst, Margot, lege ich dir die Sache ans Herz. Sie scheint eine nette Frau zu sein, hat aber Besuch von einer äußerst aggressiven Person.«

»Ach?«

»Jemand von früher, vielleicht kennst du sie. Ihr Name ist … Himmel, den hab ich vergessen. Irgendwas mit D – Doris, Daria, Dietlinde oder so ähnlich.«

»Dazu fällt mir nichts ein«, heuchelte Margot.

»Bitte, hab ein wachsames Auge auf die beiden. Nicht dass Pilars Freundin nachher mit eingeschlagenem Schädel im Krankenhaus landet.«

Es lag kein Spott in Ediths Stimme. Margot erschauerte. *Mit eingeschlagenem Schädel.* Nach dem, was sie gestern gehört hatte, schien das nicht weit hergeholt.

85

»Wie soll ich das verhindern?«

»Pilar würde sich nie verzeihen können, dass sie nach Island geflogen ist.«

»Aber ich kann mich nicht einfach einmischen!«

»Im Notfall musst du das, Margot.«

Zwei Stunden später. Keine Frage, Miss Marple hatte es leichter gehabt. Sie hatte es zumeist mit bereits erfolgtem Unheil zu tun, während Margot ein solches verhindern sollte und zu diesem Zweck schon wieder auf der fremden Terrasse in dem unbequemen Rattansessel ohne Kissen saß. Laut Strafgesetzbuch beging sie Hausfriedensbruch, nun sogar im Wiederholungsfall. Hätte sie denn anders gekonnt, nachdem Edith so mit ihr gesprochen hatte? Margot wäre sich schäbig vorgekommen.

Das Nachbarhaus wirkte still. Vielleicht waren Nina und Dörte nicht zu Hause. Das graublaue Auto stand zwar wie gewohnt am Zaun gegenüber, dennoch war es möglich, dass die beiden Frauen einen Spaziergang oder einen Ausflug unternahmen. Auch der finstere Typ befand sich nicht im Baumschatten an der Ecke; jedenfalls hatte Margot ihn nicht gesehen, als sie dort vorbeigegangen war.

Hätte sie nur ihr Strickzeug mitgenommen, damit der Nachmittag nicht so vergeudet wäre! Sie überlegte, ob sie für ein Viertelstündchen ins Café gehen sollte, um sich mit einer Tasse Kaffee zu stärken und die Toilette aufzusuchen. Unentschlossen blickte sie auf die löchrige Wiese vor ihr und lauschte den Vögeln, die in den Wipfeln der höheren Bäume saßen.

Ein kurzes Knarren rüttelte sie auf. Anscheinend wurde nebenan die Terrassentür geöffnet. Es folgten Geräusche aus dem Inneren des Nachbarhauses: Ein Rumpeln, Scharren und Schleifen, als würde etwas Schweres über den Boden geschoben oder gezogen, ein Möbelstück wahrscheinlich. Dazu vernahm Margot den dünnen Gesang einer weiblichen Stimme. Etwas fiel um, das Lied brach ab. Und wieder wurde ein großer Gegenstand gerückt, begleitet von einem Quietschen. Anschließend war ein Rascheln zu hören, als würde etwas ausgepackt. Was war da drüben los? Mit dumpfem Klatschen landete etwas auf der benachbarten Terrasse. Ein Teppich vielleicht. Über dem Buschwerk an der Grundstücksgrenze stieg feiner Staub auf.

Sie halten Hausputz, vermutete Margot. Allerdings konnten drüben nicht zwei Frauen beschäftigt sein, sonst hätte man sie reden gehört. Vielleicht war es die Putzfrau, die dort herumwirbelte. Denn bestimmt beschäftigte Nina jemanden fürs Saubermachen, sie war ja berufstätig.

Von der Straße her schien sich ein Auto zu nähern und in den Stichweg einzubiegen. Der Motor verstummte, eine Wagentür schlug zu. Es folgte das Klappern von Absätzen, die anscheinend auf das Nachbarhaus zugingen. Dort wurde kurz darauf die Haustür zugeworfen. Eine Weile war nichts zu hören.

»Nein!«, schallte es so plötzlich herüber, dass Margot zusammenfuhr. »Was fällt dir ein?«

Das war Nina. So viel lautstarke Wut hätte Margot ihr nicht zugetraut. Wie konnte sie so mit ihrer Putzfrau reden? Im nächsten Moment wusste Margot, warum: Es war nicht die Putzfrau.

»Gib's doch zu, es sieht toll aus«, ertönte Dörtes Stimme. Offenbar stand sie nah an der Terrassentür. »Du ärgerst dich nur, weil du nicht selbst drauf gekommen bist.«

»Unsinn, es ist widerwärtig.«

»Widersprich mir nicht dauernd!«

Margot erhob sich und trat dicht an die Büsche, um kein Wort zu verpassen. Durch das Gesträuch zog sich ein Sichtschutz aus Holzgeflecht. Sie konnte also sicher sein, von der anderen Seite nicht gesehen zu werden.

»Wo ist mein afghanischer Teppich?«

»Hab ich rausgeschmissen. Den bring ich ins Tierheim. Der taugt nur noch für Hunde.«

»Das ist eine Frechheit.«

»Jeder muss in seinem Leben mal ausmisten und umräumen.«

87

»Mach das in deinem eigenen Leben! In meinem steht dir das nicht zu.«

»Schau doch mal richtig hin!«

»Das ist nicht mehr mein Wohnzimmer.«

»Soll's auch nicht sein. Das war ja die Krone der Geschmacklosigkeit. Die hässlichsten Teile hab ich zugedeckt, der Rest geht notfalls, wenn er so steht wie jetzt.«

»Stell alles so hin, wie es war, und zieh die albernen Tücher ab. Stopf sie in den Müll.«

»Bist du verrückt? Das ist reine Seide.«

»Gregor und ich mögen so was nicht.«

»Ach, ja, Gregor. Der hat angerufen, er kommt nicht vor Mitternacht. Er hat vergessen, dir zu sagen, dass eine Kollegin Geburtstag feiert. Nein, er hat nichts gegen die Tücher, ich hab ihn gefragt. Das kann so bleiben.«

»Ich will alles so haben, wie es war.«

»Du bist genauso starrköpfig wie früher. Nichts dazugelernt?«

Es trat eine Pause ein. Margot stellte sich vor, dass Nina tief Luft holte.

»Fahr bitte ab, Dörte.«

»Das geht nicht.«

»Es reicht. Lass mich in Ruh.«

»Ich hab für uns einen Auflauf im Backofen, ich muss nachsehen, sonst verkokelt er.«

Leichter Regen setzte ein. Margot klappte den Kragen ihrer Jacke hoch und bedauerte, keinen Schirm dabei zu haben; ihrer Dauerwelle würde der Regen nicht gut bekommen. Nebenan trat jemand mit leisem Fluch auf die Terrasse und zog etwas über den Boden, das ein wischendes Geräusch verursachte. Wahrscheinlich holte Nina den afghanischen Teppich herein. Die Tür wurde geschlossen. Energisch, mit Nachdruck. Nina wird die Lage meistern, sagte sich Margot. Vielleicht wird sie den Auflauf verschmähen, aber nicht *mit eingeschlagenem Schädel* im Krankenhaus landen, was für ein Unfug. Schwarzseherei, Katastrophenwahn alter Schachteln.

88

Margot fasste den Henkel ihrer Handtasche fester und verließ die Terrasse. Lautlos öffnete und schloss sie das Gartentor und sah zur Straßenecke. Da war er wieder, der Kerl! Diesmal in einem ausgebeulten braunen Trainingsanzug. Sie tat so, als sähe sie ihn nicht, und ging rasch an ihm vorbei. Sollte sie Edith von dem Mann berichten, damit sie es ihrem Sohn erzählte, der wiederum Pilar in Island anriefe?

Lieber nicht, entschied Margot, sonst schickt mich Edith wieder los. Ich will nichts damit zu schaffen haben, es tut mir nicht gut. Von wegen Miss Marple! Eine blödsinnige Idee.

Ludger war mit dem letzten Patienten später fertig geworden als am Tag zuvor, aber früh genug, um auf den Venusberg zu fahren und nachzuschauen, ob Ansgar wieder auf seinem Beobachtungsposten stand. Er hatte neue Pläne mit ihm, er wollte ihm noch einmal helfen, einen Job zu finden, ein Hobby aufzubauen und unter Menschen zu gehen. Das war der soundsovielte Anlauf, aber man durfte nicht müde werden, es wieder und wieder zu versuchen, es war noch längst nicht alles verloren. Ansgar war Mitte Vierzig, er konnte das Ruder noch herumreißen. Wenn er nur den Willen dazu hätte! In einem Punkte hatte Ludger fast aufgegeben: den Bruder von der Notwendigkeit einer Psychotherapie zu überzeugen. Ansgar sperrte sich so sehr dagegen, zurzeit war da nichts zu machen.

Als Ludger in die schmale Straße einbog, erblickte er Ansgar an der gewohnten Stelle neben seinem Fahrrad im Schatten des Laubbaums an der Ecke. Schlagartig wallte Zorn in ihm auf. Das ernste Wort, das er am gestrigen Abend zum wiederholten Mal an seinen Bruder gerichtet hatte, der eindringliche Appell, gespickt mit allen Argumenten, die ihm einfielen, war offensichtlich ohne jede Wirkung geblieben. Ansgar hatte nichts darauf erwidert, dennoch hatte Ludger gehofft, ihn heute nicht hier zu sehen. Es war ihm ein Rätsel, was in seinem Bruder vorging.

Ludger hielt am Straßenrand und stieg aus dem Wagen.

»Wie lange stehst du schon hier?«

»Nicht lang. Drei oder vier Stunden.«

»Hör auf damit. Du siehst doch, dass es keinen Zweck hat, ständig das Haus anzuglotzen.«

»Morgens sind sie und die Freundin im Auto weggefahren, sie waren am Rhein.«

»Und du auf dem Rad hinterher?«

»Ich fahr immer hinterher.«

Ludger rollte mit den Augen. Es war wirklich grotesk, was Ansgar da veranstaltete. Er öffnete die Heckklappe, verstaute das Fahrrad und hielt seinem Bruder die Beifahrertür auf.

»Mittags ist die Freundin einkaufen gefahren«, sagte Ansgar, als sie beide im Wagen saßen, und es klang fast fröhlich. »Dörte hat in der Küche gesungen. Das ist das Schönste, was man sich vorstellen kann. Da wusste ich, dass es ihr gut geht. Bin dann schnell nach Hause und mit dem Dackel raus.«

»Hat sie gemerkt, dass du ihr ständig folgst? Hier braucht sie nur aus dem Fenster zu schauen.«

»Ich hab nichts dagegen, wenn sie mich sieht. Sie soll spüren, dass ich sie liebe.«

Ludger stöhnte auf. »Wenn es ihr auf den Senkel geht, zeigt sie dich wegen Nachstellung an. Stalking. Dann kommt die Polizei.«

»Ich tu ja nichts Böses.«

»Du musst jedenfalls was andres tun. Ich hab ein paar Anzeigen für Jobs entdeckt, die dir liegen könnten. Hausmeister zum Beispiel, das wäre doch was. Da rufst du morgen mal an.«

»Quatsch. Mich nimmt sowieso keiner. Und ich hab wieder Schmerzen.«

Schon vor Wochen war Ludger aufgefallen, dass Ansgar seinen linken Arm bisweilen auf seltsame Weise angewinkelt hielt. Im Winter hatte er bei einem Sturz auf der vereisten Kellertreppe einen Trümmerbruch am Ellbogen erlitten. Die Operation schien geglückt, doch als die Schmerzen erneut zunahmen, untersuchte Ludger den Arm und riet dem Bruder, zum Arzt zu gehen und

90

sich röntgen zu lassen. Ansgar hatte es immer wieder aufgeschoben und behauptet, er spüre kaum noch was.

Ludger ließ den Motor an. »Warst du endlich beim Arzt?«

»Letzte Woche. Da war es schlimm.«

»Was sagt er?«

»Es ist jetzt besser. Hauptsache, ich kann Radfahren.«

»Ansgar! Was hat der Arzt gesagt?«

»Schrei nicht so. Der Quacksalber hat natürlich alle Hebel in Bewegung gesetzt und mich zum Röntgen geschickt. Und dann wieder alle Hebel für einen Termin im Krankenhaus.«

»Was soll dort gemacht werden?«

»Mit den Schrauben oder Drähten am Knochen stimmt was nicht. Davon soll was raus. Aber ich geh nicht hin.«

»Natürlich gehst du. Wann ist der Termin?«

»Freitag. Saufrüh. Um die Zeit kann ich nicht. Da penne ich.«

»Ich bring dich mit dem Auto hin.«

»Nee, lass mal. Mein Schlafanzug ist kaputt.«

»Ich spendiere dir drei Schlafanzüge, samt Pantoffeln und Bademantel.«

»Ich kann aber nicht, solang Dörte hier ist.«

»Hat sie nicht einen Bruder in Bonn? Das hast du mal gesagt.«

»Auf den darfst du sie nicht ansprechen, dann wird sie grün im Gesicht. Er muss zum Kotzen sein.«

»Nette Familie anscheinend.«

»Ich muss nach ihr schauen. Ich muss wissen, was sie macht.«

»Wie wär's denn umgekehrt? Dörte schaut nach dir. Sie kann dich im Krankenhaus besuchen.«

»Das macht sie nicht.«

»Siehst du: So ist sie, deine große Liebe.«

Diese Bemerkung hätte nicht fallen dürfen. Von da an sprach Ansgar kein Wort mehr. Und das blieb so, während sie den Berg hinunter in die Stadt und schließlich in die Marktgarage fuhren. Um von dort aus in die Herrenabteilung des Kaufhofs zu gelangen, musste Ludger seinen Bruder am Arm nehmen und immer

91

wieder vorwärts schieben. Er kaufte vier verpackte Schlafanzüge Größe 56 und einen karierten Morgenrock, den Ansgar kaum eines Blickes würdigte, und als er die Hausschuhe anprobieren sollte, schüttelte er nur stumm den Kopf. Vielleicht hat er Löcher in den Socken, dachte Ludger. Er ließ die Pantoffeln ohne Anprobe einpacken, die Größe würde hinkommen.

In der Nähe der Kellerwohnung hielt Ludger neben den parkenden Autos und ließ Ansgar aussteigen. An der Kreuzung staute sich der Verkehr. Die Luft, die durch die geöffnete Wagentür hereinströmte, roch giftig nach Abgasen. Wortlos schlug Ansgar die Tür zu und wandte sich ab. Die Tüten mit den gekauften Sachen blieben auf dem Rücksitz liegen. Ludger ergriff sie, sprang aus dem Auto, drückte sie Ansgar in die Hand und nahm das Fahrrad aus dem Kofferraum.

Als er wieder hinterm Lenkrad saß und über die Reuterstraße zur Autobahn fuhr, fühlte er sich ausgelaugt. Man muss eine Lösung für ihn finden, dachte er, während er im Stau zwischen Bonn und Köln stand. So durfte es nicht weitergehen mit seinem Bruder. Es währte schon viel zu lange. Dörte hätte ihm niemals begegnen dürfen. Bevor Ansgar sie vor zwölf Jahren im Karnevalstreiben der Bonner Altstadt kennen lernte, war er einigermaßen im Gleichgewicht gewesen. Er hatte eine feste Anstellung in einem Fahrradgeschäft gehabt, Fußball gespielt und sich mit Arbeitskollegen getroffen. Seit jenem Rosenmontag aber gab es für ihn nur noch Dörte. Zwei Tage lang schwamm er in vollkommenem Glück. Am Aschermittwoch zog sie kalt den Schlussstrich, und das Drama begann. Er ging nicht mehr zur Arbeit, nicht zum Fußball, nicht zu irgendwelchen Treffen. Er tat fast nichts. Außer warten, hoffen und hinter ihr herfahren.

92

# Nordwest-Island

In hohem Tempo ging es gen Westen, dem nächsten Fjord entgegen, dem Hrútafjörður. Sie preschten auf harten Wegen an einem glitzernden Flusses entlang und durch saftiges Grasland am Ufer eines Sees, dessen tiefblaues Schimmern einem geschliffenen Saphir glich. Pilar erspähte Singschwäne, Reiherenten und Ohrentaucher mit gelbroten Federbüscheln, quirlige Odinshühnchen und weitere Vögel, deren Namen sie nicht kannte. Unter ihr stampften die Hufe eines Braunen mit wehender Mähne, hinter ihr lief die Herde, sechzig freilaufende Pferde, gefolgt von den Schlussreitern, die die Aufgabe hatten, die Tiere zusammenzuhalten und zu verhindern, dass sie kauend auf einer Wiese zurückblieben oder in die falsche Richtung galoppierten.

Pilar hatte das Gefühl, jetzt endlich alles, das sie belastet hatte, vollständig hinter sich zu lassen. Mit dieser herben, weiten Landschaft konnte sie eins werden, mit den kraftvollen Pferden, dem endlosen Himmel und dem scharfen Wind.

Sie erreichten den Fjord gegen Mittag. Aus den Taschen eines Packpferds holten sie Sandwichs, Kaffeekannen und Becher. Die buckeligen Höcker einer Wiese dienten als Sitzgelegenheiten. Nach dieser Pause musste Pilar sich wie alle anderen ein anderes Reitpferd einfangen, satteln und aufzäumen. Und weiter ging's auf einem Schecken. Die Strecke führte ins steinige Hochland. Links und rechts des Weges sprangen Mutterschafe mit ihren Lämmern davon, als die Pferde heranstürmten. Es ging bergauf und bergab, an Wasserfällen vorbei und durch Flüsse, deren eiskaltes Wasser bis zum Sattel spritzte.

Auf einer Anhöhe über einem breiten Tal erklärte Steinunn, die neben Pilar ritt, in dieser Gegend spiele die *Laxdœla-Saga*, die Geschichte von den Leuten aus dem Lachswassertal, ein Höhepunkt isländischer Erzählkunst. Muss ich also lesen, dachte Pilar und schoss ein Foto, bevor das Tempo wieder schneller wurde. Vor

93

dieser atemberaubenden Kulisse wollte sie nicht unnötig Worte machen.

Abends erreichten sie das Farmhaus, in dem sie übernachten sollten. Sie entließen die Tiere auf ein Gelände neben einem Bach, schleppten die Sättel in einem Schuppen und tauschten die Reithosen gegen Badeanzüge aus, um sich im hauseigenen Hot Pot zu entspannen, dessen schwefeliges Wasser durch ein Rohr von einer heißen Quelle jenseits der Hügelkuppe kam. Danach waren die meisten so müde, dass sie bald in ihren Betten verschwanden. Pilar zog es vor, einen Spaziergang zu machen, und Claudia, die Vogelexpertin, begleitete sie.

Die Wiese mit den verschiedenfarbigen Pferden und die Berge dahinter waren ins rötliche Licht der sinkenden Sonne getaucht, die bald untergehen und nach kurzer Zeit wieder emporsteigen würde. Pilar blieb stehen, um den Geräuschen der Natur zu lauschen: dem Rupfen und Schnauben der Pferde, dem Gurgeln und Murmeln des Bachs und den Rufen der Vögel. Die Kastagnetten machten ihr einen Strich durch die Rechnung. Ihr Handy.

»Geh nicht dran«, riet Claudia. »Du hast Urlaub.«

»Es könnte Richy sein«, sagte Pilar und zog das Handy heraus. »denn schließlich ...« Sie durchfuhr ein Schreck. Es war niemand aus ihrer Liste. Aber eine siebenstellige Bonner Festnetznummer. Ein Arzt oder eine Krankenschwester! War es jetzt soweit mit Mama? Während sie überlegte, warum ihr die Nummer bekannt vorkam, tippte sie auf das grüne Symbol.

»Ich stör dich nicht lang, Pilar, ich ...«

Reingefallen. Sie hatte vergessen, Ninas Nummer in der Liste zu speichern.

»Nina, ich bin in Urlaub!«, rief sie verärgert aus.

Claudia warf ihr einen spöttischen Blick zu und ging über die buckelige Wiese bergauf, während Pilar zerknirscht auf dem Schotterweg zurückblieb.

»Aber ich hab hier keinen Menschen!« Ninas Stimme klang verzweifelt.

»Ist nicht wahr. Du hast einen Mann.«

»Das ist es ja gerade: Dörte treibt einen Keil zwischen Gregor und mich, und sie tut es bewusst. Er fand es ganz witzig, dass sie das Wohnzimmer umgeräumt hat. *Witzig!* Ich soll es *mit Humor nehmen!* Und den dunkelroten Teppich, den Afghanen, den mein Vater mir geschenkt hat –«

»Moment«, unterbrach Pilar verwundert. »Sie hat euer Wohnzimmer umgeräumt?«

»Sie meint, jeder muss in seinem Leben mal ausmisten und umräumen.«

»Ist das ein Missverständnis? Hast du was gesagt, das sie als Zustimmung aufgefasst hat? Red einfach vernünftig mit ihr.«

»Vernünftig mit der?« Ninas Stimme schnellte in eine unangenehme Höhe. »Das geht nicht!«

Und mit dir wohl auch nicht, dachte Pilar. Ninas Verfassung war bedenklich. So kannte sie die Freundin nicht.

»Hast du ihr gesagt, es wäre besser, dass sie abreist?«

»Hab ich. Aber sie bleibt.«

»Sie kann sich doch nicht wohlfühlen, wenn ihr so viel Streit habt.«

»Es ist seltsam. Ich hab den Eindruck, sie fühlt sich blendend. Die einzige, die leidet, bin ich. Und ich hab Angst, dass irgendwas Schreckliches passiert.«

Pilar kam das alles so theatralisch vor, so übertrieben. *Irgendwas Schreckliches* – na ja! Vielleicht ging früher oder später ein Stück von Ninas teurem Porzellan zu Bruch, ansonsten war eher mit der vorzeitigen Abreise des Gastes zu rechnen.

»Von hier aus ist es schwer, dir zu helfen, Nina«, wich sie aus.

»Ja, ja, ich weiß, du willst abschalten. Entschuldige die Störung.«

Ohne Verabschiedung legte Nina auf. Prompt befielen Pilar heftige Schuldgefühle. Sie hatte versagt und die Freundin, die ihre Situation nicht in Griff bekam und sich Hilfe erhofft hatte, herb enttäuscht. Sollte sie schnell anrufen, sich alles noch mal genau erklären lassen und zu einem Ratschlag durchringen? Vielleicht brauchte Nina nur ein geduldiges Ohr, dem sie die Misere haarklein erzählen konnte, was in zwei bis drei Stunden erledigt wäre.

Pilar blickte den Hang hinauf, wo Claudia, gegen einen Steinbrocken gelehnt, an dem Teleobjektiv ihrer Kamera drehte. Sie schien in aller Ruhe mit der Aufnahme einer blühenden Pflanze beschäftigt und mit sich selbst vollkommen im Reinen zu sein.

Ich mach's nicht, sagte sich Pilar. In den vergangenen Wochen und Monaten hab ich zu oft zugehört. Ich habe ein offenes Ohr für traumatisierte Flüchtlinge und ihre Helfer gehabt, für meine Mama bei den zahlreichen Schilderungen ihrer Leiden und für meine Söhne, wann immer sie Rat und Beistand suchten. Ich habe Richy zugehört, der unter dem Abteilungsleiter litt, meiner Schwiegermutter, die gestürzt war und operiert wurde, meinem Chef, der sich Sorgen um die Gesundheit seiner Frau machte, meiner Schwester, die Ärger mit den Handwerkern hatte, und meinem Nachbarn, den unser Unkraut und unsere Katze stören. Aber in dieser einen Woche, in der ich weit weg von allen bin, will ich niemandem zuhören!

## Aus einem alten Adressbüchlein

## 1978

*Ich soll was für die Schule tun. Und wie macht man das? Ich kapier kein Mathe, und Geschichte mit all den Zahlen, Kriegen, Königen und Generälen ist ein Graus. Der General muss weg, hab ich gestern am Küchentisch gesagt, einfach so, weil es mir gerade einfiel. Das Gesicht meiner Mutter wurde kreideweiß und dann himbeerrot.*

*Wo hast du das gehört?*

*Hier.*

*Sag das nie wieder.*

*Warum nicht?*

*Du darfst das niemandem sagen! NIEMALS, hörst du?*

*Beinah hätte ich eine Ohrfeige kassiert. Sie war fuchsteufelswild, obwohl es ein Jahr her ist, dass die Leute mit den Brillen das gesagt haben. Wir haben schon lange keine Flasche General mehr, wir nehmen jetzt Meister Proper. Aber wahrscheinlich meinten die gar nicht das Putzmittel. Die haben von einem echten General geredet, einem mit Uniform und hundert Orden.*

*Was ist mit dem General?, hab ich gefragt.*

*Geht dich nichts an.*

*Kein Kinderthema also, sondern was richtig Interessantes. Das krieg ich noch raus. Ich sag das einfach in der Schule: Der General muss weg. Mal sehen, was passiert. Hoffentlich trau ich mich. Der muss was Schlimmes verbrochen haben, wenn es so geheim bleiben soll.*

# FÜNF

Margot hatte wieder eine schwierige Nacht. Kaum war das Licht gelöscht, sah sie sich auf dem Rattansessel sitzen und hörte die beiden Frauen nebenan streiten. Sie knipste die Nachttischlampe an und las ein paar Seiten in einem Roman, bis ihr die Augen zufielen. Aber sobald das Licht gelöscht war, ging der Spuk im Kopf aufs Neue los.

Langsam und kraftlos besorgte sie am Morgen ihren Haushalt, spülte das Frühstücksgeschirr, goss die Blumen und saugte im Wohnzimmer den runden Teppich ab, der von ihrer Großmutter stammte und trotz seines Alters noch prachtvolle Farben hatte. Als Kind war ihr die Aufgabe zugefallen, täglich die langen Fransen zu kämmen, und im Krieg hatte sie mit dem Kamm vor dem Teppich gekniet, bis die Sirene ertönte und alle in den Luftschutzkeller stürzten. Die Fensterscheiben zerbarsten, der Dachstuhl brannte, ein Nachbarhaus brach auseinander, doch der runde Teppich blieb unversehrt. Ach, manchmal verstand sie nicht, warum die Menschen das Leben im Frieden nicht einfach nur genossen. Warum war eine Person wie Dörte so? Was trieb sie um? Wo hatte das angefangen? Vielleicht schon bei den Eltern, die auch einen Knacks hatten; wer wusste, was ihnen widerfahren war.

Nach einem kurzen Mittagsschlaf beschloss Margot, in die Stadt zu fahren, um sich abzulenken. Sie nahm sich vor, die Stadtbibliothek zu besuchen, und legte das Buch, dessen Leihfrist bald ablief, in ihre Handtasche. Als sie vor den Spiegel trat, um ein wenig Lippenstift aufzutragen und den Kragen ihres Jackenkleids zu kontrollieren, klingelte das Telefon. Nein, das passte ihr jetzt nicht. Wer sie sprechen wollte, konnte es am Abend versuchen.

Kaum saß sie in der Straßenbahn, wunderte sie sich über eine komische Melodie in ihrer Nähe. Es klang wie der Anfang des Kaiserwalzers von Johann Strauss, den sie so liebte, brach aber immer wieder ab und fing von neuem an.

98

Der junge Mann, der ihr gegenüber saß, beugte sich vor.

»Das kommt aus Ihrer Handtasche.«

»Aus meiner? Unmöglich.«

»Ihr Handy vermutlich.«

Großer Gott! Sie hatte vergessen, dass sie jetzt auch so ein Ding besaß! Werner hatte es ihr zum Geburtstag geschenkt, und seitdem nahm es einen festen Platz in ihrer Tasche ein. Sie hatte es mehrmals unter seiner Aufsicht benutzt und lud es alle paar Tage in der Steckdose auf, aber Werner war bisher der einzige, der sie darauf angerufen hatte, und das war lange her.

Hastig öffnete sie ihre Tasche und zog das Handy heraus. Wer war das nur? Die Töne waren aufreizend laut und machten sie nervös. Zu blöd, dass ihr entfallen war, was sie jetzt tun musste.

»Sie müssen es anders herum halten«, sagte der junge Mann.

Margot drehte es, sah aber nur die glatte weiße Rückseite.

Der junge Mann griff danach. »Schauen Sie mal: so herum und drüber wischen. Jetzt ans Ohr halten und sprechen.«

»Ach, natürlich«, sagte sie verlegen. Dass man im Alter so viel vergaß! »Aber ich kann unmöglich vor all den Leuten …«

»Margot?«

Mein Gott, das war Ediths Stimme!

»Edith, ich sitze in der Straßenbahn«, flüsterte Margot.

»Sprich lauter, ich verstehe dich nicht.«

Also doch vor allen Leuten …

Edith fuhr bereits fort: »Mein Sohn sagt, dass diese Nina schon wieder in Island angerufen hat! Sie muss in furchtbarer Verfassung sein. Pilar kann gar nichts in dieser Sache ausrichten.«

»Das kann ich auch nicht.«

»Natürlich kannst du, deshalb rufe ich dich an. Wer soll es sonst tun?«

»Hör mal, ich bin auf dem Weg in die Stadt.«

Edith erwiderte nichts. Das entsprach nicht ihrer Art, und seltsamerweise wirkte das Handy wie tot.

»Ich höre nichts mehr«, wandte Margot sich an den jungen Mann.

Er beugte sich erneut zu ihr herüber. »Ihr Akku ist leer. Den müssen Sie zu Hause aufladen.«

Margot wünschte, sie hätte dieses Geburtstagsgeschenk nie erhalten. Sie hatte sich von Werner überreden lassen, es zu benutzen, weil es angeblich *so praktisch* war. Und nun führte es dazu, dass man sie überall aufstöbern konnte! Das war allenfalls für die anderen *praktisch*, für sie selbst aber lästig. Dieses halbe Gespräch brachte sie völlig durcheinander, sie war wieder uneins mit sich selbst. Musste sie sich kümmern? Sollte sie bei Nina klingeln und sagen: *Guten Tag, ich bin die Frau Mohn aus der Weberstraße, ehemalige Nachbarin und Lehrerin an Ihrer Schule, ich hab gehört, es gibt Probleme mit der alten Freundin?* Unmöglich, das ging nicht.

Als sie am Stadthaus aus der Straßenbahn stieg, schlug sie nicht, wie geplant, den Weg zur Zentralbibliothek ein. Sie überquerte die verkehrsreiche Bornheimer Straße, betrat den Alten Friedhof an seinem östlichen Eingang und fand bald, was sie suchte: den bemoosten Engel aus verwittertem, grauem Stein.

»Erinnere dich, bitte«, sagte sie zu ihm, als sie sich vergewissert hatte, dass sie hier allein war, »du hast die Stirn gerunzelt, als ich von meinen Vorurteilen über Dörte sprach. Inzwischen bin ich völlig ratlos.«

Der Engel schien den Kopf zu neigen, als wollte er ihr etwas nahelegen. Oder täuschte sie sich, weil leichter Schwindel sie befiel und sie übermüdet war und nichts zu Mittag gegessen hatte? Litt sie womöglich unter Demenz wie viele in ihrem Alter, fing das so an? Jedenfalls wusste sie plötzlich, was zu tun war.

Sie ging zum Busbahnhof und hatte Glück: Die Linie zum Venusberg fuhr gerade vor. Möglich, dass sie Edith bald beruhigen konnte. Vielleicht war in Ninas Haus längst die schönste Harmonie eingekehrt, oder Dörte war abgereist.

Mit einer Spur von Optimismus verließ sie eine Viertelstunde später den Bus und begab sich in die vertraute Wohnstraße. Als sie den Stichweg erreichte, bemerkte sie, dass auch der finstere Mann wieder da war. Er hatte sie noch nie beachtet, und sie schien auch diesmal Luft für ihn zu sein. Möglicherweise ist er weniger kriminell als ich, ging ihr durch den Kopf, er begeht keinen Hausfriedensbruch, er steht auf öffentlichem Grund. Aber worauf wartet er?

Ein Geräusch lenkte Margots Blick auf die Häuserreihe. Dort öffnete sich eine Tür. Eine Frau stürzte heraus, in der Hand eine Reisetasche. Sie rannte auf ein rotes Auto zu. Das musste Nina sein. Ein bisschen fülliger als früher, aber genauso hellhäutig, das gewellte braune Haar formlos, eine Neigung zum Doppelkinn wie ihre Mutter. Ihr Gesicht wies rote Flecken auf, sie sah aus, als sei sie auf der Flucht. Während im Haus die Tür zuflog, warf sie die Tasche auf den Beifahrersitz und stieg in den Wagen. Sie startete den Motor, setzte ein paar Meter zurück und brauste an Margot vorbei aus dem Stichweg, im Gesicht einen gequälten Ausdruck.

Was bedeutete das?

Ich muss mich setzen, war Margots nächster Gedanke, mir wird das alles zu viel.

Natürlich war hier nirgendwo eine Bank für eine Sechsundachtzigjährige mit Schwindelgefühlen. Prüfend blickte Margot zu Breuers Haus. Es stand so ruhig da wie immer. Nirgends schien ein Polizist zu lauern. Sie verdrängte die Last ihrer Skrupel. Dies war ja ein Notfall. Beherzt steuerte sie auf das kleine Tor zu, wankte auf die Terrasse zu den rettenden Rattansesseln und sank auf den nächststehenden nieder. Dass er vernehmlich knirschte, war ihr gleichgültig. Wenn Dörte merkte, dass hier jemand war, schadete das bestimmt nichts. War sie überhaupt noch drüben?

Margot legte den Kopf gegen die Rückenlehne, atmete tief durch und horchte angestrengt. Von nebenan war kein Laut zu hören. Mildes Sonnenlicht fiel durch das Geäst eines Baumes und wärmte ihr Gesicht. Ein zarter Wind ließ Blätter und Gräser flüstern und strich sachte über ihre Stirn. Auf dem Dachfirst flötete eine Amsel eine köstliche Tonfolge, an den Sträuchern brummelte eine Hummel. Margot fielen die Augen zu.

Als sein Smartphone sich meldete, war Ludger beim vorletzten Patienten des Tages. Manuelle Therapie für Schultern, Brust- und Halswirbelsäule, alles extrem verspannt, aber kein wirklicher Problemfall.

»Tut mir leid, ich hab vergessen, mein Handy lautlos zu stellen.«

»Gehen Sie dran, dann hab ich mal Pause«, ächzte der ältere Herr. »Sie nehmen mich ganz schön ran, mein Lieber.«

»Wenn ich sie nur streichele, bringt es Ihnen nichts.«

»Ich kann ja eine von den Übungen machen, die Sie mir gezeigt haben. Telefonieren Sie ruhig.«

Ludger reichte dem Herrn das grüne Thera-Band für die Übung und zog sein Handy aus der Hosentasche.

»Hol mich ab«, tönte es dumpf an sein Ohr. »Komm sofort. Sonst fahr ich volle Kanne gegen einen Baum.«

»Red keinen Stuss. Ich bin noch nicht fertig, Ansgar, ich kann jetzt nicht kommen.«

»Wenn du keinen Bock hast, lass es.«

»Was hast du? Was ist los?«

»Sag ich dir gleich.«

»Bist du besoffen?«

Mist, das war ihm herausgerutscht. Das hätte er nicht sagen dürfen. Aber hier in der Praxis, neben dem Patienten, erwischte ihn die Bitte seines Bruders auf dem falschen Fuß.

»Vergiss es«, nuschelte Ansgar, »ich fahr den Venusberg runter. Gibt da genug Bäume.«

Selbstmordgefahr, durchfuhr es Ludger. Das war bitterer Ernst. Ein Hilferuf. Er hatte es zu spät begriffen.

»Warte, ich muss erst … Ansgar?«

Keine Antwort. Sein Bruder hatte aufgelegt. Es musste etwas Niederschmetterndes passiert sein. Irgendwas mit Dörte. Hastig tippte Ludger auf *Anrufen*.

»Schlechte Nachrichten?« Der Patient hatte die Übung viel zu schnell mehrmals hintereinander durchgeführt. Mit hochrotem Kopf saß er auf der Liege und keuchte. »Dann können wir für heute Schluss machen?«

Er zog sich sein Oberhemd über, während Ludger das Handy ans Ohr presste. Ansgar nahm nicht ab.

Ludger riss sich zusammen und begleitete den alten Herrn in den Flur. Im Wartebereich saß bereits der nächste Patient, ein jüngerer Mann mit einem akuten Knieproblem, für dessen Behandlung ein Doppeltermin angesetzt war. Ludger stöhnte innerlich. Wie sollte er sich auf ein Kniegelenk konzentrieren, wenn sein Bruder drauf und dran war, sein Leben wegzuwerfen? Den Venusberg hinab bekäme er ordentlich Fahrt, das reichte für einen tödlichen Unfall.

Am Empfangstresen stand Laura, die jüngste der angestellten Physiotherapeuten der Praxis.

»Meine Patientin fühlt sich nicht so«, sagte sie und rollte mit den Augen. »Sie hat schon wieder abgesagt.«

Ludger brauchte keine zehn Sekunden, um Laura zu erklären, dass er seinem Bruder beistehen müsse und es super wäre, wenn sie seinen nächsten Patienten übernehmen könnte. Dreißig weitere Sekunden für die Details, und Laura und das Knieproblem verschwanden im Behandlungsraum.

Er stieg in seinen Zafira und fuhr los. An der Ampel am Poppelsdorfer Platz wartete er ungeduldig auf Grün, gab wieder Gas und schloss über die Kreuzung. Er gelangte rasch auf die gewundene Robert-Koch-Straße, von der er annahm, dass Ansgar sie gewählt hatte, folgte ihr den Berg hinauf und achtete auf die Gegenfahrbahn. Kein Radfahrer kam ihm in halsbrecherischer Talfahrt entgegen. Trotzdem kein Anlass zur Beruhigung. Es gab andere Straßen und Wege, die den Venusberg hinabführten, vor allem steilere.

Verspannt und nervös bog Ludger in die schmale Wohnstraße ein und fuhr langsam auf die Ecke mit dem großen Ahorn zu. Dort lag das Fahrrad am Boden und noch etwas Kompakteres, grau-braun und bewegungslos wie ein abgeworfener Sack mit Schrott. Ludger ließ den Zafira heranrollen. Ja, das war Ansgar, in sich zu-sammengesunken und staubig, als hätte er sich im Dreck gewälzt, das Gesicht in den Händen vergraben. Er zeigte keine Reaktion, nicht einmal, als Ludger ausstieg, die Heckklappe öffnete und das Rad verstaute.

»Was ist los?«

Ansgar stöhnte. Er ließ die Hände sinken und stierte auf den Asphalt.

»Ein Bruder, der sich beeilt hat, um dich wunschgemäß abzu-holen, hat eine Antwort verdient.«

»Mein Leben ist zu Ende.«

»Was soll das heißen?«

»Dörte hat was mit dem Mann da drinnen.«

»Wie kommst du darauf?«

»Die Ehefrau ist wütend aus dem Haus gestürmt. Mit Reiseta-sche.«

»Muss nichts heißen.«

»Dörte hat das Haus erobert. Und den Mann. Der ist vorhin von der Arbeit gekommen. Begrüßung mit Küsschen.«

»Tatsache?«

»Hab ich gesehen.«

»Hervorragend. Dann ist die Lage geklärt, und du bist frei.«

»Wie?«

Ansgar schaute auf. Sein Blick war müde, zeigte kaum Leben. Nichts schien ihm ferner zu liegen als der Wunsch, frei zu sein.

»Mir bleibt nur der Strick.«

»Bist du wahnsinnig?«, fuhr Ludger ihn an.

Einige Meter weiter drehte sich eine Passantin um, in einem der Häuser öffnete sich ein Fenster. Ludger beachtete beides nicht. Zorn kochte in ihm auf, er glaubte, platzen zu müssen. Unsanft hievte er Ansgar hoch. Zentnerschwer hing der Bruder an seinem Arm.

Ludger zog ihn zur Beifahrertür, riss sie auf und drückte ihn auf den Sitz hinunter.

»Ich reiß mir den Arsch auf, um dich zu retten, und du redest vom *Strick*? Lass ich alles stehen und liegen, hol ich dich hier ab, damit du dich umbringst? Ansgar, du bist für mich nicht irgendwer, begreif das endlich! Du bist mir nicht gleichgültig, du bist mein Bruder!«

Er hatte sich heiser gebrüllt. Jetzt konnte er losfahren.

Etwas klapperte und klirrte ganz in der Nähe. Geschirr? Besteck? Gläser? Margot fuhr hoch. Um Himmels willen! War die Hauseigentümerin zurückgekehrt, die ihr völlig fremde Frau Breuer?

Es dauerte ein paar Sekunden, bis Margot begriff, dass die Geräusche nicht aus dem Haus in ihrem Rücken, sondern von der Terrasse nebenan kamen. Nun hörte sie auch Stimmen, eine helle weibliche und eine tiefe männliche. Sie verließ den Rattansessel und trat so nah an die Sträucher, wie es möglich war, ohne ein Rascheln zu verursachen.

»Sie geht immer noch nicht ans Handy«, hörte Margot den Mann sagen. »Ich begreife nicht, warum sie mich nicht angerufen hat.«

»Ich schon«, entgegnete die Frau. Es war Dörte.

Der Mann erwiderte darauf nichts, war vielleicht mit eigenen Mutmaßungen beschäftigt. Margot vernahm das metallische Klicken von Besteck auf Porzellan. Es roch nach geschmortem Gemüse.

»Sie hat dich als Arschloch bezeichnet«, erhob sich Dörtes Stimme von neuem.

»Wie bitte?« Es klang undeutlich. Offenbar sprach er mit vollem Mund.

»Wörtlich.«

»Das kann ich mir nicht vorstellen.«

»*Das verdammte Arschloch*, hat sie gesagt.«

»Wann?«

105

»Bevor sie abgehauen ist.«

»Ist sie nicht wegen eurer Streiterei abgehauen?«

»Oh, nein, das war vorbei. Wir hatten uns längst wieder vertragen. Plötzlich fing sie an, über dich herzuziehen. Es war so gemein, dass ich es nicht wiedergeben möchte.«

Der Mann schwieg. Margot traute sich kaum, Luft zu holen.

»Obwohl es fairer wäre, dich von allem in Kenntnis zu setzen«, fügte Dörte hinzu.

Eine Flüssigkeit plätscherte in ein Glas.

»Wovon?«

»Da war noch ein Satz mit *Arsch.*«

»Solche Worte hab ich noch nie aus Ninas Mund gehört.«

»Sie sagte: *Ich könnte den Arsch ermorden.*«

Wieder schwieg er. Vermutlich schüttelte er ungläubig den Kopf.

»Das klang absolut ernst«, erklärte Dörte. »Aus tiefem Hass heraus.«

Was für ein Drama, dachte Margot bestürzt. Er musste sich schrecklich verletzt fühlen. Was war bloß in Nina gefahren?

*»Ich könnte den Arsch ermorden«*, wiederholte Dörte. »Das ist schon hart, wie? Ihr müsst seit langem Probleme miteinander haben.«

Der Ehemann räusperte sich. »Sicherlich hat sie nur so daher geredet. Sie war unzufrieden mit mir, weil –«

»Du weißt nicht, was danach kam!«, fiel Dörte ihm schrill ins Wort. »Ich hab nun mal ein Faible für Gerechtigkeit, und als sie dich weiter beleidigte, hab ich dich verteidigt. Und was tut sie? Fährt mir an die Kehle! Aber wie! Um ein Haar hätte sie mich erwürgt.«

Es trat eine Pause ein. Wahrscheinlich beschränkte der Mann sich darauf, Dörte fassungslos anzublicken. So ähnlich wie Margot auf die Blätter vor ihren Augen starrte, während Dörtes Worte in ihrem Kopf widerhallten. Ob das alles stimmte?

»Hier! Siehst du die Druckstellen an meinem Hals?«

»Großer Gott …« Er stöhnte auf. »Das sieht schlimm aus.«

»Als ich sie abgeschüttelt hatte, rief sie: *Den Scheiß-Mann trete ich dir gern ab!* Und zack war sie weg.«

»Ich versteh das alles nicht.«

»Tut mir leid.«

»Wo ist sie nur hin? Sie wollte mit dir so viel unternehmen.«

»Kein Problem, Gregor. Wenn das Wetter morgen gut ist, verbringe ich den Tag im Garten. Das find ich wunderbar, hab ja nie einen besessen. Und wenn es regnet, setze ich mich ins Wohnzimmer und lese ein Buch. Ich bin nicht verwöhnt.«

Jetzt ist wirklich der Zeitpunkt gekommen, wo sie abreisen muss, dachte Margot. Sie kann nicht mit dem Ehemann einer anderen, egal, wie die sich verhalten hat, zusammen in diesem Haus bleiben.

»Es war mein Fehler«, klagte der Mann.

Margot stellte sich vor, dass er sich mit beiden Händen die Haare raufte.

»Ich hab mich falsch verhalten, ich hätte nicht sagen dürfen, dass ich das umgeräumte Wohnzimmer nicht so übel finde.«

»Das hat nichts damit zu tun.«

»Wenn sie wenigstens ans Handy ginge! Ich muss mit ihr reden.«

»Ich bin mir sicher, dass sie das auf keinen Fall will.«

»Aber es ist notwendig.«

»Mach dir keine Vorwürfe, Gregor. Öffne uns lieber den Beaujolais.«

Etwas schrappte über den Tisch, vermutlich die Weinflasche. Margot blies die Backen auf, sie war empört. Sollte die Tragödie noch gefeiert werden? Das ging zu weit.

»Wie du meinst ...« Es war eine Art Seufzer zu hören. »Ich hol mal den Korkenzieher.«

Stuhlbeine kratzten über den Boden. Dieser Ehemann war eine Niete, eine Lusche, ohne Charakter, ohne Rückgrat, vielleicht sogar ohne Verstand! Eilig nahm Margot ihre Handtasche vom Boden auf und überquerte die Terrasse der Breuers. Die Lautstärke ihrer

Schritte war ihr gleichgültig, es ging um Höheres. Margot lief am Haus entlang, stieß das Gartentor auf und steigerte ihr Tempo, bis sie atemlos vor der Tür des Nachbarhauses stand. Durch das gekippte Küchenfenster waren scheppernde Geräusche zu hören, als krame jemand in einer Schublade mit Metallgegenständen. Margot überlegte nicht lange. Sie klingelte. Der große blonde Mann, den sie schon einmal von weitem gesehen hatte, öffnete die Tür und sah sie fragend an. In der Hand hielte er einen Korkenzieher.

»Dörte im Garten?«, keuchte Margot.

»Ja, aber wer sind …«

Sie ließ ihn nicht ausreden, sondern drängelte sich an ihm vorbei ins Haus. Am Ende eines kurzen Flurs stand die Tür weit offen und wies ihr den Weg ins Wohnzimmer und zur Terrasse. Dort stand Dörte in einem kurzen Sommerkleid am Tisch und füllte einen Teller mit Pistazien aus einer Tüte. Sie hob den Kopf und sah Margot entgegen.

»Schäm dich!«, zischte Margot, als sie die Schwelle nach draußen erreichte.

»Meinen Sie mich?« Dörte lachte auf. »Ist das ein Witz? Wer sind Sie?«

»Ich hab befürchtet, dass du mich nicht erkennst. Das Gedächtnis junger Leute reicht nicht weit zurück.«

Dörtes Augen zogen sich zu Schlitzen zusammen, ihre Mundwinkel zeigten nach unten. »Ich weiß, wer Sie sind. Die Lateinlehrerin der Parallelklasse, die Frau, die nebenan im Parterre wohnte, wo es gemütlich war. Aber wir mussten die Kohlen die Treppen rauf schleppen, weil der Hausbesitzer zu geizig war, die Zentralheizung bis unters Dach zu legen.«

»Du kannst hier nicht mit dem Mann in einem Haus bleiben, während Nina weg ist. Das tut man nicht, Dörte. Fahr zurück nach Berlin.«

»Sie haben nicht alle Tassen im Schrank.« Dörtes streckte ihr spitzes Kinn vor und stieß einen verächtlichen Laut aus. »Gregor, schaff mir die beknackte Alte vom Hals.«

»Wir regeln das, wir kommen schon klar«, sagte der Angesprochene hastig, aber nicht unfreundlich zu Margot. »Bitte beruhigen Sie sich, Frau …«

»Mohn ist mein Name.«

»Wissen Sie, wo Nina steckt?«

»Nein«, erwiderte Margot.

»Die hat gelauscht, wetten?«, bemerkte Dörte. »Ich wüsste gern, wie sie das gemacht hat und warum. Vielleicht ein Fall für die Polizei.«

Margot spürte, wie ihr das Blut aus dem Gesicht wich.

»Ich bringe Sie hinaus, Frau Mohn«, sagte der Mann namens Gregor und legte seine Hand auf ihren Arm. »Bitte, machen Sie sich keine Sorgen. Es ist nicht so, wie Sie denken.«

»Aber auch nicht so, wie Sie denken!«, stieß Margot hervor.

Wie kam sie darauf? Was wusste sie denn? Nichts wusste sie. Sie hatte nur das vage Gefühl, dass Dörte ein infames Spiel trieb und ihr Besuch kein gutes Ende nehmen konnte. Und natürlich war Margot sauer. *Beknackte Alte.* Das reichte, um ihr die ganze Woche zu verhageln. Und dann der ungemütliche Vorwurf, gelauscht zu haben! Von wo aus das geschehen war, würde Dörte mit Leichtigkeit herausfinden.

»Wissen Sie, dass ein recht zweifelhafter Bursche Ihr Haus beobachtet?«, fragte Margot, während sie sich vom sanften Druck der männlichen Hand zur Haustür führen ließ.

Ninas Ehemann zog ein verwundertes Gesicht. Er öffnete die Tür, streckte den Kopf hinaus und wandte ihn nach links und rechts. »Wo steckt der Halunke?« Dem Tonfall nach nahm er den Hinweis nicht ernst.

»Vermutlich ist er inzwischen von einem schwarzen Opel abgeholt worden«, erklärte sie und trat an ihm vorbei ins Freie.

»Es wird schon in Ordnung sein.« Der blonde Mann lächelte. »Man darf nicht so misstrauisch sein.«

Bevor Margot etwas erwidern konnte, schloss sich die Tür hinter ihr. Reg dich nicht auf, *beknackte Alte*, ermahnte sie sich.

In diesem Moment vernahm sie ein paar gedämpfte Töne, eine kleine Melodie, die sich wiederholte. Sie klang ganz anders als ihr Kaiserwalzer, flotter und moderner, war aber unverkennbar eine Handymelodie. Wo war das zugehörige Gerät?

Margot schob die Zweige der niedrigen Büsche, die vor der Hauswand wuchsen, auseinander. Sie konnte kein Handy entdecken. Kurz entschlossen drückte sie auf die Klingel. Der Blonde namens Gregor öffnete. Er zog die Augenbrauen hoch. Kein Zweifel, sie wurde ihm lästig.

»Hören Sie das?«, fragte sie. »Hier liegt irgendwo ein Handy.«

Das Ding war verstummt. Hatte sie sich getäuscht? War die Melodie aus dem Haus gekommen oder von weiter her? Margots Blick fiel auf die Nische mit den Mülltonnen.

»Möglich, dass die Töne aus einer der Tonnen kamen.«

Aus dem Hintergrund trat Dörte neben den Mann. Sie warf Margot einen vernichtenden Blick zu.

»Die spinnt ja«, sagte sie.

»Nachschauen schadet nichts.« Margot blickte Ninas Ehemann herausfordernd an.

In solchen Momenten erprobte sie gern ihre frühere Autorität. Schließlich hatte sie dreißigköpfige Schulklassen dazu gebracht, alles zu tun, was sie für richtig hielt. Und es klappte auch diesmal. Er öffnete den Deckel der grauen Tonne.

»Bist du wahnsinnig?«, unkte Dörte.

Er krempelte den rechten Ärmel seines Oberhemdes bis zum Ellbogen auf, beugte sich über den Müll und griff tief hinein. Während er darin herumwühlte, stieg ein unangenehmer Geruch auf. Dörte wich zurück.

»Ih, mach zu! Das ist ekelhaft.«

In dem Moment erklang die Melodie. Margot triumphierte. Der Blonde zog ein verblüfftes Gesicht. Er nahm den Arm aus der Tonne und hielt ein elegantes kleines Smartphone in der Hand. Über das Display lief eine Schramme, als sei es bereits auf die Steinplatten gefallen. Die Melodie verstummte.

»Das ist Ninas«, sagte er.

»Nee, echt? Dann hat sie es da reingeworfen, als sie Hals über Kopf weglief«, meinte Dörte.

Der Mann runzelte die Stirn. »Das kann nicht sein, das sieht ihr nicht ähnlich.«

»Ich hab dir doch gesagt, sie will auf keinen Fall erreicht werden.«

»Dann hätte sie es ausgestellt.«

Dörte zuckte mit den Achseln. »Deiner Meinung nach sieht es ihr auch nicht ähnlich, ihren Mann als Arsch zu bezeichnen und andere Leute zu erwürgen.« Sie legte zwei Finger an ihren Hals, dessen Haut breite rote Abdrücke aufwies. »Damit hat sie bewiesen, dass sie verdammt spontan sein kann.«

Margot starrte auf die Flecken. Das also waren Würgemale. So was hatte sie noch nie gesehen. Dass Nina das fertig gebracht hatte! Über den Anblick hätte sie fast vergessen, was sie sagen wollte, besann sich aber schnell. Gleichgültig, wie gewalttätig Nina gewesen sein mochte, einen Teil der Wahrheit kannte Margot.

»Nina hat nichts in die Mülltonne geworfen«, sagte sie. »Ich hab gesehen, wie sie aus dem Haus gestürmt ist.«

Dörte blickte sie feindselig an. »Nina war verdammt in Fahrt. So fix kann ein olles Wrack wie Sie gar nicht gucken.«

Wortlos drehte sich Margot um und marschierte davon. Warte, du Früchtchen!, dachte sie erbost, das *olle Wrack* wird sich auf seine Weise revanchieren! Der *beknackten Alten* ist nämlich völlig klar, wie das Handy in die Mülltonne gelangt ist, auch wenn du zu hastig vorgegangen bist und nicht ans Ausschalten gedacht hast. Hoffentlich kapiert der Hornochse von Ehemann das auch.

III

# West-Island

Die Pferde blieben auf einer ausgedehnten Wiese zurück, während die Reiter in Jóns weißem Bus unterwegs waren. Sie besuchten ein rekonstruiertes Langhaus im Tal Haukadalur auf dem Gelände des mutmaßlichen Hofs eines berühmten Wikingers. Hier sollte Erik der Rote Ende des zehnten Jahrhunderts mit seiner Familie gelebt haben, bis er wegen einer Bluttat auswandern musste, hier sollte sein Sohn Leif, genannt *der Glückliche*, der legendäre Entdecker Nordamerikas, geboren worden sein. Pilar machte sich eine Notiz für ihren Saga-Vortrag. Pilar, die Glückliche, wollte über Leif berichten.

Nun fuhr der Bus in Richtung Westfjorde. Im schneidenden Wind einer Halbinsel am Breiðafjördur, dem »breiten Fjord«, wanderten sie durch Grasland und beobachteten Vögel, die in ihrem eleganten grauen Federkleid auf dem stillen Wasser der Lagune vorbeizogen. »Sterntaucher«, sagte Claudia, die einem wandelnden Vogellexikon glich.

Sie kamen an einer heißen Quelle vorbei, deren weißer Dampf mit dem Wind ostwärts stob. Pilar sah den tanzenden Schwaden zu, die aus einem dunklen Loch im Gestein hervorquollen, und wollte erst nicht wahrhaben, dass sie neben dem Grummeln aus dem Boden noch etwas anderes hörte – das Klimpern ihres Handys. Ich geh nicht dran, beschloss sie, diesmal nicht. In Erwartung eines anerkennenden Blicks schielte sie zu Claudia hinüber. Durch deren dicke Wollmütze aber schienen die Laute aus Pilars Bauchtasche nicht zu dringen, und sie verstummten schon wieder. Sogleich spürte Pilar Gewissensbisse. Dass der Anruf von Nina kam, war keineswegs sicher. Wurde es nicht mit jedem Tag wahrscheinlicher, dass der Hausarzt ihrer Mutter die Nachricht überbrachte, es stünde schlecht um Mama?

Jón drängte zur Eile, weil sie das Gästehaus in den Westfjorden vor dem Abendessen erreichen mussten. Weiter ging es auf einer kurvigen Straße westwärts. Über den Anblick des Panoramas, das sich auf jeder Anhöhe und hinter jeder Bergnase änderte, vergaß Pilar den Anruf. Immer wieder bot sich eine unglaubliche Aussicht auf einen blaugrünen Fjord, bevor die Straße hinunter führte und hinauf zu den Höhen über dem nächsten Fjord, der noch schöner schien als der letzte und bald in den Schatten gestellt wurde von einen weiteren Fjord.

Während der Bus einen Pass erklomm, rissen die Kastagnetten Pilar erneut aus ihrem isländischen Traum. Sie nahm das Handy aus der Bauchtasche. Es meldete sich ihre Halbschwester Isabell. Jetzt hatte Pilar keinen Zweifel daran, dass etwas mit ihrer gemeinsamen Mutter passiert war. »Isa, was gibt es?«

»Geht es dir gut, Pilar?«

»Du rufst doch nicht an, um mich das zu fragen?«, rutschte Pilar heraus. Schließlich wusste sie, dass Isabell niemals einfach so telefonierte, das hielt sie für Zeitverschwendung. Sie hatte immer einen besonderen, meistens ernsten Grund.

»Mist«, brummte Jón vorne am Lenkrad. »Schnee. Der Frühling kommt in diesem Jahr spät.«

»Wie ist das Wetter bei euch?«, vernahm Pilar aus dem Handy.

»Es schneit. Aber sag endlich …«

»Schnee? Im Juni?«

»Isa! Warum rufst du an? Was ist los?«

»Deine Freundin Nina ist hier.«

Pilar stöhnte. Wieder reingefallen.

»Wieso ist sie bei dir?«

»Sie wusste nicht, wohin, und war erst bei euch. Aber Lukas hat einen Haufen Freunde zu Gast, alle Matratzen belegt, euer Nachbar hat ihnen noch zwei geliehen. Deshalb meinte Richard, es wäre besser, dass sie zu mir in die Adenauerallee kommt, ich hab ja Platz. Ich übergebe mal.«

»Hallo Pilar.« Ninas Stimme.

Du Nervensäge, dachte Pilar, während Jón den Bus vorsichtig über die Schneedecke der Passstraße lenkte. Links und rechts der schmalen Fahrbahn waren mannshohe weiße Wände aufgetürmt, die an manchen Stellen bläulich schimmerten.

»Ich hab es nicht mehr ausgehalten«, erklärte Nina. »Dörte hat weiter rumgeräumt, unsre Bilder von den Wänden genommen und ihre Fotos in die Rahmen geschoben.«

»Das lässt du dir gefallen?«

»Sie hat es gemacht, als ich nicht da war. Ich kam vom Zahnarzt zurück und hab sofort gesagt, sie soll abreisen, was sie da treibt, sei schlimm und ungerecht. Da hat sie mich angebrüllt, ich hätte von Schlimmem und Ungerechtem keine Ahnung, weil ich von Anfang an wie die Made im Speck gelebt hätte. Und dann ging es wieder los: Von unseren Schinkenbrötchen und Schokoladentörtchen hätten wir ihr früher nie was abgegeben, mit unseren neuen Sachen hätten wir vor ihr geprahlt und sie von allem Schönen ausgeschlossen und so weiter. Mit fünfzehn musste sie putzen gehen, während wir vom Geld unserer Eltern Reitstunden nahmen.«

»Das ist Jahrzehnte her«, warf Pilar ein.

»Und jetzt hätte ich auch wieder alles, wovon man träumt, einen Mann, zwei Kinder, ein Haus mit Garten, einen guten Beruf. *Und du gönnst mir nichts!*, hat sie gezetert, *du widerliche reiche Ziege!*«

»Wie hast du darauf reagiert?«

»Um ein Haar wäre ich ihr an die Kehle gefahren. Ich hätte sie am liebsten gewürgt, damit sie endlich still ist. Es hat nicht viel gefehlt. Mir zuckte es in den Händen. Pilar, wie ist das möglich? Ich bin mir selbst unheimlich geworden.«

»Deine Nerven liegen blank. Du hast dich beherrscht, das ist die Hauptsache.«

»Ich bin rausgerast, hab dies und das in eine Tasche gepfeffert und im Flur mein Handy gesucht, während sie mit verschränkten Armen in der Küchentür stand. *Vielleicht ist das Schicksal ja doch noch gerecht*, war ihr Kommentar. Ich hab sie kaum angeschaut, aus Angst, ich bring sie um, wenn unsere Blicke sich treffen.«

114

Pilar konnte sich die Szene kaum vorstellen. Sie kannte Nina als ruhigen, freundlichen Menschen mit überwiegend langsamen Bewegungen.

»Du bist also abgehauen.«

»Genau das war Dörtes Absicht – mich zu verdrängen.«

»Da hätte Gregor auch noch ein Wörtchen mitzureden.«

»Mit dem versteht sie sich prächtig.« Nina schluckte hörbar. »Er ist mir so fremd geworden.«

»Seit Dörte bei euch ist?«

»Es hat schon ein bisschen eher angefangen. Als er sich auf die Jägerprüfung vorbereitet hat.«

Also war da bereits ein Knacks.

»Dörte hat sich die Jagdwaffen und die Schießtechnik erklären lassen. *Gregor, das ist ja hochinteressant!*«, äffte Nina die grelle Stimme nach. »*Schenkst du mir ein Gehörn?* So was hört er natürlich gern, denn für seine Frau ist Tiere töten ein mieses Hobby, ein hinterhältiges Mörderhandwerk. Dörte will ihn sogar zur Gesellschaftsjagd begleiten, weil das so *spannend* sei. Vermutlich weiß sie bereits, wo der Schlüssel zum Waffenschrank hängt, vielleicht übt sie heimlich im Wald oder ballert Hauskatzen ab. Unsere Leni ist seit meinem Geburtstag weg und nicht wiedergekommen.«

»Ich glaub eher, dass deine Katze Dörtes Stimme nicht mag, die hört man ja drei Straßen weit.«

»Pilar, ich geh erst wieder nach Hause, wenn die Frau verschwunden ist. Entweder sie reist ab, oder ich nehme mir einen Killer.«

»Mach keine Witze.«

Nina lachte auf. Es klang bitter und unecht. »Ich weiß nicht mal, wie man sich einen Killer beschafft.«

»Das beruhigt mich.«

»Und sicher befriedigt es mehr, wenn man es selber macht.«

Pilar erstarrte. Das klang nicht ironisch. Vergiss es, befahl sie sich. Nina ist total aufgewühlt, da rutscht einem so was schon mal heraus. Sie hat das nicht ernst gemeint.

Nina sagte nichts mehr. Ein Funkloch, stellte Pilar fest, die Verbindung war unterbrochen und blieb es auch. Die Straße hatte sich verengt. Zwischen hohen feucht glänzenden Felswänden schlängelte sie sich in steilen Kehren hinab zum nächsten Fjord. Pilar war mulmig zumute, als die Felsen zurücktraten und der Bus am Abgrund entlangfuhr.

Und wenn Nina sich tatsächlich mit Mordgedanken trug? War sie mit den Nerven restlos am Ende und deshalb jenseits aller Vernunft? Schwer vorstellbar. Aber unmöglich war es nicht.

»Man sieht deinem Rücken an, wie angestrengt du grübelst«, sagte Claudia, die auf dem Sitz hinter Pilar saß. »Lass es doch sein. Wir sind in den isländischen Westfjorden. Hier ist weit und breit kein Problem, das du lösen musst.«

# Aus einem alten Adressbüchlein

## November 1982

*Das ist unauffällig wie eine Wanze, dieses Buch, verschwindet oft für Wochen und Monate. Dann rollt meinem Bruder eine Murmel unter den Küchenschrank, er stochert mit dem Kochlöffel vor der Fußleiste herum und kreischt plötzlich: Ich hab dein Buch! Der Scheißkerl wollte damit wegflitzen, aber ich hab ihm ein Bein gestellt. Kladderadatsch ist er auf den Holzboden geknallt, jetzt fehlen ihm zwei Schneidezähne. Durch die Lücke zischt er seinen Lieblings-Schlachtruf: Rache ist Blutwurst! Egal, ich bin immer noch stärker als der. Aber ich pass auf. Der ist nachtragend wie ein Elefant.*

*Ich weiß jetzt, wie das mit dem Geld ist, warum das nie reicht. Das kassieren nicht nur die Leute mit dem Politikgequatsche. Da ist noch jemand, meine Mutter füttert einen Studenten mit durch. Er trägt ausgebeulte Cordhosen und ist mindestens fünfzehn Jahre jünger als sie. Dem bringt sie die Hälfte unsrer selbstgemachten Wurst und massig andere Fressalien, die ich auch gern hätte. In ihrer Tasche lag eine fette Schachtel Pralinen, als sie heute losging. Pralinen! Die kosten ein Vermögen, und ich bekomm kein Geld für Klamotten. Ich will auf die Schul-Party, aber bestimmt nicht auf Kreppsohlen, diesen kackbraunen Wildledertretern von der toten Tante Hilke. Ich brauch was Schickes mit Absätzen, rot müssen sie sein und nagelneu, und ein Kleid brauch ich, rote Seide mit Rückenausschnitt. So viel Knete, wie dafür nötig ist, kann ich nicht klauen.*

# SECHS

Es ging Margot nicht wie manchen Senioren, die alle menschlichen Fehler in milderem Licht sehen, weil das Alter sie weise gemacht hat. Nein, Margots Zorn verrauchte nicht. Im Gegenteil, er flammte wieder auf, sobald sie erneut daran dachte, wie unverschämt Dörte ihr gegenüber aufgetreten war. Was hatte das Leben aus dem Mädchen gemacht, warum war sie so ein Biest geworden? Mittlerweile war Margot fest davon überzeugt, dass Dörte dem blonden Gregor eine Reihe von Lügen serviert hatte. Nina hatte ihren Mann bestimmt nicht in Dörtes Beisein verunglimpft. Gegenüber einer Frau, die sie kaum noch als Freundin bezeichnen konnte, hätte sie sich nicht auf diese Weise geäußert. Und was ihre Flucht aus dem Haus betraf, so hatte Margot die noch deutlich vor Augen: Nina hatte nach schräg links geschaut, zu ihrem Auto, die Mülltonne aber befand sich rechts. Um das Handy hineinzuwerfen, hätte sie sich nach rechts drehen und den Deckel anheben müssen, und das wäre Margot aufgefallen. Sicherlich hatte Dörte das Handy in die Tonne befördert, damit Gregor seine Frau nicht erreichen konnte und sie selbst mehr Zeit gewann, um ihm was vorzuflunkern.

Ansonsten war die Grenze zwischen Lüge und Wahrheit schwer auszumachen. War nur Dörte der Teufel? Die Würgemale an ihrem Hals konnten wirklich von Ninas Händen stammen. Möglicherweise hatte Dörte den Angriff provoziert, aber das machte ihn nicht weniger schlimm. Mein Gott, wie sollte das weitergehen? War es bereits einmal zu Handgreiflichkeiten gekommen, war noch Ärgeres möglich, falls Dörte sich länger einnistete. *Das Gör ist fähig, eine Katastrophe auszulösen.* Diese Worte, die Ninas Vater einst am Zaun seines Vorgartens ausgesprochen hatte, erlangten eine neue, bedrohliche Bedeutung.

Am späten Nachmittag hielt Margot es zu Hause nicht mehr aus. Sie entschloss sich, noch einmal zum Venusberg zu fahren.

Der Gedanke an den verstorbenen Herrn Pützen, der sich stets Sorgen um seine einzige Tochter gemacht hatte und nun nichts mehr ausrichten konnte, ließ sie nicht los. Ihr war, als ob ihr ehemaliger Nachbar sie tief in ihrem Innern leise und höflich darum bäte, sich um die Angelegenheit zu kümmern, damit Schlimmeres verhütet würde. *Das Gör* war noch ziemlich harmlos gewesen, die erwachsene Frau war es vermutlich nicht.

Freddy absolvierte zum vierten Mal einen halben Arbeitstag in der Buchhandlung *Goethe & Hafis*. Die Bücher, die er selbst gern gelesen hatte, empfahl er mit solcher Leidenschaft, dass der Umsatz des kleinen Ladens sprunghaft angestiegen war. Das freute ihn, da er der festen Überzeugung war, dass gute Bücher glücklich machen. Wenn die Kunden ihn fragten, ob *die nette Dame mit dem spanischen Aussehen* krank sei oder Urlaub habe, antwortete Freddy stets mit einem Hinweis auf den geplanten Vortrag über die isländischen Sagas. Dabei stellte er sich gern vor, wie Pilar die grandiose Natur in vollen Zügen genoss und darüber alles andere vergaß. Aus diesem Gedanken schöpfte er Kraft, musste er sich doch eingestehen, dass es ziemlich anstrengend war, den Tag zwischen dem Stand auf dem Venusberg und dem Buchladen auf dem Brüser Berg aufzuteilen und die Mittagspause auf der Strecke dazwischen, teils bergab, teils bergan, auf dem Fahrrad zu verbringen.

Heute stellte Freddy zwei älteren Frauen ein paar Titel des isländischen Nobelpreisträgers Halldór Laxness vor, weil sie sich »mal was anderes, aber bitte nichts Modernes« für ihren Literaturkreis wünschten.

Sie hatten sich gerade zu einem Entschluss durchgerungen, als die Elvis-Presley-Melodie seines Handys ertönte, die ersten Takte von *In the ghetto*. Wer sich meldete, war Pilar.

»Einen Moment, bitte«, sprach er geschäftsmäßig ins Handy. »Ich bin gleich für Sie da.«

Er tippte die Bestellung in den Computer, während aus dem Smartphone auf der Ladentheke ungewohnte Geräusche drangen.

119

»Die Bücher liegen morgen für Sie bereit«, sagte er zu den Kundinnen.

Die beiden Frauen bedankten sich und verließen den Laden. Rasch hob er das Handy ans Ohr.

»Was ist bei dir los, Pilar? Was knattert da so?«

»Ich stehe auf der Steilküste Látrabjarg in den Westfjorden. Hier geht es vierhundert Meter senkrecht in die Tiefe, und ...«

»Pass auf dich auf«, fiel er ihr erschrocken ins Wort.

»... es bläst der schärfste Wind, den man sich vorstellen kann, der pustet einen fast weg. Wir sind verpackt wie für eine Expedition in die Arktis. Temperatur knapp überm Nullpunkt, aber gefühlte zehn Grad minus.«

»Dass ihr das freiwillig macht ...«

»Hier befindet sich die größte Seevogelkolonie der Nordhalbkugel, und es ist herrlich. Aber weshalb ich dich anrufe: Es gibt da eine Sache, die mir keine Ruhe lässt.«

»In den Westfjorden?«

»Freddy, an den Felswänden nisten Tausende von Vögeln, die ich vorher nie gesehen habe – Eissturmvögel, Tordalk und Papageientaucher zum Beispiel, und sagt dir der Name Dickschnabellumme was?«

»Nie gehört.«

»Und trotzdem muss ich dauernd an Nina in Bonn denken, die mich schon dreimal angerufen hat.«

»Och, nee«, entfuhr es ihm.

»Du weißt, meine Freundin Nina, die neulich bei dir am Stand eingekauft hat.«

»Moment.« Freddy griff nach einem der Flyer für die nächste Autorenlesung. Auf der unbedruckten Rückseite notierte er sich einige Stichworte, während Pilar ihm die Geschichte von Nina und Dörte erzählte. Einzelne Wörter wurden von den Rufen der Seevögel und dem lärmendem Wind verschluckt, so dass er mehrmals nachfragen musste. Pilar nannte ihm die Adresse auf dem Venusberg und bat ihn, dort so bald wie möglich vorbeizuschauen und sich einen Eindruck zu verschaffen. Merkwürdig, dachte er, das muss das Haus neben Breuers sein.

»Ich fürchte, eine von denen ist zu allem fähig«, schloss Pilar ihren Bericht.

»Welche?«

»Wahrscheinlich beide.«

»Wolltest du deinen Pessimismus nicht ablegen? Genieß bitte den Urlaub mit Eislumme und Dickschnabelsturm.«

»Wenn du es nicht ernst nimmst, brauchst du nicht hinzufahren, Freddy.«

»Hast du mal überlegt, ob Nina nicht maßlos übertreibt?«

»Halt, mein Handschuh!«, schrie Pilar auf. »An den Rand der Klippe geweht, den brauch ich, mir frieren die Finger ab!«

»Pilar? Pilar!«

Er hörte nur den ungebärdigen Wind und ein deutliches Knirschen. Wenn sie sich zu weit vorgebeugt hatte … Wenn der Rand abgebröckelt war und sie mitgerissen hatte … Vierhundert Meter in die tödliche Tiefe! Wegen eines dämlichen Handschuhs! Freddys Herz klopfte wie wahnsinnig.

»Pilaaar!«

Eine Kundin betrat den Laden. Sie blieb abrupt stehen.

»Soll ich Hilfe holen?«

»Zwecklos.«

Freddy sah die furchtbare Steilküste vor sich, als befände sie sich nicht zweitausend Kilometer entfernt, sondern direkt hinter dem Schaufenster. Er war nicht schuldlos, er hatte Pilar zugeredet, auf die eiskalte Insel zu fliegen, wo man für einen Handschuh sein Leben riskierte.

»Sie sind ja leichenblass!«, rief die Kundin. »Sie brauchen einen Arzt!«

Freddy schüttelte verzweifelt den Kopf. Unmöglich, zu reden.

»Puh, das war knapp«, wehte es aus dem nordischen Sturmwind an sein Ohr. »Ich hatte den Handschuh fürs Telefonieren ausgezogen. Jetzt hab ich ihn.«

Inzwischen hatte Freddy bei sich geschworen, alles, was Pilar wollte, für sie zu tun, wenn sie nur überlebte. Alles.

Der Buchhändler löste seinen neuen Mitarbeiter eine halbe Stunde vor Ladenschluss ab. Freddy schwang sich aufs Fahrrad, fuhr zum Venusberg hinüber und näherte sich bald der Häuserreihe, in der sowohl die Breuers als auch Nina Pützen wohnten. Wie er vermutet hatte, lagen beide Grundstücke nebeneinander.

Am Rand der Straße und des Stichwegs häuften sich schadhafte Möbel und kaputter Kleinkram. Offenbar war morgen der Abholtag für Sperrmüll. Auch vor Ninas Haus waren allerlei Sachen aufgetürmt. Freddy musterte sie verwundert, denn die meisten waren so gut erhalten, dass er sich fragte, warum sie hier gelandet waren. Vor allem ein achteckiges Tischchen im Stil der Gründerzeit hatte es ihm angetan. Abgesehen von wenigen Kratzern und einer winzigen Kerbe war es völlig in Ordnung. Wenn er es auf dem Fahrrad fixiert bekäme, wollte er es mitnehmen.

Zunächst musste er sein Vorhaben hinter sich bringen. Er drückte auf den Klingelknopf neben den Namen Pützen/Lindner. Drinnen ertönte eine Art Gong. Leichte Schritte näherten sich. Eine hübsche rothaarige Frau, die ungefähr sein Alter haben mochte, öffnete die Tür.

»Entschuldigen Sie bitte die Störung. Müller von der privaten Krankenversicherung. Ist Herr Lindner zu sprechen?«

Sie schenkte ihm ein Lächeln, das ihm gefiel.

»Leider nein. Mein Mann ist nicht zu Hause. Soll ich ihm was ausrichten?«

Ich bin im falschen Haus, durchfuhr es Freddy. Das war nicht die Frau, die ab und zu bei ihm einkaufte. Hier wohnte eine andere mit ihrem Mann. Er musste die Adresse am Telefon falsch verstanden haben. Kein Wunder bei der Lärmkulisse an der isländischen Steilküste. Aber so schnell fand er aus seiner Rolle nicht heraus. Auf den fragenden Blick der Rothaarigen spulte sich der einstudierte Text wie von selbst ab.

»Könnte ich kurz hereinkommen und Ihnen ein paar Unterlagen dalassen?«

Sie hielt die Tür weit auf. »Selbstverständlich. Aber bitte nur kurz, ich möchte die Vorbereitungen für unser Abendessen treffen. Mein Mann schätzt es, wenn ich etwas Warmes auf den Tisch bringe.« Wieder das hinreißende Lächeln, das es wert gewesen wäre, etwas länger zu bleiben. »Da ich Urlaub habe, nehme ich natürlich gern Rücksicht auf seine Wünsche.«

Freddy trat in den Flur. »Verstehe.«

»Sonst arbeite ich im Management eines großen Konzerns, da bleibt mir keine Zeit zum Kochen.«

Eine erfolgreiche Frau also. Der bunte Fummel, den sie trug, passte nicht dazu, aber er kannte sich mit Mode nicht aus. Womöglich war es die Kreation eines angesagten Pariser Designers.

Freddy blieb in der Mitte des Flurs stehen und klappte seine Umhängetasche auf. Von hier aus konnte er durch die offene Tür ins Wohnzimmer und weiter bis auf die Terrasse schauen, auf der ein rechteckiger Tisch und vier Stühle mit roten Sitzpolstern standen.

Anscheinend war sie allein. Es war rundherum still, nur ein paar Vögel zwitscherten im Garten. Während er in der Tasche kramte, fiel sein Blick auf ein überlebensgroßes Porträt-Foto an der Wand, das die Frau, die vor ihm stand, mit ihrer rostroten Haarpracht und einem herausfordernden Gesichtsausdruck zeigte, ein paar Jahre jünger vielleicht.

»Zu dumm«, murmelte er. »Ich scheine die Akte im Büro liegen gelassen zu haben, das ist mir noch nie passiert. Sagen Sie Ihrem Mann bitte, es sei jemand von seiner Krankenversicherung dagewesen, ich komme ein anderes Mal wieder.«

»Gerne.«

Irritiert verließ Freddy das Haus. Er ging ein paar Schritte weiter und wählte Pilars Nummer auf dem Handy.

»Ich hab das falsche Haus erwischt. Sag mir noch mal die Nummer und den Namen.«

123

»Pützen. Der Mann heißt Lindner.« Sie nannte die Nummer des Hauses, das er gerade verlassen hatte. Im Hintergrund war die Brandung des Nordatlantiks zu hören und das typische Klickern, wenn die Welle über die Kiesel zurückrollt. Offenbar stand Pilar nicht mehr auf der Steilküste, sondern am Strand.

»Da war nur eine dünne rothaarige Frau, die ich noch nie gesehen habe, und sie sagte: *Mein Mann ist nicht da.*«

»Rothaarig und dünn? Freddy, das ist Dörte!«

»Ach je.«

»Sehr aufschlussreich, dass sie sich für die Frau des Hauses ausgibt. Offenbar ist Nina noch bei meiner Schwester.«

»An der Wand im Flur hing ein Foto der Rothaarigen im Messingrahmen. Großes Format, hübsch und unübersehbar.«

»Das ist ja ein Ding.«

»Sie hat erzählt, sie arbeite im Management.«

»Aha. Ist dir sonst noch was aufgefallen?«

»Nur der Sperrmüll vorm Haus. Unglaublich, was deine Nina loswerden möchte, zum Beispiel einen wunderschönen achteckigen Beistelltisch im Gründerzeitstil mit Einlegearbeiten in der Platte.«

»Das ist Ninas Lieblingstisch, Freddy! Ich kann mir nicht vorstellen, dass sie sich davon trennen wollte.«

»Meinst du, Dörte hat ihn rausgestellt?«

»Könnte sein. Bitte rette ihn und pass auf, dass kein herumfahrender Händler ihn mitnimmt. Nina würde heulen.«

Freddy sah einen Lieferwagen mit ausländischem Nummernschild langsam die Straße entlangkommen, dahinter ein weiteres Auto der gleichen Art. Er konnte Nina Pützens Tisch mit dem Gürtel seiner Jeans auf seinem Gepäckträger festschnallen. Oder die charmante Dörte bitten, ihm mit einer Wäscheleine auszuhelfen.

»Versuch bitte, Nina bei meiner Schwester zu erreichen, Freddy. Sprich mit ihr. Die Sache wird mir unheimlich.«

»Hast du nicht gelobt, Unheimliches zu meiden?«

»Ja, ja, aber in diesem Fall …«

Das Rauschen der Brandung war verstummt, die Verbindung unterbrochen.

Wie fertig musste man sein, um aus dem eigenen Haus zu fliehen? Das fragte sich Margot wiederholt, als der Bus den Venusberg hinauffuhr. Ob Nina sich inzwischen beruhigt hatte und zurückgekehrt war? Wie verhielt sie sich nun, wie ging es weiter?

Grübelnd verließ Margot den Bus, grübelnd ging sie die Straße entlang. Erst als sie über einen zerfetzten Regenschirm stolperte, wurde sie gewahr, dass sich auf dem Bürgersteig eine Menge ausrangierter Sachen für den Sperrmüll befanden. Sie sah sich gezwungen, in der Mitte der Fahrbahn weiterzugehen, auf der sich kein Auto, sondern nur ein Radfahrer fortbewegte.

Der Mann fuhr sehr langsam vor ihr her. Das schleifende Geräusch, das sein angerostetes Fahrzeug bei jeder Umdrehung der Räder von sich gab, nervte sie. Beim Abzweig des Stichwegs stieg er ab. Nun sah Margot, wer er war. Der Finstere! Heute trug er eine graue Kappe, unter deren Rand das dunkle Haar rundherum hervorquoll.

Margot ging mit gesenktem Kopf an ihm vorbei. Sie wollte schon auf Breuers Haus zusteuern, als sie einen anderen Mann bemerkte, der ein braunes Cord-Sakko trug und sich über ein Möbelstück beugte, das er anscheinend aus dem Sperrmüllhaufen herausgezogen hatte. Ein weiterer Mensch, der Ninas Haus beobachtete? Sie atmete tief durch. Hier musste man mit allem rechnen.

Der Mann hob den Kopf, als hätte er gemerkt, dass sie ihn anblickte. »Hallo! Sie schauen bei Breuers wieder nach dem Rechten?«

Jetzt erkannte sie ihn. Es war der Obstverkäufer mit der Mecki-Frisur. Das Fahrrad, das sonst an der Birke bei seiner Bude lehnte, stand neben ihm. Hatte seine Frage nicht reichlich ironisch geklungen?

»Heute ist das Unkraut dran«, erwiderte Margot würdevoll.

Sein Blick ruhte auf ihr. Sie fühlte sich unbehaglich.

»Und was machen Sie hier?«, ging sie zum Angriff über.

»Ich interessiere mich für Sperrmüll. Da findet man so manches Kleinod. Schauen Sie sich das Tischchen an. Schönste Gründerzeit.«

»Ach …« Margot trat näher heran und sah, was sie schon vermutet hatte. Dieser Tisch war ihr nicht unbekannt. Der Tag, an dem sie ihn zum ersten Mal gesehen hatte, war mindestens fünfzig Jahre her. Ninas Eltern waren gerade jung und noch kinderlos in die Weberstraße gezogen und hatten die Nachbarschaft zu einem Umtrunk eingeladen.

Sie nahm ihre Brille aus der Handtasche und setzte sie auf.

»Mein Gott«, flüsterte sie. »Diese wunderbaren Einlegearbeiten in der Platte. Die gedrechselten Beine. Aber das kann Nina doch nicht allen Ernstes … Nein, sie kann sowieso nicht, sie ist ja mit der Reisetasche weggefahren, nur Dörte ist noch …« Sie biss sich auf die Lippen. So viel hatte sie nicht sagen wollen.

»Sie kennen die beiden Frauen?«, fragte der Verkäufer prompt und sah sie forschend an.

Margot winkte ab. »Nur von früher. Ewig her.« Sie hatte mal von Polizeibeamten gehört, die sich tarnten. Womöglich war er kein echter Verkäufer und tat nur so. »Sind Sie von der Polizei?«

Er lachte. »Na ja, quasi. So was Ähnliches. Bitte nicht weitersagen.«

Sie machte eine Kopfbewegung zur Straßenecke, die in ihrem Rücken lag. »Haben Sie den da gesehen? Den unter dem Baum? Er steht dort stundenlang, und abends holt ihn einer mit dem Auto ab. Das ist doch nicht normal?«

»Und Sie?« fragte er. »Sie sind doch auch nicht hier, um Breuers Garten zu betreuen?«

Margot spürte, wie sie rot wurde. Wie unangenehm, so durchschaut zu werden! Aber falls er ihr keine Falle stellte, schien er auf der Seite des Rechts zu sein, genau wie sie. Wenn sie ihm reinen

Wein einschenkte, bestand Aussicht, etwas Unterstützung zu bekommen.

Sie gab sich einen Ruck und berichtete in aller Kürze, wie es sich ergeben hatte, dass sie Dörte gefolgt war, erwähnte den finsteren Menschen an der Ecke und den Fahrer des schwarzen Wagens sowie den Mann im grauen Anzug, der ein deutliches Interesse für Dörtes Auto und Ninas Haus gezeigt hatte. Und weil der Quasi-Polizist so nachdenklich aussah und unter dem gepflegten Schnauzbart so ein sympathisches, feines Lächeln zeigte, erzählte sie ihm auch noch das Wenige, das sie über die beiden Frauen wusste, deren Leben so tragisch zu Ende gegangen war, während ihre Ehemänner verreist waren. An Utes Grab habe sie Dörte gesehen, während Nina auf keiner der Beisetzungen erschienen sei.

»Und wenn es nun keine bloßen Unglücksfälle waren?« fügte sie hinzu. »Sondern Mord?«

Sie sah das Gesicht ihres Gegenübers zucken und war selbst erschrocken. Der Gedanke an Mord war ihr ganz plötzlich gekommen und im selben Moment über die Lippen gerutscht. Nun, wo er ausgesprochen war, gefiel er ihr allerdings nicht schlecht, bot er doch eine brauchbare Erklärung dafür, dass sie hier auf Beobachtungsposten stand.

»Wenn einer dieser Männer dahinter steckt«, fuhr sie leiser fort, »und nun das nächstes Opfer im Visier hat – Nina, Dörte oder beide? Die vier waren früher so eine Art Bande. Wenn er sie nun alle ausrotten will?«

»Warum sollte er das?«

»Sie ahnen nicht, was die Mädchen damals alles angestellt haben. Da war zum Beispiel ein hässlicher Junge, dem sie die tollsten Liebesbriefe geschrieben haben. Und als er zum Rendezvous kam, haben sie ihn grölend mit faulen Tomaten beworfen. Das hat er ihnen nicht verziehen. Nun will er sie auslöschen. Vielleicht ist er das dort hinten. Oder der Kerl da soll die Sache für ihn erledigen.«

Der Quasi-Polizist zeigte sich wenig beeindruckt.

127

»Das war ja nur ein Beispiel«, sagte Margot. »Es gab viele andere, die unter der Viererbande litten.«

»Ist das nicht ziemlich lange her?«

Ja, musste Margot insgeheim zugeben, das war ein Schwachpunkt ihrer These.

»Es kann ein Umstand eingetreten sein, der ihn die Vergangenheit so schmerzhaft spüren lässt wie nie zuvor«, argumentierte sie indessen. »Vielleicht geht ihm alles den Bach runter. Oder die vier Frauen verbindet eine Schuld, deren Ausmaß erst jetzt in vollem Umfang klar ist. Was weiß man von den verschlungenen Pfaden des Schicksals?«

Sie hörte ein Auto näherkommen und wandte sich um.

»Schauen Sie – aber bitte nicht zu auffällig«, sagte sie gedämpft. »Er wird abgeholt.«

Der schwarze Wagen hielt an. Der mit Jeans und blauem Polo-Shirt bekleidete Fahrer stieg aus. Margot drehte ihm rasch den Rücken zu. Der Quasi-Polizist beugte sich über das Tischchen, als müsste er es genau untersuchen, aber sie merkte, dass die braunen Augen hinter den kreisrunden Brillengläsern gleichwohl alles im Blick hatten.

»Der lädt das Fahrrad ein«, raunte er. »Heckklappe zu, Beifahrertür auf. Der andere steigt ein.«

»So ist es jedes Mal«, flüsterte sie.

Der Motor sprang an, das Auto fuhr los. Der Quasi-Polizist schien es plötzlich eilig zu haben. Er langte nach dem Helm, der an der Lenkstange seines Fahrrads baumelte, stülpte ihn über, griff in die Innentasche seines Sakkos und reichte Margot eine hellgraue Visitenkarte.

»Rufen Sie mich an, wenn Sie mehr wissen.«

»Worüber?«

»Über die Unglücksfälle. Und sichern Sie bitte den kleinen Tisch.«

Er schwang sich aufs Rad und fuhr in einigem Abstand hinter dem schwarzen Opel her. Margot sah ihm nach, eine Hand auf das Tischchen gestützt. Was sollte mit dem Möbel geschehen? Ein weißer Lieferwagen ohne Aufschrift näherte sich im Schritttempo. Als sie der fragende Blick des Mannes hinterm Lenkrad traf, schüttelte sie den Kopf. »Meins!«, rief sie ihm zu.

Sie streifte ihre Henkeltasche vom Arm und stellte sie demonstrativ auf die Tischplatte, damit er weiterfuhr. Dabei glitt die Karte, die sie in der Hand gehalten hatte, an den Rand der Platte. Dank der Brille, die noch auf ihrer Nase saß, konnte sie die aufgedruckten Buchstaben lesen: *Freddy Stieger, Privatdetektiv.* Na, so was! Und der tarnte sich als Verkäufer. Raffiniert! Aber wer hatte den Detektiv hierher bestellt? Die Sache wurde immer mysteriöser.

Ein Kribbeln flog in Wellen durch Margots Körper und verdrängte jede andere Empfindung. *Rufen Sie mich an, wenn Sie mehr wissen. Über die Unglücksfälle.* Kein Zweifel: Das war eine Aufforderung, ja, fast schon ein Auftrag, mehr in Erfahrung zu bringen! Der Auftrag eines Privatdetektivs für Miss Margot Mohn.


Seit einer Weile beobachtete Ludger den Rückspiegel genauer.

»Das musste ja so kommen«, sagte er. »Uns folgt einer.«

Ansgar schien es gleichgültig zu sein. Er saß regungslos auf dem Beifahrersitz und stierte geradeaus auf die Fahrbahn.

»Erst habe ich ihn für einen x-beliebigen Radfahrer gehalten«, fügte Ludger hinzu. »Aber an jeder Ampel fällt mir auf, dass er allzu sehr auf einen gewissen Abstand bedacht ist.«

Ansgar rührte sich nicht.

»Ich schätze, er will rauskriegen, wo du wohnst«, fuhr Ludger fort. »Die wenigsten Leute lassen es sich gefallen, dass man ständig vor ihrem Haus herumlungert.«

Ansgar drehte den Kopf zum rechten Außenspiegel hin. »Er ist dumm«, grummelte er. »Verfolgt den Falschen.«

»Wie meinst du das?«

»Sollte dem anderen folgen.«

»Welchem anderen? War da noch irgendwer?«

»Ich kenn den nicht.«

»Kannst du ihn beschreiben?«

»Sieht aus wie …« Er zuckte mit den Achseln. »Eine Art Bürohengst. Anzugträger. Angestellter oder Beamter. Normal. Zu normal. Das ist die beste Tarnung.«

»Wo hast du den gesehen?«

»Er nähert sich, wird langsamer, guckt zu Dörtes Auto und zum Haus. Geht wieder schneller.«

»Wann?«

»Jeden Tag. Später Nachmittag.«

»Wahrscheinlich wohnt der Mann dort irgendwo.«

»Nein.«

»Wieso nein?«

»Der hat was vor. Ich spüre das Böse an ihm.«

»*Das Böse*. Aha.« Jetzt spinnt er vollends, dachte Ludger, und für Übersinnliches hab ich keinen Nerv.

»Pass auf, Ansgar, ich setz dich gleich ab. Ich muss weiter, Tanja wartet. Und wenn du in deiner Wohnung bist, lass den Typen, der uns folgt, nicht rein. Mach nicht auf, wenn es klingelt.«

»Mach ich nie.«

»Und pack den Kram, den du für die Klinik brauchst. Ich bring dich morgen früh hin.«

»Das geht nicht. Ich muss aufpassen.«

»Um sechs hol ich dich ab. In zwei bis drei Tagen ist die Sache erledigt.«

»Ich muss sie beschützen.«

»Das ist Quatsch.«

»Da ist eine negative Spannung zwischen ihm und Dörte.«

»Zwischen dem Bürohengst und ihr?«

»Da passiert noch was.«

»Kannst du das näher beschreiben?«

»Man kann das nur fühlen. Ich muss aufpassen.«

Der Wagen stand vor einer roten Ampel. Ludger sah zur Seite. Der Blick aus Ansgars Augen war der eines treuen, unverstandenen Hundes.

»Ich mach das für dich, Ansgar. Ich pass auf.«

Die Augen seines Bruders leuchteten auf.

Ich bin verrückt, ihm so was zu versprechen, dachte Ludger. Aber wie sonst konnte er Ansgar dazu bringen, den OP-Termin wahrzunehmen? Die Schonhaltung seines Arms und sein gelegentliches Zusammenzucken machten deutlich, wie nötig der Eingriff war. Und schließlich: Was gab es denn aufzupassen? Was sollte passieren?

»Das willst du für mich tun? Du musst doch arbeiten.«

Die Ampel wurde grün. Ludger gab Gas.

»Morgen hab ich frei, und übermorgen ist Samstag. Mach dir keine Sorgen. Ich kümmere mich auch um Dörtes Tiere.«

Sie erreichten die Argelanderstraße. An der Kreuzung Reuterstraße staute sich der Verkehr. Am Ende der Schlange hielt Ludger am Bordstein. Ansgar stieg aus und nahm das Fahrrad aus dem Kofferraum.

»Bis morgen kurz vor sechs«, rief Ludger durch die offene Heckklappe. »Sieh zu, dass du fertig bist.«

Im Rückspiegel sah er seinen Bruder, das Rad neben sich herschiebend, die Fahrbahn überqueren. Der Fremde, der ihnen gefolgt war, radelte vorbei, ohne einen Blick zur Seite zu werfen. An der Ampel stieg er ab und wurde von einem Lastwagen verdeckt. Ich hab mich getäuscht, dachte Ludger, wahrscheinlich hatte er nur zufällig denselben Weg.

Es wurde grün, und die Autoschlange bewegte sich vorwärts. Ludger musste sehen, dass er auf die Linksabbiegerspur gelangte. Die Ampel zeigte schon wieder rot. Die Zeit ließ sich nutzen. Ludger zog sein Handy aus der Tasche. Dörtes Nummer hatte er gespeichert.

»Hallo?«, meldete sie sich.

Schon das eine Wort aus ihrem Mund schien Gift zu sprühen und reichte aus, um ihn seine Abneigung körperlich spüren zu lassen. Sein Magen zog sich zusammen, sein Brustkorb verengte sich. Das war mehr als bloßes Unbehagen, es glich einem Schmerz.

131

»Dörte, hier ist Ludger.«

»Ja, und?«, fragte sie barsch.

»Ansgar muss ins Krankenhaus.«

»Liegt er im Sterben?«

»Sie nehmen was von dem Metall aus seinem Arm. Morgen in der Uniklinik, Chirurgisches Zentrum. Ich möchte dich bitten, ihn dort zu besuchen.«

»Du hast einen Knall.«

»Die Klinik ist in deiner Nähe.«

»Hat er geschnallt, wo ich bin? Hätt' ich ihm nicht zugetraut.«

»Solange Ansgar im Krankenhaus ist, versorge ich deine Viecher und Pflanzen. Wenn du ihn nicht besuchen willst, hol sie ab. Oder ich setz sie auf die Straße. Dort, wo du jetzt wohnst, werden sie den Dackel lieben. Der sabbert alles voll und ist inkontinent.«

»Okay, okay, du bist also ein Erpresser. Ich denk drüber nach.«

»Ich rufe dich morgen an, um dir die Zimmernummer und die passende Zeit für einen Besuch durchzugeben.«

Sie legte auf, ohne eine Zusage zu machen. Ludger entfuhr ein zorniges Knurren. Die ganze Art dieser Frau war ihm zuwider. Ihm war nicht einmal klar, warum es ihm so wichtig war, dass sie Ansgar besuchte. Damit der sich freute und beruhigt war? Damit sie endlich mal was für ihn tat? Oder um ihm Gelegenheit zu verschaffen, mit ihr in Ruhe zu reden und für klare Verhältnisse zu sorgen? Wahrscheinlich würde sein Bruder vor Glück über ihren Anblick kein Wort herausbringen. Dennoch war es möglich, dass ihr Besuch etwas in Bewegung brachte. Die Chancen dafür standen besser als in der Kellerwohnung, wo sie es nie länger als fünf Minuten aushielt.

Ach, vermutlich ist die Sache längst verfahren, dachte Ludger im nächsten Moment. Da musste etwas völlig anderes geschehen. Er ließ das Lenkrad los und ballte die Hände zu Fäusten. Was ungünstig war, da die Ampel auf grün schaltete. Hinter ihm hob ein Hupkonzert an.

Bald nachdem der Detektiv hinter der Ecke verschwunden war, schmolz Margots beglückendes Hochgefühl dahin und verwandelte sich in ein elendes Häufchen Selbstkritik. Warum hatte sie sich hinreißen lassen, von Mord zu reden? Was wusste sie denn schon?

Über den Unfall von Werners Frau war ihr nicht viel mehr bekannt, als dass Inga vom Rad gestürzt, mit dem Kopf unglücklich gegen einen Basaltklotz geprallt und an Ort und Stelle gestorben war, und über Utes Tod wusste sie, abgesehen von den haarsträubenden Bemerkungen, die auf der Beerdigung gefallen waren, überhaupt nichts. Wie konnte sie da von Mord sprechen? Und hatte sogar das Motiv parat! In ihrer aktiven Zeit im Schuldienst hätte sie sich niemals zu solch gewagten Äußerungen verstiegen. Jetzt musste sie die Suppe auslöffeln, die sie sich eingebrockt hatte, und erst einmal herausbekommen, woran Ute gestorben war. Mit einem verborgenen Herzfehler oder einem Aneurysma erledigte sich jede Spekulation.

Margot blickte auf den Tisch herab, auf dem ihre Handtasche thronte. Den hatte Ninas Vater am Ende des Krieges aus den Trümmern eines zerbombten Hauses gerettet, ein Andenken an die Eltern, die ums Leben gekommen waren. Völlig klar, dass Margot das Möbel nicht seinem Schicksal überlassen konnte. Sie hängte die Tasche über ihren Arm, griff unter die Platte und hob den Tisch mit beiden Händen hoch. Er war sperrig, doch nicht allzu schwer. Einige Meter ließen sich damit schaffen. Aber bis zur Bushaltestelle? Sie setzte ihn ab und überlegte, ob sie sich ein Taxi rufen sollte. Dann müsste sie das ungeliebte Handy mit seiner feindlichen Technik benutzen. Und wenn sie sich schon damit auseinandersetzte, wäre es dann nicht viel schöner, mit der wohlklingenden Stimme von Karl Holzschröder belohnt zu werden?

Zögernd zog sie das Handy aus der Tasche. Sie fand die richtige Einstellung sowie ein Feld mit winzigen Zahlen zum Wählen und hoffte, die Telefonnummer richtig im Gedächtnis zu haben. Aber trotz der Brille schienen ihre Augen zu schwach und ihre Finger zu dick, ständig erwischte sie die falsche Zahl. Sie erinnerte sich an die Löschtaste, korrigierte und hörte bald ein Freizeichen.

»Holzschröder.«

Es glich einem Wunder. Margots Brust füllte sich mit Stolz, als hätte sie soeben ihr technisches Genie unter Beweis gestellt.

»Hier ist Margot!«, rief sie schwungvoll.

»Ach, wie schön.«

Sie sog den Satz ein, schloss die Augen und hätte vergessen, weiterzureden, wenn er nicht nach ihrem Befinden gefragt hätte.

»Ich brauche deine Hilfe, Karl.«

Ihm die Sache in aller Kürze zu erklären, war nicht einfach, vor allem sollte er keine Gelegenheit haben, sich ausgiebig zu wundern, sondern möglichst rasch kommen. Und tatsächlich: Er versprach, sie und das Tischchen mit seinem Volvo auf dem Venusberg abzuholen und sie überall hinzubringen, wo sie ihren Recherchen nachgehen müsse. Dem Möbel wolle er derweilen in seinem Haus Asyl gewähren. Wunderbar! In Margot stieg ein verwegenes Gefühl auf, das ihr ganz fremd war.

Eine Viertelstunde später bat Margot ihren ehemaligen Kollegen, sie am Venusberghang im Stadtteil Kessenich abzusetzen. Sie verließ das Polster des Volvos höchst ungern, und minutenlang war der Wunsch, an Holzschröders Seite mindestens bis Paris zu fahren, nahezu übermächtig gewesen. Nun hatte sie sich wieder im Griff. Ein Auftrag verlangte Opfer. Den Straßennamen und die Hausnummer hatte sie sich gemerkt. Beides war in der Traueranzeige angegeben, die sie viele Male gelesen hatte. Aber als sie vor dem Hanggrundstück zum Haus hinaufschaute und die Zahl der Stufen abschätzte, die bis zum Eingang zurückzulegen waren, drohte ihr Mut, sie zu verlassen. Es gab Situationen, in denen sie gern dreißig Jahre jünger wäre. Zum Glück verfügte die Treppe über einen stabilen Handlauf. Margot ließ sich Zeit. Als sie endlich, um Atem ringend, vor der makellosen weiß lackierten Haustür stand, wartete sie einen Moment, um zu verschnaufen.

134

Ohne dass sie geklingelt hatte, öffnete sich die Tür, und Herr Hackmeyer stand vor ihr. Er trug einen dunkelgrauen Anzug mit grau gemusterter Krawatte. Vielleicht war er gerade aus dem Büro gekommen. Margot hatte gehört, dass er im Bundesministerium für Bildung und Forschung tätig war.

»Entschuldigen Sie bitte die Störung«, begann sie, indem sie, wenn auch keuchend, Mitgefühl und Trauer in ihre Worte legte. »Wir haben uns auf dem Alten Friedhof gesehen. Ich bin Margot Mohn, eine Nachbarin Ihrer Frau aus der Kindheit.«

Seine Miene blieb steinern. Er schwieg und bat sie nicht herein. Margot fühlte ihre Sicherheit schwinden. Vermutlich bekleidete er im Ministerium eine hohe Stelle und war devote Mitarbeiter gewohnt.

»Sind Sie so gut und sagen mir, welcher Umstand Ihre arme Frau so früh aus dem Leben gerissen hat? Es lässt mir wirklich keine Ruhe.«

Es klang unmöglich. Mit so einer Frage durfte man vielleicht nach einem Jahr kommen, aber nicht, wenn die Wunde noch frisch war. Dass sie im Auftrag eines Privatdetektivs unterwegs war, durfte sie auf keinen Fall durchblicken lassen.

»Sie meinen, Ihre Neugier lässt Ihnen keine Ruhe«, sagte der Witwer.

Es glückte ihr, nicht empört das Gesicht zu verziehen. »Es tut mir so leid«, hob sie nochmals an. »Damals spielten die Kinder noch viel auf der Straße, und man sah sie ziemlich oft, so dass ich Ute recht gut kannte. Was ist passiert, weshalb musste sie sterben?«

Sein Gesichtsausdruck wurde milder. »Ich befand mich auf einer Dienstreise.« Er sprach so leise, dass Margot sich vorbeugen musste, um jedes Wort zu verstehen. »Die Rechtsmediziner gehen von einer Lebensmittelvergiftung aus.«

»Ach so.« Von wegen Mord, dachte Margot.

»Eine seltene Erkrankung namens Botulismus. Sie führt meist zum Tode, wenn nicht rechtzeitig ein Gegengift verabreicht wird.«

»Potu- wie heißt das?«

»Das Botulinum-Neurotoxin ist das stärkste aller Bakteriengifte. Man schmeckt es nicht.«

»Was hatte sie denn gegessen? Das haben die Rechtsmediziner doch bestimmt ...«

»Ja, sicher«, unterbrach er sie unwillig.

Margot biss sich auf die Lippen. Sie hatte außer Acht gelassen, wie der Mann sich fühlen musste, wenn er sich seine Frau auf dem Seziertisch vorstellte und an die Untersuchung ihres Magen- und Darminhalts dachte.

»Ute war sehr auf Hygiene bedacht, die Küche war sauber und aufgeräumt«, sagte er. »Essensreste waren nicht zu finden.«

»Konnte der Arzt ihr nicht helfen?«

»Sie hat keinen Arzt angerufen, das lässt sich nachprüfen. Wahrscheinlich hat sie gedacht, sie schafft es allein. Ihren Abwehrkräften und ihren Hausmitteln hat sie immer mehr vertraut als den Ärzten.«

Er presste drei Finger gegen seine Stirn, als wollte er die schmerzlichen Gedanken wegdrücken. »Die Ermittlungen laufen noch.«

»Ermittlungen«, wiederholte Margot betroffen. Hielt die Polizei es für möglich, dass hier was nicht stimmte? Oder fahndete man nach dem Nahrungsmittel, um weiteren Vergiftungsfällen vorzubeugen?

Die Tür schob sich auf Margot zu.

»Schönen Abend«, sagte Hackmeyer ausdruckslos, als ob das Reden seine ganze Kraft verbraucht hätte.

»Augenblick noch. Vielleicht hat jemand Ihrer Frau etwas mitgebracht, das verdorben ...«

»Diese Möglichkeit«, fiel er ihr schroff ins Wort, »ist selbstverständlich bedacht worden.«

Die Tür fiel ins Schloss. Margot starrte eine Weile auf den blendend weißen Schleiflack und begab sich schließlich langsam und vorsichtig die Steintreppe hinab. Als sie die Hälfte zurückgelegt hatte, erhob sich jenseits des Maschendrahtzauns eine gekrümmte

Gestalt aus den Blumen. Margot fuhr zusammen, verfehlte die nächste Stufe, und fing sich am Geländer auf.

»Juten Tach«, erklang es im singenden Tonfall einer gebürtigen Bonnerin herüber. Die Frau in der Kittelschürze musterte Margot. Sie waren in etwa gleichaltrig.

»Guten Tag«, erwiderte Margot.

»Sie hann et jekannt? Et Ute? Pardon, die Frau Hackmeyer.« Margot nickte. »Lebensmittelvergittung! Da fragt man sich, woran das lag.«

»Weeß isch och net.« Die Frau rieb sich das Kreuz.

»Ich habe Ute als Kind gekannt. Aus der Weberstraße.«

»Weberstroß!« Ein Lächeln breitete sich auf dem knittrigen Gesicht der anderen aus. »Kenne Se dä Metzer Jupp?«

»O ja«, sagte Margot. »Von der Volksschule.«

»On et Schmitze Helga?«

»Aber ja! Wir sind zusammen Seilchen gesprungen.«

Die Frau trat an den Zaun und reichte ihr eine erdige Hand herüber. »Isch ben et Mariesche us de Kaiserstroß.«

Margot drückte die dargebotene Hand. Zwar erinnerte sie sich an kein *Mariesche*, doch vor ihrem inneren Auge erstand das alte Bonn auf, in dem es *jemötlisch* zuging, bevor der Krieg die Stadt erreichte und Bomben fielen, mit denen man nicht ernsthaft gerechnet hatte. Noch weniger hatte man geahnt, dass Bonn es zur Hauptstadt bringen würde, was auch schon wieder vorbei war.

Das *Mariesche* beugte sich vor. »Passen Se op: Et Ute hatte Besuch, eine dünne Frau met fussige Strubbelkopp. Se hann zusamme em Jarten jesesse. Fragen Se die emol, watt die zwei zusamme jejesse hann.«

Von weiter oben, vom Vorplatz des Hauses, waren Tritte von hohen Absätzen zu hören.

»Im Ubrigen ist das hier keine Gegend, wo man sich gegenseitig in die Kochtöpfe guckt.« Die Stimme gehörte zu einer schlanken, eleganten Frau in den Dreißigern. »Hier lebt jeder ungestört sein Leben.«

137

»Und stirbt ungestört seinen Tod«, entfuhr es Margot.

Die junge Frau blickte auf die terrassenförmig angelegten Beete hinunter. »Oma, wenn du dauernd schwatzt, wirst du vor dem Regen nicht fertig.«

*Mariesche* wandte sich vom Zaun ab und zerrte eine Distel aus dem Boden. Die junge Frau blieb oben stehen, als müsste sie eine nachlässige Angestellte kontrollieren.

»War auch ein Mann hier, der herumstand und das Haus beobachtete?«, wagte Margot eine gedämpfte Frage, die kaum bis nach oben dringen konnte.

»Ene Mann?«, grummelte es zwischen den Blumen. »Isch steh heh net de janze Zick eröm und glotz! Watt denken Sie von mir?«

»Na, vielleicht wollte es der Zufall …«

Es war zwecklos. Solange der junge Hausdrachen dort oben stand, würde Margot nichts aus deren Oma herausbekommen. Sie stieg die nächsten Stufen hinab. Ein Rieseln ging ringsum auf die Blätter nieder, leichter Regen hatte eingesetzt. Auf dem glatten Stoff ihres Ärmels hoben sich die Tropfen wie winzige Perlchen ab. Im Augenwinkel sah sie, dass die Frau im Kittel sich wieder aufrichtete und prüfend zum Haus hinauf schaute, vor dem die Enkelin mit einem Handy am Ohr auf und ab ging. Margot blieb stehen.

»Et wor ene Mann heh«, vernahm sie. »Ene düstere Mensch … Nix für e Techtelmechtel.«

»Stand er lange hier?«

Die Enkelin beendete ihr Gespräch und sah zu ihnen hinunter.

»Ben isch dä levve Jott?« Mariechens Kopf verschwand wieder zwischen den Stauden.

»War da noch ein zweiter Mann?«

»Nu isset aber jot!«

Margot stieg die restlichen Stufen hinunter. Ihr war so manches unbegreiflich. Warum war keine wirksame Hilfe zur Stelle gewesen, warum hatte die Kranke nicht den ärztlichen Notdienst angerufen? Eine intelligente Frau konnte nicht die ganze Zeit denken, dass sie es alleine schafft. Was war dazwischen gekommen? Hatte irgendwer dafür gesorgt, dass Ute keine Chance hatte, einen fähigen Mediziner einzuschalten? Welche Rolle spielte der Finstere dabei? Kaum denkbar, dass er rein zufällig hier gewesen war.

Nachdenklich erreichte Margot die letzte Stufe. Sie blickte noch einmal zu dem Haus hinauf, in dem Ute gestorben war. Zahllose Todesfälle im häuslichen Bereich werden nie als Mord erkannt, hatte sie kürzlich in der Zeitung gelesen. Was hinter geschlossenen Türen vor sich ging, entzog sich häufig dem Zugriff der Ermittler. Und ebenso der Schnüffelei von Miss Margot Mohn.


Freddy hielt seinen kleinen Sohn auf den Knien und fütterte ihn mit Milchbrei. Sein Beagle-Mix Billy und Pilars schwarzer Tajo saßen vor ihm auf dem Boden und beobachteten die Szene. Ihre glänzenden braunen Augen folgten dem Löffel von der Breischüssel auf dem Tisch bis zum rosigen Mund des kleinen Justus. Wenn die tapsige Hand des Kindes den vollen Löffel erwischte, bestand die Chance, dass etwas von dem köstlichen Zeug auf dem Boden kleckste und sie es auflecken konnten. Tajo war schneller darin, aber Billy gründlicher.

Als das Telefon klingelte, nahm Birgit ab. Sie reichte den Apparat sofort an Freddy weiter, setzte Justus in den Hochstuhl und übernahm den Breilöffel. Die Hunde verzogen sich unter den Tisch. Wenn Birgit fütterte, ging nichts daneben, das wussten sie.

»Hallo?«

Es war die alte Dame, Margot Mohn. Verblüfft lauschte Freddy dem Bericht von ihrem Besuch am Venusberghang. Er hatte nicht damit gerechnet, dass sie sich sofort auf die Suche nach näheren Informationen begeben würde. Die Frau gefiel ihm.

»In einer Stadt wie Bonn ist es kaum möglich, nicht rechtzeitig an einen Arzt zu erlangen«, meinte sie. »Der Ehemann, der zu der Zeit verreist war, sagt, sie habe nicht telefoniert und es sei ihre Art gewesen, allein klarkommen zu wollen. Ist das zu glauben? An dieser Lebensmittelvergiftung, Botulismus, stirbt man nicht Knall auf Fall. Von der Aufnahme mit der Nahrung bis zu Lähmungserscheinungen und zum Tod vergehen einige Stunden. Ich habe mich bei meinem Hausarzt erkundigt.«

»Wie gerät man an diesen Botulismus?«

»Durch den Verzehr von schlecht konservierten, luftdicht verpackten Lebensmitteln, die mit Botulinum-Bakterien verunreinigt sind. Die vermehren sich unter Luftabschluss und sondern ein hochgefährliches Gift ab. In meiner Kindheit sah man manchmal aufgeblähte Konservenbüchsen, die waren verdächtig. Heutzutage findet sich das Toxin eher in selbst Eingekochtem, zum Beispiel Gemüse oder Fleisch, man sagt auch Fleischvergiftung dazu. Ich weiß nicht, was Ute gegessen hat, aber der finstere Kerl könnte irgendwas damit zu tun haben. Oder hätten Sie eine andere Erklärung dafür, dass er auch vor Utes Haus herumhing?«

Freddy schloss die Augen. Jetzt bloß nicht wild herum spekulieren! Er kannte zu wenig Details. Aber es gab da etwas, das ihm aufgefallen war.

»Wie war das mit der anderen Freundin, die im April gestorben ist?«

»Sie meinen Inga, die Frau meines Neffen Werner. Die beiden hätten sie sehen sollen, eine innige Liebe, sie waren ein wunderbares Paar. Er leidet furchtbar.«

»Das war ein Fahrradunfall, sagten Sie.«

»Mitten in der Nacht. Am Kaiser-Wilhelm-Denkmal auf dem Venusberg.«

»Was hat die Polizei ermittelt?«

»Die Untersuchung hat ergeben, dass sie mit dem Kopf auf eine der kurzen Basaltsäulen vor dem Denkmal gestürzt ist, direkt am Waldweg.«

»Weiß Ihr Neffe noch mehr?«

»Nein, natürlich nicht. Als es passierte, war er verreist.«

Der also auch, dachte Freddy, genau wie der andere. Das war es, was beide Fälle gemeinsam hatten.

»Und Sie sagten, Inga sei allein unterwegs gewesen?«

140

»Sie unternahm gern was allein. Aber nachts mit dem Fahrrad durch den Wald, das war selbst für sie sehr ungewöhnlich.«

»Gab es eine zweite Bremsspur? Fußspuren?«

»Ach, Herr Stieger! An dem Morgen, als man sie fand, war alles aufgeweicht vom Regen. Und was glauben Sie, wie viele Fahrräder da vorbeikommen! Trotzdem hat die Polizei nach einer weiteren Person gesucht, sagte Werner. Laut rechtsmedizinischem Gutachten hatte Inga nämlich zwei Kopfverletzungen. Von gleicher Art und auf derselben Seite, aber nur eine davon war eindeutig durch den Sturz vom Rad zu erklären.«

»Ach?« Das spricht für eine Fremdeinwirkung, dachte Freddy. So mancher Unfall war eben doch ein bisschen mehr.

»Anscheinend wurde aber niemand ausfindig gemacht, der sie nach dem Sturz noch gegen den Basalt gestoßen haben könnte«, sagte Frau Mohn. »Außerdem hieß es, die zweite Verletzung könnte Inga sich selbst zugefügt haben, indem sie sich beduselt aufrichtete und ein zweites Mal auf die Kante knallte. Davon geht Werner aus.«

Also war alles möglich – bloßes Unglück ebenso wie fahrlässige Tötung oder Mord.

»Was war Inga von Beruf, Frau Mohn?«

»Ärztin. Sie hatte spät studiert, als die Kinder aus dem Gröbsten raus waren, und stand jetzt am Ende der Facharztausbildung.«

»In welchem Krankenhaus?«

Freddy merkte, wie Birgit ihren Kopf hob und herüberblickte. Natürlich, das interessierte sie, schließlich war sie Krankenschwester. Er stellte das Telefon auf Lautsprecher, damit sie die Antwort hören konnte. Der kleine Justus spielte inzwischen auf dem Fußboden. Die Hunde schielten zum halbvollen Breiteller auf dem Tisch und schienen die Hoffnung noch nicht aufzugeben.

»Im Malteser-Krankenhaus auf dem Hardtberg«, sagte Frau Mohn.

Birgits blaue Augen wurden groß und rund. Sie arbeitete seit mehr als zwanzig Jahren im Malteser-Krankenhaus.

»Also, Inga – wie war der Nachname?«

»Altkirch.«

»Auf welcher Station?«

»Auf der Gyn«, flüsterte Birgit.

»Sie wollte Frauenärztin werden«, antwortete Margot Mohn.

»Herr Stieger, meinen Sie, unsere Inga hat im Wald irgendwen getroffen?«

»Auf die Idee wird die Polizei auch schon gekommen sein.«

»Vielleicht ist denen der finstere Mann noch nicht aufgefallen. Wäre doch möglich, dass er Inga aufgelauert hat.«

»Wir können versuchen, das herauszukriegen.«

»Wir?«

»Mein Büro und ich.«

»Sie geben mir doch Bescheid, wenn Sie etwas wissen?«

Freddy bejahte die Frage, und Frau Mohn verabschiedete sich.

»Das klang nach einem Team von drei bis fünf Personen an voll beladenen Schreibtischen«, sagte Birgit, als Freddy aufgelegt hatte. »Und nicht nach einem ehemaligen Büroraum mit Kinderbett und Wickeltisch.«

»Ich glaube nicht, dass Frau Mohn Recht hat.«

»Immerhin hat dein Büro ein bisschen Glück: Inga Altkirch, die kannte ich. Das war eine ganz nette. Ihr Tod hat uns total erschüttert. Was für eine Schnapsidee, nachts mit dem Fahrrad allein durch den finsteren Wald zu gurken. Und dann noch ohne Helm! Ich hatte sie für vernünftiger gehalten.«

»Wahrscheinlich war sie nicht allein. Nachts im Wald kann sich jeder Begleiter schnell in Luft auflösen.«

»Denkst du an Unfallflucht? Klar, solche Ekel gibt es.«

»*Innige Liebe*«, wiederholte Freddy Frau Mohns Worte. »*Ein wunderbares Paar* ... Solche Worte machen mich immer misstrauisch. Nicht selten stellt sich heraus, dass beide Teile einander von Herzen gehasst haben.«

»Bei Inga und ihrem Mann kann *innige Liebe* stimmen. Er hat sie manchmal abgeholt, da hab ich sie zusammen gesehen.«

142

»Gab es einen abgewiesenen Liebhaber, dem ihr Glück nicht passte?«

»Keine Ahnung.«

»Oder eine beleidigte Geliebte?«

Die Stirn unter Birgits blonden Ponyfransen legte sich in Falten. Plötzlich stieß sie geräuschvoll die Luft aus.

»Du, da war wirklich was.«

»Klinik-Klatsch?«

»Ich glaub, das war ein bisschen mehr.« Sie erhob sich. »Kannst du auf Justus aufpassen? Ich muss mal schnell telefonieren.«

# Aus einem alten Adressbüchlein

## Oktober 1986

*Als ich abgehauen bin, lag das Buch in meiner Umhängetasche, sonst wäre es jetzt futsch. Hab ich gedacht, ich würde einen ehrbaren Job finden? Hat meine Mutter das gedacht? Ich hatte vier Mark dabei und musste irgendwo pennen. Ein grauhaariger Typ hat mir ein Zimmer angeboten. Ich bin mitgegangen und landete neben ihm auf seinem schmuddeligen Bett. Mehr war da nicht. Vierter Stock in der Nordstadt. Der Dreckskerl hat mich eingesperrt. Bin erst nach Tagen rausgekommen, als er auf dem Klo saß und seine Hose mit dem Schlüssel unterm Bett lag. Und dann brauchte ich wieder was für die Nacht, war schon schweinekalt. Am Kaiserbrunnen kam ich mit einem Maler ins Quatschen, der nahm mich mit nach West-Berlin. Fahrt umsonst, Wohnen und Essen auch. Aber komisches Gefühl, mit all der DDR drum rum. Ständig siehst du die Mauer oder einen Wachtturm und kriegst das Wort Todesstreifen nicht aus der Birne. Der Maler war auch nicht das Gelbe vom Ei. Bin mit einem anderen Kerl auf dem Moped nach Kreuzberg. Mit dem nächsten nach Neukölln. So ging das weiter, bis ich ganz Westberlin kannte und die Schnauze voll hatte. Da war mir danach, zu Hause eine Ausbildung zu machen, Tippse werden oder so, damit kannst du immer Kohle machen. Also hab ich Geld geschnorrt und mir eine Fahrkarte nach Bonn besorgt.*

*Kam mittags da an, auf dem Bahnhof, der anscheinend seit der Kaiserzeit nicht mehr gewachsen ist. Alles klein und eng und trotzdem Hauptstadt, wie machen sie das bloß? Glückliches Bonn, ohne Mauer, Stacheldraht und Wachposten mit Gewehr. Bin stundenlang rumgetigert: Markt, Münster, Kaiserplatz, Uni, Hofgarten, Adenauerallee, Postministerium, zum Rhein runter, am Alten Zoll wieder hoch. Bei Dunkelheit zum Bonner Talweg, Schaufenster beguckt und der Schule gegenüber keinen Blick gegönnt.*

*Um acht stand ich in der Weberstraße. Drückte mich am Zaun rum, wo kaum Laternenlicht war. Der Mutter wieder auf die Bude zu rücken, war ja nicht so einfach. Dann die Stufen hoch, den Finger tapfer auf den Lichtschalter unter den Klingeln. Wie durch Geisterhand geht plötzlich die Tür*

144

mit dem Schnörkelgitter auf. Ich steh zwei Leuten mit pechschwarzen Klamotten gegenüber, und über unseren Köpfen erstrahlt das Licht. Die zwei starren mich an, als wäre ich ein Gespenst. Der Größere hat eine rosafarbene Narbe, die wie ein krummer Wurm im Bart verschwindet, stechende Augen unter dem Kapuzensaum, und stinkt wie ein randvoller Aschenbecher. Dann sind sie weg, Schatten aus dem Hades, solche Leute wie früher, für die meine Mutter dicke Vorhänge genäht hat mit Schlitzen für die Augen, damit sie heimlich durch unser einziges richtiges Fenster auf die Straße gucken konnten.

Meine Lust auf die Wohnung war wie weggeblasen. Bin in eine Kneipe, musste ja mal aufs Klo. Später erfuhr ich von einem, der Nachrichten gehört hatte, dass zwei schwarz Vermummte, ein kleinerer und ein größerer, einen Diplomaten aus dem Auswärtigen Amt erschossen hatten. Dazu bekennt sich die Revolutionäre Front Westeuropa, sagte der Typ, das ist die Rote Armee-Fraktion. Ich dachte sofort an die Leute vor unsrer Tür, ein kleinerer, ein größerer und schwarz sowieso. Schätze mal, die hatten ihre Strumpfmasken noch in der Tasche.

In der Nacht hab ich auf einer Bank im Hofgarten gepennt und mit einem Studenten gequatscht, der mit besoffenem Kopf neben mir gestrandet war. Der wusste schon von dem Mord, und dann, keine Ahnung, warum, hab ich erzählt, wie das bei uns war und worüber ich nicht reden durfte: kapitalistisches Herrschaftssystem, politischer Kampf, der General muss weg. Der Student war auf der Stelle nüchtern und redete wild auf mich ein: Die meinten den Generalbundesanwalt Buback! Den hat die RAF 1977 ermordet! Das ist ja heftig, sagte ich, und im selben Jahr waren bei uns welche, die haben in Köln einen reichen Sack entführt und irgendwo versteckt. Der Student rastete regelrecht aus: Schleyer, der Arbeitgeberpräsident, auch den haben sie umgebracht. Deine Olle, ist Sympathisantin, Mensch, ab zur Polizei!

Ich bin aber nur in eine Buchhandlung und hab einen Wälzer über die RAF mitgehen lassen. Dann in die Weberstraße. Doch Madame war nicht da. Die Leute vom Parterre sagten, sie ist mit einem Koffer zur Straßenbahn, mein Bruder lebt beim Patenonkel, und die Wohnung hat schon Nachmieter. Ob ich ein paar Sachen mitnehmen wollte? Ich hab nur den

145

Fleischwolf eingepackt und auf dem Kaiserplatz der nächstbesten Alten ihr Portemonnaie weggeangelt, brauchte ja Geld für die Rückfahrt.

Als ich im Zug das Buch las, kam mir kam einiges hoch. Von Ulrike und Andreas sprach meine Mutter immer leise und ehrfürchtig, als wären das Heilige, und Geld fürs Bombenbauen bekamen sie alle. Geld, das uns dann fehlte. Revolution ist teuer, vor allem, wenn sie nicht klappt. Einmal erschienen zwei Polizisten in Zivil bei uns und stellten meiner Mutter in der Küche ein paar Fragen. Beim Weggehen hatte jeder von den beiden eine hausgemachte Wurst unterm Arm, diskret in Zeitungspapier gewickelt. War das einzige, das ich an der Mutter mochte, der Geruch der Wurst.

## SIEBEN

Ich hab jetzt mit ihr gesprochen«, sagte Birgit, als Freddy am Morgen in ein großes Handtuch gewickelt aus dem Badezimmer kam.

»Mit wem?«

»Ingas Freundin, Nadine aus der Röntgenabteilung, ich hatte sie gestern nicht erreicht.«

Freddy gähnte, zog sich eine Tasse heran und griff nach der Kaffeekanne. Es war nicht seine Tageszeit. Ohne Kaffee schlief sein Gehirn einfach weiter.

»Und?«

»Da wäre so einiges zu sagen.«

Justus warf seine Milchflasche vom Hochstuhl auf den Boden und krähte vergnügt. Freddy konnte von Birgits Ausführungen so gut wie nichts verstehen.

»Warte, ich zieh mich schnell an.« Er eilte ins Schlafzimmer und griff nach den Klamotten vom Vortag. Nicht ideal, aber die Zeit wurde knapp. In Jeans und Hemd kehrte er zurück zum Küchentisch. Justus saß inzwischen auf dem blauen Küchenteppich und kegelte mit bunten Plastikbechern herum.

»Also erstens ...« begann Birgit und biss von ihrem Brötchen ab.

»Bitte eine Kurzfassung, ich muss los.« Freddy trank einen Schluck Kaffee und nahm sich eine Schnitte Brot. »Ich bin um acht mit Nina Pützen bei Pilars Schwester in der Adenauerallee verabredet und muss um kurz vor zehn auf dem Venusberg am Stand sein.«

»Die beiden hatten Krach.«

»Welche beiden?«

»Inga und ihr Mann Werner.«

»Frau Mohn hat die als wunderbares Paar bezeichnet.« Freddy langte nach der Marmelade. »Sie sprach von inniger Liebe.«

147

»Alle haben mal Streit. Aber der Krach war immerhin so heftig, dass der Werner Knall auf Fall das Haus verlassen und sich bei einem Freund einquartiert hat. Ein paar Tage vor Ingas Tod.«

»Frau Mohn sagte, er war verreist.«

»Hat er ihr das erzählt?«

»Sieht so aus.«

»Wahrscheinlich sollte die Tante nichts davon erfahren. Nadine weiß es auch nur, weil Inga sagte, sie sei nicht in der Stimmung, zur Geburtstagsparty zu kommen. Worauf Nadine nachgehakt hat und ihr einiges klar geworden ist. Es war nämlich noch was: Sie hatte den Werner in derselben Woche mit einer anderen Frau in einer Kneipe gesehen.«

»Das heißt nichts.«

»Nadine sagt, diese Frau hatte tolles rostrotes Haar.«

Freddy schaute von seinem Brot auf. »War das Dörte?«

Birgit hob die Schultern. »Solche Haare sind nicht allzu häufig.«

Und Dörtes Haar ist wirklich auffallend toll, dachte Freddy. »Hat Nadine das alles der Polizei erzählt?«

»Nein, sie hat es nur mir verraten. *Der Werner*, hat sie gesagt, *ist so ein Netter. Nicht, dass die Polizei dem noch was anhängt.*«

Freddy fühlte Ärger in sich aufsteigen. »Ist das ein Grund, so was Wichtiges zu verschweigen?«

Birgit fuhr hoch. »Du sagst es doch nicht weiter?«

»Also, wenn das ein Mordfall sein sollte …«

»Wieso Mord?«

»Das ist nur eine Möglichkeit. Die Polizei braucht jedes Detail, um die Wahrheit zu ermitteln.«

»Ja, ja, ich weiß!«, brauste Birgit auf und schlug mit der Hand auf die Tischplatte. »Der polizeilichen Aufklärung wird alles untergeordnet! Da wird pietätlos in privaten Angelegenheiten herumgewühlt, ohne Rücksicht auf Gefühle!«

»Birgit …«

»Freddy, der Werner ist kein Mörder. Eine Krise machen alle mal durch.« Sie holte tief Luft. »Und wenn du das, was die Nadine

148

mir anvertraut hat, weitererzählst, haben wir zwei eine oberfette Krise! Dann siehst du mich so wütend wie noch nie!«

Freddy hob beschwichtigend die Hände. »Aber Frau Mohn muss ich einweihen. Sie wird kein Wörtchen ausplaudern, sie liebt ihren Neffen.«

»Die Tante, na, schön. Aber niemanden sonst.«

»Kannst du Nadine nicht davon überzeugen, dass sie alles, was sie über Inga und Werner weiß, der Polizei mitteilen muss?«

Birgit knallte ihr Messer auf den Teller, dass es klirrte.

»Der Werner«, schnaufte sie. »Nadine sagt, der ist eine Seele von Mann, der tut keiner Fliege was zu Leide. Die Tante wird dir das bestätigen.«

»Es geht nicht nur um ihn. Dass er nicht vereist war, wird die Polizei inzwischen wissen, vermutlich sogar, dass es Streit gegeben und er bei einem Freund gewohnt hat. Aber ein anderes Detail könnte viel interessanter sein: das Treffen mit der rothaarigen Frau in der Kneipe.«

»Ach, die …« Birgit starrte ihn an. »Glaubst du etwa …«

»Was weißt du von ihr?«, fragte Freddy sanft.

»Nichts natürlich.«

»Eben.«

»Bleib auf dem Teppich, Freddy! Sieh das alles mal ganz locker und verhalt dich einfach normal, ja? Nur weil du schon mit solchen Dingen zu tun hattest, muss nicht jedes Mal ein Mord dahinter stecken.«

»Es könnten sogar zwei Morde sein.«

»Ich hab den Eindruck, du sehnst so was herbei, weil längere Zeit nichts los war.«

»Frau Mohn befürchtet, dass es noch mehr Morde werden.«

Birgit blähte die Backen auf und schüttelte den Kopf.

Freddy blickte auf die Uhr über dem Küchensofa. »Hoppla, ich komme zu spät!« Er sprang auf und küsste Birgit auf den Mund und den kleinen Justus auf die Wange, lief das kurze Stück zur Garderobe und schlüpfte in seine Schuhe.

149

»Mensch, Freddy«, rief Birgit ihm nach. »Die alte Dame hat dir einen Floh ins Ohr gesetzt!«

Freddy hielt inne. Hatte sie womöglich Recht? Er konnte kaum noch sagen, was einer nüchterner Betrachtung standhielt und was nicht. *Sieh das alles mal ganz locker.* Er wollte es versuchen. Jedenfalls musste er heute noch mit Frau Mohn telefonieren. *Sehen Sie das alles mal ganz locker, Frau Mohn. Bleiben Sie auf dem Teppich.*

Am frühen Morgen hatte Ludger seinen Bruder ins Operative Zentrum der Uni-Klinik auf dem Venusberg gebracht. Der Eingriff an Ansgars Ellbogen war für halb acht vorgesehen. Nach Auskunft einer Krankenschwester sollte Ansgar gegen Mittag in seinem Bett auf der Station liegen.

Den freien Tag wollte Ludger nutzen, um die Unterlagen für den Steuerberater fertig zu machen, ein paar Bestellungen für die Praxis durchzuführen und einen Vortrag vorzubereiten, den er in der nächsten Woche in einem Nachbarschaftszentrum halten sollte. Seinen Laptop hatte er dabei, aber zuerst musste er sich um Dörtes Tiere kümmern.

Im Seniorentempo führte Ludger den schnaufenden Dackel die Straße entlang, die Treppe am Fuß des Venusbergs hinauf, ein Stück den Waldweg entlang und wieder zurück. Er reinigte den Teppich und das Sofapolster vom Speichel und vom Urin des Hundes, schüttete Diättrockenfutter in den Fressnapf, füllte die Trinkschüssel auf, versorgte die Wellensittiche mit Körnern und frischem Wasser und säuberte ihren Käfig. Zuletzt goss er die drei Reihen Grünpflanzen, die vor der Anrichte auf dem Boden standen, und zupfte welke Blätter und Blüten ab. Hin und wieder warf er einen Blick auf den rehbraunen Dackel, der ihn vom Sofa aus beobachtete und ihm zuzulächeln schien.

Plötzlich hechelte das Tier und sah ihn unglücklich an. Ach ja, fiel Ludger ein, die Herztabletten. Er mischte zwei Pillen mit Leberwurst und gab dem Hund die Paste direkt in die Schnauze. Nach einem weiteren Blickwechsel mit dem Dackel, meinte er zu sehen, dass es dem Kerlchen besser ging. Er kraulte ihm den Nacken, tätschelte seine Ohren, strich ihm über die Stirn. Dörte war nicht ganz freiwillig an den Hund gekommen, erinnerte er sich. Ein Fremder hatte das Tier an einen Laternenpfahl gebunden und sie gebeten, darauf aufzupassen, er müsse dringend eine Toilette aufsuchen. Der Mann verschwand und kam nicht zurück, unauffindbar in der großen Stadt Berlin, da der Hund weder Steuermarke noch Chip hatte. Dörte nahm ihn mit in ihre Wohnung und behielt ihn. Offenbar gab es eine weiche Stelle in ihrem Herzen. War sie nur Tieren vorbehalten?

Gegen Mittag telefonierte Ludger mit seinem Bruder in der Klinik und erfuhr, dass es ihm, abgesehen von leichtem Wundschmerz, körperlich gut ging. Doch Ansgars Stimmung war an einem Tiefpunkt angelangt. Nein, in diesem Gefängnis voller blutrünstiger weißer Ratten lege er keinen Wert auf Besuch, er wolle nur weg hier. Mit bebender Stimme fragte er nach Dörte.

»Alles gut«, beruhigte Ludger ihn. »Sie ist nicht mehr mit dem Mann allein. Die Frau ist wieder da.«

Erleichtertes Ausatmen. »Hast du echt den ganzen Tag aufgepasst?«

»Sonst wüsste ich das nicht«, log Ludger und verschwieg den puren Zufall, der ihm sein Wissen in einer einzigen Minute beschert hatte. Langsam wie ein Polizeiauto auf Streife war er durch die schmale Straße gefahren und hatte einen Blick in den Stichweg geworfen, als eine brünette Frau in einer bunten Sommerbluse ihrem Wagen entstieg und mit einer Reisetasche auf das Reihenhaus zuging. Während er anhielt, öffnete sie die Tür mit einem Schlüssel und verschwand im Haus.

»Streiten sie?«

»Ich hab nichts gehört.«

»Und der Bürohengst, der Anzugträger?«

»Den hab ich nicht gesehen.«

»Warst du nicht lang genug da?« Das klang argwöhnisch. »Ich will raus hier, ich muss mich kümmern.«

151

»Schlaf viel und erhol dich, dann kommst du bald raus.«

Ludger wünschte seinem Bruder schnelle Genesung, legte auf und wählte Dörtes Handynummer.

»Ja, was ist«, meldete sie sich unwirsch.

»Ansgar hat die kleine OP gut überstanden.«

»Ja, und?«

»Er hält es in der Klinik kaum aus. Mach ihm die Freude und schau bei ihm vorbei.«

»Was soll der Quatsch? Lass mich in Ruh.«

»Du könntest den Besuch nutzen, um ihm freundlich, aber klipp und klar zu sagen, dass es nichts wird mit dir und ihm. Sei eindeutig! Und dann fahr zurück nach Berlin und komm nie wieder. Das wäre ein guter Abschluss. Lass ihn nicht so hängen und immer aufs Neue hoffen.«

»Er ist ein Waschlappen«, zischte Dörte. »Ich mag keine Waschlappen.«

Die Wut schoss in Ludger hoch wie eine Stichflamme. »Aber für deine Viecher ist er gut genug? Ich hätte Lust, denen mit einer Portion Gift den Garaus zu machen!«

Der Dackel sah ihn traurig an, die Vögel schienen deprimiert die Flügel hängen zu lassen. Aber zum Kuckuck, wie kam man dieser Frau bei?

»Besuch ihn morgen«, fuhr Ludger ruhiger fort. »Nachmittags hat er Physiotherapie, und ab 17 Uhr gibt es Abendessen. Gut anderthalb Stunden später wäre es am besten. Dann ist dort Ruhe eingetreten. Ab halb sieben etwa. Er würde sich so freuen.«

Sie stöhnte theatralisch, sagte aber nichts. Hatte er ihre weiche Stelle gefunden? Er nannte ihr die Station und die Zimmernummer. Als sie ohne ein Wort auflegte, hatte er erneut den Eindruck, dass sein Anruf vergeblich war. Er selbst wollte morgen am Spätnachmittag zur Klinik fahren, dafür Sorge tragen, dass Ansgar etwas aß, und gegen sechs wieder gehen. Sollte Dörte auftauchen, wäre er schon fort.

Margot versuchte, sich mit einem Zeitungsbericht über ein Goldhochzeitspaar von ihren düsteren Gedanken abzulenken. Amüsiert las sie, dass der fünfundsiebzigjährige Ehemann erklärt hatte: Mit meiner *Monika ist es wie am ersten Tag!* Blödsinn, dachte Margot, aber nett, dass er das sagt. Als sie weiterblätterte, klingelte das Telefon. Es meldete sich der Privatdetektiv.

»Ich muss es kurz machen, Frau Mohn, ich steh am Biostand und möchte Ihnen nur sagen, dass es gut wäre, wenn Sie noch mal mit Ihrem Neffen reden könnten.«

»Warum?«, fragte sie erstaunt.

»Ich habe eine neue Information.«

»Ja?« Gegen ihren Willen zitterte ihre Stimme.

»Anscheinend hatte er sich kurze Zeit vor dem Unfall mit Inga gestritten und war vorübergehend zu einem Freund gezogen.«

»Oh, mein Gott! Wer behauptet das?«

»Fragen Sie ihn einfach nach dem Streit.«

Margot fingerte nervös an der Telefonschnur herum. Warum hatte Werner ihr nichts davon gesagt?

»Und noch was«, fuhr der Detektiv fort. »Ein paar Tage vor Ingas Tod ist er mit Dörte in einem Lokal gesehen worden.«

Margot fuhr hoch. »Unmöglich! Werner kennt Dörte überhaupt nicht. Ich habe noch genau im Ohr, wie er das gesagt hat. Werner belügt mich nicht.« Sie glaubte einen Hauch Unsicherheit in ihren Worten zu hören. »So was tut er nicht«, fügte sie mit festerer Stimme hinzu. »Es muss sich um eine Verwechslung handeln.«

»Wollen Sie das nicht lieber überprüfen?«

Das klang so dreist in ihren Ohren, dass sie sauer wurde.

»Wer hat Sie beauftragt?«, stieß sie hervor. »Ein Detektiv erscheint nicht einfach so auf dem Plan! Wer steht hinter Ihnen?«

»Eine Freundin, die es für sinnvoll hält, dass ich mich um Nina Pützen kümmere. Aber wir wissen zu wenig, wir kennen bestenfalls die Hälfte der Geschichte. Deswegen –«

»Dass mein Neffe mich belogen hat«, fiel Margot ihm ins Wort, »schlagen Sie sich ganz schnell aus dem Kopf! Sagen Sie mir lieber,

153

was Sie über die Männer herausgefunden haben, den Finsteren und seinen Chauffeur. Sie sind den beiden doch gefolgt und haben mir noch nichts davon erzählt!«

»Stimmt, Verzeihung. Also der, den sie *den Finsteren* nennen, wohnt in einer Souterrainwohnung in der Argelanderstraße, Nähe Reuterstraße. Ich hab mir den Namen und die Hausnummer notiert. Gestern Abend hat er auf mein Klingeln nicht geöffnet.«

»Steht er heute wieder vor Ninas Haus?«

»Das weiß ich nicht. Nina ist inzwischen zurückgekehrt und wird darauf achten. Wir haben heut Morgen eine Strategie besprochen, damit Frieden herrscht und Dörte abreist.«

»Nina ist zurück?«, rief Margot entsetzt. »Aber …«

»Bis später, Frau Mohn. Ich hab Kundschaft hier.«

Aufgewühlt ging Margot in ihrem Wohnzimmer umher. Sie wusste nicht, worüber sie sich mehr aufregen sollte: darüber, dass Werner sie möglicherweise belogen und einiges verschwiegen hatte, oder darüber, dass Dörte sich mies verhielt, Nina zu Gewalt neigte und die Spannungen im Haus zwangsläufig einem neuen Höhepunkt zustreben mussten.

Zugleich hatte sie ein Problem: Musste sie Werner anrufen und auf die unerhörten Neuigkeiten ansprechen? Es war so unangenehm! Und schließlich konnten der angebliche Streit mit Inga und seine Bekanntschaft mit Dörte auf ganz dummen Irrtümern und gemeinem Klatsch beruhen. Aber wenn das alles wahr sein sollte? Abrupt blieb Margot mitten im Wohnzimmer stehen. Ihr war ein fürchterlicher Gedanke gekommen, er hatte ein Bleigewicht und ließ sich nicht wegschieben: Wenn Werner was mit Dörte gehabt hatte, wenn er im Wald gewesen war und bei dem Unfall nachgeholfen hatte, um für sie frei zu sein?

Nein, nein, niemals!, schrie es wie aus zahllosen Kehlen in Margots Kopf. Ihr Werner doch nicht! Was für eine schreckliche Tante war sie, dass ihr eine solche Idee kam! Doch der Wirbel aus furchtbaren Gedanken legte sich nicht. Hatten Werner und Dörte ein Verhältnis, konnte auch Dörte bei dem Unfall nachgeholfen haben, um Inga aus dem Weg zu räumen, oder hatten sie es gemeinsam getan? Aber nein, Dörte hatte nicht bei Werner landen können, da gab es kein Vertun. Deshalb hatte sie es nun auf Ninas Mann abgesehen, bei dem sie zweifelsohne gute Karten hatte. O je …

Erschöpft sank Margot auf ihr Sofa. Es war einfach zu viel. Ihr Blick wanderte ratlos durch den Raum und blieb an der Sherry-Flasche hängen, die verheißungsvoll herüberzuzwinkern schien. Margot erhob sich, holte ein Glas aus der Vitrine, schenkte sich ein und nahm zwei kleine Schlucke.

Mit der angenehmen Wärme in ihrer Kehle beruhigte sie sich ein wenig. Nein, nein, sie musste Werner nicht anrufen. Zumindest hatte es Zeit. Sie nahm einen weiteren Schluck, und als sie das Glas leerte, gelangte sie zu der Ansicht, dass eine moderne Frau wie Dörte sich einen Mann übers Internet suchen würde, wenn sie einen Partner wünschte, sie würde sich nicht an die Männer alter Freundinnen heranmachen, das war ganz unwahrscheinlich.

Margot wartete noch eine Weile bei einem zweiten Glas Sherry, bis ihre Aufregung ganz abgeflaut war. Dann zog sie ihre Kostümjacke über, nahm ihre Handtasche und machte sich auf zur Bushaltestelle. Ja, sie musste noch einmal auf den Venusberg fahren, um auf der Terrasse zu horchen. Sie fühlte sich Ninas verstorbenen Eltern verpflichtet, ein wenig auch Dörtes Mutter, die es als mittellose Witwe nicht leicht gehabt hatte, allein mit dem störrischen Mädchen und dem Jungen, der immerzu hustete. Margot erinnerte sich, wie oft sie damals gedacht hatte, was für ein Glück es war, dass die arme Frau wenigstens hin und wieder Besuch bekam. Es waren blasse, nichtssagende junge Typen, von denen Herr Pützen berichtete, dass sie im Dunklen die Treppe hoch schlichen und niemals Licht machten, als wollten sie Strom sparen. Nein, Geschmack hatte Gerda Flauscher nicht, und ein Mann fürs Leben war gewiss nicht dabei gewesen. Was wohl aus ihr geworden war?

# Nordwest-Island

Pilar stand am Fuß eines breiten Felsmassivs, von dem donnernd der gigantische Wasserfall Dynjandi hinabstürzte und sich in zahlreiche Kaskaden, Ströme und Becken teilte. Einige der zahlreichen buntgefiederten Enten mit den weißen Streifen am Hals schwammen im quirligen Wasser, andere sonnten sich auf den großen Steinen, die inmitten der Strömung lagen.

»Kragenenten«, erklärte Claudia, die mit der Kamera im Ufergras hockte. »Island ist ihr einziges Brutgebiet in Europa.«

Die ganze Gruppe schien mit Fotografieren beschäftigt. Pilar stieg allein auf dem ausgetretenen Pfad den Hang hinauf, um näher an den fächerförmigen Wasservorhang heranzukommen. Je weiter sie nach oben gelangte, desto heftiger wurde das Tosen, Rauschen und Gurgeln um sie herum. Dennoch vernahm sie die klimpernden Töne ihres Handys. Sie zog es aus der Tasche.

»Oh, Mann, Freddy«, entfuhr es ihr. »Warum gerade jetzt?«

Auf seinen Bericht war sie wirklich nicht scharf, nicht angesichts des schönsten Wasserfalls der Insel. Freddy erzählte von seiner Begegnung mit einer alten Dame namens Margot Mohn, die Nina und Dörte schon als Mädchen gekannt hatte, als Teil einer *Viererbande*, von der kürzlich zwei gestorben waren, die eine bei einem Fahrradunfall, die andere an Botulismus, wovon Pilar noch nie etwas gehört hatte.

»Nennt man auch Fleischvergiftung«, erläuterte Freddy.

Er sprach von zwei Männern, denen er gefolgt sei, von einem dritten, der Frau Mohn aufgefallen sei, von ihrem Neffen Werner und dessen zweifelhafte Wahrheitsliebe sowie von Nina, die in ihr Haus zurückgekehrt sei, wo Dörte noch weile, von der er nicht wisse, ob sie zwielichtig sei oder nur sonderbar ticke.

»Denk mal in einer ruhigen Minute über alles nach, Pilar. Wenn nicht so ein Krach um dich herum …«

Die Verbindung war unterbrochen Wie schön.

156

Stunden später stand Pilar auf der Fähre, die ihre Gruppe über den Breiðafjördur brachte und stetig auf die schneebedeckten Berge der Halbinsel Snæfellsnes zuhielt. Während links und rechts ständig neue Schären auftauchten, dachte sie immer wieder an Freddys Worte. Die Einzelheiten mussten nichts miteinander zu tun haben, und doch schienen sie auf geheimnisvolle Weise miteinander verbunden.

Pilar und Claudia waren die einzigen Passagiere, die dem scharfen Wind auf dem obersten Deck trotzten. Sie hatten einen geschützten, von der Sonne beschienenen Winkel gefunden, wo es sich aushalten ließ. Sobald sie aber in den Windstrom hinaustraten, glaubten sie, kaum stehen zu können, ohne fortgeweht zu werden. Es schien unmöglich, die Hand mit der Kamera ruhig zu halten, an allem zerrte der unbändige Wind. Pilar konnte sich vorstellen, wie auf den einfachen Booten, in denen die Fischer früher aufs Meer fuhren, manch ein Mann im Sturm über Bord ging.

Die Hafeneinfahrt des Ortes Stykkishólmur kam in Sicht. Sie hatten die Nordküste der Halbinsel erreicht. Die Fähre verlangsamte ihr Tempo. Aus Pilars Bauchtasche meldeten sich die Kastagnetten.

»Lass es stecken.« Claudia grinste. »Und verbring deinen Urlaub nächstens in Nord-Grönland. Vielleicht ist dort kein Netz.«

Das große Schiff kurvte gemächlich am steilen Felsen einer Insel vorbei und nahm Kurs auf den Anlegekai. Seufzend kramte Pilar ihr Handy heraus.

»Oder lass es ins Wasser fallen«, sagte Claudia. »Früher mussten die Menschen auch ohne Handy auskommen.«

*Nina,* las Pilar auf dem Display. Die Nummer war inzwischen gespeichert.

»Oder gib es mir«, schlug Claudia vor. »Ich sag, du bist seekrank und kotzt gerade über die Reling.«

Pilar hatte schon das grüne Symbol berührt. Ja, sie war genervt. Und dennoch …

»Sie fährt nicht ab, Pilar!«, rief Nina ohne Begrüßung.

Es dauerte ein paar Sekunden, bis Pilar von der klaren, kalten Luft des Nordatlantiks auf die Schwüle der rheinischen Stadt umgeschaltet hatte und von den winkenden Menschen am Kai auf die streitenden Frauen in dem Haus am Stichweg.

»Ich hab ihr gesagt, dass Tim mit seinen Freunden kommt und wir jedes Bett brauchen, inklusive Sofa, sie müsse also abreisen. Und was sagt sie? *Ich helfe dir, Brote zu schmieren, und schlaf auf dem Boden!*«

»Ist ja wiederum nett.«

»Nett? Sie hat gemerkt, dass ich gelogen hab! Tim kommt gar nicht. Auf die Idee mit den Freunden hat mich dein Mann gebracht, weil er mir erzählt hat, euer Sohn Lukas sorge bei euch für ein volles Haus. Ich hab ihr dann erklärt, dass es mir zu viel wird und ich sie bitte, jetzt abzureisen. Und nun kommt's, Pilar: Sie sagt, es geht nicht. Sie kann nicht zurück nach Berlin.«

»Warum nicht?«

»Sie hat ihre Wohnung untervermietet, um an Geld zu kommen, sie hat keinen Job und Berge von Schulden. Das bestätigt meinen Verdacht, dass sie von vornherein vorhatte, sich hier einzunisten.«

»Kannst du ihr das fehlende Geld geben?«

»Ich hab es ihr angeboten. Sie hat strikt abgelehnt. Ein Almosen will sie nicht, sie will bleiben. Aber ich kann sie nicht ertragen!«

Das war wie ein langer Aufschrei, der sich in Pilars Ohren mit dem Kreischen der Möwen vermengte.

»Muss ich sie ertragen, weil sie finanziell am Boden ist und zu stolz, mein Geld anzunehmen? Muss ich sie aushalten, weil ich mehr Glück hatte als sie und wir mal Freundinnen waren? Bin ich moralisch dazu verpflichtet? Womöglich mein Leben lang?«

Im Geiste sah Pilar die beiden zusammen in dem Reihenhaus auf dem Venusberg sitzen – nach fünf, zehn und nach zwanzig Jahren, schließlich ergraut und krumm, aber immer noch grantig, streitbar und ständig kurz davor, der anderen an die Kehle zu fahren. So, wie die Dinge lagen, musste man Nina darin bestärken, die Frau loszuwerden. »Wenn sie nicht verschwindet, obwohl du es verlangst, kannst du die Polizei einschalten.«

»Das geht nicht. Ich käme mir schäbig vor.«

»Hat sie keine Verwandten oder andere Freunde, bei denen sie unterschlüpfen könnte?«

»Sie hat irgendwo einen Bruder. Als ich nach ihm fragte, wurde sie so sauer, als wollte ich sie in ein Kriegsgebiet schicken.«

»Gibt es nicht noch so eine alte Freundin, die mit ihrer Art vielleicht besser klarkommt?«

»Sie hat keine andere aufgetrieben.«

»Ihr wart doch eine Gruppe von vieren.«

Pilar biss sich auf die Lippen. Über das Anlegemanöver der Fähre war ihr sekundenlang entfallen, dass die beiden anderen tot waren.

»Von vier Mädchen, ja. Aber unser Kontakt ist nach dem Abitur abgebrochen. Wir sind uns nie wieder begegnet. Die anderen haben auswärts studiert, und Dörte ist schon mit fünfzehn oder sechzehn Jahren weggezogen. Von irgendwem hab ich mal gehört, dass Inga Ärztin und Ute Staatsanwältin geworden ist und beide verheiratet sind. Keine Ahnung, wie sie jetzt mit Nachnamen heißen und wo sie wohnen. Dörte weiß es auch nicht.«

Pilar stutzte. Freddy hatte erzählt, Dörte sei mit Ingas Mann gesehen worden. Wenn das stimmte, lag es nahe, dass sie Ingas Nachnamen kannte und von ihrem Tod erfahren hatte. Und Frau Mohn hatte Dörte laut Freddy auf Utes Beerdigung gesehen. Also wusste Dörte von Utes Tod und hatte Kenntnis von ihrem Nachnamen. Nina dagegen war offenbar nichts von den beiden Todesfällen bekannt. Hatte Dörte sie mit Absicht in dem Glauben gelassen, dass die beiden lebten und sie selbst nichts von ihnen wusste? Pilar durchlief ein Schauder. Zwei Freundinnen auf mysteriöse Weise gestorben, und – stopp. Keine haltlosen Spekulationen. Sie wusste zu wenig und hatte die dürftigen Informationen im tosenden Lärm eines gigantischen Wasserfalls erhalten.

»Pilar, bist du noch dran?«

»Aber sie sieht doch, dass ihr nicht zusammenpasst«, sagte Pilar.

»Begreif doch, es stört sie nicht!«

»Was meint Gregor dazu?«

»Der ist nicht zu Haus. Er ist für drei Tage verreist.«

*Verreist.*

Das Wort durchfuhr Pilar, als schrillte eine Sirene über die Dächer der verstreuten Häuser von Stykkishólmur bis hin zu der Kirche oben auf dem Hügel. Die Freundinnen waren gestorben, während ihre Männer verreist waren! Das konnte ein zufälliges Zusammentreffen sein. Auch Dörtes Besuch bei Ute und ihr Treffen mit Ingas Mann konnten rein zufällig kurz vor dem Tod der Frauen stattgefunden haben. Reichlich viele Zufälle, trotzdem nicht ausgeschlossen.

»Warum sagst du nichts, Pilar?«

»Pass auf dich auf, Nina.«

Nina seufzte. »Ich überleg mir was.«

Pilar wünschte ihr alles Gute. Sie konnte sich nicht entschließen, der Freundin ihr Wissen mitzuteilen, das sie selbst nur aus zweiter und dritter Hand hatte, und erst recht nicht das, was ihr dazu durch den Kopf ging: Wenn die Zufälle keine Zufälle waren, wenn etwas dahinter steckte, etwas Planvolles, Böses … Ehe man einen Verdacht äußerte, musste man mehr wissen. Andererseits war es vielleicht nötig, Nina zu schützen.

»Du siehst aus, als müsstest du alle Probleme dieser Welt lösen«, sagte Claudia, als Pilar das Handy zurück in die Bauchtasche schob. »Du wolltest dich doch erholen, oder? Die Landschaft genießen, die Seele baumeln lassen.«

»Ich fürchte, ich hab was falsch gemacht.«

»Musst du dich um alles kümmern? Du machst was falsch, wenn du nicht ganz schnell abschaltest. Du weiß nicht, ob du jemals wieder hierher kommst.«

Sie stiegen die schmalen Eisentreppen vom Oberdeck herab und gingen an Land. Der weiße Kleinbus hatte den Bauch der Fähre bereits verlassen und fuhr den Berg hinauf. Oberhalb des

Hafens hielt er am Straßenrand. Jón streckte einen Arm aus dem Fenster und winkte.

»Beeilung, wir sind die letzten«, sagte Claudia.

Pilar war, in ihre Gedanken versunken, unwillkürlich langsamer gegangen. Jetzt fielen sie beide in Laufschritt. Die anderen stiegen bereits ein. Die Fahrt sollte um die Spitze der Halbinsel Snæfellsnes herumgehen.

Beim Blick aus dem dahin rollenden Bus gelang es Pilar halbwegs, sich auf die Schönheiten zu konzentrieren, die an den Fenstern vorüber glitten: bizarre Bergformen, zu monströsen Gebilden erstarrte Lava und das endlose glitzernde Meer. *Du weiß nicht, ob du jemals wieder hierher kommst.* Aber ebenso wenig wusste Pilar, wie das Drama auf dem Venusberg ausging, ob ihr Unbehagen begründet war, ob eine ernste Gefahr bestand oder die beiden Frauen einfach nur maßlos überspannt waren.

Sie würde es irgendwann wissen. Hoffentlich nicht zu spät.

# Aus einem alten Adressbüchlein

*Kindheitsgerüche, die bleiben lebenslang in deiner Nase. Bohnerwachs, frisches Graubrot, Lakritz und der Duft der Blutwurst, die meine Mutter kochte. Ihr Fleischwolf lag noch unbenutzt in meinem Kleiderschrank, und ich wusste Pi mal Daumen, wie das Wurstmachen geht. Also hab ich billig Schweinebauch, Leber, Speck, Gewürze und Schweineblut besorgt und einen schönen Brei fabriziert. Meine Mutter füllte die Masse in Naturdärme, seltener in Schraubgläser. Aber solche Gläser, von Sülze oder was weiß ich, hatte ich noch. Also hab ich den rotweißen Brei hineingepackt und im kochenden Wasserbad erhitzt, damit er eine Weile haltbar ist. Irgendwann später hab ich meine Wurst feierlich auf frischem Brot verzehrt. Und da überkam es mich: Rotz und Wasser hab ich geheult, weil ich mein Leben so verkackt hab und nichts dran ändern kann. Die Hälfte ist rum. Neu anfangen wie beim verkorksten Aufsatz geht nicht.*

*Das Schluchzen lockte die dicke Ida aus der Nachbarwohnung herbei. Die Wände sind ja dünn wie Pappe. Ida hat mir erklärt, dass ich nichts für meine Misere kann. Meine Eltern sind schuld. Von meinem Vater weiß ich kaum mehr als das Ding mit dem Sprung vom Alten Zoll, aber von meiner Mutter konnte ich was erzählen. Klarer Fall, meinte Ida, bedank dich bei der.*

*Am nächsten Tag war ich todkrank. Ida hat den Notarzt geholt, der mich auf eine Intensivstation verfrachten ließ, Rettungswagen, das ganze Pipapo. Mit einem Antiserum haben sie mich wieder hingekriegt, sonst wäre ich abgekratzt. Diagnose: Botulismus. Klingt wie ein psychischer Tick, bedeutet aber, dass in deinem Körper ein Gift wütet, das bestimmte Bakterien produzieren, die sich im Schraubglas lustig vermehrt haben, besonders gern in selbstgemachter Wurst. Daher auch der Name, botulus ist Latein und heißt Wurst. Das Toxin, wie die Ärzte das vornehm nennen, legt alles lahm, und wenn die Lähmung Herz und Lunge erreicht, ist Feierabend. Ida musste das fast leere Wurstglas dem Gesundheitsamt aushändigen. Die anderen Gläser hat niemand gefunden, weil die im Keller vom Boris stehen, der unter mir wohnt und zurzeit im Kittchen sitzt.*

*Bin dem Tod von der Schippe gesprungen, herzlichen Glückwunsch und ein Hoch auf Ida, aber toll ist das nicht, was erwartet mich denn? Hab seit Monaten keinen Job und Schulden ohne Ende. Auf Arbeitsamt und Papierkram hab ich keinen Bock, und schon gar nicht will ich meinen Bruder anbaggern, wie Ida mir rät. Sie hatte ihn benachrichtigt, als ich in der Klinik lag, und der brave Knabe kreuzte hier auf, obwohl er Berlin nicht mag. Ida fand ihn so nett, dass sie ihm alles über mich erzählt hat, vergeigtes Leben, Mutters Schuld und so. Das hat er bestimmt nicht gern gehört. Er liebt sein Mütterchen über alles.*

*Ida, die ansonsten nicht so übel ist, macht eine Art Psycho-Therapie mit mir, rein hobbymäßig. Sie sagt, die Vergangenheit steckt in allem, was dich ausmacht, deine ganze verdammte Persönlichkeit. Du musst jeden, der dich gedemütigt hat, aus deinem Leben rausschmeißen, richtig ausmisten musst du, sonst bleibt alles, was man dir angetan hat, in deiner Birne bittere Gegenwart, und du musst immer wieder dran denken, das macht dich kaputt.*

*Das hat mich sofort überzeugt. Aber da ist ein Haken: Wer mich verletzt hat, den vergesse ich nur, wenn er tot ist oder auf andre Weise platt. Ein Sieg muss es sein, egal wie. Bei meinem letzten Chef, diesem Arschloch, hat sich das quasi von selbst geregelt, nachdem ich die Schrauben an seinem Rennrad gelockert hatte, damit er sich ärgert und zu Fuß gehen muss. Konnte ich ahnen, dass er einen Berg runterbraust und mit dem Schädel auf den Bordstein knallt, weil das Vorderrad wegrollt? Supi, war Idas Kommentar, das Schicksal hat dir geholfen, dann sollte es so sein. Ich finde, da hat sie was Wichtiges gesagt. Ich hab mich gleich besser gefühlt. Heißt es nicht, das Schicksal sei gerecht? Jedenfalls war der Chef auf der Stelle tot.*

*Jetzt muss ich immer an das Kärtchen denken, das mein Bruder in der Küche hinterlassen hat. Da steht die Adresse meiner Mutter drauf. Ich soll ihr schreiben oder sie besuchen, sei schön dort. Mach ich, hab ich gesagt. Das wäre immerhin ein Ziel: hinfahren und sich bei ihr bedanken. Ein Mitbringsel hätte ich schon. Die restlichen Gläser könnten sich sogar als lupenrein und gesund erweisen, wer weiß. Dann hätte ich nur das liebe Mütterlein besucht und kehre als brave Tochter zurück.*

# ACHT

Nina lehnte mit einem Buch in einer Ecke der Hollywood-Schaukel. Sie las nicht, sondern sah unter halb geschlossenen Augenlidern zu Dörte, die auf der hölzernen Gartenliege saß und sich die Fußnägel in einem brennenden Rot lackierte.

Warum brachte diese Frau sie derart auf die Palme? An ihrem Arbeitsplatz im Bundesamt für Justiz galt Nina als ruhig und besonnen, das hatte man ihr oft gesagt. Streitigkeiten mit Kollegen wusste sie zu vermeiden, Konfliktstoff zu umschiffen. In Diskussionen blieb sie stets sachlich und höflich und war von ihren Vorgesetzten wiederholt für diese Fähigkeit gelobt worden. Auch in der fachlichen Zusammenarbeit mit anderen Behörden im In- und Ausland hatte sie niemals Probleme gehabt, den angemessenen Ton zu treffen, selbst wenn der Gesprächspartner als schwierig bekannt war. Doch sobald sie mit Dörte sprach, schien jeder Satz Dynamit zu enthalten. Unbegreiflich.

Als sie am Morgen nach Hause zurückgekehrt war, hatte Gregor sich im Aufbruch zu seinem Jägertreffen in Hannover befunden, einem Termin, den sie zwischenzeitlich vergessen hatte. Die Zeit war zu knapp gewesen, um ausreichend über das Wesentliche zu sprechen. Dachte er wirklich, sie habe Dörte erwürgen wollen? Oder glaubte er ihrer Beteuerung zwischen Tür und Angel, dass sie mit den Würgemalen an Dörtes Hals nichts zu tun habe? Nina war der Ansicht, dass Dörte sich die Druckstellen selbst zugefügt hatte. War das überhaupt möglich? Oder hatte sie tatsächlich zugepackt und litt unter einer Erinnerungslücke? War sie krankhaft gestört?

»Wenn du mich wirklich loswerden willst«, tönte es von der Liege herüber, »hätte ich eine Idee.«

»Lass hören.«

Die Silben kamen zähflüssig über Ninas Lippen. Ihr war nicht nach Reden. Jedes Wort barg die Gefahr einer Explosion. Man konnte nie wissen, was sich daraus entwickelte. Es gab keine harmlosen Wörter mehr. Sie hatte sich vorgenommen, alles, was ihr auf der Zunge lag, herunterzuschlucken. Das war ihr heute geglückt. Es war nicht leicht gewesen, die Sache mit dem Sperrmüll schweigend zu übergehen und die Information, dass die Berliner Wohnung vermietet war, kommentarlos hinzunehmen. Aber sie hatte es geschafft. Das Gespräch mit Freddy Stieger hatte sie gestärkt.

»Ich hab eine Möglichkeit, an Geld zu kommen«, sagte Dörte. »Wenn es klappt, bin ich weg.«

»Aha.«

Nina versuchte, gleichmütig zu wirken. Doch in ihrem Innern brach ein hoffnungsfrohes Jubeln aus, wenngleich sie fürchtete, dass Dörtes *Idee* in etwas völlig Unrealistischem bestand und eine Seifenblase war, die rasch zerplatzte.

»Letztes Jahr hab ich ein bisschen Kies von einem Typen geerbt, der mit besoffenem Kopf in der Spree ertrunken ist. Prompt hat mich einer angebaggert, ob ich ihm was leihen könnte, Startkapital für einen Kiosk, krisenfeste Sache. Existenzgründungsdarlehen sozusagen, super Zinsen, 1a Rendite. Als er mir vorrechnete, wie sich mein Geld im Handumdrehen verdoppeln würde, hab ich blöderweise angebissen. Und noch keinen Cent von diesen tollen Zinsen gesehen. Vor allem will ich die Knete zurück. Doch der Kerl rührt sich nicht, ist für mich unerreichbar. Deshalb brauch ich einen Rechtsanwalt. Kennst du einen, der was taugt?«

Ninas Arbeit mit internationalen Sorgerechtskonflikten im Bundesamt für Justiz brachte es zwangsläufig mit sich, dass sie einige Anwälte kannte. Doch deren Namen wollte sie Dörte nicht nennen. Es gab eine andere Möglichkeit.

»Ich kann einen Bekannten fragen. Ich telefoniere mal schnell.«

»Rechtsanwälte wollen immer einen Vorschuss, wie?«

»Keine Sorge, den übernehme ich.«

Nina stand auf und ging ins Haus. Die Aussicht, dass Dörte bald Geld besitzen und sie verlassen würde, war höchst unsicher, beflügelte sie aber dennoch. Endlich tat sich was! Nina eilte mit dem Telefon die Treppe hinauf, schloss die Schlafzimmertüre hinter sich und wählte Freddys Nummer. Er hatte ihr erzählt, dass er früher Jura studiert hatte, und bestimmt war unter seinen ehemaligen Kommilitonen der eine oder andere Rechtsanwalt. Es musste jemand sein, bei dem Dörte schnellstens einen Termin bekäme.

Freddy meldete sich sofort.

»Einen Anwalt braucht sie also«, wiederholte er, als Nina ihm erklärt hatte, weshalb sie anrief. »Mein Freund Jörg hat mit Sicherheit zu viel zu tun, um das sofort erledigen zu können. Aber mir fällt jemand ein, den ich neulich privat bei ihm getroffen hab. Ein ziemlich verschlossener Typ, scheint aber ordentlich zu arbeiten, jedenfalls läuft sein Laden. Er hat uns erzählt, dass er am liebsten für *kleine Leute* arbeitet, auch wenn es weniger einbringt.«

»Das passt dann wohl.« Nina notierte den Namen, die Rufnummer und die Adresse auf einem Zettel.

»Wie ist die Stimmung bei euch?«, fragte Freddy.

»Hauchdünnes Glas, das jederzeit zersplittern kann«, erwiderte Nina. »Aber es geht schon. Ich bin vorsichtig.«

Als sie auflegte und die Schlafzimmertür öffnete, stand Dörte vor ihr. Die Würgemale am Hals leuchteten lilarot.

»Warum schließt du hinterhältig die Tür, wenn du deinen Bekannten nach einem Rechtsanwalt fragst?«

Nina schnappte nach Luft. Nicht reizen lassen, nicht aufregen. Noch hatte sie alles im Griff.

»Bedank dich lieber, ich hab was für dich.« Sie reichte Dörte den Zettel. »Dieser Anwalt ist anscheinend in Ordnung.«

»Du hast meine Frage nicht beantwortet.«

»Wenn ich telefoniere, bin ich am liebsten allein. Kann ja sein, dass einer mir überraschend eine Liebeserklärung macht.«

»Dir mit deiner Pudding-Visage?«

»Manche mögen Pudding.«

»Aber deiner ist nicht süß, sondern fad.«

Nina ging an Dörte vorbei ins Badezimmer. Wie schwer es war, vollkommen ruhig zu bleiben, während alles in ihr nach einer

166

scharfen Erwiderung und einem Tritt gegen Dörtes Schienbein verlangte! Es waren nicht allein die Worte, die sie regelmäßig aufbrachten, sondern auch die Stimme, die immer auf Hochtouren lief, der herausfordernde Blick, das nervige Rucken des knochigen Kinns. Hoffentlich war der Rechtsanwalt ein Genie und verhalf Dörte im Null Komma Nix zu ihrem Geld.

Sie hörte, wie Dörte die Treppe hinabstieg. Ihr Blick wanderte über das weiße Regal, auf dem sich allerlei Utensilien angesammelt hatten: Flakons mit Eau des Toilette, Becher, aus denen Lippenstifte, Cremetuben, Kämme und Bürsten herausschauten, ein Kistchen mit Duschgels und Badezusätzen, ein Glas mit Haargummis und Spangen. Was wollte sie hier? Erst in diesem Moment wurde ihr bewusst, dass sie nur deshalb ins Bad gegangen war, weil sie auf diese Weise weniger nah an Dörte vorbei musste, als wenn sie sich der Treppe zugewandt hätte. Unglaublich, wie Dörtes Anwesenheit auch kleinste Entscheidungen beeinflussen konnte.

Ninas Blick blieb an dem flachen Kasten mit der Theaterschminke hängen, der auf dem mittleren Regalbrett stand. Da die letzte Aufführung der Amateurgruppe *Katzenbuckel* ein halbes Jahr zurücklag, hatte sie ihn lange nicht mehr benutzt. Irgendwas stimmte damit nicht. Als sie näher herantrat, sah sie es sofort: Der Deckel war nicht exakt geschlossen, der Messingverschluss nicht in den winzigen Nippel eingehakt. Jemand hatte den Kasten geöffnet.

Sie klappte den Deckel zurück. Zwölf flache runde Näpfchen mit verschiedenen Farben, von denen die Hälfte noch unbenutzt war. Aber das Lila … Sie hatte diese Farbe noch nie gebraucht. Doch irgendwer musste drübergestrichen haben, nicht auffallend, eher bemüht, keine Spuren zu hinterlassen, was unmöglich war, denn die Oberfläche der Substanz sah, war sie einmal berührt worden, nie wieder so glatt aus wir vorher.

Prüfend nahm Nina die anderen Farben aufs Korn, Napf für Napf. Am Rot fand sich eine Verunreinigung durch eine fadenför-

167

mige dunkle Linie, die bestimmt nicht von ihren eigenen Fingern stammte; mit der Schminke war sie immer pingelig. Wer also hatte die Farben benutzt? Gregor hatte sich nie dafür interessiert, Tim und Ria, die auswärts studierten, waren seit Monaten nicht im Haus gewesen, und die Putzfrau war seit Wochen krank.

Es musste Dörte gewesen sein. Rot und Lila. Hervorragend geeignet, um sich Blutergüsse an den Hals zu malen und vorzugeben, man sei gewürgt worden. Würde sie demnächst Blau, Grün und Gelb für das fortgeschrittene Stadium der Blutergüsse brauchen?

In Ninas Innern schäumte die Wut. Ruhig bleiben, ermahnte sie sich, um jeden Preis ruhig bleiben! Sie nahm den Kasten und trug ihn ins Schlafzimmer. Der antike Kleiderschrank ihrer Eltern enthielt im Boden ein Geheimfach, das für Fremde kaum zu finden war. Darin ließ sie die Schminke verschwinden, schloss die Schranktür ab und schob den Schlüssel in ihre Hosentasche. Mal sehen, dachte sie mit Ingrimm, ob Dörtes Würgemale morgen nach dem Duschen fort sind.

Margot bog um die Ecke des Stichwegs und blieb erschrocken stehen. Vor dem vierten Haus stand ein silberfarbener Wagen, und im ersten Stock war ein Fenster geöffnet. Keine Frage: Die Breuers waren aus dem Urlaub zurückgekehrt. Mit der heimlichen Lauscherei auf der Terrasse war es vorbei.

Der Sperrmüll war noch nicht abgeholt, so dass Margot sich mit gespieltem Interesse über den klein gewordenen Haufen vor Ninas Haus beugen konnte, um in Ruhe zu nachzudenken. Dort lagen ein paar Bretter, kaputte Bilderrahmen, eine Personenwaage und eine verbogene Stehlampe samt Kabel und Schirm. Dass der achteckige Tisch in Sicherheit war, musste Margot seiner Eigentümerin möglichst bald eröffnen. Nicht, dass das verschwundene Möbel zu neuen Konflikten Anlass gab. Womöglich war das schon geschehen! Vorsichtig äugte sie zum gekippten Küchenfenster. Von dort drang eine grelle Stimme herüber. Einzelne Worte wa-

168

ren nicht zu verstehen, aber Dörtes Tonfall wirkte weniger giftig als sonst. Eine zweite weibliche Stimme antwortete, und sie klang keineswegs aufgeregt. Beide Frauen schienen sich so zu verhalten, wie man es von erwachsenen Menschen erwartete, vielleicht eine Frucht der *Strategie*, wie der Detektiv es nannte. Margot kam ihre Anwesenheit überflüssig vor. Nicht mal der finstere Bursche war da. Was also sollte sie hier? Für die Sache mit dem Tischchen genügte ein Telefonanruf.

Während sie noch überlegte, ertönte die durchdringende Stimme plötzlich sehr deutlich. Offenbar stand Dörte dicht am Fenster.

»Morgen bist du mich gleich zweimal los! Erstens hab ich um drei einen Termin bei dem Rechtsanwalt …«

»Am Samstag?«

»Ja, das macht er für mich. Und zweitens besuche ich um halb sieben einen Mann, der in der Uni-Klinik liegt und mich von Herzen liebt!«

Ob das stimmte? In Margots Ohren klangen die Worte so geschwindelt wie bei einem Teenager, der behauptete, einen festen Freund zu haben, um sich interessant zu machen. Aber das war gleichgültig. Hauptsache, zwischen den Frauen herrschte Frieden. Oder zumindest Waffenstillstand.

Da nichts mehr zu hören war, wollte Margot sich von der Betrachtung des Müllhaufens aufrichten. Aber es ging nicht. Ihr Rücken war in der krummen Haltung erstarrt, als sollte er für immer über den Lampenschirm gebeugt bleiben. Das glich einer Strafe für gieriges Horchen. Sie stöhnte vernehmlich, weil sie hoffte, dass der Mann, der sich vom Ende des Stichwegs genähert hatte und gerade an ihr vorbeiging, auf sie aufmerksam wurde und ihr in die Aufrichtung half. Doch für diesen Stoffel war Hilfsbereitschaft ein Fremdwort, er drehte sich nicht um. Im Augenwinkel bemerkte sie seinen grauen Anzug. Das ist er, durchfuhr es sie blitzartig, der andere Mann, den ich mehrmals hier gesehen habe! Heute trug er keine Laptoptasche, das machte sie unsicher, ob es wirklich derselbe war. Dunkelblonde schlanke Männer zwischen Vierzig und Fünfzig mit blassem Gesicht, grauem Anzug und Krawatte konnte sie so wenig voneinander unterscheiden wie Sperlinge in ihrem Garten.

Sie blickte ihm nach, als er um die Ecke bog. Doch, doch, das war er. Sie rieb sich das Kreuz und versuchte tief in den Rücken zu atmen Ja, das half. Ich brauche mehr Bewegung, sagte sie sich. Sechsundachtzig Jahre sind kein Grund, stocksteif zu sein. Manche in meinem Alter reiten, spielen Tennis oder gehen ins Fitness-Studio.

Als ihr Rückgrat wieder eine halbwegs vertikale Stellung eingenommen hatte, begab sie sich auf den Heimweg, diesmal nicht zur Bushaltestelle, sondern zum nahen Wald, zum Fußweg nach Poppelsdorf, der Bewegung wegen. Die Strecke führte über die Wegkreuzung, wo die Pyramide aus Basaltblöcken stand, das hundertzwanzigjährige Monument zum Gedächtnis an Kaiser Wilhelm den Ersten und nun ein düsterer Ort für Margot, da er Inga, der sie von Herzen zugetan war, den Tod gebracht hatte, während sie selbst gemütlich im Bett lag und mit Genuss einen Eifelkrimi las.

Eine ganze Weile stand sie dort, sog den Duft des Waldes ein und lauschte dem Zwitschern der Vögel, die hoch oben in den Wipfeln saßen. Sie dachte an ihren Neffen. Falls die Informationen des Detektivs stimmten, gab es für Werners Verhalten harmlose Erklärungen: Der Streit mit Inga musste ihn unsagbar belasten, und selbstverständlich mochte er ihn nicht zugeben, ebenso wenig wie seine kurze Bekanntschaft mit Dörte, die alle möglichen Gründe haben konnte, die keineswegs unehrenhaft sein mussten. Der gute Junge wusste natürlich um die törichten Gedanken alter Tanten, er hatte sie nicht in Unruhe versetzen wollen und es vorgezogen, zu schweigen. Diese Vorstellung rührte sie. Wirklich, sie mochte ihn furchtbar gern.

Auf solche Weise einigermaßen beruhigt, schritt Margot den Nordhang des Venusbergs hinab. Ihr kamen die vier Mädchen in den Sinn, die in diesem Waldstück heimlich Feuerholz geholt

170

hatten, wie man es in den Kriegs- und Nachkriegswintern getan hatte. Das Feuer, das die vier im Hof entfachten, setzte die hölzerne Veranda von Ninas Eltern in Brand. Noch schlimmer war, dass sie eines Nachts die Außentreppen der Häuser mit Schmierseife eingerieben hatten, worauf ein Nachbar ausrutschte und sich Bein und Hüfte brach, und sehr unangenehm war auch, dass sie einmal feuchten schwarzen Matsch in alle Briefkästen füllten, was die Post von fünfzig Haushalten unlesbar machte. Diese schrecklichen Ideen kamen bestimmt nicht nur von Dörte, die ganz lieb sein konnte und alten Menschen die Einkäufe nach Hause trug, natürlich darauf spekulierend, ein paar Groschen oder eine Mark dafür zu erhalten. Sie bekam kein Taschengeld, trug Kleidung, die zu groß oder zu klein war, und sah oft beklagenswert aus. Die Freundinnen lachten sie aus, und wenn sie mit Puppen spielten, ließen sie Dörte nicht mitmachen, weil ihre Puppe alt und hässlich war. Dörtes ausgeblichenen Teddy, der noch vom Vater stammte, zündeten sie eines Tages an, so dass er lichterloh brannte, mit der Holzwolle im Innern.

Margot musste wieder an Dörtes Mutter denken. Die alleinerziehende Frau mit dem bleichen Gesicht hatte mit den Kindern zurückgezogen unterm Dach gelebt. Der Ehemann hatte sich vom Alten Zoll gestürzt, als sie zum zweiten Mal schwanger war, eine furchtbare Geschichte. Mit der Tochter schien die Witwe überfordert, reagierte aber abweisend auf jedes Hilfsangebot und verbat sich Nachfragen. Der Sohn Simon war ein braves, wenn auch kränkelndes Kind mit ernstem Blick; er musste jetzt auch schon Mitte vierzig sein. Irgendwann kam das Gerücht auf, die Witwe habe was mit einem Philosophiestudenten, der in der Nähe wohnte, und viel später, als Dörte schon fort war, hörte Margot, die Dachwohnung sei frei, weil Gerda Flauscher Knall auf Fall ausgezogen sei. Doch der mutmaßliche Liebhaber, der Philosoph, lebte immer noch im Viertel, komfortabler selbstverständlich, mit akademischem Titel und mittlerweile ergraut, aber nach wie vor allein.

Eine plötzliche Aufregung erfasste Margot. Es glückte ihr kaum, die Treppe, die den Waldweg mit der Argelanderstraße verband, mit der nötigen Vorsicht hinabzusteigen. Die Schnalle ihres Schuhs blieb an einer Distel hängen, die zwischen den Platten wuchs, um ein Haar wäre sie kopfüber auf die steinernen Stufen gestürzt. Und das nur, weil ihr eingefallen war, dass sie den Doktor der Philosophie nach Dörtes Mutter fragen könnte, jetzt sofort! Sicherlich wusste er, wo sie hingezogen war. Oder an dem Gerücht um die Liebschaft war nichts dran.

Margot ging auf der Argelanderstraße weiter. Sie bemerkte, dass in manchen der hohen Gründerzeithäuser sogar die Keller bewohnt waren, und fragte sich, ob dort wohl Studenten mit schmalem Budget wohnten. An der Ampel überquerte sie die verkehrsreiche Reuterstraße. Ihre Füße schmerzten, aber zum Glück brauchte sie für ihr Vorhaben keinen Umweg zu machen. Sie hatte die ruhige Schlossstraße bereits erreicht, eine der schönsten Straßen Bonns, die auf den Park des Poppelsdorfer Schlosses zuführte. Die Kronen alter Kastanienbäume tauchten alles in wohltuenden Schatten, der durchwirkt war von hellen Sonnenflecken, die das Grün der Vorgärten, die schmiedeeisernen Gitter und das Stuckdekor der Häuser belebten. Margots Ziel war ein Bau mit reich verziertem Erker. Dort hatte sie den Philosophen manches Mal hineingehen sehen.

Sie stieg die Stufen zu einer dunkel gebeizten Haustür mit aufwändiger Schnitzerei hinauf und drückte auf die unterste Klingel. *Dr. Buschmann* stand in Großbuchstaben auf dem kleinen Schild, das konnte sie ohne Brille lesen.

Die Tür öffnete sich langsam. Ein Mann in weit geschnittener Hose und kakaobrauner Strickjacke, im Alter um die sechzig, stand vor ihr. Seine Brille war auf die Mitte des Nasenrückens heruntergerutscht, die braunen Augen blickten freundlich, aber ein wenig abwesend über den oberen Rand hinweg, als weile er noch halb in einer anderen Welt, im antiken Griechenland vielleicht, wo er ein stilles Zwiegespräch mit Sokrates geführt hatte.

»Verzeihung, Herr Doktor Buschmann. Margot Mohn ist mein Name. Wir kennen uns vom Sehen.«

Ihr rechter Schuh drückte an der großen Zehe. Ausgerechnet in diesem Moment flammte der Schmerz so unerhört auf, dass sie sich außerstande sah, eingehende Erklärungen abzugeben. Wahrscheinlich war es das Beste, sich direkt und offen zu ihrer Neugier zu bekennen, um entsprechenden Vorwürfen zuvorzukommen.

»Ich würde gern etwas über Gerda Flauscher wissen«, sagte sie. »Ich muss manchmal an sie denken.«

Buschmann schien dafür Verständnis zu haben und bat sie herein. Sie betrat sein dämmriges Wohnzimmer, in dessen Mitte sie überwältigt stehen blieb. Zwei Wände waren bis unter die Stuckleiste der hohen Decke mit Büchern bestückt. An der dritten Wand befanden sich hohe Fenster mit einer Tür zur Veranda, an der vierten stand ein weiteres Bücherregal. Buschmann befreite einen Sessel von einem Stapel kunsthistorischer Hefte und bedeutete Margot mit einer einladenden Handbewegung, sich zu setzen.

»Gerda«, begann er, nachdem er zwei Gläser mit Wasser auf den niedrigen Tisch gestellt und sich ebenfalls gesetzt hatte. »Das ist lange her. Meiner Einschätzung nach war sie unglücklich. Sie bekam ihr Leben nicht in den Griff. Mutter und Großeltern in den letzten Kriegstagen verloren, den Vater an der Front, den Ehemann durch Selbstmord – das ist zu viel für einen Menschen.«

Margot folgte seinem Blick zum Fenster. Ausladende Bäume und Büsche in üppigem Grün, eine Wildnis, die das Zimmer dunkel machte. Margot hätte ihm am liebsten ihren Gärtner empfohlen.

»Zum Glück bekam Gerda dann und wann Besuch«, sagte sie.

Er runzelte die Stirn. »So viel ich weiß, hatte sie keine engen Freunde.«

»Außer Ihnen?«, fragte Margot lauernd. Sie hätte zu gern gewusst hätte, ob die beiden ein Verhältnis hatten.

»Sie wollte meine Doktorarbeit korrigieren und die Reinschrift anfertigen«, wich er aus. »Leider war sie fahrig, übersah Fehler

173

und fügte neue hinzu.« Er lächelte nachsichtig. »Aber sonst war sie nett.«

»Wo lebt sie jetzt, wissen Sie das?«

»Da, wo es zum Mittelpunkt der Erde geht.«

»Das ist ein Scherz.«

»Nicht ganz. Sie lebt in der Nähe jenes Berges, in dem sich der Schriftsteller Jules Verne den Abstieg zum Mittelpunkt der Erde vorgestellt hat. Am Snæfellsjökull.«

»Wo ist das denn? In Afrika?«

»Im Westen Islands.«

»Island – ach, je«, entfuhr es Margot. »Was will sie denn da?« Sie dachte an Feuer speiende Vulkane, glühende Lavaströme und Erdspalten, die eine dünne Frau wie Gerda im Nu verschlucken konnten.

Er zuckte mit den Schultern. »Sie war plötzlich fort. Zunächst wusste ich nichts davon. Es war die Woche, in der mir manches entglitt. Fernsehen, Radio und Zeitungen berichteten von der Ermordung des Diplomaten Gerold von Braunmühl, einem bedeutenden Mann im Auswärtigen Amt, Vertrauter des Ministers und Familienvater. Das hat mich furchtbar getroffen. Ich kannte ihn persönlich.«

»Die Mörder waren linksextremistische Terroristen, nicht wahr? Ich erinnere mich noch dunkel daran.«

»Es gab ein Bekennerschreiben der RAF. Die Täter selbst blieben unbekannt.«

»Island ist bestimmt friedlicher. Wie geht es Gerda dort?«

»Das weiß ich nicht. Vor vielen Jahren sandte sie mir eine Karte. Daraufhin schrieb ich ihr einen langen Brief, bekam aber nie eine Antwort. Anscheinend hat sie auch kein Telefon, sonst hätte ich sie angerufen. Wollen Sie ihr schreiben?«

»Das ist eine gute Idee.«

»Bitte richten Sie liebe Grüße von Walter Buschmann aus.« Er riss einen Zettel von einem Block und kritzelte etwas darauf. »Sie wohnt auf dem Land, außerhalb eines Dorfes. Falls sie nicht mittlerweile umgezogen ist. Ich habe mich oft gefragt, weshalb sie so plötzlich verschwand, ohne sich zu verabschieden. Niemand schien etwas darüber zu wissen. Und ich glaube, niemand kannte sie wirklich.«

»Island«, murmelte Margot, als sie den Zettel eingesteckt hatte und Buschmann sie zur Tür brachte. »Von Island war neulich schon mal die Rede. Mir ist der Zusammenhang entfallen. Wenn man alt ist, kramt man immerzu im Gedächtnis herum und findet nicht mal die Hälfte.«

»So geht es mir mit meinem Schreibtisch«, sagte er.

Aber ich komme noch darauf, dachte Margot, während sich die Tür hinter ihr schloss. Und wirklich, als sie, eine Hand am verschnörkelten Eisengeländer, auf ihren müden Beinen die Treppe hinunter stakste, fiel es ihr ein.

Mit schlechtem Gewissen wählte Freddy Pilars Handynummer. Schließlich erinnerte er sich daran, wie er selbst gesagt hatte, sie müsse dringend wegfahren, um abzuschalten. Schlimm genug, dass ihre Freundin Nina sie in ihre Probleme hineingezogen hatte, und nun setzte er noch eins drauf, indem er mit einer Bitte auf sie zukam, die weit mehr verlangte als Zuhören und Ratschläge. Und natürlich würde Pilar in ihrer Gutmütigkeit nicht nein sagen, das tat sie ja nie.

»Hi, Freddy«, vernahm er ihre Stimme an seinem Ohr. »Ich steh hier an einem Kiesstrand unterhalb des Snæfellsjökull. Das ist ein unglaublicher Berg mit einem Gletscher, blendend weiß und majestätisch vor einem knatschblauen Himmel, rundherum Lavafelsen in sagenhaften Formen, und die Kiesel sind schwarz und glatt ...«

»Moment«, unterbrach er ihren Redefluss, »wie heißt das da?«

»Snæfellsjökull. Bedeutet so viel wie Schneegletscherberg.«

»Auf der Halbinsel Snæfellsnes?«

»Ja, genau.«

»Pilar, ich – also, wir hier – es wäre gut – ich meine ...«

Er verhaspelte sich. War völlig aus dem Tritt. Es war zu verwirrend, dass sie sich zufällig in der richtigen Gegend befand.

»Freddy, wenn du den Gletscher sehen könntest, würdest du begreifen, dass mir der Bonner Kleinkram im Moment scheißegal ist. Ich will nichts davon hören. Meinetwegen nächste Woche, wenn ich zu Haus bin. Mach's gut.«

»Halt! Das, worum ich dich bitten will, geht nur dort, wo du jetzt bist.«

»Auf Snæfellsnes?«

»Frau Mohn hat von einem Mann aus der Nachbarschaft erfahren, dass Dörtes Mutter dorthin ausgewandert ist. Er hat eine Postkarte von ihr erhalten. Danach lebt sie in der Nähe von Arnarstapi.«

»Sag, dass es nicht wahr ist. In dem Ort übernachten wir heute.«

»Wir müssen mehr über Dörte wissen.«

»Ich kann den Namen nicht mehr hören.«

»Irgendwas ist mit ihr. Vielleicht gibt es Zusammenhänge, die wichtig sind. Ein Gespräch mit der Mutter könnte Klarheit schaffen.«

Pilar erwiderte nichts. Im Hintergrund glaubte Freddy die Brandung zu hören.

»Du kennst das doch, Pilar, dieses vage Gefühl, das sich schwer erklären lässt, der Eindruck, dass etwas faul ist, eine hauchdünne Ahnung, die immer stärker wird. Und wo du gerade dort bist, auf Snæfellsnes …«

Er hörte, wie Pilar Luft holte. Sie schien nicht weit entfernt von einem Wutanfall.

»Ich soll die Mutter aufsuchen und mit ihr über ihre Tochter reden? Das ist bescheuert, Freddy! Du kannst sie von Bonn aus anrufen.«

»Gerda Flauscher hat kein Telefon.«

»Dann schreib ihr einen netten Brief und frag sie alles, was du wissen möchtest.«

»Ich?« Nun war Freddy empört. »Wer hat mich denn gebeten, mich um Ninas Angelegenheit zu kümmern? War das nicht eine gewisse Pilar?«

»Sag Nina, sie soll ihr schreiben oder besser die alte Dame, Frau Mohn. Schließlich kennt sie Dörtes Mutter von früher. Was glaubst du, was die zwei sich alles zu erzählen haben!«

»Ein Brief per Post dauert zu lang, das muss dir doch klar sein. Und eine Emailadresse ist nicht bekannt. Wenn du Gerda aufsuchst, wissen wir schon morgen mehr.«

»Denkst du, die Frau erzählt einer Wildfremden brenzlige Details aus dem Leben ihrer Tochter? Das funktioniert nicht, Freddy.«

»Pilar, es ist ein Versuch! Schließlich sind zwei Frauen gestorben, und manches ist wirklich mysteriös. Wenn –«

»Freddy«, fiel Pilar ihm ins Wort. »Wir sind hier eine Gruppe, und das Programm ist dicht. Ich kann nicht einfach zwei Stunden abhauen.«

»Das muss nicht so lange dauern«, sagte er, obwohl ihm klar war, dass ein solches Gespräch mit allem Drum und Dran nicht allzu kurz ausfallen konnte, wenn es etwas bringen sollte.

»Meine Reise ist bald zu Ende, Freddy. Ich will den Rest in vollen Zügen genießen. Beste Grüße an alle, ich muss Fotos machen.«

Sie legte so fix auf, dass er nichts erwidern konnte. Mist! Er hatte sich verschätzt. Pilar konnte sehr deutlich nein sagen. Und er ärgerte sich darüber. Der Besuch bei der Mutter wäre eine Chance gewesen, die nie wiederkäme. Er wurde den Eindruck nicht los, dass irgendwas an dieser Gerda für die Lage der Dinge von Bedeutung war. Wer konnte abschätzen, was sie erzählen würde, wenn sie erführe, dass ihre Tochter in Bonn war und es dort Probleme gab? Möglicherweise wusste sie nichts davon und würde sogar den Wunsch äußern, Dörte bei sich aufzunehmen!

Grübelnd schob Freddy sein Handy in die Hosentasche. In diesem Moment meldete sich die Elvis-Melodie *In the Ghetto*. Er zog das Handy wieder heraus. *Pilar*, las er auf dem Display. Hatte sie es sich anders überlegt?

»Eins muss ich dir noch sagen, Freddy: Nina weiß offenbar nichts davon, dass die beiden anderen Freundinnen tot sind.«

»Nein?« Er überlegte. Bei dem seinem Treffen mit Nina hatten sie nur über die *Strategie* gesprochen, die Freundinnen waren unerwähnt geblieben. »Hat Dörte es ihr nicht erzählt?«

»Hörte sich nicht so an.«

Freddy atmete tief durch. War dies nicht das stärkste Indiz, dass mit Dörte irgendwas faul war? Andererseits konnte manches in den Streitereien der Frauen untergegangen sein oder Nina hatte nicht richtig zugehört. Es gab keinen Beweis dafür, dass Dörte die Information bewusst unterschlagen hatte.

»Ich kann es Nina sagen, Pilar.«

»Aber vorsichtig, bitte.«

»Meinst du, sie bekommt Angst?«

»Keine Ahnung. Ich bin zu der Einsicht gelangt, dass ich sie so gut wie gar nicht kenne.«

»Und was ist mit Gerda, hast du noch mal drüber nachgedacht?«

Aus dem Handy war nur die heranrollende Brandung zu hören. Dann nichts mehr.

## West-Island

Die zwölfköpfige Gruppe bezog ihr Übernachtungsquartier in dem Fischerort Arnarstapi an der Südküste der Halbinsel. Pilar glückte es, Freddys Worte aus ihren Gedanken zu verbannen. Claudia und sie unternahmen einen Abendspaziergang oberhalb der zerklüfteten Klippen. Sie blickten in schlotartige Höhlen mit mächtigen Basaltblöcken, wo Scharen von Möwen nisteten, bewunderten einen Felsen im Wasser, der an den Torbogen einer zerfallenen Burg erinnerte, und beobachteten Vögel mit schwarz glänzendem Gefieder, die auf felsigen Vorsprüngen saßen.

»Kormorane?«

»Krähenscharben, um genau zu sein«, sagte Claudia, die anscheinend schon etwas anderes im Auge hatte, während sie durchs Fernglas schaute. »Du, da draußen sind Schwertwale.«

Pilar ließ ihren Blick über das schiefergraue Meer schweifen. Waren die unruhigen dunklen Punkte in der Ferne etwa Wale? Claudia reichte ihr das Glas, und nachdem Pilar es auf ihre Augen eingestellt hatte, sah sie die schwarzen Körper mehrerer Orcas mit ihren dreieckigen Rückenflossen, horizontalen Schwanzflossen und typischen weißen Flecken auf- und abtauchen, bis sie verschwanden und an einer anderen Stelle wieder aus den Wellen sprangen. Kaum zu sagen, wie viele es waren.

Steinunn, ihre isländische Reiseführerin, gesellte sich zu Pilar und Claudia und erklärte ihnen die mächtige Steinskulptur zwischen Ort und Küste: Sie stellte Bárður Snæfellsás dar, den Schutzgeist der Gegend, der seine Neffen getötet hatte, weil sie nicht auf seine Tochter aufgepasst hatten, und nach der Saga unter dem Gletscher hauste. Ein Mörder, der es sogar zum Schutzgeist gebracht hatte!, wunderte sich Pilar und machte sich eine Notiz für den Vortrag. Ihr kamen Zweifel, ob die feinsinnigen Literaturfreunde im heimischen Bonn an den Sagas Gefallen finden würden. Bonn – sie wollte es doch vergessen. Noch zwei Tage lang.

Am Morgen nahm die Gruppe im Restaurant, einem rot und weiß gestrichenen Doppelhaus mit Grassodendach, ein Frühstück mit Vollkornbrot, braunem Kuchen, Kaffee und Obstsalat ein. Pilar gehörte zu den letzten, die sich von dem langen Tisch erhoben. Der Reißverschluss ihres Anoraks klemmte, so dass eine weitere Verzögerung eintrat. Die anderen standen bereits draußen im Wind. Die blonde Isländerin, die den Tisch abdeckte, lächelte ihr zu.

»Ich wünsche dir einen schönen Tag.«

»Oh, danke«, erwiderte Pilar. Endlich ließ sich der Reißverschluss hochziehen. Sie hätte sofort zum Ausgang gehen können. Doch die deutsch gesprochenen Worte und das freundliche Lächeln lösten etwas in ihr aus – die plötzliche Einsicht, dass sich hier eine Gelegenheit bot, die sie nutzen sollte.

»Entschuldige, wohnt hier in der Nähe eine Deutsche namens Gerda?«

»Gerda …« Der Name hörte sich aus dem Mund der Isländerin kerniger an, und er schien ihr nicht unbekannt. »Ich frage Pétur.« Sie nahm das mit schmutzigem Geschirr beladene Tablett auf und trug es in die Küche.

Nach einer Weile kam sie zurück. »Pétur muss Tómas fragen. Er telefoniert.«

Durchs Fenster sah Pilar, dass ihre Gruppe sich bereits in Bewegung gesetzt hatte, um zum nächsten Ort, nach Hellnar, zu wandern. Claudia, die das Gasthaus fotografierte, war die einzige, die noch in Rufweite war. Pilar lief zum die Eingang und zog die Tür auf.

»Ich komm gleich nach. In ein paar Minuten hole ich euch ein.«

Über Claudias Nase erschien eine steile Falte. »Sag bloß, du willst mit dieser Gerda reden!«

»Nur nach ihr fragen. Geht ganz schnell.«

»Du bist verrückt.«

»Wenn sie nicht direkt am Weg wohnt, hat sich der Fall erledigt.«

180

Es wehte ein Schwall kühler Luft herein. Pilar schloss die Tür und ging zurück in den warmen Gastraum. Aus der Küche schlurfte ein älterer Mann heran, der ein Handy am Ohr hielt. Er sagte ein paar Sätze auf Isländisch zur Kellnerin und verschwand wieder.

»Tómas verspricht, Helgi zu fragen«, erklärte die Frau. »Sie sitzen zusammen beim Kaffee und reden über die Schafe. Am besten trinkst du auch noch eine Tasse.« Sie deutete auf die große Kanne, die in keinem isländischen Gastraum zu fehlen schien.

Pilar öffnete den Anorak und zog den Wollschal vom Hals. Sie nahm sich eine Schnitte braunen Kuchen vom Buffet und goss sich eine Tasse Kaffee ein. Dass sich in Island alle duzten und beim Vornamen nannten, empfand sie als angenehm. Das schuf eine freundschaftliche Atmosphäre, die sie in Deutschland oft vermisste.

Aber sie bereute, sich nach Gerda erkundigt zu haben, es dauerte viel zu lang. Von wegen: *Geht ganz schnell!* In mancher Hinsicht war sie von unverbesserlichem Optimismus. Womöglich musste dieser Helgi noch einen Halldór oder Gunnar fragen, der auch eine Schafherde besaß. Pilars Tasse war bereits leer, das Stück Kuchen aufgegessen. Hoffentlich wurden Steinunn und Jón nicht sauer. Doch nachdem die Sache so umständlich in Gang gekommen war, mochte Pilar nicht sagen, sie verzichte darauf. Sie würde ihre Gruppe schon noch einholen. Meistens war sie viel schneller als die anderen. Für den Notfall hatte sie Jóns Handynummer.

Die Isländerin wischte den langen Tisch ab, an dem sie alle gefrühstückt hatten. Plötzlich reckte sie den Hals und sah zum Fenster. »Helgi kommt.«

Ein braungebrannter, leicht ergrauter Mann trat durch die Eingangstür und ließ seine hellblauen Augen durch den Raum schweifen. Er trug einen mehrfarbigen Wollpullover in isländischer Strickart, eine verwaschene Jeans und grobe Schuhe mit dicken Sohlen. Pétur, der wieder aus der Küche kam, begrüßte ihn herzlich und begann mit ihm ein Gespräch auf Isländisch. Die

Kellnerin beteiligte sich lebhaft. Sie schienen vergessen zu haben, weshalb die schwarz gelockte Deutsche am Tisch saß und schon wieder nach der Kaffeekanne griff.

Pilar gefiel der Klang der Sprache, aber sie verstand kein Wort. Mit immer größerer Sorge dachte sie an die Gruppe, die an der Küste entlang nach Hellnar wanderte, wo der Bus sie abholen sollte. Sie erhob sich von ihrem Stuhl und trat näher an die drei heran. Das Gespräch brach ab.

»Verzeihung …«, begann sie zögernd.

Die Isländerin erklärte den Männern etwas. Pilar vernahm den Namen Gerda mit dem isländisch gerollten R. Helgi nickte ihr zu.

»Komm mit in mein Haus. Ich zeige sie dir.« Er sprach in einwandfreiem Deutsch mit einem schwachen Akzent.

Pilar folgte ihm hinaus. Wunderbar, dachte sie, er bringt mich zu ihr. Dann kann ich sofort zur Sache kommen. Hoffentlich fasst sie sich kurz.

Sie gingen die Straße entlang und bogen dann in einen Schotterweg ein, wo eine Schar Küstenseeschwalben laut kreischend vom Boden aufflog. Einige Meter weiter stand ein einzelnes mit Wellblech verkleidetes Haus. Helgi ging zügig daran vorbei. Pilar stöhnte innerlich, sie hatte angenommen, dass er hier wohnte. Ein weiteres Haus war nicht zu sehen. Der Weg verengte sich und führte am Fuß eines pyramidenförmigen Tuffbergs entlang. Hinter einer Kurve erschien endlich das nächste Wohnhaus, ein gedrungenes Gebäude aus dunkelgrauem Stein. Helgi ging darauf zu, öffnete die Tür, die nicht abgeschlossen war, und hielt sie auf.

Pilar zog ihre Schuhe aus, wie in isländischen Häusern üblich. In ihren bunt geringelten Wollsocken betrat sie den mit hellem Holz ausgekleideten Wohnraum, blieb aber nach zwei Schritten stehen. Ein riesiges Bild beherrschte die gegenüberliegende Wand, ein abstraktes Gemälde in Öl oder Acryl, in der Farbgebung düster, doch mit zahlreichen Lichtpunkten, die aus dem Dunkel hervorleuchteten wie Laternen kleiner Wesen im Fels.

»Das ist Gerda«, sagte Helgi. »Hier lebt sie.«

Pilar blickte sich um. Sie sah niemanden auf dem Sofa oder den Stühlen am Tisch sitzen. An der rechten Seite des Raums führte eine Holzstiege ins obere Stockwerk. »Ist sie oben?«

»Nein, hier.« Er deutete auf das Bild.

Vielleicht ist dahinter ein weiteres Zimmer, dachte Pilar, oder die Küche. »Ist sie deine Frau?«

»Nein, ich habe ihre Bilder gekauft. Ich habe neun.«

»Wo finde ich Gerda denn?«

»Hier.« Wieder zeigte er auf das Gemälde. »Herdís vom Gästehaus hat auch eins.«

Pilar wurde ungeduldig. »Ich wollte Gerda besuchen.«

Es schien, als ob Helgis blaue Augen sie zum ersten Mal richtig anblickten, lang und intensiv.

»Du kommst sieben Monate zu spät.«

Schlagartig begriff Pilar. »Ist sie …«

»Wenn du sie besuchen willst, geh zum Friedhof.«

»Woran …« Pilar spürte einen Kloß im Hals, der sie am Weitersprechen hinderte.

»Sie hatte eine Erkältung, aber die schien längst vorbei. Ich bin zu ihr hinübergefahren, um sie zu fragen, ob sie was braucht. Sie lag im Bett und atmete nicht mehr. Wahrscheinlich Herzversagen, sie war zweiundsiebzig. Am nächsten Abend ist ihr Sohn aus Deutschland gekommen.«

»Ihre Tochter nicht?«

Die dichten Augenbrauen zogen sich zusammen. »Von einer Tochter weiß ich nichts.« Seine Stimme hatte einen veränderten Klang. Fast so, als sei er sich nicht sicher, ob nicht doch mal von einer Tochter die Rede gewesen war.

»Kennst du Gerdas Sohn gut?«

»Nein, nicht gut.«

»Kannst du mir seine Telefonnummer geben?«

»Die habe ich nicht. Vielleicht hat Arinbjörn sie. Dem gehört die Hütte, die sie bewohnt hat. Aber er lebt in Olafsvík und ist geschäftlich im Norden unterwegs.«

»Kannst du ihn nach der Nummer fragen? Ruf mich bitte an, wenn du sie hast.« Pilar schrieb ihre Handynummer auf einen Zettel, den sie ihm reichte.

Helgi erwiderte nichts. Aber während sie ihre Schuhe zuschnürte, wollte er wissen, warum sie sich für Gerda interessierte. Weil sie aus Deutschland sei? Deutsche gebe es in der Gegend noch andere.

»Ich bin aus Bonn«, erwiderte Pilar. »Dort hat sie früher gelebt.« Der Isländer nickte.

»Aber dass man sie nicht retten konnte …« murmelte Pilar, die nicht einsah, warum eine Zweiundsiebzigjährige nach einer Erkältung an Herzversagen starb.

»Der Tod kommt, wenn es vorherbestimmt ist.«

Das schien Pilar so sonderbar, als wäre es ein Zitat aus den Sagas.

»Ist der Friedhof weit?«

»In Hellnar.

»Dahin geht meine Gruppe gerade.«

»Du siehst die Kirche von weitem. Daneben ist der Friedhof.«

Pilar bedankte sich, verließ das Haus und begann zu rennen. Am Ende der Kurve wandte sie sich noch einmal um. Helgi stand in der offenen Tür und blickte ihr nach. Er hielt sein Handy ans Ohr und telefonierte.


Der Weg nach Hellnar war ein gewundener Pfad auf der Steilküste. Er führte durch ein ausgedehntes Feld von Lavabrocken in wundersamen Formen, die mit Moos, Flechten und niedrigem Gesträuch bedeckt waren. Dazwischen bot sich immer wieder ein Ausblick auf das offene Meer oder enge Buchten, aus deren Tiefe bizarre Felsen emporragten. Die Luft war erfüllt vom Kreischen der Seevögel und dem Sausen des Windes.

Pilar versuchte, jede Einzelheit in sich aufzunehmen und im Gedächtnis zu speichern. Für Fotos war die Zeit zu knapp, sie eilte stetig weiter. Die anderen waren nicht zu sehen, nicht einmal die braune Strickmütze und die aufrechte Gestalt von Claudia, die oft zurückblieb, um einen besonderen Vogel oder eine interessante Pflanze zu fotografieren. Pilar ärgerte sich über sich selbst. Sie hätte die Hetze vermeiden und die Schönheit der Landschaft ausgiebiger genießen können, wenn sie ihrem jähen Impuls, nach Gerda zu fragen, nicht nachgegeben hätte.

Nachdem sie bereits heftig ans Keuchen gekommen war, öffnete sich das Gelände zu einer freien Fläche. Sie ging langsamer und erreichte einen Ort mit verstreuten Häusern – Hellnar. Die weiße Kirche mit dem roten Dach stand, umgeben von Grasflächen, oberhalb der Straße. Pilar konnte die Gruppe nicht entdecken, aber Jóns Kleinbus hob sich hell von der dunkel verkleideten Fassade eines niedrigen Gebäudes ab, das Pilar im Näherkommen als das Besucherzentrum des Nationalparks erkannte. Wahrscheinlich waren alle dort drinnen. Jón hatte angekündigt, dass es um zwölf weitergehen sollte. Pilar sah auf ihre Armbanduhr. Noch zehn Minuten Zeit.

Nicht weit von der Kirche lag, von einer niedrigen Feldsteinmauer und windzerzausten Sträuchern begrenzt, ein rechteckiges Terrain. Pilar schritt darauf zu und trat durch das Tor aus weißen Holzlatten. Es war sinnlos, Gerdas Grab in Augenschein zu nehmen, doch der bescheidene ländliche Friedhof, der so anders war als alle Friedhöfe, die sie kannte, interessierte Pilar. Er zeugte von der rauen Witterung und erinnerte an die Zeit, als die Menschen hier arm waren und ein härteres Leben führten.

Die einzelnen Gräber bestanden aus flachen Grashügeln. Einige verfügten über einen schlichten grauen oder weiß getünchten Stein, andere trugen einfache weiße Holzkreuze mit Namen auf schwarzen Metallplättchen. Nicht alle Kreuze hatten dem Wetter getrotzt, viele standen schief, manche waren zu Boden gegangen. Zierpflanzen waren kaum zu sehen, allenfalls ein zwergenhafter Busch. Blumen hätte man hier sicher vergeblich gepflanzt. Ein gutgemeinter Topf mit blassroten Kunststoffblüten war längst in einen geschützten Winkel der Mauer verweht.

Ein schwarz-weißer Austernfischer hüpfte auf seinen roten Beinen vor Pilar her, als sie langsam umherging und die Inschriften studierte. *Sigrún Halldórsdóttir ... Jóhann Gunnarsson.* Die Namensendung *dóttir* gab an, dass hier eine Frau, die Tochter Halldórs, lag, die Endung *son* wies ein Grab als das eines Mannes aus. Pilar bemerkte ein umgekipptes Kreuz, dessen Querstrebe mit einer Ecke im Boden steckte. Sie neigte den Kopf zur Seite, um den Namen auf dem kleinen Schild zu lesen. Keine der üblichen Endungen. Da stand nur: *Gerda.*

Gerda, die Fremde, niemandes *dóttir,* deren Nachname hier unbekannt war oder niemanden interessierte. Warum war sie hierher gezogen?

Der Austernfischer hüpfte auf einen weißen Stein in der nächsten Reihe. Der rote Schnabel wies zum Meer, das sich grau und endlos unter einem grauen, endlosen Himmel ausbreitete. Wie dumm, auf diesem armseligen Friedhof über eine unbekannte Tote nachzugrübeln, statt sich im Besucherzentrum ein paar Informationen über Land und Leute zu holen, dachte Pilar. Dennoch gefiel es ihr, an dieser Stelle im Wind zu stehen, vor ihr die zerklüftete wilde Küste, hinter ihr der majestätische Gletscher, der von Wolken umhüllt war.

Und als hätte es mit der Macht des mystischen Berges zu tun, tauchte zwischen den Gräbern ein Mann von kleiner Statur auf. Auf seinem krummen Rücken schien er Hunderte von Jahren zu tragen. Sein gebräuntes Gesicht zeigte eine Landschaft aus unzähligen Linien und Furchen. Doch der Blick aus den blassblauen Augen sprühte wie eine Brandungswelle. Er deutete auf das umgefallene Kreuz.

»Hún var góð kona.«

Was hieß das? Irgendwas mit »gut«? Fand er, dass Gerda ein guter Mensch, eine gute Frau war? Pilar war in ihrem Sprachführer nur wenig über die Ausspracheregeln des Isländischen hinausgekommen, die ihr kompliziert genug waren. Sie erwiderte auf Englisch, sie sei aus derselben Stadt wie Gerda. Aus Bonn in Deutschland.

Das Blau in seinen Augen leuchtete auf wie ein Signal. Pilar hatte den Eindruck, dass der Name der Stadt oder des Landes etwas in ihm auslöste.

»Einhver var í húsi konunnar«, krächzte er, besann sich aber offenbar darauf, dass sie wohl kaum des Isländischen mächtig war. »Someone was in her house«, nuschelte er und machte eine Kopfbewegung zu Gerdas Kreuz hin.

Pilar wusste mit einem Mal nicht mehr, was »wie bitte?« auf Englisch hieß. Jemand war in Gerdas Haus gewesen – hatte sie das richtig verstanden? Die Aussprache des Alten war undeutlich. Anscheinend hatte er keine Zähne im Mund.

Sie fragte, wer bei Gerda gewesen sei.

Er zuckte mit den Schultern, zog die Hand aus der Jackentasche und führte Daumen und Zeigefinger zum Munde. »Window.«

Hatte Gerda etwas gegessen? Hatte er das durchs Fenster gesehen?

Pilar fragte noch einmal nach der Person, die gekommen war. »Man or woman?«

Erneutes Schulterzucken. Seine gekrümmten Finger berührten seine Mütze, den Schal und die Kapuze in seinem Nacken, als wollte er andeuten, dass die Person etwas Derartiges getragen hatte. Er nuschelte auf Isländisch etwas, das wie eine Frage klang. Pilar verstand nur ein einziges Wort:

»Þýskaland?«

Deutschland? Sie wusste nicht, ob er ihre eigene Herkunft meinte oder die von Gerdas Besuch. »Ich? Ja, Þýskaland.« Aber sie hatte ihm schon mitgeteilt, woher sie kam, fiel ihr ein, also meinte er den Besuch. Da Gerdas Sohn sicher öfter hier gewesen und den Leuten daher bekannt war, musste jemand anderes hier gewesen sein, der vielleicht auch aus Deutschland stammte.

Der Alte hatte sich umgedreht und entfernte sich erstaunlich flott den Hang hinunter. Sie wollte nicht hinterherlaufen, um noch einmal nachzuhaken, zumal sie von der Kirche her eine Gestalt schnellen Schrittes auf den Friedhof zukommen sah.

Es war eine kräftige Frau um die Fünfzig, mit strohblondem Haar, das ihr wallend über die Schultern fiel und von einem bunten Wollschal zusammengehalten wurde. Eine Erscheinung wie aus den Sagas, eine Hallgerður oder Bergþora.

»Was hat er dir erzählt?«, rief sie Pilar in akzentfreiem Deutsch entgegen.

Komisch, dass sie mich so sicher als Deutsche erkennt, wunderte sich Pilar. »Ich hab nicht die Hälfte verstanden.«

»Was er sagt, stimmt nie. Er tickt nicht richtig.«

»Das hab ich mir schon gedacht«, sagte Pilar. Doch es entsprach nicht der Wahrheit; der Mann hatte kauzig gewirkt, aber nicht geistig gestört.

Sie trat durch das Holztor. Die Frau streckte ihr eine Hand entgegen. Die Geste hatte nichts Freundliches an sich, sie glich einer kalten Förmlichkeit. Die typisch isländische Erscheinung war eindeutig eine Deutsche.

»Was machst du hier?«, fragte sie in barschem Ton.

»Die Gegend angucken.« Pilar deutete auf den Bus vor dem Besucherzentrum. »Wir reisen gleich ab.«

»Touristen besuchen den Friedhof sonst nicht.«

»Ich habe ein bestimmtes Grab gesucht. Und auch gefunden.«

»Name?«

»Gerda. Ich wusste nicht, dass sie tot ist.«

»Was wolltest du von ihr?«

»Ich sollte Grüße von einem früheren Nachbarn aus Bonn ausrichten, er hat ewig nichts von ihr gehört. Er fragte auch nach ihrer Tochter, kennst du sie?«

»Hatte sie eine Tochter? Davon weiß ich nichts.«

»Aber du kennst den Sohn? Hast du seine Telefonnummer?«

»Den kenn ich nur flüchtig. Ich hab nie mit ihm telefoniert.«

»Weißt du zufällig, warum Gerda hierhin gezogen ist?«

»Weil es nichts Schöneres auf der Welt gibt. Gute Reise.«

»Moment. Der Nachbar möchte bestimmt noch was wissen. Woran ist Gerda gestorben?«

»An den Folgen einer Grippe.«

»Und was hat sie hier so gemacht?«

»Gemalt hat sie. Sonst nix.«

»Hatte sie ab und zu Besuch?«

»Alle zwei Monate den Sohn, einmal die Woche Helgi, auf einen Kaffee. Sonst keiner.«

Aha, dachte Pilar, und von Helgi hat sie gehört, dass eine Deutsche nach Gerda gefragt hat. Was ihr nicht zu passen schien.

»Hat irgendwer sie kurz vor ihrem Tod besucht?«, erkundigte sich Pilar.

Auf dem rotwangigen Gesicht der Blonden erschien ein boshaftes Lächeln. »Meinst du wirklich, das will der Nachbar wissen? Die Antwort ist einfach: natürlich nicht. Für diese Langweilerin hat sich nie einer interessiert. Du bist die erste.«

Pilar versuchte, ihre Eindrücke zu ordnen. Die Frau schien sie scharf zu mustern. Warum war es ihr so wichtig, dass Pilar dem Alten nicht glaubte?

»Und wenn du denkst, dass mit Gerdas Tod was nicht stimmt, so ist das Quatsch. Vergiss es. Auch wenn die Island-Krimis euch was anderes weismachen wollen, Mord gibt es hier nicht.«

Pilar zuckte unwillkürlich. *Mord.* So weit hatte sie noch nicht gedacht.

»Ich frag ja nur, damit ich dem Nachbarn was erzählen kann.«

Die Frau sah mit frostigem Blick auf sie herab. Kein Zweifel, sie durchschaute die Schwindelei. Pilar war so unbehaglich zumute, dass sie kein weiteres Wort herausbrachte.

»Gerda war zufrieden, kannst du dem Herrn sagen.«

Abrupt wandte die Frau sich um und ging zur Kirche zurück. Sie stieg in einen grauen Geländewagen und fuhr davon. Offenbar war sie nur gekommen, um die Deutsche, die sich für Gerda interessierte, in Augenschein zu nehmen. Weshalb? War etwas faul an Gerdas Tod? Oder an ihrem Leben?

Was für ein denkwürdiger Tag! Pilar atmete laut aus. Sie hatte wenig erfahren, und so gut wie nichts, was Dörte betraf. Gleichwohl hatte sie den Eindruck, es sei etwas Entscheidendes passiert. Inwiefern? Jemand war bei Gerda gewesen, möglicherweise aus Deutschland. Sie hatte etwas gegessen. Und war gestorben. Das musste nichts bedeuten, weil jeder, ob mit oder ohne Besuch, täglich irgendwas aß. Doch anscheinend hatte der Alte sich dazu Gedanken gemacht, und diese Walküre wusste, dass es etwas gab, das besser verborgen bliebe.

Der Wind wurde stärker. Der Austernfischer breitete die Flügel aus, schwang sich in die Luft und flog zum Kiesstrand hinunter. Pilar sah ihre Reisegenossen schwatzend in den weißen Kleinbus einsteigen. Sie zog das Handy aus der Bauchtasche und schrieb eine Nachricht an Freddy: *Fehlanzeige. Die Mutter ist tot.*

»Und?«, fragte Claudia, als Pilar den Bus erreichte und sich neben ihr aufs Polster sinken ließ. »Hast du sie aufgestöbert? Wie war sie so?«

»Äußerst schweigsam. Unmöglich, sie zum Reden zu bringen.«

Mehr konnte Pilar nicht erzählen. Zu viel ging ihr im Kopf herum, ohne Ordnung, ohne sinnvollen Zusammenhang.

Der Bus rollte. Pilar blickte sich nach der rotweißen Kirche und dem kargen Friedhof um. Dort waren gleich zwei Leute aufgetaucht, um ihr etwas zu sagen. Das war mehr als sonderbar. Und dass der Geländewagen mit der deutschen Walküre am Steuer jetzt vor einem Ferienhaus oberhalb der Straße stand, war auch bemerkenswert. Das sah ganz so aus, als wollte die Fahrerin sich davon überzeugen, dass die neugierige Person mit den schwarzen Locken tatsächlich abreiste und nicht weiter herumschnüffelte.

»Grüble nicht so viel«, sagte Claudia. »Morgen ist unser letzter Tag.«

## Aus einem alten Adressbüchlein

*Mein Bruder und Ida. Hätte nicht passieren dürfen, dass die zwei sich kennenlernen. Er hat sie angerufen und gefragt, wo ich stecke, und das schwatzhafte Biest hat gesagt: in Bonn, auf dem Venusberg bei einer Freundin. Da musste er nur durch die paar Straßen gurken, um meine olle Karre zu entdecken. Und als ich mal kurz zur Mülltonne gehe, steht er plötzlich vor mir. Sonnenklar, dass er auf den Moment gewartet hat und nicht vorhat, sich nach meinem Befinden zu erkundigen. Mutti ist keines natürlichen Todes gestorben, legt er da schon los. Du hast ihr verdorbene Wurst gegeben, die hattest du noch im Keller. Das ungespülte Glas war im Abfall, und der Isländer, der aufgeräumt hat, sagt, es klemmte zwischen Herd und Wand. Hast du es verschlampt, bevor du verduftet bist? Ich hab es im Labor untersuchen lassen. In der Wurst war Botulinumtoxin.*

*Ups, sag ich, wie kommt das denn?*

*Daran wärst du selbst gestorben, quatscht mein Bruder weiter, wenn Ida nicht den Notarzt geholt hätte, den hast du Mutti verwehrt. Kein Arzt aus der Gegend hat erfahren, dass sie sterbenskrank war, ich hab nachgefragt. Du hast gewusst, dass man das Gift nicht schmeckt, du hast gewusst, was passiert. Du bist abgehauen, als sie hilflos dalag. Hast sie in ihrer Hütte krepieren lassen. Das ist Mord.*

*Halt den Rand, schnauz ich zurück, kein Wort ist wahr. Das mit dem Glas aus dem Keller hat er natürlich von Ida, die sah mich die Treppe hochkommen. Ich hatte ihr gesagt, das ist Marmelade, aber das Weib ist seit Wochen sauer auf mich und zu jeder hinterhältigen Behauptung bereit, wegen irgendwelcher Schulden, kleinlich und geizig, wie sie ist..*

*Was für eine bösartige Fantasie, sag ich zu meinem Bruder, und da kam ein Auto, die Nachbarin, ich hätte sie küssen können. Mein Bruder ist sofort weiter, als hätte er nur guten Morgen gewünscht. Hauptsache, der kommt nicht wieder. Falls er glaubt, was er sagt, geht er zur Polizei. Beamter, Staatsdiener. Solche Leute sind ganz wild auf Polizei. Aber ich erkläre denen, dass von der alten Wurst nix mehr da war und ich bei der neuen sämtliche Hygienevorschriften der Welt beachtet habe. Schließlich ist Wurstmachen bei uns Tradition.*

# NEUN

Rechtsanwalt Erik Dröbel saß in seiner Kanzlei in der Bonner Weststadt am Schreibtisch und bereitete die Klageschrift in einer unerquicklichen Bausache vor. Als er versuchte, eine fragwürdige Beweisführung durch elegante Formulierungen aufzupeppen, klingelte sein Handy. Das Display zeigte einen Vornamen: Sonja.

Ach! Von der hatte er seit einer Ewigkeit nichts gehört. Im ersten Moment war er unschlüssig, ob er erfreut oder beunruhigt sein sollte. Während das Handy weiterklingelte, verschwand der Anflug von Freude, und die Unruhe wuchs. Sonja war nicht die Frau, die sich einfach mal erkundigte, wie es einem alten Bekannten denn so geht. Nein, Sonja wollte was von ihm. Oder es gab unbequeme Neuigkeiten. Was nicht allzu wahrscheinlich war, denn Sonja war nicht weniger perfekt aus allem raus als er selbst. Sie lebte seit vielen Jahren auf Island, hatte einen heiratswilligen Wikinger aufgetan und bewirtschaftete mit ihm einen Pferdehof. Eine bemerkenswerte Wandlung für ein Mädchen, das im dunkelsten Hinterhof von Berlin aufgewachsen war, im Alter von dreizehn Jahren mit Gras gehandelt und mit fünfzehn beim Bombenbauen assistiert hatte.

Dröbel hob ab. Sonjas Stimme erkannte er sofort, obgleich er sie noch nie so aufgeregt erlebt hatte.

»Du, da war eine Frau aus Bonn auf dem Friedhof.«

»Welchem Friedhof?«

»Ich wohn da in der Nähe. Und diese Frau lief hier herum und wollte was über G wissen. Mein Schwager Helgi hat mich angerufen. Ich hab sie mir angeguckt.«

»Moment mal«, sagte er. »Wer ist G?«

»Die, bei der ihr damals gepennt habt. In Bonn. Oktober 86. Mehr sag ich am Telefon nicht.«

»Was ist mit der?«

192

»Ich hab dir doch vor Jahren schon erzählt, dass ich sie hier entdeckt hab. Inzwischen ist sie tot. Und jetzt hab ich die Frau auf dem Friedhof gesehen.«

»Die Tote?«

»Die Frau, die nach G gefragt hat. Angeblich weil ein alter Nachbar wissen will, wie es ihr geht. Das ist natürlich knüppeldick gelogen. Erik, ich sag dir, das war keine Touristin. So was rieche ich. Sei gewarnt.«

»Du warst 86 nicht dabei.«

»Aber ich weiß, dass G die mit der Dachwohnung war, wo ihr vorher abgestiegen seid. Wie andere auch. Manche nannten sie *die Wurstmacherin,* auf das Zeug waren alle scharf. Mensch, Erik, steh nicht auf der Leitung. Begreifst du nicht, warum ich anrufe?«

*Oktober 1986.* In Dröbels Kopf stiegen Bilder auf. Kommando Ingrid Schubert. Der adelige Arsch fuhr vom Auswärtigen Amt im Taxi nach Hause ins gepflegte Ippendorf. Die Adresse hatten sie aus dem Telefonbuch, die genaue Zeit vom Taxifunk. Schön dunkel war es. Ada und Erik schwarz verpackt, sie zielte zuerst und seine Kopfschüsse erledigten den Mann. Kein Problem, da wegzukommen. Nicht über die Hauptstraße. Über den Kreuzberg nach Endenich, den steilen Hohlweg runter, finster und einsam wie ein Dschungelpfad. Ortskenntnis war Trumpf, gute Vorbereitung sowieso. Fluchtauto stehen gelassen, inklusive Waffen, davon hatten sie genug. In einer anderen Kiste weiter. Dumme Polizei, einfältiges Bundeskriminalamt. Große Trauerfeier für das hohe Tier, das an den Schaltstellen westlicher Außenpolitik gehockt hatte und nun mausetot war. Hätte die Bundesregierung ins Herz treffen müssen. Aber nix da, die machten weiter wie bisher. Und wussten nicht mal, wer geschossen hatte. So blieb das auch. Beste Chancen für die nächsten Aktionen – oder den folgenlosen Ausstieg. Danke, meine Herren.

»Erik?«

Die revolutionäre Front strich 1998 die Segel. Er selbst hatte lange vorher den Kurs gewechselt. Ging alles glatt über die Bühne:

193

Jurastudium, erstes Examen, Referendarzeit in Köln, nur die Einstellung eine Zitterpartie. Aber wieder alles glatt. Zweites Examen, Zulassung als Anwalt. Dass er in Bonn gelandet war, lag an seiner Flamme Vanessa, die gerade Karnevalsprinzessin war. Jetzt hatte er keine Vanessa mehr, dafür die Kanzlei, das Haus am Rhein, die schnuckelige Annette, den Anwaltsverein und die Jägerschaft. Mit dem Kämpfer von damals hatte er nichts mehr gemeinsam. Außer, dass seine Schüsse trafen.

»Erik, bist du noch dran?«

»Richtig, ich begreif es nicht: Nirgendwo gibt es eine Suchmeldung nach einer Person mit meinem Aussehen.«

Die kleine Narbe in seiner unteren Gesichtshälfte war unauffällig, vom Barthaar halb verdeckt und den Fahndern nie vor die Augen gekommen.

»Es gibt immer noch Ermittler, die sich Gedanken machen«, sagte Sonja. »Einer kann dieses Wesen geschickt haben.«

»Warum jetzt auf einmal?«

»G ist verdammt plötzlich gestorben. Nicht jeder hier denkt, dass es an der Grippe lag. Nachforschungen könnten fatal sein und eine Lawine in Gang setzen. Wäre echt Scheiße, wenn der isländische Boden für mich zu heiß würde. Dann bist auch du nicht mehr so sicher, wie du dich jetzt fühlst, du schon gar nicht. G hat eine Tochter in Berlin, die keiner kennt. Man weiß nicht, was die weiß. Der Sohn ist lieb und ahnungslos, aber mit der Tochter war irgendwas. Man muss mit allem rechnen.«

»Übertreib nicht. Aber beschreib mal die Person, die bei euch war.«

»Sie ist ziemlich klein und sieht südländisch aus.«

»Kennst du ihren Namen? Falls sie mir irgendwo begegnet.«

»Und falls das kein Deckname ist. Helgi sagt, sie heißt Pilar.«

»Wie?«, rutschte Dröbel heraus, als hätte er nicht richtig verstanden.

»Helgi weiß angeblich nichts über sie, wurde aber ganz verschlossen, als ich nachfragte. Auch seltsam.«

»Was erwartest du von mir?«

»Dass du Augen und Ohren offen hältst.«

»Mach ich immer.«

»Informier mich.«

»Pilar«, wiederholte Dröbel, als Sonja aufgelegt hatte. Es könnte sich um die Halbspanierin handeln, die er kannte, wenn auch nur flüchtig, wie er einen Haufen anderer Studenten gekannt hatte. Sie hing damals öfter mit Freddy Stieger herum, ging aber nicht mit ihm, sondern war mit einem Typen namens Richard liiert, auch Jurist, schon im Examen und anderthalb Köpfe größer als sie. Das war ein harmloses, braves Mädchen, Grünwählerin, Biomarkt-Kundin, Tierfreundin, diese Richtung. Wahrscheinlich war sie längst eine biedere Ehefrau und Mutter, verbrachte wie hunderttausend andere ihren Urlaub in Island und hatte nichts anderes im Sinn als Geysire, Wasserfälle und Ponys.

Erik Dröbel dachte nicht weiter an die Angelegenheit. Er beriet zwei Mandanten in einer Erbschaftsstreitigkeit und diktierte die Klageschrift in der Bausache, die juristisch äußerst kompliziert war. Eine Schande, dass er samstags arbeiten musste. Aber er brauchte die Einnahmen dringender als ein freies Wochenende, und mancher Mandant begrüßte es, an einem Samstag empfangen zu werden statt in der stressigen Zeit zwischen Montag und Freitag.

Es war bereits Nachmittag, als Dröbel endlich mit dem Schriftsatz fertig war. Annette, seine Gehilfin, klopfte an und öffnete die Tür des Sprechzimmers ganz weit für die nächste Mandantin.

»Frau Flauscher aus Berlin.«

Eine dünne, energiegeladene Frau schwirrte über die Schwelle. Dem Rechtsanwalt stockte der Atem. Die war ihm schon mal begegnet. In einem ganz anderen Zusammenhang. Nicht hier, nicht im Gericht und lange her. Mit der lebhaften Gestik, den goldbraunen Augen und der flammenden Haarpracht war sie höllisch attraktiv, dennoch verband er etwas Unangenehmes mit ihr. Wo und wann war das gewesen?

Er erhob sich, um ihr die Hand zu reichen.

Als sie vor ihm stand, fiel es ihm ein. Ihm brach der Schweiß aus. Ja, das war sie. Drei Jahrzehnte älter. Die rostrote Mähne, das spitze Gesicht, die gewölbte weiße Stirn. Das Südstadthaus, Weberstraße, Oktober 86. Ada und er die dunkle Treppe runter. Die Haustür aufgezogen, und da stand sie, die Fussige, im grellen Licht. Hatte den Schalter gedrückt und glotzte sie an, vor allem ihn. Was für eine Panne. Die Kleine war keine Zwanzig gewesen und hatte sich bestimmt nichts dabei gedacht. Damals war das klar – aber heute? Das war doch kein Zufall, dass die jetzt hier auftauchte, wenige Stunden nach Sonjas Anruf!

*G hat eine Tochter in Berlin.* Eine Tochter aus der Dachwohnung konnte wissen, was für Leute dort ein- und ausgangen waren. Scheiße!

Er versuchte zu lächeln und begrüßte sie freundlich.

Annette zog sich zurück und schloss die Tür hinter sich. Die Frau vor ihm starrte ihn an. Viel zu lange. Wirklich, sie schien zu wissen oder zumindest zu ahnen, wer er war und was er an jenem Abend getrieben hatte. Wie hatte sie ihn aufgestöbert? War G eine undichte Stelle gewesen, hatte sie ihn verraten? Hatte sie schriftliche Bekenntnisse hinterlassen, in denen alles, was sie wusste, haarklein beschrieben war?

»Nehmen Sie bitte, Platz, Frau …«

»Flauscher.«

Der Name sagte ihm nichts, er hatte sich damals nur den Vornamen gemerkt und *oberste Klingel.*

Dröbel beugte ich zu einer der unteren Schubladen in seinem Schreibtisch hinunter, wo die neuen Aktendeckel lagen. Er wollte Zeit gewinnen. Die Frau auf dem isländischen Friedhof, die Sonja so beunruhigt hatte, und diese hier hingen mit Sicherheit zusammen. Wie konnte sich das zutragen, was war geschehen? Da kommt noch was, sagte er sich, da kommt noch was.

Er legte den Aktendeckel auf die Schreibtischplatte. »Was kann ich für Sie tun, Frau Flauscher?«

196

Zum Glück hatte er sich wieder im Griff. Jetzt lief alles in gewohnten Bahnen. Sie wollte viertausend Euro von einem Kölner Bekannten zurückhaben, dem sie vor Jahren ein Darlehen gegeben hatte. Sie hatte seinen Namen, seine Adresse und eine gute Portion Zorn. Alles war ganz normal. Dröbel nahm sein Diktiergerät zur Hand und formulierte ein paar Sätze für den Aktenvermerk.

»Haben Sie den Schuldschein dabei?«, fragte er.

Sie fingerte in den verschiedenen Fächern ihrer abgewetzten Ledertasche herum. Dröbel wartete. Beobachtete sie. Bis sie die Tasche schloss und ihn anblickte.

»Ich muss das Papier zu Hause vergessen haben.«

Das gibt's doch nicht!, dachte er. Wer einen Rechtsanwalt aufsucht, vergisst nicht, das entscheidende Schriftstück mitzunehmen! Das war auffallend ungewöhnlich. Ein starkes Indiz dafür, dass der Darlehens-Fall nur ein Vorwand für ihr Kommen war. Ihr hilfloses Lächeln konnte gespielt sein.

»Wo wohnen Sie?«, fragte er in routinierter Gleichmütigkeit.

»Zurzeit in Bad Godesberg bei einem Freund. Ich hab Ihrer Empfangsdame aber meine Berliner Adresse gegeben.«

»Kommen Sie einfach morgen wieder.«

»Mach ich.« Sie stand auf.

Normalerweise hätte er gesagt: Faxen Sie mir das Ding einfach. Das hätte fürs Erste genügt. Aber er wollte, dass sie so bald wie möglich wiederkäme. Er musste wissen, was sie im Schilde führte.

»Ach, morgen ist ja Sonntag«, fiel ihm ein. »Könnten Sie heute noch einmal kommen?«

»Nein, das geht nicht.«

»Wir könnten zusammen irgendwo ein kleines Abendessen einnehmen, und Sie bringen die Quittung einfach mit. Was essen Sie gern – indisch, chinesisch, italienisch?«

»Danke, ich bin schon verabredet.«

Das klang sehr entschieden. Womöglich hatte sie nicht vor, allein wiederzukommen, sondern in Begleitung einer Riege Kriminalbeamten. Für Hinweise, die zur Ergreifung der Täter vom

10. Oktober 1986 führten, waren rund zwei Millionen Euro ausgesetzt. Diese Frau brauchte Geld, das war nicht zu übersehen. Sie trug ein schäbiges Fähnchen, billigen Modeschmuck, abgenutzte Flip-Flops an den Füßen, und an ihrer Tasche war eine Naht geplatzt.

Dröbel geleitete sie zur Zimmertür. »Wer hat mich Ihnen empfohlen?«

»Ein Freund einer Freundin.«

»Und der heißt?«

»Keine Ahnung.«

Aha. Natürlich wusste sie es. Dass sie es nicht sagen wollte, war eine erneute Bestätigung seines Verdachts.

Sie reichte ihm ihre schmale Hand. »Also, ich komm dann am Montag.«

Als er vernahm, dass die Tür der Kanzlei hinter ihr zufiel, stürzte er ins Vorzimmer.

»Annette, wen haben wir heut noch auf dem Kalender?«

»Herrn Müller und Frau Dormagen.«

»Sag denen ab, gib ihnen neue Termine. Ich muss dringend weg.«

»Dann kann ich nach Hause gehen?«

»Selbstverständlich. Schönen Abend.«

Eilig verließ er die Kanzlei und sah, wie die Mandantin auf der anderen Straßenseite in ein blaugraues Auto stieg, einen uralten Fiat Panda mit stumpfem Lack. Er trat in den Hausflur zurück und wartete, bis der Fiat sich so weit entfernt hatte, dass die Fahrerin nicht wahrnehmen konnte, wer in den dunkelgrünen BMW mit den getönten Scheiben einstieg, der in der Einfahrt stand.

Dröbel startete und sah den graublauen Kleinwagen an der nächsten Ampel halten. Als sie auf Grün sprang, fuhr der Fiat die Endenicher Allee geradeaus, bog an deren Ende nach Poppelsdorf ab, dort Richtung Ippendorf, dann zum Marienhospital und weiter den Venusberg hinauf. Dröbel folgte stetig mit einigem Abstand. Vom Haager Weg bog der Fiat links ab und verschwand überraschend schnell in einer schmalen Straße, die Dröbel beinahe übersehen hätte. Nach ein paar Metern kam sie ihm jedoch merkwürdig bekannt vor. Hier war er schon einmal gewesen.

Der Fiat wurde langsamer, der BMW fuhr Schritttempo. Die Rothaarige parkte ihr armseliges Gefährt am Anfang eines Stichwegs, stieg aus und holte zwei volle Einkaufstaschen von der Rückbank. Das machte den Eindruck, als ob sie hier wohnte. Bad Godesberg war gelogen.

Dröbel ließ den BMW an den Straßenrand rollen und konnte gerade noch sehen, in welchem Reihenhaus die schmächtige Frau verschwand und dass ein bauschiger Ärmel mit buntem Blumendruck ihr die Tür aufhielt. Er nahm die blanken Lettern der Hausnummer wahr, den Mülltonnenverschlag aus Holzlatten sowie den Jägerzaun an der Seite und war sich plötzlich sicher: Hier wohnte sein Waidgenosse Gregor. Der Arm, der die Tür geöffnet hatte, gehörte vermutlich dessen Ehefrau.

Gregor, erinnerte sich Dröbel, war an diesem Wochenende nicht zu Hause, er weilte in Hannover. Sie hatten kürzlich darüber gesprochen, wie wichtig es war, den Kontakt zu den Niedersachsen zu pflegen, weil die Jäger, denen man überall ihre Rechte schmälern wollte, bundesweit zusammenhalten mussten. Gregors Ehefrau hatte Dröbel noch nie gesehen, sie hielt sich von der Jägerschaft fern, weil sie, so munkelte man, aus unsinnigen Gründen gegen das Abschießen des Wildes war. Er verzog verächtlich das Gesicht. Solche albernen Sentimentalitäten kannte man zur Genüge. Und diese Frau war eine Freundin seiner fragwürdigen Mandantin? Man musste beide im Auge behalten.

# Aus einem alten Adressbüchlein

*Kaum noch Platz im Buch, aber nun kommt die Wende, Freude, schöner Götterfunken: der Rechtsanwalt! Das ist hundertprozentig der eine von den beiden, mit denen ich an der Tür in der Weberstraße fast zusammengestoßen bin, als ich aus Berlin kam und zu Hause einziehen wollte. Die tiefliegenden Augen, der stechende Blick und die Narbe, die in seinem Bart wie das Ende eines Wurms verschwindet, nur blasser als damals. Ich hatte ja erst nicht geschnallt, was für Leute das waren, aber seit dem Diplomaten-Mord wusste ich genug, um Polizei und Bundeskriminalamt glücklich zu machen. Nur hatte ich leider keine Ahnung von der Belohnung für Hinweise, die zur Ergreifung der Täter führen – zwei Millionen! Von denen ich mir jetzt einen dicken Batzen sichere.*

*Der Rechtsanwalt ahnt nichts, der hat mich nicht erkannt, wie soll er auch? Vor dem Attentat hatte er anderes im Kopf, als auf irgendein Mädel zu achten, und ich sah ganz anders aus, war ein junges Ding mit Schminke und schwarz ummalten Augen, das Haar zum Pferdeschwanz gezwirbelt. Natürlich wird er der Polizei erklären, das sei eine Verwechslung, er sei nie in der Weberstraße gewesen. Aber immerhin hätten sie eine Spur, wo jetzt noch gähnende Leere ist. Vielleicht haben sie ein passendes Haar aus dem Fluchtauto, oder sie durchforsten seine Vergangenheit und finden da was, Schießausbildung im Nahen Osten, dort waren viele RAF-Terroristen, wahrscheinlich auch er. Niemand kann die eigene Vergangenheit spurlos wegradieren. Ich leider auch nicht. Aber als Zeugin wäre mein Lebensweg uninteressant. Stopp – nee: Sie werden auf meine Mutter stoßen und deren Leben überprüfen. Und ihren Tod. Bessere Idee: Ich sag dem Herrn Rechtsanwalt: Dreihunderttausend an mich und ich halt den Mund. Der wird zahlen, da geh ich jede Wette ein.*

*Und Ansgarschatz geb ich was ab, versprochen. Aber ich verrate noch nichts. Jetzt will ich erst eintauchen in die weiße, reine Welt der Klinik.*

# ZEHN

Ludger hatte den Dackel, dessen Name ihm entfallen war, durch die Schlossstraße zur Poppelsdorfer Allee geführt und sich in sonderbarem Einklang mit dem kurzbeinigen Tier befunden. Die ungewohnte Langsamkeit genoss er bereits. Geduldig ließ er es an Mauerecken und Baumstämmen schnuppern und Duftmarken setzen. Das Schnaufen kam ihm nur noch halb so deprimierend vor, und im Glanz der runden braunen Augen, die manches Mal zu ihm hochblickten, schien so etwas wie Dankbarkeit zu liegen.

Zurück in der Kellerwohnung hatte er dem Hund seine Tablette und sein Diätfutter serviert, ein frisches Handtuch auf dem Sofa ausgebreitet und sich daran gemacht, Dörtes Vögel und Pflanzen zu versorgen, Ansgars Bett frisch zu beziehen, das Innere des Kühlschranks zu säubern und den Müll der letzten Tage zu beseitigen.

Nach einer weiteren Runde am Nachmittag tätschelte er dem Dackel noch einmal ausgiebig den schmalen Kopf, worauf das Tier einen tiefen Seufzer von sich gab.

»Hör zu, alter Bursche«, sagte Ludger. »Ich fahre jetzt auf den Venusberg, um Ansgar zu besuchen, und du bleibst hier. Nimm es nicht so schwer. Bis später.«

Seltsam, jetzt sprach er mit dem Hund schon wie mit einem Menschen, nicht anders als all die bekloppten Hundebesitzer, die er kannte und die auch noch behaupteten, ihr Tier verstünde jedes Wort.

Im Türrahmen drehte er sich noch einmal um. Der Dackel schwänzelte einmal kurz und schwach, was ein bisschen traurig wirkte, und die Wellensittiche, die nebeneinander auf ihrer Stange saßen, blickten Ludger so fragend an, dass er sich veranlasst fühlte, auch ihnen einen Abschiedsgruß zuzurufen.

»Tschö, Jungs. Seid brav und macht euch keine Sorgen, ich komm bald wieder.« Es war bescheuert. Aber es machte Spaß.

Im Chirurgischen Zentrum traf Ludger seinen Bruder auf dem Flur der Station an. Ansgar trug einen der neuen Schlafanzüge, die Pantoffeln und den Morgenmantel. Aus dem linken Ärmel lugte ein dicker Verband hervor.

»Die Schwestern wollen, dass ich mich bewege«, sagte Ansgar düster. »Aber jetzt reicht es mir.«

Zusammen betraten sie sein Zimmer. Von da an öffnete Ansgar kaum noch den Mund. In sich zusammengesunken saß er auf dem Bett und brütete vor sich hin. Auf dem Nachttisch lagen eine kurze Metallschiene, ein gewundener Draht und mehrere Schrauben. Dies alles hatte man aus Ansgars Arm entfernt, erfuhr Ludger von dem gesprächigen älteren Mann im Nachbarbett, der die Gelegenheit nutzte, ausführlich von seinem eigenen dramatischen Knochenbruch zu berichten, wobei er die Bettdecke lüftete und das vom Knöchel bis zum Oberschenkel verbundene Bein präsentierte.

»Nur mal flott zur Eckkneipe, um Bier zu holen«, erläuterte der Mann. »Über einen Gullydeckel gestolpert. So kann's gehen.«

»Hast du Besuch gehabt?«, wandte sich Ludger an Ansgar.

Der schüttelte schweigend den Kopf.

»War Dörte hier?«

Wieder Kopfschütteln. Auf Ansgars Stirn bildeten sich zwei senkrechte Falten.

»Es geht ihr gut«, versicherte Ludger. »Keine Sorge.«

Ansgar sah ihn zweifelnd an.


Weg! Sie ist weg! Nina drehte sich ein paar Mal im Kreis, als ob sie tanzen wollte.

Erst vor wenigen Sekunden hatte sich die Haustür zum zweiten Mal an diesem Tag hinter Dörte geschlossen. Ja, man hatte wieder Luft zum Atmen. Aber wie lange? Wie viel Zeit nahm ein Krankenbesuch in Anspruch? Eine Stunde? Neunzig Minuten? Plus zweimal zehn Minuten zur Uni-Klinik und zurück. Dann würde Dörte wieder auf der Matte stehen.

Die Zeitspanne, die sie beim Rechtsanwalt verbracht hatte, war viel zu kurz gewesen. Und ausgerechnet innerhalb dieser kostbaren knappen Stunde hatte Freddy angerufen und Nina etwas Unglaubliches mitgeteilt: Inga und Ute seien im Frühjahr gestorben und Dörte wisse das. Obwohl sie behauptet hatte, keine Ahnung zu haben, wo die Freundinnen abgeblieben waren!

Nina hatte es kaum fassen können. Sie war dermaßen irritiert, dass sie es nicht einmal über sich gebracht hatte, das Thema zur Sprache zu bringen, als Dörte vom Rechtsanwalt zurückkehrte. Daneben schien die Angelegenheit mit den geschminkten Würgemalen, die heute, wie erwartet, fast völlig verblasst waren, geradezu lachhaft. Wenn Dörte in Hinblick auf die Freundinnen gelogen hatte, gab es dafür einen Grund. Hatte sie was mit dem Tod der anderen zu tun? Musste Nina sich vorsehen, war sie in Gefahr? War es das, was Freddy andeuten wollte?

Gleich würde Dörte zurückkommen.

Heute Abend wären sie beide ganz allein im Haus. Nachtruhe in benachbarten Zimmern. Falls Nina es nicht vorzöge, noch einmal bei Isabell zu schlafen oder auf andere Weise Vorsorge für ihre Sicherheit zu treffen.

*Hat sie keine Verwandten oder andere Freunde, bei denen sie unterschlüpfen könnte?* Diese Frage, die Pilar ihr gestellt hatte, schien Nina zuerst wenig hilfreich, doch mittlerweile sah das anders aus: Da war der Freund, den Dörte am Krankenbett besuchte, der würde gesund werden, und wenn er Dörte liebte, nahm er sie bestimmt gern bei sich auf, möglicherweise sofort, da seine Wohnung vermutlich frei war, während er in der Klinik lag. Man musste nur mit ihm reden und ihn bitten, sie ausdrücklich einzuladen, sonst konnte es nicht klappen. Vielleicht wusste er nicht einmal, dass Dörte eine Bleibe brauchte.

In Sekundenschnelle entstand in Ninas Kopf ein Plan: Sie wollte Dörte, die zu Fuß ging und sicher noch nicht weit gekommen war, heimlich folgen, würde sehen, in welchem Gebäude, welcher Station und welchem Zimmer sie verschwände, und später selbst hineingehen, wenn Dörte es verlassen hätte und sich auf dem Rückweg befände.

Und was, wenn sich herausstellte, dass Dörte auf keinen Fall bei diesem Freund wohnen wollte? Dann musste man sich was anderes einfallen lassen. Egal, jetzt erst mal los! Nina nahm ihre Umhängetasche vom Haken und überprüfte, ob Schlüssel, Geldbeutel und Handy darin lagen. Auf dem Rückweg könnte ich was fürs Abendessen besorgen, überlegte sie, obwohl sie noch nicht fest entschlossen war, die Nacht zu Hause zu verbringen. Vorsorglich griff sie nach ihrer roten Einkaufstasche, in der sich, wie praktisch, sogar eine Plastiktüte befand, die sie für Obst oder Gemüse benutzen konnte.

Sie rannte aus dem Haus und ließ die Tür hinter sich zufallen. Dörte hatte gesagt, sie wolle über den Kiefernweg zur Hauptpforte der Kliniken gehen. Und richtig, am Ende der Grünanlage, deren Rasenflächen sich von der Sertürnerstraße zum Kiefernweg erstreckten, erblickte Nina die dürre Figur mit der prächtigen fuchsroten Mähne, die ihr mittlerweile so verhasst war.

Erik Dröbel fluchte. Mehr als zwei Stunden hatte er im Auto ausharren müssen, bis die Tusse aus dem Haus kam! Und er hätte ihr locker folgen können, wenn nicht ein Möbelwagen die halbe Fahrbahn versperrt hätte und drei junge Typen irgendwelche Probleme mit dem Ausladen einer Schrankwand gehabt hätten. Als er den BMW endlich durch den Engpass lenkte, war der Rotschopf nicht mehr zu sehen.

Im Kiefernweg hielt Dröbel an. Wo war sie? In welche Richtung war sie ihm entkommen? Wald? Kirche? Grünanlage? Uni-Klinik? Die Frau trug rosa-weiße Flip-Flops, so ging kein Mensch in den Wald, und nach einem Kirchenbesuch sah sie nun wirklich nicht aus. Auch die Grünanlage würde sie kaum locken, da das Haus, aus dem sie gekommen war, einen Garten hatte, der vermutlich schöner war. Blieb als wahrscheinlichstes Ziel die Uni-Klinik mit ihren unzähligen Gebäuden, Eingängen und Etagen.

Scheiße!

Zunächst musste er hinter dem schneckengleichen Linienbus herfahren, der gerade vorbeikam. An Überholen war nicht zu denken. Dröbel gab maßvoll Gas. Kurz vor der Einmündung in die Sigmund-Freud-Straße erspähte er eine Parklücke. Er setzte rückwärts hinein, sprang aus dem Wagen und eilte los. Hat nicht viel Sinn, dachte er, während er an der Klinikmauer der Einfahrt zustrebte. Dort herrschte nicht viel Verkehr. Ein paar Autos, wenige Fußgänger, aber die meisten verließen das Gelände bereits. Samstagabend, da wollte niemand lange in Räumen herumhängen, die nach Krankheit, Desinfektion und Blut rochen.

Dröbel gelangte zu einer Kreuzung. Was nun? Zum Bettenhaus, zur Augenklinik, zur Neurologie, Chirurgie, Frauenklinik oder zu einem anderen Kasten, in dem wer weiß was für Leiden untergebracht waren? Blödsinnig, zu hoffen, dass da irgendwo und irgendwann ein rostroter Schopf in seinem Blickfeld auftauchte. Dennoch ging er weiter, als wüssten seine Füße es besser als sein Kopf. Er wandte sich nach links, weil er das seit seiner linksextremen Phase immer so hielt, wenn er die Richtung wählen musste.

Dumme Angewohnheit.

Aber so unsinnig war die Aktion vielleicht doch nicht. Er hatte in seinem Leben so viele Treffer gelandet, warum nicht auch diesmal? Wenn er die Frau entdeckte, konnte er so tun, als liefe sie ihm rein zufällig über den Weg, und begeistert ausrufen: *Das nenne ich Schicksal!* Er kam gut an bei Frauen, selbst bei den spröden, wäre doch gelacht, wenn er sie anlässlich einer jähen, schicksalhaften Begegnung nicht überreden könnte, mit ihm essen zu gehen, zum Beispiel im Dorint-Hotel, auf der Terrasse mit der hübschen Aussicht aufs Siebengebirge. Bei Wein und exquisiten Speisen ließ sich spielend alles Mögliche herausbekommen. Zum Preise eines kleinen Abendessens konnte er in Erfahrung bringen, woran er war. Das Weitere würde sich finden. Von so einer ließ er sich nicht die Zukunft in Stücke schlagen, so viel war sicher.

Dröbel war so in Gedanken versunken, dass er beinah mit einer Frau in einer geblümten Bluse zusammenstieß, die mit einer roten Leinentasche dicht an ihm vorbeieilte.

»Pardon«, murmelte er.

Das Blumenmuster!, durchfuhr es ihn zugleich. Er kannte es von dem Arm, der dem Rotschopf die Tür am Reihenhaus geöffnet hatte. Es war dasselbe. Die Frau musste Gregors bessere Hälfte sein. Die hatte er sich ganz anders vorgestellt: hager und asketisch, nicht so weiblich geformt. Was machte die hier?

Die Geblümte beachtete ihn nicht und hastete weiter. Sie hielt auf einen zurückliegenden Gebäudeteil zu, über dessen Eingang in großen Lettern *Chirurgisches Zentrum* stand. Und da sah er sie, die rostrote Haarpracht, für einen kurzen zündenden Augenblick, bevor sie hinter der Glastür verschwand.

Bingo! Dorthinein! Er war ein Glückspilz, er würde sie treffen.

Als das Abendessen, das Ansgar bis auf zwei Scheiben Wurst verschmäht hatte, abgeräumt war, verließ Ludger seinen schweigsamen Bruder. Dessen gedrückte Stimmung schlug ihm schrecklich aufs Gemüt und hatte ihn schließlich auch selbst verstummen lassen. Wenn er nur wüsste, wie er ihm helfen könnte, richtig und nachhaltig, damit sich grundsätzlich etwas änderte!

Er stieg die breite Treppe hinunter und ging durch den Flur mit den Oberarztzimmern zur Eingangshalle. An deren Ende fiel ihm ein fuchsrotes Leuchten auf, nicht weit von der Pforte, wo die Dame hinter der Glasscheibe damit beschäftigt war, einer Gruppe verschleierter Frauen irgendwas zu erklären. Wartete Dörte dort, hatte sie vielleicht den Namen der Station und die Zimmernummer vergessen? Ludger konnte ihr beides noch mal sagen, spürte aber einen starken Widerwillen, auf sie zuzugehen. Während er noch zögerte, kam Dörte rasch näher.

Ich will ihr nicht begegnen, entschied er überstürzt, öffnete die Toilettentür zu seiner Rechten und schlüpfte hindurch. Er schloss sie nicht ganz, sondern ließ einen Spalt offen, um hindurch zu spähen. Das rhythmische Schlappen der Flip-Flops an ihren Füßen kündigte sie an und wurde lauter, als sie vorbeiging. Ludger wartete zwei, drei Sekunden und verließ dann die Toilette. Dörte ging nicht durch den Flur, den er selbst entlanggekommen war, sie bog ab und stieg eine schmalere Treppe hinauf. Er sah ihre krause Haarmähne über dem mageren, von einem neongrünen Topp bekleideten Rücken, ihre dünnen weißen Beine unter dem kurzen Rock aus orangefarbenem Knitterstoff, die abgewetzte Ledertasche, die am Riemen von ihrer knochigen Schulter herabhing, und die ruckartige Bewegung ihres Kinns, als sie um die Kehre bog.

Ludger fühlte beißenden Hass in sich aufsteigen. Er blieb am Fuß der Treppe stehen und atmete tief durch, um wieder ins Lot zu kommen. Immerhin war Dörte seiner Bitte gefolgt, Ansgar zu besuchen. Der würde sich tierisch freuen. Dass sich etwas ändern würde, glaubte Ludger jedoch nicht mehr. Er neigte jetzt zu der Ansicht, dass Ansgar den Besuch als erneuten Beweis ihrer Liebe auslegte, gleichgültig, wie Dörte sich verhielt und was sie sagte.

Eine brünette Frau in geblümter Bluse, die eine rote Leinentasche im Rhythmus ihrer Schritte schwenkte, eilte an Ludger vorbei die Treppe hoch. Anscheinend bekamen noch andere um diese Zeit Besuch. Die Frau meinte er unlängst schon einmal gesehen zu haben, in der Praxis oder ganz woanders, er wusste es nicht. Einige Meter hinter ihr kam ein Mann in einem grauen Anzug, etwas später einer mit kurzem Vollbart in Jeans, dunklem Sakko und schmalen Dandy-Slippern. Als auch der sich nach oben entfernte, betrat Ludger die Stufen, blieb aber auf der dritten stehen, unentschlossen, ob er Dörte folgen sollte. Ja oder nein? Es bringt nichts, sagte er sich. So genau konnte man das allerdings nicht wissen.

Kurz entschlossen tat er etwas, wovon er bisher angenommen hatte, dass es unter seiner Würde wäre: Er zog ein Zehn-Cent-Stück aus der Hosentasche und warf es in die Luft, um es mit der flachen Hand aufzufangen. Brandenburger Tor hieß ja, Zahl hieß nein.

207

# ELF

Entgegen ihrer Gewohnheit ließ Margot am Montagmorgen die Tageszeitung zugeklappt auf ihrem Frühstückstisch liegen. Heute war ihr nicht nach lokalen Nachrichten oder Neuigkeiten aus aller Welt. Sie musste nachdenken. In ihrem Alter fiel das nicht immer leicht, und es brauchte seine Zeit. Sie hatte bereits am Sonntag überlegt, ob sie Werner nicht doch anrufen und das heikle Thema anpacken sollte. Sie hätte gern einen Weg gefunden, ihm zu versichern, dass er vor seiner alten Tante keine Geheimnisse zu haben brauchte. Sie würde ihn immer lieben, so wie er war, sollte er auch schwerwiegende Fehler begangen haben, und selbstverständlich würde sie ihn weder verraten noch enterben.

Als das Telefon läutete, fuhr sie zusammen. Wenn das nun Werner war … Ihre Überlegungen waren noch nicht abgeschlossen.

Es meldete sich Edith. »Guten Morgen, liebe Margot. Hast du schon Zeitung gelesen?«

»Nein.«

»Dann schlag den Lokalteil auf.«

»Ich hab jetzt keine Zeit dazu.«

»Das hast du schnell. Es nicht zu übersehen. Fast eine ganze Seite. Ich bin heilfroh, dass ich da raus bin.«

»Wo bist du raus?«

»Aus der Uni-Klinik.«

»Ist dort was passiert?«

»Ich bin inzwischen in der Kaiser-Karl-Klinik zur Reha und weiß nur, was in der Zeitung steht.«

»Nun sag schon, Edith.«

»Im Chirurgischen Zentrum ist jemand zu Tode gekommen.«

»O je! Falsche Spritze? Narkosefehler? Murks bei der Operation?«

»Margot, die Bonner Universitätskliniken gehören medizinisch zum Besten, das wir in Deutschland haben«, sagte Edith auf ihre

208

belehrende Art, die Margot nicht mochte. »Dort passiert so was nicht. Nein, der Fall liegt ganz anders.«

Edith holte hörbar Luft, als wollte sie noch etwas hinzufügen. Aber sie schwieg. Bis Margot die Geduld verlor.

»War es ein Unfall? Eine Vergiftung? Eine Gewalttat?«

»Lies es selbst, Margot. Ich muss jetzt zur Physiotherapie. Wir sprechen uns später.«

Margot setzte ihre Lesebrille auf. Mit Schaudern schlug sie die Zeitung auf und blätterte. Sie fand die richtige Seite auf Anhieb. Ein großes Foto vom Eingang des Chirurgischen Zentrums. Sie überflog die Überschrift und die ersten Zeilen. Kein Unfall. Ein Verbrechen. Das Opfer war am Samstagabend zum letzten Mal gesehen worden. Gefunden wurde es am Sonntagmorgen in einem Flur im zweiten Stock. Margot stockte der Atem. *Verbindungsgang zwischen zwei Treppenhäusern.* Der Gang, vor dem sie selbst zurückgescheut war, der musste es sein. Ihr Blick traf auf ein kleines Bild unterhalb des Textes, anscheinend die Kopie eines Passfotos.

»Nein!«, entfuhr es ihr laut. »Nein!«

Sie schüttelte heftig den Kopf, er pendelte von links nach rechts, es ließ sich nicht abstellen. Zugleich brach ihr der Schweiß aus. Ein Gefühl von Schuld drückte schwer auf ihre Brust.

Ihre Befürchtungen waren grausame Wirklichkeit geworden.


Eine große, schlanke Dame in den Sechzigern trat an den Biostand und wünschte einen guten Morgen.

»Ziemlich zugig heute für Sie.«

»Geht noch«, erwiderte Freddy. »So ein bisschen Sommerwind ist mir ganz angenehm, Frau Breuer.«

»Fünf Grünkernfrikadellen, bitte.«

»Hatten Sie einen schönen Urlaub?«

»Es war herrlich! Die Azoren sind unübertroffen. Aber …«

Freddy legte die vegetarischen Frikadellen auf ein Papptablett. Er fühlte sich unbehaglich. Ahnte Frau Breuer, dass jemand auf ihrer Terrasse gewesen war?

»Aber?«, fragte er vorsichtig.

Frau Breuer seufzte. »Vielleicht liegt es ja am Bonner Klima. Es ist wieder so schwül.«

Wahrscheinlich hat sie gemerkt, dass nebenan dicke Luft herrscht, mutmaßte Freddy. Andererseits konnte es so schlimm nicht sein, da Nina ihm versprochen hatte, ihn sofort anzurufen, sobald die Lage kritisch wurde.

»Kaum ist man zu Hause«, fuhr Frau Breuer fort, »gibt es nur noch schlechte Nachrichten.«

Freddy schlug einen Bogen Butterbrotpapier um die Frikadellen und reichte ihr das Päckchen. Sie griff in ihre Handtasche, zögerte aber, das Portemonnaie herauszuholen.

»Noch ein Körbchen Erdbeeren zum Nachtisch?« Freddy lächelte sie aufmunternd an.

Sie schüttelte den Kopf, nahm den Geldbeutel aus der Tasche und zog einen Schein heraus. »Ich kann an nichts anderes denken. Heutzutage ist man nirgends sicher. Nicht einmal bei uns auf dem Venusberg.«

Freddy zählte das Wechselgeld ab. »Ist was im Wald passiert?« Er blickte auf und begegnete ihrem verwunderten Blick.

»Sie wissen Sie es noch nicht? Es steht groß in der Zeitung und kam durch die Nachrichten.«

»Mein Tag begann mit einem Besuch beim Kinderarzt.« Er legte die Münzen in ihre Hand. »Mein Kleiner hat Husten.«

»Ein Mord in der Uni-Klinik! In der Chirurgie. Die Schwester, die den Leichnam gefunden hat, steht unter Schock. Von den Gerüchten, die in Umlauf sind, will ich gar nicht reden.«

Auf die Gerüchte war Freddy auch nicht scharf. Und für die Tatsachen gab es bessere Quellen. Während Frau Breuer sich entfernte, nahm er sein Smartphone zur Hand und klickte sich in der Online-Ausgabe des Bonner General-Anzeigers zu dem Bericht über den Leichenfund im Chirurgischen Zentrum durch. Geschildert wurden die allgemeine Aufregung, die umfangreiche Spurensuche der Polizei, das Fehlen von Tatzeugen und der Schock der

210

Krankenschwester, die am Sonntagmorgen ein Bett aus dem Gang schieben wollte und darunter die Leiche entdeckte.

Freddys Blick fiel auf das kleine Foto am unteren Rand des Artikels.

Die Tote war Dörte.

In seinem Kopf schoss alles wild umeinander: Worte, die Dörte gesagt, Einzelheiten, von denen Frau Mohn gesprochen, Szenen, von denen Nina berichtet hatte. Jäh erschien alles in neuem, grellem Licht: die Streiterei der Frauen, die Streiche der Mädchen, der Typ aus der Kellerwohnung, der Fahrer des schwarzen Zafira und der Passant im grauen Anzug, der Frau Mohn aufgefallen war.

Andere Kunden traten an den Stand. Freddy riss sich zusammen. Während er Salatköpfe, Möhren, Spargel, Kräuter, Kartoffeln und Vollkornprodukte umweltfreundlich verpackt über den Tisch reichte, Geldstücke und Scheine entgegennahm und Wechselgeld zurückgab, wuselten allerlei Fragen durch seinen Kopf: Wie konnte das passieren, und wie war es geschehen? Wer war der Täter, welches sein Motiv?

In seiner Hosentasche meldete sich sein Handy mit *In the ghetto*. Der Kunde, den er gerade bedient hatte, drehte ihm bereits den Rücken zu, und da kein weiterer sich näherte, hob Freddy ab. Es war Nina.

»Du weißt es schon, Freddy?« Sie wartete seine Antwort nicht ab. »Die Polizei war gestern hier. Sie hatten Dörtes Auto gefunden und geklingelt. Ich war noch im Nachthemd!«

»Warum hast du mich nicht angerufen?«

»Ich wollte mit niemandem mehr reden und hab mich ins Bett verkrochen, nachdem sie mich stundenlang befragt, das Gästezimmer durchsucht und sich das ganze Haus angeschaut hatten. Und ich musste mit aufs Präsidium, um meine Zeugenaussage zu Protokoll zu geben. Ja, Freddy, noch bin ich Zeugin, aber ich spüre, dass sie mich in Verdacht haben. Ich hab ja alles, wirklich alles, freimütig erzählt!«

»Was meinst du mit *alles*?«

»Den ganzen Ärger mit Dörte. Und ich hab deutlich gesehen, was sie dachten: *Die Frau war eifersüchtig und hatte Angst, dass die andere ihr den Mann ausspannt.* Klassisches Mordmotiv.«

»Da muss aber noch mehr hinzukommen«, sagte Freddy.

»Ich hab nicht den Hauch eines Alibis, es ist sogar noch schlimmer: Ich bin Dörte gefolgt.«

»In die Chirurgie?«

»Dörte wollte einen Patienten besuchen und behauptete, dass der sie liebt. Da hab ich mir gedacht, den Mann frag ich, ob er sie aufnimmt. Ist das nicht bekloppt? So verrückt bin ich geworden, weil ich sie unbedingt loswerden wollte!« Nina stöhnte auf. »Und nun bin ich sie losgeworden.«

»Bist du ihr ins Patientenzimmer gefolgt?«

»Nein, als ich die Treppe hoch ging, kam mir mein Vorhaben, einem wildfremden Menschen zu erzählen, ich bräuchte eine Unterkunft für Dörte, total albern vor. Ich wollte mit ihr selbst darüber reden, dass sie zu ihm ziehen könnte.«

»Du bist also umgekehrt.«

»Das nicht. Ein paar Meter hinter mir ging ein Mann, und deshalb wollte ich nicht so tun, als hätte ich die falsche Treppe erwischt. Aber im ersten Stock ist eine Verbindung zum Notfallzentrum. Ich bin hinübergegangen und hab den dortigen Ausgang benutzt.«

»Und der Mann ist die Treppe ins nächste Stockwerk hochgegangen?«

»Ich glaube schon.«

»Wie sah er aus?«

»Keine Ahnung, ich hab ihn kaum angeschaut. Er hatte einen Anzug an, das fiel mir auf. Und beide Hände in den Hosentaschen.«

»Farbe des Anzugs?«

»Irgendwas Unauffälliges.«

»Grau?«

»Kann sein.«

Freddy war wie elektrisiert. Der Mann im grauen Anzug, den Frau Mohn gesehen hatte …

»Vielleicht war das der Täter, Nina!«

»Das war eher ein ganz normaler Besucher.«

»Hast du es der Polizei gesagt?«

»Klar, aber es kommt noch schlimmer mit den Indizien gegen mich. Ich hatte eine Einkaufstasche dabei, in der eine dünne Plastiktüte lag. Auf dem Heimweg merkte ich, dass die Tüte weg war. Unterwegs verloren. Wahrscheinlich hab ich die Tasche zu doll geschwenkt, sie ist oben offen, da kann was rausrutschen. Ich war in Gedanken und hab nicht darauf geachtet. Und genau die gleiche Tüte haben die Kriminalbeamten in unsrer Küche entdeckt, die gab's früher beim Bäcker, ich hab noch mehr davon. Aus ihren spärlichen Äußerungen war herauszuhören, dass so eine durchsichtige Tüte bei dem Mord eine Rolle spielt. Freddy, wenn der Täter meine Tüte gefunden hat und damit …« Nina schluchzte auf. »Wäre ich nicht so schusselig, würde sie noch leben!«

»Wer morden will, tut das auch ohne Tüte.«

Freddy versuchte, sich einen möglichen Ablauf vorzustellen: Nina in der Klinik mit der Tasche. Die Tüte rutscht heraus und gleitet zu Boden, der spätere Mörder hebt sie auf und steckt sie ein. Nina biegt auf der ersten Etage ab, der Mann folgt Dörte weiter hinauf. Er hält die Hände in den Hosentaschen, um zu verbergen, dass er Handschuhe trägt. Sein Vorsatz, Dörte umzubringen, ist bereits gefasst. Warum in der Klinik? Das schien sonderbar.

»Stand der dunkle Typ mit dem Fahrrad am Samstag an der Ecke bei euch?«

»Nein, der war schon am Freitag nicht da. Aber das ist gleichgültig, Freddy. Ich merke, dass alle denken, ich sei die Mörderin! Als ich zum Bäcker ging, standen auf der Straße drei Nachbarinnen, die ich selten sehe, und sie verstummten plötzlich. Alle scheinen mit einem Mal zu wissen, dass die Ermordete bei uns wohnte und es Krach gab. Obwohl sich hier sonst kaum einer um den anderen schert!«

Ein älteres Ehepaar trat an den Stand und beäugte die duftende Auslage.

»Hast du dich am Samstagabend nicht gewundert, dass sie nicht zurückkam?«, raunte Freddy ins Handy.

»Zuerst war ich froh, dass sie so lange wegblieb. Ich hab die Zeit genutzt, um das Wohnzimmer in den alten Zustand zu bringen und Dörtes Bilder zu entfernen. Später habe ich gehofft, dass sie für immer fort ist.«

»Ohne ihr Auto und ihre Sachen mitzunehmen?«

»Ich hab mir in meinem Hass immer die unwahrscheinlichsten Vorfälle erhofft: dass sie ein Auto überfährt, dass sie an einer Fischgräte erstickt oder ihr ein Dachziegel auf den Kopf fällt. Jetzt kommt es mir so vor, als hätte jemand meinen geheimen Wunsch erraten und erfüllt.«

»Oh.« Freddy war ein bisschen irritiert, und Nina schien das zu bemerken.

»Das waren nur so Fantasien«, sagte sie hastig. »Ich hab das nicht wirklich gehofft.«

Aber merkwürdig ist es schon, dachte Freddy.

An den Stand trat eine weitere Kundin. Ihre Tasche stieß gegen den Verkaufstisch, zwei Saftflaschen fielen um wie getroffene Kegel. Freddy nahm es kaum wahr. Vor seinem inneren Auge tauchten schemenhafte Gestalten auf, die Nina einen Gefallen tun wollten und beherzt zur Tat schritten: der Ehemann, der erwachsene Sohn, Freunde oder Nachbarn. Oder Nina, die sich selbst einen Gefallen tat – die schlimmste aller Möglichkeiten. Er mochte Nina, und die Vorstellung, dass sie sich womöglich hatte hinreißen lassen, ihr Lebensglück durch ein Verbrechen zu zerstören, war unerträglich. Darüber hinaus fühlte er sich schuldig, weil er ihr zugeredet hatte, nach Hause zurückzukehren, was vielleicht ein Fehler gewesen war. Doch im Moment blieb ihm nichts anderes übrig, als sich von ihr zu verabschieden. Er musste sich um die Kunden kümmern, die bereits an den Erdbeeren herumfummelten.

214

Margot war elend zumute, sie konnte sich nicht beruhigen. Unliebsame Gedanken durchzuckten sie wie Blitze, es hörte nicht auf. Hätte sie sich mehr einmischen müssen, wäre es ihre Pflicht gewesen? Hätte sie alles, was sie gesehen und gehört hatte, sofort der Polizei berichten müssen? Hätte sie damit Dörtes Tod verhindern können? Musste sie sich jetzt bei der Polizei melden?

Sie sah sich bereits vor einem griesgrämigen Kommissar im Polizeipräsidium sitzen. Mit der Kriminalpolizei hatte sie noch nie zu tun gehabt, sie wusste nicht, ob sie einen dort arrogant, streng oder nachsichtig behandelten, war sich aber sicher, was sie zu hören bekäme: *Warum kommen Sie erst jetzt?* Diese Frage über sich ergehen zu lassen, war schlimm genug, aber die Vorstellung, auch noch schildern zu müssen, dass sie unbefugt eine fremde Terrasse betreten hatte, trieb ihr die Schamröte ins Gesicht.

Nein, sie konnte sich nicht dazu entschließen – noch nicht. Hätte sie sich an jenem Nachmittag im Bus nicht dazu hinreißen lassen, Dörte zu folgen, hätte sie schließlich überhaupt nichts beobachtet! Außerdem brauchten die Vorgänge in und vor Ninas Haus nichts mit Dörtes Tod zu tun haben. Dörte konnte Kontakte zu Drogenhändlern, zur Zuhälterszene, zur russischen Mafia und anderen Kriminellen gepflegt haben, was wusste man denn von ihr? Nur, dass sie aus Berlin kam. In einer Millionenstadt war ja alles möglich. Vielleicht war ein Berliner ihr nachgereist, weil es unauffälliger war, sie in Bonn zur Strecke bringen, wo niemand ihn kannte und alles für einen hiesigen Täter sprach. Dieser Gedanke gefiel Margot.

Dennoch hielt sie nichts mehr im Haus, sie musste mit jemandem reden und möglichst nicht am Telefon. Aber mit wem? Zu durcheinander, um sich darüber klar zu werden, wer in Frage kam, zog sie ihren Mantel über, nahm nach einem Blick zum Himmel ihren Stockschirm aus dem Ständer und verließ das Haus. Sie ging mal durch diese, mal durch jene Straße. Die eben noch düstere Wolkendecke riss auf, die Sonne brach hervor und blendete ihre Augen. Margot kam sich albern vor mit ihrem Schirm. Während sie in den verkehrsreichen Bonner Talweg einbog und noch überlegte, ob sie generell zu pessimistisch sei, regte sich in ihrer Handtasche der Kaiserwalzer. Sie blieb stehen und kramte nach ihrem Handy.

»Ja, bitte?«

»Hier ist Freddy Stieger. Sie wissen es wahrscheinlich schon, Frau Mohn.«

»Ja«, seufzte sie.

»Hier geht das Gerücht um, es müsse ein Eifersuchtsmord sein.«

»Sie meinen, Nina habe Dörte …?« Margot war geradezu empört. »Unmöglich!«

»Ich sag nur, was anscheinend viele denken.«

»Das ist Unfug.« Mit einem Mal verblasste die Vorstellung von Berliner Unterwelt in Margots Kopf. Nein, ihre alte These war die richtige, ob der Detektiv nun anderer Meinung war oder nicht. »Ich bleibe dabei, Herr Stieger: Der Mörder ist jemand aus der Vergangenheit. Irgendwas hat ihm das Scheitern seines Lebens vor Augen geführt und ihm klargemacht, dass sein Unglück mit den Verunglimpfungen durch die Mädels begann. Vielleicht hat er sich schon lange mit der Idee getragen, die vier auszulöschen, und erst nach reiflicher Überlegung zugeschlagen. Jetzt fehlt nur noch eine. Nun ist Nina dran.«

»Was könnte das denn sein, was seinen Hass derart entfacht hat, dass er die ganze Bande nach so langer Zeit vernichten will?«

»Sie sind Detektiv, Herr Stieger, Sie können das herauskriegen.«

»Das ist Aufgabe der Polizei.«

»Die braucht viel zu lang. Er kann Nina schon heut oder morgen erwischen.«

»Die Polizei hat bessere Möglichkeiten. Auch zu Ninas Schutz. Haben Sie Ihre Beobachtungen gemeldet?«

»Nein.«

»Dann sollten Sie das so rasch wie möglich tun, am besten sofort. Wenn Sie glauben, Nina sei in Gefahr, dürfen Sie keine Zeit verlieren.«

216

»Jajaja«, sagte Margot gereizt. Wie schrecklich, so was mitten auf der Straße zu erörtern!

Nachdem sie aufgelegt hatte, behielt sie ihr Handy noch eine Weile in der Hand. Fast hoffte sie, dass noch jemand anriefe. Sie fühlte sich allein und überfordert. Aber das Handy schwieg. Sie schob es zurück in die Handtasche und drückte gerade den Verschluss zu, als sie in ihrem Rücken das Rappeln der sich nähernden Straßenbahn vernahm. Vor sich erblickte sie das gelbe Schild der Haltestelle, und in ihrem Kopf hallten die Worte des Detektivs. Keine Frage, sie musste einsteigen und zum Polizeipräsidium fahren. Und sie hatte Glück, stellte sie fest, als die Bahn vor ihr hielt, es war die Linie, die auf die andere Rheinseite nach Ramersdorf fuhr, wo das Präsidium seinen Sitz hatte.

Sie stieg ein und fand einen freien Platz. Doch je näher sie ihrem unbekannten Ziel kam, umso unsicherer wurde sie. Dass für Mordfälle das Präsidium zuständig war, wusste sie, aber konnte man da einfach so hineinschneien? Würde man sie überhaupt vorlassen? Hätte sie erst anrufen müssen? Und wie redete man die Beamten an?

Als sie aus der Bahn stieg, ließ sie sich von einem vorbeischlendernden Pärchen den Weg erklären, und kurz darauf sah sie an der Menge der abgestellten blau-silbernen Polizeiautos, dass sie richtig war. Sie betrat das Gebäude mit der breiten Fensterfront durch eine gläserne Tür, und drinnen war alles ganz anders, als sie sich vorgestellt hatte: hell und von Licht durchflutet, freundlich und menschlich. Eine Frau in blauer Uniform sprach sie liebenswürdig an, und nachdem Margot erklärt hatte, sie habe eine Meldung in der Mordsache Dörte Flauscher zu machen, nickte die Beamtin und telefonierte mit jemandem. Es war nicht aufregender, als sich beim Friseur zum Waschen, Schneiden und Legen anzumelden. Nur die vielen Uniformen, die den Eingangsbereich durchquerten, waren ungewohnt.

Margot musste nicht lange warten, bis sie von einer anderen Beamtin, die einen hellen Hosenanzug trug, abgeholt und in einen Raum im ersten Stock geführt wurde. Ein hünenhafter Mann, ebenfalls in Zivil, der sich als Oberkommissar Möller vorstellte, bat sie, Platz zu nehmen. Nachdem er ihre Personalien aufgenommen hatte, sagte er:

»Sie sind zu uns gekommen, um eine Zeugenaussage zu machen.«

»Ach, ich bin keine Zeugin, ich kannte Dörte nur von früher und habe keine Ahnung, wie sie ...« Margot kam sich plötzlich klein, alt und hutzelig und sogar ein wenig lächerlich vor.

»Sie sind keine Tatzeugin, meinen Sie. Aber irgendwas haben Sie uns zu berichten?«

»Ich wollte Sie bitten, Nina Pützen Personenschutz zu gewähren. Sie war eine Freundin der Toten und ist in Gefahr.«

Der Kommissar runzelte die Stirn, aber das störte Margot nicht, sie war jetzt im richtigen Fahrwasser. Sie erzählte von den ehemaligen Freundinnen und ihren Streichen in der Weberstraße. Der Kommissar blickte sie die ganze Zeit an, schien ein Grinsen zu unterdrücken und gähnte mehrmals. Die Beamtin, die hinter einem Bildschirm saß, verzog keine Miene und schrieb anscheinend jedes Wort mit. Was für Kinderkram, dachten die zwei wahrscheinlich. Selbst Margot kamen die Gemeinheiten, über die sich damals die ganze Nachbarschaft aufgeregt hatte, nur noch halb so schlimm vor. Die Polizei war anderes gewohnt.

Was ihre Beobachtungen auf dem Venusberg anging, so wich Margot geringfügig von der Wahrheit ab, damit sie nicht allzu schlecht dastand. Ihren persönlichen Anteil reduzierte sie auf ein paar zufällige Umwege und ihr gutes Gehör, das von der Straße bis zu den offenen Fenstern reichte, und dabei verhedderte sie sich. Sie hatte den Streit zwischen den Frauen nicht erwähnen wollen und es nun doch getan.

»Machen Sie sich keine Sorgen«, sagte der Kommissar. »Ihren Hinweisen gehen wir nach, und das Haus auf dem Venusberg und seine Bewohner haben wir selbstverständlich im Blick.«

Er betonte den letzten Halbsatz auf sonderbare Weise, und

218

Margot begriff, was er meinte: Die Polizei beobachtete Nina und ihr Umfeld sowieso. Nina war verdächtig.

»Aber Frau Pützen kann es nicht gewesen sein!«, rief Margot spontan aus. »Wenn Sie die Eltern Pützen und Nina als Kind gekannt hätten, kämen Sie nicht mal auf die Idee!«

»Vielleicht haben Sie Recht, liebe Frau Mohn, aber nebenbei gesagt: Manch ein überführter Straftäter war ein kreuzbraves Kind aus gutem Hause.«

»Sie missverstehen mich! Nina war nicht brav, hatte aber einen offenen Blick und sympathische Eltern, war fleißig, zielstrebig ...«

Möller erhob sich und streckte ihr seine große Hand entgegen. Margot sah sich gezwungen, aufzustehen.

»Es gibt sicher keine Beweise gegen sie«, sagte sie und schielte zu ihm hoch, in der Hoffnung, er werde eine Information preisgeben.

»Herzlichen Dank, dass Sie sich herbemüht haben«, sagte er nur und legte die Blätter mit ihrer gedruckten Aussage zur Unterschrift vor sie hin. »Sollten wir noch eine Ergänzung brauchen, melden wir uns bei Ihnen.«

Damit war sie entlassen.

Als sie wieder auf der Straße war und zur Bahnstation ging, um zurück in die Südstadt zu fahren, rotierten ihre Gedanken. War es Unfug, dass sie einen Täter aus der Vergangenheit vermutete? War Nina womöglich mehr zuzutrauen, als sie gedacht hatte? Die Gewissheit, der Polizei ein paar Indizien geliefert zu haben, die den Verdacht gegen Nina erhärteten, machte ihr fürchterlich zu schaffen und begleitete sie bis zu ihrer Haustür in der Weberstraße.


Freddys Schicht am Biostand endete gegen drei Uhr. Florian, ein Landwirtschaftsstudent, erschien pünktlich zur Ablösung. In der Buchhandlung brauchte man Freddy heute nicht, und der kleine Justus war in der Obhut von Birgits Mutter. Kostbare Zeit, die sich nutzen ließ. Freddy schwang sich aufs Fahrrad und fuhr zum Chirurgischen Zentrum. Eine kurze Strecke, wenige Minuten.

In der Eingangshalle sah er sich um. Es war im zweiten Stock passiert, hieß es in dem Zeitungsbericht. Vielleicht war der Gang noch polizeilich abgesperrt. Doch Freddy ging es nicht darum, den Tatort zu sehen. Eine Antwort auf die Frage, wie es geschehen war, erschien ihm dringlicher. Von der Todesart berichtete die Zeitung nichts, das sollte wohl Polizeigeheimnis bleiben, es war nur von einer *Gewalttat* die Rede. Damit unterschied Dörtes Tod sich von Ingas und Utes Sterben, das in beiden Fällen einen Unglücksfall nahelegte. Und dieser Unterschied sprach gegen die These der alten Dame.

Warum sollte ein Täter seine Taktik ändern, wenn sie schon zweimal erfolgreich war? Hatte er es satt gehabt, seine Morde als Unglücksfälle zu tarnen? Wahrscheinlich handelte es sich bei Dörtes Mörder schlicht um einen anderen Täter.

Der Flur im Parterre, den Freddy entlangging, verbreiterte sich und führte auf eine Treppe zu. Freddy stieg hinauf, und während er noch überlegte, mit welchen Tricks sich möglichst viel über die Auffindung der toten Dörte erfahren ließe, kam ihm von oben eine junge Frau in einem kurzärmeligen weißen Kittelanzug entgegen. Klein, jung, rundes Gesicht, lieb aussehend.

»Ach, Verzeihung«, hielt Freddy sie an. »Ich bin ein guter Freund der Frau, die hier am Wochenende …« Er schluckte so sichtbar, wie es ihm möglich war, und senkte die Stimme zu einem Flüstern herab. »… die hier umgebracht wurde.«

»Oh, mein Gott …«

»Ich wüsste so gern, wie es passiert ist. Ich meine: wie sie gestorben ist.«

»Das – das weiß ich nicht. Ich hatte keinen Dienst.«

»Eine Krankenschwester hat sie gefunden, stand in der Zeitung.«

»Das war die Silke. Die ist krank geschrieben.«

Eine ältere, korpulente Schwester trat durch die Glastür der Station im ersten Stock und kam auf die Treppe zu. Drei Stufen über Freddy blieb sie stehen. Ihre Augen leuchteten auf.

»Ach! Sie sind der Bioverkäufer, hab ich Recht?«

Freddy nickte. Sie grinste breit.

»Ich könnte sterben für Ihre Grünkernfrikas.«

Er lächelte, als hätte er die Frikadellen selbst gewürzt, geknetet und gebraten. Dabei wusste er nicht einmal, was man mit dem Grünkern anstellen musste, damit so leckere Küchlein daraus wurden.

»Er ist ein Freund der Ermordeten«, sagte die jüngere Schwester leise zu der anderen, »und wüsste so gern was darüber.«

»Kein Problem«, meinte die ältere und schob das Blutdruckmessgerät, das sie in der Hand hielt, in ihre Kitteltasche. »Das fällt wohl kaum unter die Schweigepflicht. Sie war ja keine Patientin.«

»Danke«, sagte Freddy und schickte einen Seufzer hinterher, um nicht aus der Rolle des trauernden Freundes zu fallen.

»Ich bin schon was länger im Dienst, da kippt man nicht so leicht um.«

Freddy schenkte ihr einen bewundernden Blick. Die meisten Leute erzählten gern, was sie erlebt haben, aber ein bisschen Aufmunterung schadete nie. Er selbst wäre bestimmt umgekippt.

»Ich hab die Kollegin aufgegabelt, als sie schreiend die Treppe runterkam. Sie war in den Flur da oben gegangen, weil dort ein Bett abgestellt war, das nicht dorthin gehörte. Sie wollte es wegschieben und tja, da lag halt die Tote drunter.«

»Schrecklich«, murmelte Freddy.

»Als sich die Silke auf die Stufen gesetzt und halbwegs beruhigt hatte, bin ich alleine hoch. Ich wusste ja ungefähr, was mich erwartete. Das Bett war abgerückt, und vor der Wand lag die schmächtige Person auf dem Rücken. Ihr Kopf steckte in einer Plastiktüte. Können Sie sich vorstellen, was das für ein Anblick war? Die Tüte war durchsichtig.«

Ninas Tüte, dachte Freddy betroffen. So war das also.

Die Schwester holte tief Luft. Ihre Augen schienen auf einen weit entfernten Punkt gerichtet. Vermutlich hatte sie das Bild der Toten noch genau im Kopf.

»Das Gesicht schimmerte rot-bläulich dadurch, und die Augen waren halb geöffnet, rote Pünktchen drum herum, so weit ich sehen konnte, Stauungsblutungen, die kenne ich. Aber selbst wenn du so viel gesehen hast wie ich, macht es dich fertig, dass da ein Leben so brutal ausgelöscht wurde.«

Ihre üppige Brust hob und senkte sich. Sie blickte Freddy an.

»Entsetzlich«, flüsterte er.

»Die Tüte war unterm Kinn zugebunden. Da hat sie bestimmt nicht mehr gezappelt, sonst hätte der Mörder den Knoten nicht hinbekommen. Und am Hals hatte sie feuerrote Abdrücke. Er hat sie gewürgt, vielleicht nur bis zur Bewusstlosigkeit, wozu hätte er sonst die Tüte gebraucht? Ich schätze, damit hat er sie erstickt. Sah für mich so aus, als hätte er sie tüchtig bestrafen wollen. Die Tüte fand ich schlimmer als die Würgemale. Der wollte noch eins drauf setzen, er muss sie abgrundtief gehasst haben.«

»Und hat riskiert, dass sich jemand den Glastüren nähert und alles sieht.«

»Am Samstagabend ist nicht viel los hier, und man hört schon von weitem, wenn die Aufzugtüren sich öffnen oder jemand die Treppe rauf kommt. Wahrscheinlich war er einfach fix. Ich denk mir, wer töten will, der überlegt nicht lang, ob einer kommen könnte, der macht's einfach.«

»Männer jedenfalls«, meinte die jüngere Krankenschwester. »So was macht nur ein Mann.«

Die andere zuckte mit den Schultern. »Mit genug Wut im Bauch könnt ich mir auch eine Frau vorstellen. Vorausgesetzt, sie ist was kräftiger.«

Nina, dachte Freddy, die hatte Wut. Sie ist größer und stabiler gebaut als Dörte. Wenn es nun wirklich ihre Plastiktüte war … Würde die Polizei ihr glauben, dass sie die Tüte verloren hatte? Glaubte er es selbst? Das dünne Plastik musste doch geknistert haben, als es aus der Tasche glitt, hätte Nina das nicht bemerken müssen? Deutete das auf eine Lüge hin? Hatte sie die Tüte nicht verloren, sondern benutzt?

222

Die ältere Schwester sah ihn forschend an. »Sind Sie anderer Meinung? Sie können das nicht wissen, deshalb sag ich es Ihnen: Wenn eine Frau eine andere hasst, dann aber richtig.«

Sie wusste anscheinend, wovon sie sprach. Die jüngere Kollegin nickte zustimmend.

Freddy trat aus dem Chirurgischen Zentrum, schloss sein Fahrrad auf und schob es neben sich her, während er das Klinikgelände verließ. Mit den vielen Überlegungen im Kopf hielt er es für besser, noch etwas zu Fuß zu gehen statt sofort aufzusteigen.

Wiederum versuchte er, sich einen möglichen Tatablauf vorzustellen: Nina, deren Wut auf Dörte aufs Neue voll entbrannt ist, folgt der Jugendfreundin auf dem Weg zur Klinik und sieht, wie sie den Flur betritt, der einsam und still daliegt. Der Wunsch, sie für immer loszuwerden, wird übermächtig, die Gelegenheit scheint günstig. Sie packt die zierliche Frau, würgt sie, bis sie erschlafft, zieht ihr die Plastiktüte über den Kopf und schiebt den Körper unter das Bett, wo die Bewusstlose erstickt.

Passte es zu Nina, so ein Ding bis zum bitteren Ende durchzuziehen? Und noch eine Frage beschäftigte Freddy: Wer war der Freund, den Dörte im Krankenhaus besuchen wollte, der Mann, der sie angeblich liebte? Freddy kniff die Augen zusammen. Sicher, es konnte ein Unbekannter sein. Andererseits fiel auf, dass Nina den Mann aus der Kellerwohnung am Freitag und Samstag nicht gesehen hatte. Konnte er der kranke Freund sein? Hatte er das Haus beobachtet, weil die geliebte Frau sich darin aufhielt? Hatte er ab Freitag in der Klinik gelegen und Dörtes Besuch erwartet?

Freddy blickte auf seine Armbanduhr. Birgit würde den Kleinen bei ihrer Mutter abholen und bei ihr zu Abend essen, sie würde kaum vor halb acht zu Hause sein. Es war also noch Zeit. Er schwang sich aufs Fahrrad und ließ sich den Venusberg hinunter rollen. Wenige Minuten später schloss er das Rad in der Argelanderstraße an den Zaun des kleinen Vorgartens, den er bereits kannte. Er stieg die schadhaften Stufen der Steintreppe hinab und betätigte die Klingel. Ihr heiserer Ton ging im Lärm des Straßenverkehrs nahezu unter. Er wartete eine Weile und klingelte dann noch einmal. Nichts rührte sich hinter der Brettertür mit der abgeplatzten schmutzig blauen Farbe. Langsam drückte er die Klinke herunter. Die Tür sprang auf.

Das Zimmer dahinter wirkte düster. Zuerst sah Freddy nur ein abgewetztes violettes Sofa. Die Hälfte der Sitzfläche war mit einem Handtuch bedeckt, auf dem ein fetter Kurzhaardackel lag. Das Tier hob den Kopf und gab ein schwaches Knurren von sich. Zugleich vernahm Freddy das Zwitschern von Wellensittichen. Es kam aus dem helleren Teil des Raums zu seiner Rechten. Der Käfig stand vor dem vergitterten Fenster, das den Blick auf den gepflasterten Vorgarten mit den Mülltonnen freigab. Unterhalb der Fensterbank befand sich eine Küchenzeile.

Freddy trat über die Schwelle auf einen fadenscheinigen Teppich mit verblasstem Orientmuster. Er ging in den Raum hinein und sah sich um. Hier wäre Dörte keinen einzigen Tag geblieben, dachte er. Selbst wenn es sich bei dem Bewohner dieser Höhle wirklich um Dörtes Freund handelte, hätten sich Ninas Hoffnungen nicht erfüllt.

»Hallo?«, sagte Freddy.

Der Raum machte einen moderigen Eindruck. Doch von weiter hinten kam Frischluft. Es herrschte Durchzug. Hinter Freddy flog die Eingangstür zu. Seine Augen richteten sich auf die Düsternis im linken Teil des Zimmers. Ganz hinten stand ein Bett. Rechts davon war eine Tür, durch die er in ein winziges Badezimmer mit einem geöffneten Fensterchen blickte, das die Größe eines Herrentaschentuchs hatte. Dahinter war es dunkel, als ob es auf einen Schacht hinausginge.

»Hallo?«, wiederholte er.

Ihm stieg ein Geruch in die Nase. Er ließ an einen ungewaschenen Körper und verschwitzte Klamotten denken. Und hatte seine Quelle irgendwo in Freddys Rücken.

Er wandte sich um.

Neben der Anrichte saß der Mann in einem Sessel. Haare, Bart und Gesichtshaut wirkten dunkler als vor Tagen auf der Straße. Unter dem linken Ärmel seines ausgeleierten Sweatshirts war ein fester Verband zu sehen. Der andere Arm war ausgestreckt und hielt eine Pistole. Der kurze schwarze Lauf war auf Freddys Brust gerichtet.

Verdammt, durchfuhr es Freddy. In die Falle gelaufen.

»Erst du.« Die Stimme des Mannes klang belegt.

»Wie bitte?«

»Dann ich.«

»Was soll das?«

»Du gehst mit.«

»Wohin?«

»In den Tod.«

Der Mann musste verrückt sein. Freddy zwang sich zur Ruhe.

»Ich kann nicht mitgehen«, sagte er mit fester Stimme.

»Du musst.«

»Unsinn, du gehst auch nicht.«

»Ich gehe. Aber nicht allein.«

»Hör zu, ich hab Frau und Kind. Und du hast Tiere.«

»Das sind Dörtes. Die gehen auch mit. Aber erst du.«

»Sei vernünftig.«

»Es ist alles dahin.«

Das ist der Mörder, schoss es Freddy durch den Kopf. Ich hätte damit rechnen müssen. Bescheuert von mir, in seiner Höhle aufzukreuzen. Jetzt dreht er durch.

Zeit gewinnen. Reden. »Wie gut hast du Dörte gekannt?«

Der Mann lachte heiser auf. Die Pistole wackelte. Zielte nicht mehr auf Freddys Brust. Ihr rundes Auge zitterte in Höhe seines Kopfes auf und ab. Die geht gleich los, dachte Freddy, der Finger liegt am Abzug.

»Sie war die Schönste, die Beste, die Herrlichste. Ohne sie ist alles nichts.«

Freddy konnte sich kaum konzentrieren. Ein Fehler, und alles war aus.

»Wollte sie dich in der Klinik besuchen?«

»Sie ist nicht angekommen!« Ansgar schrie auf wie ein verwundetes Tier. Und sackte gleich darauf in sich zusammen.

Der Lauf der Pistole schwankte abwärts und zeigte auf Freddys Bauch.

»Leg das Ding weg. Bitte.«

»Ohne sie ist alles nichts.«

»Mag sein, aber …«

Der Mann hob die Pistole wieder höher. »Ich drück' jetzt ab.«

Der bringt das fertig, dachte Freddy und sprang zur Seite. Er kippte den Tisch und warf sich hinter die senkrecht stehende Platte.

Der Schuss ging los. Die Kugel streifte die Tischkante, rasierte Späne ab und verschwand im Sofa. Der Dackel plumpste vom Polster, die Sittiche flatterten auf.

»Mensch, lass das!«, brüllte Freddy.

Der nächste Schuss durchschlägt die Platte, dachte er. Da krachte es auch schon. Die Kugel sirrte an seiner Schulter vorbei.

Ein Geräusch an der Tür.

»Ansgar!«, rief eine Stimme von draußen. »Was ist los bei dir? Ich komme!«

»Vorsicht!«, rief Freddy.

Die Tür wurde aufgestoßen. Ein Mann trat ein, in jeder Hand eine gefüllte Tragetasche aus Papier. Sein Gesichtsausdruck war blankes Entsetzen.

»Ansgar! Wo kommt das Ding her? Lass fallen!«

Er sah dem Bärtigen im Sessel ähnlich, trug aber eine eckige Brille und war ein hellerer, strafferer Typ, schmaler gebaut, glatt rasiert und sicher ein paar Jahre älter. Freddy erkannte den Fahrer des schwarzen Zafira.

Die Waffe fiel auf den Boden. Der Dackel fiepte aus irgendeiner Ecke. Die Eingangstür knallte zu. Der Mann stellte die Taschen ab, hob die Pistole auf und legte sie in eine Schublade der Anrichte. Er drehte den Schlüssel um und schob ihn in seine Hosentasche. Dann wandte er sich Freddy zu, der mittlerweile aufrecht auf seinen Beinen stand, die ein wenig zitterten.

»Wer sind Sie?«

»Freddy Stieger. Bekannter von Dörte.«

Aus dem Sessel ertönte ein Schluchzen. Der Fremde hielt Freddy die Hand hin.

»Ludger. Ich bin sein Bruder. Ansgar ist erst seit heut Mittag aus der Klinik zurück. Kommen Sie mit vor die Tür.« Er blickte zu seinem Bruder, der seinen Kopf gegen die Sessellehne gelegt und seine Augen geschlossen hatte. »Ich bin gleich wieder da und mach' uns was zu essen.«

Er hielt die Tür auf. Freddy trat hinaus auf die Kellertreppe und sog die Luft ein, die nicht frisch, sondern von Abgasen und Feinstaub verschmutzt war. Dennoch tat es gut, die Freiheit und das Leben zu atmen, nachdem er dem Tod so knapp entronnen war.

»Es ist seine Chance«, sagte Ludger.

»Was?«

»Die Frau hat ihn krank gemacht. Jetzt ist Schluss damit. Das ist gut so.«

Freddy stockte der Atem. »Was ist gut daran? Er wirkt total verstört.«

»Das ist der Schock. Mord ist was Furchtbares, und er hat sie geliebt. Aber er wird es überwinden.«

»Wenn Sie nicht gekommen wären, hätte er mich umgebracht und dann sich selbst.«

»Er wird sich berappeln. Das kann dauern, aber er schafft das. Da Sie die Frau kannten, können Sie sich vorstellen, weshalb ich nicht traurig bin, dass es so gekommen ist.«

»Mich stimmt jeder gewaltsame Tod traurig.«

»Dann haben Sie noch nie richtig gehasst.«

Freddy starrte den Mann an. Ansgar, das lädierte, liebeskranke Wrack, war gewiss nicht Dörtes Mörder. Aber dieser Mann hier, zwei Stufen tiefer auf der Kellertreppe, der konnte der Täter sein. Ein Mörder ohne Reue, der sich sogar gerechtfertigt fühlte.

Ludger hob die Schultern und ließ sie wieder sinken. »Es war nie einfach mit Ansgar. Aber seit es Dörte gab, war es hoffnungslos. Er ist mein Bruder, und ich will ihn retten.«

»Wie lang kannte er Dörte?«

»Zwölf elende Jahre. In denen er nichts gebacken bekam und ihr ständig auf seinem Rad gefolgt ist.« Er wandte sich zur Tür um. »Entschuldigen Sie, ich muss mich um ihn kümmern, das ist nötiger denn je.« Er nickte Freddy zu und verschwand in der Wohnung.

Die Tür schloss sich knarrend. Und öffnete sich sofort wieder.

»Das bleibt alles unter uns, ja? Sonst nehme ich das kleine schwarze Ding aus der Schublade und komm damit zu Ihnen.« Es folgte ein bitteres Auflachen. Offenbar sollte es ein Scherz sein. Der Mann wirkte angespannt.

»Ich weiß was Besseres«, konterte Freddy. »Anzeige wegen unerlaubtem Waffenbesitz.«

Ludger schoss aus der Tür und nahm drei Stufen auf einmal. Freddy wich zurück.

»Die Pistole gebe ich anonym bei der Polizei ab, keine Sorge. Ich weiß nicht, wo er die her hat. Bitte, verbauen Sie ihm die Zukunft nicht. Zeigen Sie ihn nicht an.«

Freddy ging die restlichen Stufen hinauf und hörte die Tür unten zuschlagen. Ludgers Hass auf Dörte schien enorm. Wenn sie ihr Kommen für Samstagabend angekündigt hatte, konnte der Mann ihr in der Klinik aufgelauert haben, während sein Bruder auf der Station ahnungslos im Bett lag und ihrem Besuch entgegenfieberte. Ludger hatte sie auf dem Gang gewürgt und ihr die Plastiktüte übergezogen, die Nina zuvor in der Eingangshalle oder auf der Treppe verloren hatte.

Am Zaun des Vorgartens blieb Freddy stehen. Ihm kamen Zweifel. Ludger hätte allen Grund gehabt, seinen Hass zu verbergen, statt offen darüber zu reden. Hatte er ein reines Gewissen,

228

weil er nicht der Täter war? Oder bemühte er sich, ehrlicher als ein typischer Mörder zu wirken, gerade weil er der Täter war?

Langsam löste Freddy sein Fahrradschloss. Dabei beschlich ihn das Gefühl, dass ihn jemand beobachtete. Nicht aus dem Kellerfenster vor ihm, sondern von irgendeinem Punkt der Straße, von der anderen Seite der Fahrbahn oder aus einem der zahlreichen abgestellten oder vorbeifahrenden Autos. Er schaute sich um. Ihm fiel nichts auf. Dennoch war er unruhig, als sähe er eine neue Gefahr auf sich zukommen. Aus einer Richtung, die er überhaupt noch nicht im Blick hatte.

# ZWÖLF

## Reykjavík/Island

Der letzte Tag. Die Sonne schien, der Wind war mild. Pilar stand allein auf dem weiten Platz vor der schneeweißen Hallgrímskirche, die von einer Anhöhe auf die isländische Hauptstadt herabblickte. Sie betrachtete die riesige Bronzefigur, die kühn anmutende Gestalt des Wikingers Leif Eriksson, von dem es hieß, er habe kurz nach dem Jahr 1000 als erster Europäer den amerikanischen Kontinent betreten, rund fünfhundert Jahre vor Kolumbus. Ein isländischer Entdecker und Sohn von Erik dem Roten. Beide durften in Pilars Vortrag für die Buchhandlung nicht fehlen. Aber bis es soweit war, musste sie noch ein paar Sagas lesen. Und nach Deutschland zurückkehren.

Sie näherte sich dem Eingang des hoch aufragenden Kirchturms, dessen Flanken an die Anordnung von Basaltsäulen erinnerten, und betrat das helle, von Tageslicht durchflutete Kirchenschiff. Die Klänge einer Orgel umfingen sie wie ein wogendes Meer aus Melodien und Akkorden.

»Wunderschön«, murmelte sie überwältigt.

»Das ist eine Klais-Orgel«, hörte sie hinter sich eine Frau auf Deutsch sagen. »Die ist aus Bonn.«

Pilar zuckte, als hätte man sie in die Seite gepiekst. Sie riss ihr Handy aus der Jackentasche und schaltete es aus. Mochte man in Bonn auch großartige Orgeln für die ganze Welt herstellen, so sollte sie hier doch kein anderer Geist aus dieser Stadt erreichen.

Wenig später fuhr sie mit dem Aufzug in den Kirchturm hinauf. Sie ließ ihren Blick über die bunten Häuser, das flirrende Wasser und die zahlreichen Schären bis zu den Bergen der Umgebung schweifen. Ganz im Hintergrund ragte der Snæfelsjökull wie ein weißes Inselchen aus dem Dunst. *Du weißt nicht, wann du wieder hierher kommst.* Was auch geschehen mochte, sie hatte sich den Traum erfüllt – sie war hier gewesen.

Pilars Flieger nach Düsseldorf sollte kurz nach Mitternacht starten. Die anderen aus der Gruppe hatten sie bereits verlassen, weil sie frühere Abflugtermine hatten. Claudia flog nach Frankfurt und musste sich bereits über dem Atlantik befinden. Beim Abschied hatte sie Pilar fest umarmt. *Pass auf dich auf, Pilar, bitte.* Viele Leute sagten Derartiges nur so daher, aber Claudia schien es sehr ernst damit. Sie hatte viel von dem Bonner Drama mitkommen, und am letzten Abend hatte Pilar ihr eröffnet, weshalb von Gerda nichts mehr zu erfahren war.

Während unten auf dem Parkplatz ein Reisebus vorfuhr und eine bunte Schar Touristen ausspuckte, verließ Pilar die Aussichts-Plattform. Im Kirchenschiff spielte die Orgel eine melancholische Melodie. Pilar trat ins Freie, überquerte den Platz mit dem stattlichen Leif und schlenderte auf einer schmalen Straße, der Skólavörðustígur, den Hügel hinab, die Orgelklänge noch im Ohr. *Eine Klais-Orgel. Die ist aus Bonn.* Wenn ihre Mutter sie nun zu erreichen versuchte, wenn sie schon ganz verzweifelt wäre und sich die furchtbarsten Unglücke vorstellte, denen Pilar in diesem seltsamen Land zum Opfer gefallen sein könnte? Vulkanausbrüche, sich öffnende Erdspalten, brodelnde Schlammlöcher … So war ihre Mutter nun mal, und mit dem Alter hatte sich das verschlimmert.

Pilar musste das Handy anstellen. Sie tat es sofort.

Vorbei an kleinen Läden und dem ehemaligen Gefängnis, einem kompakten Bau aus Lavasteinen, schlug sie den Weg zum alten Hafen ein, den sie noch einmal sehen wollte, bevor sie in den Flybus stieg, um zum Flughafen in Keflavík zu gelangen. Sie roch bereits Fisch und Meerwasser, hörte das Kreischen der Möwen, sah Schiffsmasten aufragen und Flaggen flattern, als in ihrer Tasche die Kastagnetten ertönten, die im kühlen Wind des Nordens immer so falsch klangen. *Freddy,* las sie auf dem Display.

»Es ist was passiert, Pilar.«

Seine Stimme klang nach Unheil. Aber sie war fern, so wunderbar fern.

»Passiert nicht ständig was bei euch?«

»Dörte ist tot. Ermordet.«

»Ermordet«, echote Pilar, als müsste sie sich erst darüber klar werden, was das Wort bedeutete. »Wieso ermordet?«

»Eine Krankenschwester fand sie auf einem Flur im Chirurgischen Zentrum. Offenbar ist Dörte erst kräftig gewürgt und dann mit einer Plastiktüte um den Kopf erstickt worden.«

Hass, dachte Pilar. Tiefster Hass.

»Wer als Mörder in Frage kommt, Pilar ...«

»Nein«, sagte sie. »Ich will es nicht wissen.«

Freddy beachtete es nicht. »Erstens: Frau Mohn tippt auf einen Menschen aus der Vergangenheit, der alle vier Freundinnen töten will, weil sie in ihrer Jugend so ein Graus waren. Zweitens: Auch Nina ist verdächtig. Sie ist Dörte in die Klinik gefolgt.«

Pilar dachte an Ninas Bekenntnis am Telefon: *Ich hätte sie am liebsten gewürgt, damit sie endlich still ist. Es hat nicht viel gefehlt.*

»Drittens kommt ein Mann namens Ludger in Betracht«, fuhr Freddy fort. »Das ist der Bruder von Ansgar, der Dörte liebte und deshalb tagelang vor Ninas Haus herumlungerte. Ludger hat Dörte erklärtermaßen gehasst und kann zur Tatzeit in der Chirurgie gewesen sein, weil Ansgar dort stationär lag, wegen eines Eingriffs am Arm.«

»Viertens?«

»Da wäre noch der Unbekannte, den Frau Mohn am Stichweg bemerkt hat. Grauer Anzug, schlank, unauffällig. Nina hat so einen Mann in der Klinik hinter sich auf der Treppe gesehen, kann ihn aber nicht beschreiben.«

»Fünftens steht vielleicht einer im Dunkel, den noch niemand wahrgenommen hat«, sagte Pilar.

Sie dachte an die Begegnungen auf dem Friedhof, wo Dörtes Mutter begraben lag. Bestand über Tausende von Kilometern hinweg ein Zusammenhang mit Dörtes Tod? Was wusste man über

232

Mutter und Tochter? Hatte ein und derselbe Mensch dafür gesorgt, dass beide sich nicht mehr äußern konnten?

»Frau Mohn ruft mich dauernd an«, vernahm sie Freddy erneut. »Sie glaubt, Nina sei in Gefahr. Und Nina ruft mich ständig an, weil die Reaktion der Nachbarschaft sie fertig macht und sie Angst hat, verhaftet zu werden. Birgit plagt eine Sommergrippe, und Justus hat die ganze Nacht gehustet. Ich weiß nicht, wo mir der Kopf steht. Ich bin froh, dass du morgen wieder da bist, Pilar. Du wirst Licht ins Dunkel bringen.«

»Ich?«, entfuhr es Pilar so laut, dass sich ein paar Touristen, die von einem Wale-Watching-Boot an Land gingen, nach ihr umdrehten. »Mit diesem Dunkel befasse ich mich auf keinen Fall! Von mir kommt kein Licht.«

Nein, nicht wieder die Nase in obskure Geschichten stecken, sie war schon viel zu weit gegangen. Und mit Dörtes Tod war die Angelegenheit zu einer höchst obskuren Geschichte gereift! Sie hätte Freddy nicht bitten sollen, sich um Nina zu kümmern, das war der erste Fehler. Sie hätte sich nicht nach Dörtes Mutter erkundigen dürfen, zweiter Fehler. Aber das ließ sich korrigieren. Sie hatte noch Geld auf dem Konto, sie musste nicht sofort nach Bonn zurückkehren, wo man auch ohne sie klarkam.

»Freddy, ich buche meinen Flug um.«

»Himmel, nein! Warum?«

»Ich komme in zwei Wochen.«

Ein paar Tage Ostküste, eine Hochlandtour … Und erst zurückfliegen, wenn alle ihr versicherten, die Bonner Polizei habe den Fall vollständig gelöst.


Erik Dröbel hielt den Atem an. Kurz nachdem es an der Tür der Kanzlei geläutet hatte, vernahm er deutlich, dass im Vorzimmer zwei Männer mit Annette sprachen. Es dauerte länger als üblich und hatte einen anderen Klang. Selbstbewusst und dienstlich kühl. Das waren keine Mandanten. Die sagten für gewöhnlich nur »guten Tag« und nannten ihren Namen, worauf Annette sie bat,

233

noch kurz in der Diele Platz zu nehmen. Diesmal aber näherte sich seine Gehilfin der Tür seines Zimmers mit schnellen, nervösen Schritten und klopfte hektisch an. Als sie eintrat, schwankte ihre Stimme: »Erik, da ist die Kriminalpolizei.«

Um ein Haar wäre er zusammengezuckt.

Die beiden Männer traten zügig durch die geöffnete Tür und schienen seine Reaktion scharf aufs Korn zu nehmen. Dröbel stand auf und schloss den mittleren Knopf seines Sakkos. Annette zog sich ins Vorzimmer zurück.

»Kriminalhauptkommissar Kohl«, stellte sich der ältere der beiden vor.

»Kriminalkommissar Lüttich«, sagte der jüngere.

»Bitte nehmen Sie Platz.«

Dröbel deutete auf die beiden Stühle vor dem Schreibtisch. Er gab sich souverän wie immer. In seinem Innern aber tobte ein Sturm. Was wussten sie über ihn?

»Lassen Sie uns gleich zur Sache kommen, Herr Dröbel«, begann der Hauptkommissar. »Die Zeit drängt. Wo waren Sie am Samstagabend?«

»Hier an meinem Schreibtisch. Ich habe zwei, drei Fälle bearbeitet, ich zeige ihn gern die Akten. Die Zeit war ideal, kein Telefon, keine Störung. Meine Mitarbeiterin war bereits nach Hause gegangen. In ihrem Alter will man den Abend genießen.«

Er lachte, aber niemand lachte mit. Hoffentlich hatte Annette ihnen nicht geschildert, wie plötzlich er am Samstagnachmittag aufgebrochen war.

»Sie wissen, was Ihrer Mandantin Frau Dörte Flauscher an jenem Abend zugestoßen ist?

»Ja, sehr traurig. Einfach furchtbar.«

Hoffentlich klang das echt. Als er am Morgen zur Tür hereingekommen war, hatte Annette die Zeitung hochgehalten und ihm entgegen gerufen: *Das ist doch die Frau, die am Samstag hier war?* Als er die Bilder und die Überschrift sah, konnte er ein Grinsen kaum unterdrücken.

234

»Ich erfuhr es von Frau Becker, meiner Mitarbeiterin«, sagte er. »Sie hatte es in der Zeitung gelesen.«

»Wie gut kannten Sie Frau Flauscher?«

»So gut wie gar nicht. Sie war nur einmal hier. Es fand noch kein richtiges Beratungsgespräch statt, weil sie das entscheidende Schriftstück nicht mitgebracht hatte.«

»Um was ging es?«

»Meine Herren, die anwaltliche Schweigepflicht verbietet mir ...«

»Unsinn«, unterbrach Kohl ihn. »Wir suchen einen Mörder. Sie können getrost davon ausgehen, dass Ihre Mandantin unter diesen Umständen damit einverstanden gewesen wäre, dass Sie Ihr Schweigen brechen. Jede Information kann zur Ergreifung des Täters führen.«

»Es ging um die Rückforderung einer Darlehenssumme.«

Die Tür öffnete sich und Annette trat mit einem dünnen Hefter ein. Sie legte ihn auf den Schreibtisch und verschwand wieder. Der Hauptkommissar streckte die Hand aus, und Dröbel reichte ihm die Akte. Die Beamten fragten noch ein paar Einzelheiten ab, und Dröbel gewann immer mehr an Sicherheit. Es war eindeutig: Über ihn persönlich wussten sie nichts.

Leider kein Grund, befreit durchzuatmen, sagte er sich, als die Kommissare sein Büro verließen. Er lauschte. Im Vorzimmer sprachen sie noch einmal mit Annette. Die schien außer »nein« und »weiß nicht« kaum etwas zu sagen. Schlaues Mädchen, sie hatte es gecheckt. Und allen Anlass dazu, ihm nicht den Rücken zu fallen. Sie war dreißig Jahre jünger, er hatte keine Erben und auch nicht vor, sich welche zuzulegen, und eines Tages würde Annette davon profitieren, wenn – das war der Deal – sie Stillschweigen wahrte, falls er mal überraschend wegmüsste.

Dennoch durfte er sich nicht entspannt zurückzulehnen. Zum einen konnte die Polizei auf andere Weise Wind davon bekommen, dass er der Rothaarigen am Samstag gefolgt war, zum anderen stand zu befürchten, dass die Frau irgendwem anvertraut hatte, er sei für die RAF am 10. Oktober 1986 in Bonn gewesen. Was mit Sicherheit ausreichte, um Ermittlungen in Gang zu setzen, die ihn für den Rest seines Lebens hinter Gitter bringen konnten. Selbst wenn sie mit Rücksicht auf den Ruf der Mutter nicht zur Polizei gelaufen war, konnte sie eine gute Freundin in die Sache eingeweiht haben, zum Beispiel Gregors Frau. Verdammte Scheiße. Was konnte man tun?

Ludger ging unruhig in der engen Wohnküche umher. Wäre er doch nicht so behämmert gewesen, die Münze entscheiden zu lassen, am Samstag auf der Treppe im Chirurgischen Zentrum! Alles hätte anders kommen können. Und dem Kerl mit der Mecki-Frisur hatte er dummes Zeug erzählt, das noch dazu so klang, als hätte er ein Herz aus Stein. Er war einfach fix und fertig gewesen, als er in die Szene hineingeplatzt war, in der es um ein Haar zwei Tote gegeben hätte. Von wegen *Chance*! So weit war Ansgar noch lange nicht. Zurzeit sprach er kaum ein Wort und verkörperte den stummen Vorwurf, dass Ludger nicht richtig auf Dörte aufgepasst hatte, obwohl er es versprochen hatte.

Wie ging es nun weiter? Bestand wirklich Selbstmordgefahr? Musste Ludger fachliche Hilfe hinzuziehen, einen Psychologen, einen Psychiater, war eine Einweisung in eine psychiatrische Klinik notwendig? Sein Bruder würde ihn hassen.

Ansgar lehnte in der dackelfreien Ecke des maroden Sofas, die Augen halb geschlossen, die rechte Hand um eine Tasse mit Johanniskrauttee gelegt. Ludger blieb vor ihm stehen.

»Wenn du irgendwas weißt, Ansgar, musst du es der Polizei sagen.«

Ansgars Mund bewegte sich leicht. Aber offenbar nur, um die Lippen noch fester aufeinander zu pressen.

»Auch eine bloße Vermutung kann der Polizei was nützen, Ansgar.«

Ludger erinnerte sich an einen Tag, an dem er den Eindruck gehabt hatte, dass etwas Außergewöhnliches passiert war. Es war im April gewesen. Dörte wohnte in der Goethestraße in einer Pension. Sie fuhr nicht mit ihrem Fiat Panda umher, sondern auf einem geliehenen Fahrrad. Ansgar folgte ihr, blieb aber diesmal über Nacht fort und kehrte erst in den frühen Morgenstunden in die Kellerwohnung zurück, wo Ludger auf dem Sofa gepennt hatte, nachdem es in der Praxis spät geworden war. Ansgar wirkte übernächtigt und verstört, saß den ganzen Tag im Sessel und brütete schweigend vor sich hin. Er hob kaum den Kopf, als Dörte am Abend ihre Tiere und Pflanzen abholte und ihm einen Abschiedsgruß zuwarf.

»Ansgar …«

»Lass mich in Ruh. Ich weiß doch nicht, wer so bös auf Dörte war. Die andere Frau vielleicht. Der das Reihenhaus gehört.«

»Was ist in jener Nacht im April passiert, als du Dörte hinterher gefahren und erst morgens nach Hause gekommen bist?«

»April? Ist ja ewig her.«

»Hast du damals was Besonderes gesehen oder gehört?«

»Nee.«

»Wenn es etwas war, das Dörte betrifft, musst du jetzt darüber reden. Du schadest ihr nicht mehr. Und hilfst der Polizei, den Mörder zu finden.«

Ansgar starrte auf einen dunklen Fleck auf dem abgewetzten Teppich. Eine zertretene Zecke.

»Ansgar! Warum warst du so verstört, als du damals nach Hause kamst?«

»War ich das? Vielleicht war ich müde.«

»Was ist in der Nacht geschehen?«

»Nichts.«

»Was hat sich zugetragen? Da war doch was.«

Ansgar warf ihm einen schlappen Blick zu.

»Dunkel war es.«

»Keine Straßenbeleuchtung?«

»Nee.«

»Wart ihr im Wald oder wo?«

»Kottenforst, Venusberg, glaub ich.«

»Was war da?«

»Bäume.«

»Ansgar, ich bin dein Bruder, du kannst mir alles sagen.«

»Ich hab Wildschweine gehört.«

»Was sonst noch?«

»Käuzchen?«

Ludger gab es auf. So kam er nicht weiter. Er musste die Sache vertagen. Und mehr Geduld haben. Er durfte nicht so gereizt klingen und sollte keinen Tag wählen, an dem er zehn Stunden gearbeitet hatte und dermaßen erledigt war wie heute.

# DREIZEHN

Ach, Edith.« Margot schickte einen Stoßseufzer in ihr Telefon. Ihr war heute nicht danach, sich zusammenzureißen. »Es scheint alles so verworren. Ich wünschte, ich könnte mit jemandem reden, der was von Kriminalität versteht.«

»Meine Liebe, du warst doch im Polizeipräsidium! Du hast von den blauen Uniformen geschwärmt, von dem eleganten Gebäude ...«

»Ich wollte nicht zugeben, wie unbefriedigend es war. Der Kommissar hat mich nicht ernst genommen. Und dem netten Privatdetektiv gehe ich auf die Nerven. Wie schade, dass deine Schwiegertochter so lange in Island bleibt.«

Edith ließ ein tiefes Lachen hören. »Sie wollte ihren Aufenthalt um zwei Wochen verlängern.«

»Sehr bedauerlich.«

»Aber sie scheint es sich anders überlegt zu haben. Sie sitzt neben mir. Möchtest du mit ihr sprechen?«

Das kam zu überraschend. Margot zögerte. *Willst du uns nicht erst bei einer Tasse Tee miteinander bekannt machen?*, lag ihr auf der Zunge, als schon eine frische, angenehme Stimme an ihr Ohr drang.

»Hier ist Pilar. Hallo, Frau Mohn. Freddy Stieger hat mir von Ihnen erzählt.«

»Guten Tag, liebe Pilar. Sicher hat er Ihnen auch gesagt, dass ich mir Sorgen um Ihre Freundin Nina mache.«

»Das hat er. Aber was soll passieren, wenn die Polizei das Haus beobachtet?«

»Und wenn Nina ausgeht? Ihr kann auch unterwegs etwas zustoßen. So wie Dörte.« Margot konnte einen erneuten Seufzer nicht unterdrücken. »Ich möchte nicht daran denken und denke doch ständig dran. Ich bekomme in der Nacht kein Auge zu und fühle mich elend. Wenn das so weiter geht, muss ich zum Arzt.« Der letzte Satz kam unbeabsichtigt kläglich heraus. Diesen quengeligen Ton verabscheute Margot. Sie glaubte zu spüren, dass er am anderen Ende der Leitung nicht ohne Wirkung blieb. »Ach, das wird schon wieder«, fügte sie hastig hinzu. »Wir Alten jammern halt gern.«

»Ich komme bei Ihnen vorbei, dann können Sie mir alles erzählen«, schlug Pilar vor. »Ist das für Sie in Ordnung?«

Und ob das für Margot in Ordnung war! Ihr war, als fiele eine schwere Last von ihr ab, die Ediths Schwiegertochter gleich auf ihre starken Schultern nehmen würde.

Doch wer da zwanzig Minuten später durch die Haustür trat, kam Margot geradezu enttäuschend klein und zart vor. Pilar wirkte mit ihren dunklen Locken, der glatten bräunlichen Haut, den kohlschwarzen Augen und dem schwungvollen Gang wie ein junges Mädchen, obwohl sie doch Mutter von zwei erwachsenen Söhnen war. Sie trug eine knallrote Sommerbluse, eine schmale Jeans und gemusterte Turnschuhe. Sie entsprach in keiner Hinsicht Margots Vorstellung von einer fabelhaften Schwiegertochter. Und von kriminalistischem Gespür konnte Margot an diesem Persönchen nicht das Geringste entdecken. Müsste man das nicht irgendwie sehen – im Blick, in der Mimik, an der Körperhaltung?

»Ich sag es nur gleich«, sagte das südländisch anmutende Wesen, als es auf dem Sofa Platz nahm, »ich will mich nicht in die Sache einmischen, ich hab zu viel erlebt. Ich möchte nur, dass Sie wieder schlafen können, Frau Mohn, deshalb bin ich hier.«

»Wie lieb von Ihnen. Es ist nämlich so: Ich fühle mich schuldig.«

Margot fing einen fragenden Blick auf. Sie goss schwarzen Tee in Pilars Tasse und stellte die Kanne zurück auf das Messingstövchen.

»Ich habe die beiden Streithennen belauscht«, bekannte sie, »ich habe den finsteren Mann gesehen, auch den anderen, der ihn abgeholt hat, und noch einen dritten in einem grauen Anzug, der aufmerksam zu Dörtes Auto und Ninas Haus blickte – kurzum, ich habe Einzelheiten wahrgenommen, die mir mehr oder weni-

240

ger deutlich gesagt haben: Das ist seltsam, das geht nicht gut aus. Trotzdem habe ich nichts unternommen.«

»Mit einem Mord konnten Sie nicht rechnen«, meinte Pilar und trank einen Schluck Tee. »Was wissen Sie über Dörte?«

»Über die heutige Dörte weiß ich so gut wie nichts. Aber über die frühere Dörte und die Viererbande ist mir einiges bekannt. Deshalb meine Angst um Nina.«

»Weil Sie an einen Mörder aus der Vergangenheit denken.«

»Die Polizei konnte das nicht so recht glauben. Leider fiel mir niemand ein, der so unfassbar zornig auf die Mädels war, dass er nach so langer Zeit zum Serien-Mörder wird. Natürlich waren alle Nachbarn sehr erbost, aber die älteren sind überwiegend gestorben oder weggezogen, und die Namen der damaligen Kinder und Jugendlichen wollen mir nicht einfallen. Vielleicht könnte Dörtes Bruder etwas dazu sagen. Er war jünger als seine Schwester, aber kleine Brüder bekommen schon einiges mit, nicht wahr?«

»Wo lebt er?«

»Das weiß ich nicht.«

»Wie heißt er?«

»Simon Flauscher. Sicher hat die Polizei ihn bereits gefunden.«

»Warten Sie mal.« Pilar strich und tippte mehrmals auf ihrem Handy herum. »Wenn die Sache Sie so sehr beschäftigt … Hier steht er: Flauscher, Simon. Der wohnt in Bonn. Im Rosental.«

»Oh …« Damit hatte Margot nicht gerechnet.

»Am besten speichere ich Ihnen die Nummer in Ihrem Handy«, schlug Pilar vor. »Rufen Sie ihn einfach an und vereinbaren ein Treffen.«

Zögernd reichte Margot ihr Handy über den Tisch. Ihr wurde ganz heiß im Kopf, als sie sich vorstellte, dass sie den Mann, den sie zuletzt als halbwüchsigen Jungen gesehen hatte, in solch einer Mission anrufen sollte. Mit Sicherheit würde er ihr in aller Schärfe vorwerfen, dass sie untätig geblieben war, als Dörte noch lebte. Das konnte sehr unerfreulich werden.

»Könnten Sie das nicht übernehmen, Pilar?«

»Ich?«, rief Pilar mit offensichtlichem Entsetzen.

»Na, wenn es Ihnen so viel ausmacht...« Es gelang Margot nicht, ihre Enttäuschung herunterzuschlucken. »Schon gut.«

Pilar runzelte die Stirn. »Die Mordkommission hat den Bruder sicher ausgiebig unter jedem Aspekt befragt. Die hat die richtigen Leute dafür.«

Davon war Margot nicht überzeugt. »Könnte Herr Stieger ihn denn aufsuchen?« Kaum war der Satz heraus, schüttelte sie den Kopf. »Nein, wie stünden wir da, wenn Dörtes Bruder erführe, dass ein Privatdetektiv zu ihm kommt!«

»Freddy würde ihm das bestimmt nicht auf die Nase binden.«

»Aber ich mag ihn nicht fragen, er hat so viel zu tun. Den Obststand, die Buchhandlung ...«

»Das war nur eine Vertretung«, erklärte Pilar mürrisch. »Den Job in der Buchhandlung übe ich wieder selbst aus.«

»Und er hat zwei Hunde zu versorgen.«

»Einer davon ist meiner und ist wieder bei mir.«

»Ein Haus, eine Frau, ein Kind ...«

»Und ich muss mich um meine neunzigjährige Mutter kümmern«, sagte Pilar unwirsch. »Heute zum Beispiel muss ich sie zu ihrem Augenarzt in die Kölnstraße bringen, da geht fast ein ganzer Nachmittag ... « Sie brach mitten im Satz ab. Ihr Gesichtsausdruck veränderte sich. Ihre eben noch gerunzelte Stirn war mit einem Mal glatt, ihre Augen leuchteten, als hätte darin jemand ein Licht angeknipst. Von Mürrischkeit keine Spur mehr. Und nun sprang sie auch noch auf, als wäre ein Startschuss gefallen!

»Nett, Sie kennen gelernt zu haben, Frau Mohn, und vielen Dank für den Tee.«

Ein fahriger Händedruck, und schon verschwand sie leichtfüßig im Hausflur. Kurz darauf fiel die Eingangstür ins Schloss. Margot war aufgestanden, blieb aber verärgert im Wohnzimmer zurück. War das etwa ein hilfreiches Gespräch gewesen? Von Ediths fabelhafter Schwiegertochter hatte sie sich weiß Gott mehr versprochen.

242

Ihre Mutter zum Arzt zu bringen, war für Pilar nicht nur eine zeitaufwändige, sondern auch eine kraftraubende Prozedur, die regelmäßig damit begann, dass sie sich mit dem Staubsauger in den Car-Port begab und das Innere ihres Autos staubsaugte. Seit die alte Dame am grauen Star operiert worden war, erspähte sie jedes noch so feine Stäubchen und machte es zum Thema des Nachmittags.

Als Polster, Türen und Armaturen lupenrein sauber schienen, fuhr Pilar in die Südstadt. Sie fand eine Parklücke nicht weit vom Gründerzeithaus ihrer Mutter, die in ihrem lindgrünen Kostüm an der Balustrade des Hochparterres stand und bereits ungeduldig winkte.

»Kind, ich warte schon so lange!«

»Du hast zu früh damit angefangen«, sagte Pilar. »Ich bin auf die Minute pünktlich.«

Sie bugsierte den Rollator die lange Steintreppe hinab, sauste wieder hinauf und führte die Neunzigjährige vorsichtig Stufe für Stufe hinunter, wobei sie den Eindruck hatte, sie trüge vier Fünftel des Körpergewichts ihrer Mutter.

»Mama«, sagte Pilar, als sie unten angekommen waren, »du solltest über barrierefreies Wohnen nachdenken.«

Ihre Mutter, die im Begriff war, den Rollator vorwärts zu schieben, hielt inne und verzog empört das Gesicht. »Was willst du? Ich hab die Treppe doch geschafft! In meinem Alter braucht man eine Herausforderung, Kind. Sonst rostet man.«

»Das ist vor allem eine Herausforderung für mich. Ich musste dich fast tragen.«

»Du bist jung, reitest auf wilden Pferden durch Island und stöhnst, wenn du einmal deine arme alte Mutter …«

»Schon gut«, unterbrach Pilar sanft.

Sie verstaute den Rollator im Kofferraum ihres Autos und half ihrer Mutter auf den Beifahrersitz, was eine Weile dauerte. Als sie schließlich saßen und die Sicherheitsgurte umgelegt hatten, sagte die alte Dame:

»Ich habe meine Sonnenbrille vergessen.

»Macht nichts, die Sonne scheint ja nicht.«

»Die kann jederzeit hervorkommen. Bist du so lieb …«

Sie hielt den Haustürschlüssel übers Lenkrad. Pilar ergriff ihn, sprang aus dem Wagen, spurtete die Steintreppe hinauf, schloss die Tür auf und fand die Brille auf dem Louis-Seize-Tisch neben der Garderobe.

»Danke, mein Liebes«, sagte ihre Mutter, als Pilar wieder hinter dem Lenkrad saß. »Hast du die Haustür abgeschlossen?«

»Ja, natürlich.«

»Das wäre nicht nötig gewesen. Mir fehlt noch mein Seidentuch.«

Pilar schwang sich erneut aus dem Auto. Es war zwecklos, darüber zu debattieren, ob das Seidentuch wirklich notwendig war; ihre Mutter würde einwenden, dass man vor Zugluft niemals sicher sei.

Das Tuch war nicht so schnell zu finden wie die Brille. Pilar entdeckte es schließlich im Ärmel eines Regenmantels.

»Ich danke dir«, sagte ihre Mutter, als Pilar keuchend zurückkam und sich auf den Fahrersitz fallen ließ. »Aber es ist nicht das richtige Tuch. Ich brauche das grüne mit den goldenen Streifen.«

Pilar stöhnte auf. »Dies hier ist doch grün.«

»Aber es ist kariert. Das passt nicht zum Kostüm. Kannst du schnell das andere holen?«

»Wir kommen zu spät, wenn wir jetzt nicht losfahren«, erwiderte Pilar. »Es geht auch ohne Tuch, es ist ja nicht kalt.« Hinter ihr wartete bereits ein anderer Fahrer darauf, dass die Parklücke frei wurde. Sie lenkte ihren Fiesta auf die Fahrbahn.

»Vor Zugluft ist man niemals sicher«, maulte ihre Mutter. »Und schon hat man eine Erkältung, die in meinem Alter leicht zum Tod führt.«

»Bevor es so weit kommt, ziehst du einfach das karierte an.«

»Damit jeder denkt, die Dame hat keinen Geschmack? Das kannst du nicht von mir verlangen.«

Pilar fuhr unverdrossen weiter durch den überwiegend dichten Verkehr. In der Kölnstraße hatte sie Glück. Unmittelbar vor der augenärztlichen Praxis war ein Parkplatz zwischen zwei Bäumen frei, und als die Straßenbahn vorbei gerattert war, setzte sie den Fiesta rückwärts hinein. Der Weg zur Eingangstür der Praxis war nur eine kleine *Herausforderung*: Drei Stufen, und es war geschafft.

»Ich hoffe, Sie bringen etwas Zeit mit«, sagte die Dame am Anmeldetresen mit bedauerndem Lächeln. »Es könnte zwei Stunden dauern.«

Ausgezeichnet, dachte Pilar, Frau Mohn wird mir dankbar sein.

»Mama, ich bringe dich ins Wartezimmer und komme später wieder, ich hab was zu erledigen.«

»Wieso das denn? Du bist gerade aus dem Urlaub zurück!«

Nachdem die Sprechstundenhilfe versichert hatte, Pilar könne unbesorgt gehen, sie werde sich selbstverständlich um ihre Mutter kümmern, verließ Pilar die Praxis. Wirklich, es war zu verlockend! Schon in Frau Mohns Wohnung war ihr aufgefallen, dass Simon Flauscher hier quasi um die Ecke wohnen musste, die Hausnummer hatte sie im Kopf. Wie mochte der Bruder einer Frau sein, die es im Handumdrehen geschafft hatte, ein Geburtstagsfest durcheinanderzubringen und die sonst so friedfertige Nina in Rage zu versetzen?

Weit hinten in Pilars Kopf summte eine dünne Stimme. *Lass es sein. Du hattest dir doch vorgenommen …* Ein Gespräch mit Simon Flauscher bot immerhin die Chance, Frau Mohn zu beruhigen, wenn sich herausstellte, dass er einen Täter aus der Vergangenheit für unwahrscheinlich hielt. Andernfalls konnte er vielleicht Namen nennen, auch das konnte helfen. Und falls er eine völlig andere Person im Verdacht hatte, eine aus Dörtes sonstigem Umfeld, nach der die Polizei bereits fahndete, wäre das noch besser, denn damit ließe sich sowohl Frau Mohn als auch Nina beruhigen. Was also sprach dagegen, mit dem Mann zu reden?

Die Straße namens Rosental führte Richtung Rhein. In dieser Gegend hatte sich einst das Römer-Kastell befunden, fiel Pilar ein.

Möglicherweise lagen unterm Straßenpflaster noch Scherben und Münzen aus jener Zeit. Der Gedanke vermittelte ihr ein seltsames Gefühl, es glich einem Kribbeln unter den Füßen. Oder war sie einfach nur nervös?

Sie überquerte die Römerstraße und stand bald vor dem Haus mit der richtigen Nummer, einem Bau aus der Gründerzeit mit schadhaftem Putz und einer dunklen Tür, zu der ein paar Stufen hinaufführten. Auf dem mittleren der fünf Namensschilder las sie: *S. Flauscher*. Ihr Zeigefinger berührte schon fast den Klingelknopf, als ihr plötzlich Bedenken kamen, den fremden Mann in seiner Wohnung aufzusuchen. Es gab eine bessere Möglichkeit: Sie hatte seine Rufnummer und konnte ihn per Handy fragen, ob sie sich im Biergarten »Schänzchen« treffen könnten, an der Südost-Ecke des ehemaligen Römerlagers, wo man im 16. Jahrhundert eine Schanze angelegt hatte, einen Graben, um die Belagerung der Stadt in Griff zu bekommen. Dort wollte sie schon immer mal sitzen und auf den Rhein blicken. Sie trat auf den Bürgersteig zurück und tippte auf das Anruf-Symbol ihres Handys.

»Hallo?«, vernahm sie eine Männerstimme an ihrem Ohr.

Sie sei eine Freundin von Dörte, erklärte Pilar, und gehe davon aus, dass er der Bruder sei. Sie habe sie erst vor Kurzem kennen gelernt und sei furchtbar erschüttert. Ihre Freundschaft habe so wunderbar begonnen, und nun … Sie hätte so viele Fragen!

Dörtes Bruder schien nicht erstaunt, wandte aber ein, er sei in tiefer Trauer und treffe jetzt ungern jemanden.

»Och … Es würde mir so helfen, mit ihrem grausamen Tod fertig zu werden.«

Er seufzte. »Na, gut. Kommen Sie vorbei. Oder sind Sie schon hier, sind Sie das da unten vor dem Haus? Mit den dunklen Locken und dem Handy am Ohr?«

Pilar verschluckte beinahe das Bonbon, das sie gerade lutschte. Sie hatte sagen wollen, sie befände sich direkt vor dem Biergarten, aber das ging nicht mehr. Offenbar stand er oben am Fenster und blickte zu ihr hinunter.

246

»Ja«, gab sie zu. »Das bin ich.«

»Kommen Sie einfach rauf. Ich trinke gerade eine Tasse Kaffee und mach Ihnen auch eine.«

»Okay, danke.«

Sie hörte den Drücker summen. Zögernd schob sie die schwere Haustür auf und trat in ein düsteres Treppenhaus. Ein trübes Minutenlicht sprang an, viel zu schwach, um die knarrenden Stufen auszuleuchten. Langsam stieg sie hinauf.

Nina war nicht sie selbst, ach, schon lange nicht mehr. Seit ihrem Geburtstag, seit dem Augenblick, als Dörte die Terrasse betreten und erstmals ihre Stimme erhoben hatte, war ihr jegliche seelische Ausgeglichenheit abhanden gekommen. Nun schien es so, als käme sie überhaupt nicht mehr mit sich selbst ins Reine.

Die Rückschau auf die letzte Woche machte sie fertig. Warum war es ihr nicht geglückt, mit Dörte in Frieden zu leben? Weshalb war fast jeder Wortwechsel so entsetzlich eskaliert? Sie hätte sich nur zusammenreißen und mehr Verständnis aufbringen müssen! Warum hatte sie das nicht geschafft? Ihr war, als wäre sie erst jetzt in der Lage, ihr Verhältnis zu der früheren Freundin vernünftig und sachlich zu überdenken. Sie bereute jedes böse Wort und jede ihrer feindlichen Reaktionen. Aber nichts war rückgängig zu machen.

Es war endgültig vorbei, und alles war schrecklich.

Sie mochte kaum aus dem Haus gehen. Die Nachbarn wechselten bei ihrem Anblick die Straßenseite und grüßten sie mit offensichtlichem Unwillen, falls sie nicht einfach wegschauten oder ihr den Rücken zudrehten. An ihrem Arbeitsplatz im Bundesamt für Justiz war es nicht viel besser, obgleich sie keine Ahnung hatte, weshalb man auch hier mehr oder weniger Bescheid wusste. Ihr Chef hatte ihr nahe gelegt, sich krank schreiben zu lassen, bis die Sache geklärt sei.

Nun war sie den ganzen Tag zu Hause und hatte viel Zeit zum Nachdenken. Zu viel.

Gregor war mittlerweile aus Hannover zurückgekehrt, was alles andere als tröstlich war. Offenbar fühlte er sich in ihrer Gegenwart unwohl. Sie konnte sich nicht erinnern, dass er sie jemals zuvor so kritisch gemustert hatte. Er war einsilbig und schien sie zu beobachten, als ob er in ihrem Gesicht oder ihrer Körperhaltung Anzeichen für eine mörderische Schuld suchte. Selbst Pilar, die sonst nahezu frei von Vorurteilen war, hatte Nina gestern mit einem sonderbaren Blick bedacht, auch wenn sie zugleich versichert hatte, ihr helfen zu wollen, damit der furchtbare Verdacht nicht an ihr kleben blieb.

Nina fehlte ihre verstorbene Mutter wie nie zuvor. Was hatte Mama getan, wenn sie unglücklich war? Sie hatte geputzt. *Ich bin heut verquer, Kind, da hilft nur Beschäftigung.* Wie besessen hatte sie Flächen und Fugen in Küche und Bad geschrubbt, Teppiche gesaugt und zusammengerollt, Möbel abgerückt und mit wohlriechenden Essenzen poliert, Böden samt der Fußleisten gewienert, Fenster mit dampfender Lauge abgewaschen. Nein, das wollte Nina nicht, dieser Hausfrauen-Generation gehörte sie nicht an, auch fehlte ihr die Energie, derart herumzuwirbeln. Sie fühlte sich wie gelähmt, starrte stundenlang in den Garten, kraulte die zurückgekehrte Katze und brauchte fast die Hälfte des Tages, um den Entschluss zu fassen, die Spülmaschine auszuräumen.

Ab und zu ging sie langsam durchs Haus. Die Tür des Gästezimmers stand offen, seit die Polizei den Raum freigegeben und einige von Dörtes Sachen, darunter ihren Laptop, mitgenommen hatte. Das Bettzeug lag am Boden, die Türen des Schranks waren geöffnet, die Schubladen der Kommode herausgezogen. Während Nina in den durchsuchten und verlassenen Raum blickte, tauchte in ihrem Kopf ein Ausspruch von Dörte auf: *Jeder muss in seinem Leben mal ausmisten und umräumen.* Sie strich sich über die Stirn, als wollte sie die Erinnerung, die sich mit den Worten verband, fortwischen. Dennoch hatte sie plötzlich das Gefühl, dass *Umräumen* jetzt genau richtig wäre. Ihr war sogar, als läge darin das einzig mögliche Heilmittel.

Sie begann mit den leichteren Möbeln, schob den Esstisch und die Stühle erst mal zur Seite und gruppierte Sessel, Sofa und Couchtisch in immer neuen Winkeln zueinander mal hier, mal dort. Schließlich ordnete sie die Sitzecke nahe der Terrassentür an. Das sah am besten aus. Oder?

Irgendwas war mit dieser Anordnung, irgendwas Fatales ... Als es ihr einfiel, war es wie ein Schlag gegen den Hinterkopf. Dies war die Stelle, an der auch Dörte die Sitzecke bei ihrer Umräumaktion platziert hatte! Es ging schon wieder los, und zudem sehr heftig: Jede der grässlichen Szenen, die sich zwischen ihnen abgespielt hatten und in ihr Gedächtnis eingebrannt waren, lebte in schauerlichen Tönen wieder auf und raubte ihr die Kraft.

Nina schleppte sich in den Flur, sank auf die zweite Treppenstufe und starrte vor sich hin. An der Wand gegenüber stand das Biedermeierschränkchen ihrer Eltern. Auf die polierte Oberfläche hatte Dörte regelmäßig ihre Autoschlüssel, Sonnenbrille, Haarbürste und Handtasche geworfen und dadurch jede Menge Kratzer verursacht. Die Sachen waren verschwunden, die hatte sie dam Samstag bei sich gehabt. Doch unter dem Möbel lag etwas vor der Fußleiste. Es war schwarz und flach. Ein Brillenetui oder eine Handyhülle, zwischen Wand und Schränkchen heruntergerutscht. Nina neigte den Kopf und sah genauer hin. Sie ging auf die Knie, streckte einen Arm aus und zog es zu sich heran.

Das Ding war ein Notizbuch. Sie hatte es schon einmal flüchtig gesehen, als Dörtes Handtasche offen herumstand. Der Einband war aus rauem schwarzem Stoff, der hier und da Fettflecken aufwies und an den Ecken abgestoßen war, so dass darunter die graue Pappe zum Vorschein kam.

Es war ein sonderbares, ja, fast mieses Gefühl, das Büchlein in der Hand zu halten, aufzuklappen und hineinzuschauen, während Dörte kalt und reglos in einem Kühlfach des rechtsmedizinischen Instituts lag und nichts dagegen tun konnte.

Der vordere Teil enthielt ein Buchstabenregister mit wenigen Einträgen in der Handschrift der Schülerin Dörte, Pelikan-Tinte

Königsblau, die sie alle benutzt hatten. *Herr Holzschröder, Herr Meier, Frau Naumann* ... Die meisten Namen kannte Nina. Das waren Lehrer, die in ihrer Klasse unterrichtet hatten. Unter dem Buchstaben N fand sie ihren eigenen Namen, unter I und U die der beiden toten Freundinnen mit den damaligen Adressen und Rufnummern, aber ohne Nachnamen.

Und was war das? Sie starrte lange auf das winzige blasse Zeichen, das mit Bleistift hinter dem Namen *Ute* angebracht war. Dann blätterte sie zurück und fand dasselbe Zeichen hinter *Inga*.

Pilar war erstaunt, dass Dörte einen so netten Bruder hatte. Vom Aussehen her war der Mann im blau karierten Hemd ein eher unauffälliger Typ mit glanzlosem, dunkelblondem Haar, mittelgroßer schlanker Statur, blasser Haut und hellgrauen Augen. Seine Gestik war ruhig, seine Stimme von angenehmer Tonlage. Er sei Lehrer an einem erzbischöflichen Gymnasium, erzählte er, Geschichte und Deutsch. Er lebe hier allein.

Abitur und Studium also, dachte Pilar, ganz anders als Dörte.

Die Einrichtung seiner Wohnung wirkte kühl und streng. Schwarze Sessel zwischen dunklen Grautönen, alles rechtwinklig zueinander. Viel Stahl und Leder. Nichts Buntes, mit Ausnahme der farbigen Buchrücken in einem hohen, gut gefüllten Regal.

Simon Flauscher verschwand in der Küche, um Kaffee zu holen. Pilar ließ ihren Blick durch den Wohnraum wandern. Mit Verwunderung stellte sie fest, dass hier überhaupt nichts herumstand, keine Topfpflanze, keine Blumen, kein Krimskrams, nicht mal Kerzenleuchter. Nur eine einzige Wand wies eine Dekoration auf, und die war umwerfend. Sie bestand in einer Leinwand mit einem aufgedruckten Foto, schätzungsweise sechs Quadratmeter groß, und zeigte den Snæfellsjökull im Wintergewand, blendend weiß und majestätisch.

In ihrem Rücken hörte Pilar den Lehrer hereinkommen. Er ging langsam und trug zwei volle Becher zum Couchtisch, das nahm sie nur im Augenwinkel wahr. Sie konnte ihren Blick nicht von dem Foto losreißen, dessen Wirkung kaum schwächer war als die des mächtigen Originals. Ihr fiel ein Zitat ein, das sie vor Kurzem gelesen hatte und so schön fand, dass sie es laut wiedergeben musste: »*Wo der Gletscher aufragt, hört das Land auf, irdisch zu sein, und die Erde hat Anteil am Himmel …*«

Hinter ihr setzte eine tiefere Stimme ein: »*… dort wohnen keine Sorgen mehr, und deshalb ist die Freude nicht nötig, dort herrscht allein die Schönheit, über jede Forderung erhaben.*«

Pilar fuhr herum. Keiner ihrer Freunde kannte diese Zeilen des isländischen Nobelpreisträgers Halldór Laxness, aber er, Dörtes Bruder, der gerade die Kaffeebecher absetzte, er kannte sie Wort für Wort! Eine warme Welle der Sympathie rollte durch ihren Körper. »Ihre Mutter hat gut gewählt, als sie dorthin zog«, sagte sie bewegt.

Über sein Gesicht flog ein Schatten. Kurz nur, sehr kurz, aber lang genug, um Pilar klarzumachen, wie sehr er unter dem Verlust der Mutter litt und dass sie rücksichtsvoll sein musste und Gerda kein zweites Mal erwähnen sollte. Was auch nicht nötig war, denn sie war hier, um etwas über mögliche Feinde von Dörte oder der ganzen Bande zu erfahren. Der Gedanke, dass der Tod der Mutter etwas mit den Vorgängen in Bonn zu tun haben könnte, schien ihr plötzlich abwegig. Außerdem war es allein Sache des Sohnes, nach den Umständen von Gerdas Tod zu forschen. Sicher hatte er mit den Leuten vor Ort ausgiebig darüber gesprochen, Pilar jedenfalls brauchte sich nicht damit zu befassen. Island schien so unendlich weit weg. Ihre Erinnerung daran hatte etwas Unwirkliches an sich, als hätte sie nur einen Film gesehen, über den sie sich unnötige Gedanken machte.

Pilar setzte sich in einen der Ledersessel. In dem kühlen, weichen Polster versank sie tiefer, als ihr lieb war. Aus dieser Perspektive wirkte der Gletscherberg an der Wand noch erhabener. Und sobald auch Dörtes Bruder saß, sprudelte es nur so aus ihm heraus, dass sie in Island gewesen sei und bald einen Vortrag über die Isländer-Sagas halten müsse.

251

Das war nicht so geplant. Doch Simon Flauscher sprang begeistert auf. Lebhaft gestikulierend ging er auf das Thema ein, schritt vor dem Bild des Gletschers auf und ab und schien seine Trauer vergessen zu haben. Pilar nahm ihren Notizblock aus der Umhängetasche und schrieb sich ein paar Stichworte auf.

»Die Sagas sind voll von Rache. Für die Männer der damaligen Zeit war Rache eine ehrenvolle Sache und meistens eine Pflicht. Eine harte Pflicht, die nicht nur dem Rächer, sondern auch dem Toten, den er rächte, ein hohes Maß an Ehre einbrachte.«

Der Lehrer dozierte so vehement, dass Pilar irritiert aufschaute.

»Das gab dann also neue Tote«, sagte sie. »Die wieder gerächt werden mussten.«

Er nickte. »So lange, bis keiner mehr da war, der jemanden rächen konnte.«

»Da kann man froh sein, dass wir heute andere Sitten haben.«

»Rache ist immer noch ein tiefes menschliches Bedürfnis. Denken Sie an die Fälle, wo ein Mörder zu milde wegkommt oder gar freigesprochen wird. Das ist unerträglich für die Angehörigen des Opfers, ein Schlag ins Gesicht. Die wollen Sühne. Wenn es üblich wäre, sich zu rächen, hätten sie, was sie brauchen.« Er blieb vor ihr stehen und stieß ein trockenes Lachen aus. »Geht natürlich nicht.«

»Vielleicht übt mancher seine Selbstjustiz heimlich aus.«

»Wer riskiert das? Für lebenslangen Knast statt lebenslanger Ehre?«

»So einer hofft doch, nicht erwischt zu werden. Wie alle Täter.«

Pilar wollte das nicht vertiefen. Seit vor Jahren jemand ihre Katze getötet hatte, konnte sie ein Rachebedürfnis ganz gut nachempfinden. Aber sie wollte nicht daran denken, sondern mehr über die Sagas hören.

»Und wenn ein Mann friedliebend war und auf Rache verzichten wollte?«, fragte sie. »Gab es das auch?«

»Der galt als Feigling, als Memme. Dem Rächer dagegen war Bewunderung sicher. Er musste sich nicht einmal sofort rächen,

252

im Gegenteil: Der gut gewählte Zeitpunkt, die kühle Überlegung gehörte für den Helden dazu. Das konnte Jahre dauern.«

»Gab es auch Frauen, die aus Rache die Axt schwangen?«

»Sie machten es anders, forderten bisweilen ihre Söhne oder Knechte dazu auf. Und der schönen Hallgerð aus der Njáls Saga reichte eine demütigende Ohrfeige, um sich an ihrem Gunnar zu rächen. Als er sie um Haarsträhnen für seine Bogensehne bat, hat sie ihm die verweigert. Das bedeutete seinen Tod.«

Pilar hatte bereits zwei Seiten gefüllt, und nun fiel ihr auf, dass sie beinahe vergessen hätte, weshalb sie hergekommen war – nicht wegen der Sagas. Es war schwer, Flauscher von dem Thema loszueisen.

»Stimmt«, sagte er schließlich lächelnd und setzte sich wieder. »Sie sind ja eine Freundin von Dörte. Sie wissen wenig über sie und wollen das posthum nachholen.«

Statt der Lüge hätte ich ihm ebenso gut reinen Wein einschenken können, überlegte Pilar: Die Vortäuschung falscher Tatsachen war ziemlich mies, das hatte er nicht verdient, und als Bruder hatte er ein Recht darauf, die wahren Zusammenhänge zu erfahren. Aber ehe sie die Dinge richtig stellen konnte, fing er an zu erzählen.

Dörte habe sich immer schwer getan. Ein komplizierter Charakter. Sie habe sich selbst im Weg gestanden, das habe ihm leid getan. Er habe sich bemüht, ihr zu helfen, aber vergebens. Gut möglich, dass sie Feinde hatte. Das habe die Polizei ihn auch schon gefragt. In Berlin sei viel schief gelaufen. Leider kenne er keine Namen.

Pilar fragte nach einem Feind von früher. Dörte habe ihr erzählt, dass sie und ihre drei Freundinnen das ganze Viertel unsicher gemacht hätten.

»Sie meinen jemanden, der die Streiche der Vier so übelnahm, dass er sie nicht vergessen konnte? Ja, tatsächlich, so einer könnte sie …Das wollten Sie doch andeuten? Guter Gedanke! Da kämen sicher ein Dutzend Leute in Frage, die Dörte und den anderen ein

Ende wie Max und Moritz wünschten. In erster Linie Dörte, sie hatte die Ideen.«

»Wissen Sie, dass zwei von den Freundinnen im Frühjahr gestorben sind?«

Sie meinte ein kurzes Stutzen in seinem Gesicht zu sehen, als hätte er nicht damit gerechnet, dass sie es wusste.

»Meine Schwester hat es mir erzählt, und bisher dachte ich mir nichts dabei, aber nun … Hujuijui!«

»Wenn ich richtig informiert bin, war dabei Fremdverschulden nicht auszuschließen.«

»Ich verstehe, was Sie damit sagen wollen.«

»Wer käme in Betracht?«

»Da war zum Beispiel ein Junge, der hieß Jost, Jürgen oder Joachim oder – nein, halt, eher Arnim oder Arnold, so ein pickeliger, dem haben sie übel mitgespielt. Und ein plumper Dicker namens Dirk, Dieter oder Tobias, den sie dauernd verhöhnt haben. Das hilft nicht weiter, wie? Ich kenne die Nachnamen nicht und bin mir, wie Sie sehen, nicht mal bei den Vornamen sicher. Zu lange her.«

»Wo wohnten diese Jungs?«

»Irgendwo in der Nähe. Ich hab mich nie dafür interessiert. Und da ich oft bei meinem Patenonkel in Köln war, hab ich von Dörtes Untaten nicht so viel mitgekriegt, wie Sie denken. Ach, wir könnten uns doch duzen, okay?«

»Okay«, sagte Pilar.

Flauscher eilte in die Küche und kam mit zwei langstieligen Gläsern und einer Flasche Sekt zurück. Der Korken knallte, der Sekt schäumte. Lachend stießen sie auf ihre Bekanntschaft an.

»Prost, Pilar.«

»Prost, Simon.«

»Dörtes Leben war so verkorkst, da ist immer was schief gelaufen«, sagte er. »Und dann ihre Sehnsucht nach Wohlstand, nach einem bürgerlichen Leben, einem guten Job, einer richtigen Familie und stabilen Verhältnissen. Sie hat ihre Freundinnen, die das alles mühelos erlangt haben, fürchterlich beneidet. Das hab ich der

Polizei natürlich nicht gesagt, es hätte ein ungünstiges Licht auf Dörte geworfen, das konnte ich ihr nicht antun.« Er schüttelte den Kopf. »Nein, das hätte ich nicht über mich gebracht.«

»Du mochtest Dörte sehr?«

»Selbstverständlich!« Es klang geradezu entrüstet, dass Pilar eine solche Frage stellte. »Sie ist meine Schwester, ich habe sie geliebt. Allerdings«, er seufzte bedauernd, »hat sie auch mich beneidet. Um meinen Beruf, die damit verbundene Anerkennung, mein Gehalt, mein geordnetes Leben.«

Pilar erinnerte sich dunkel an etwas, das Nina am Telefon erwähnt hatte. Dass Dörte ihren Bruder nicht mochte? War die Zuneigung einseitig gewesen?

»Wer könnte Dörte ermordet haben, was denkst du?«, fragte Pilar schließlich. »Wenn du sie geliebt hast, muss es dich wurmen, dass der Mörder noch frei herum läuft.«

»Ja, ganz schrecklich. Ich denke, es ist wirklich jemand von früher. Sie werden ihn kriegen.«

Das klang merkwürdig, gab es doch bisher keinen brauchbaren Anhaltspunkt für einen solchen Menschen. Pilar blickte ihn fragend an. Sie war keinen Schritt weitergekommen und hatte nichts, um Frau Mohn zu beruhigen. Doch Simon schien in Gedanken wieder bei den Sagas zu sein; er stand auf und suchte in seinem Regal nach zwei Bänden, die er Pilar, wie er ankündigte, leihweise überlassen wollte. Unauffällig zog sie ihr Handy aus der Tasche ihrer Jeansjacke. Sie tat, als wollte sie das Bild des Gletschers aufnehmen, schwenkte aber kurz zu ihm herüber. Er wandte ihr seine linke Seite zu, eine Stehlampe beleuchtete sein Gesicht.

Das Foto war schnell gemacht. Er schien es nicht zu bemerken. Sie blickte aufs Display. Einigermaßen getroffen und sehr vorteilhaft. Ebenmäßiges Profil, gepflegter Haarschnitt, makellose Haut, ein Lächeln im Mundwinkel und die Andeutung eines Grübchens. Das Bild war für Frau Mohn bestimmt.

Wie spät war es? Pilar sah auf die Digitalanzeige des Handys und schoss aus dem Polster empor. Anderthalb Stunden hatte sie

255

hier herumgesessen, ohne auch nur eine Sekunde an ihre Mutter zu denken!

An der Wohnungstür stellte Simon ihr ein paar Fragen zu ihrer Person, über die er so gar nichts wisse. Sie antwortete mit einem knappen Steckbrief, in dem ihr Mann, die Söhne sowie Kater und Hund vorkamen, worauf er das Gesicht verzog und erklärte, er habe eine tiefe Abneigung gegen Hunde, seit er als Kind gebissen worden sei. Die Sagabände unter den Arm geklemmt, verließ sie eilig die Wohnung und das Haus im Rosental.

Ein paar Minuten später erreichte sie die Praxis des Augenarztes. Ihre Mutter war im Begriff, das Sprechzimmer zu betreten, der Rollator fuhr dem Doktor mit Schwung über die weißen Schuhspitzen. Ihm entfuhr ein kurzer Schmerzschrei. Die alte Dame lächelte mitfühlend.

»Solche Dinge, Herr Doktor, passieren mir immer, wenn meine Tochter mich im Stich lässt.«

Erik Dröbel saß mit geschlossenen Augen in seinem Schreibtischsessel aus feinem kognakfarbenen Leder und strich mit den Händen über die Armlehnen. Annette hatte die Kanzlei bereits verlassen. Über den Schreck, dass die Kriminalpolizei ihn aufsuchte, hatte er zunächst vergessen, sich die Frage zu stellen, weshalb den Kommissaren überhaupt bekannt war, dass die Rothaarige in seiner Praxis erschienen war. Hatten sie es von ihrer Reihenhaus-Freundin erfahren, von Gregors Ehefrau? Hatte die gewusst, welchen Rechtsanwalt die Flauscher aufsuchte, war der Waidgenosse gar derjenige, der ihn empfohlen hatte? Was wusste dieses Paar über ihn? Das war ja brandgefährlich! Allerdings schien der Polizei bisher nicht bekannt, dass der Rotschopf ihn im Oktober 86 gesehen hatte. Hätte man ihn sonst nicht festgenommen? Da fackelten die doch nicht lang, darin waren sie immer schnell! Oder fehlten noch Beweise? Wurde er beobachtet?

Er sprang auf und blickte aus dem Fenster. Kein Mensch vor dem Haus, auch niemand gegenüber. In den abgestellten Autos saß, soweit er sehen konnte, auch niemand. Dröbel wurde ruhiger und setzte sich wieder. Möglich, dass Gregor und Gattin rein gar nichts wussten. Aber selbst wenn sie völlig ahnungslos waren, solche Frauen wie die Rothaarige kannte er. Die mochten zwar den Mund halten, aber sie schrieben ihre Geheimnisse in hübsche kleine Tagebücher oder Briefe, die sie anschließend herumliegen ließen, statt sie an die Busenfreundin abzuschicken. Gregors Frau konnte beim Aufräumen so ein Schriftstück finden, unter Zeitungsstapeln, unterm Sofakissen, unterm Liegestuhl. Allzu oft hatte er erlebt, wie das Schicksal die unwahrscheinlichsten Pfade wählte, und sich geärgert, dafür keine Vorsorge getroffen zu haben. Das durfte ihm jetzt nicht passieren.

Er musste was tun, irgendwo musste er anfangen, und wenn es nur seiner Beruhigung diente. Und er kannte einen, der ihm aus Dankbarkeit ergeben war, der konnte sich darum kümmern. Ein Versuch. Vielleicht ein sinnloser, aber kein kostspieliger.

Dröbel wählte eine Nummer.

»Manni, hier ist Erik.«

Die Antwort war ein Knurren, gefolgt von einem Rülpser.

Dröbel hasste es, sich auf diese Stufe hinab zu begeben. Solche Leute hatten keinen geistigen Hintergrund, keine Ideologie, keine wirkliche Intelligenz. Denen ging es nur um Zaster, was anderes interessierte die nicht. Was im Moment allerdings von Vorteil war.

»Ich hätte einen Auftrag für dich.«

»Wie viel?«

»Zweihundert.«

»Dafür heb ich meinen Hintern nicht vom Sofa.« Manni gähnte lautstark. Mit weit auf gerissenem Mund vermutlich, die schadhaften Zähne zeigend, scharfen Mundgeruch verbreitend.

»Null Risiko«, sagte Erik.

»Witzbold. Das weiß man vorher nie.«

»Dreihundert.«

»Lächerlich.«

»Vierhundert.«

»Steck sie dir in den Arsch.«

»Fünfhundert. Mein letztes Wort. In dem Haus ist die Frau heut allein. Der Mann ist den ganzen Abend auf dem Jägerstammtisch, darauf geh ich jede Wette ein.«

»Der ist Jäger? Neunhundert!«

»Der schießt nur aufs Wild und ist ein lieber Kerl. Und wie gesagt: Stammtisch.«

Sie wurden sich einig: sechshundert. Jetzt brauchte er nur noch ein bisschen Glück. Dröbel lachte vor sich hin. Glück! Das hatte er doch immer gehabt.

Nachdem sie ihre Mutter nach Hause gebracht hatte, beschloss Pilar, ihren Saga-Vortrag in Angriff zu nehmen. Der Nachmittag war nicht nur anstrengend, sondern auch anregend gewesen. Einen netten Mann kennen zu lernen, kann mächtig die Laune heben, gestand sie sich ein. Sie war nicht verknallt, das nicht, aber es war ein angenehmer Zustand, den sie nicht weiter hinterfragen wolle. Nun hatte sie den nötigen Schwung für die Arbeit. Da Richard heute später nach Hause kommen würde, hatte sie noch reichlich Zeit, um sich mit den Büchern und dem Laptop in den Garten zu setzen, solange es hell genug war.

Als sie am Terrassentisch saß und ihr Hund sich zu ihren Füßen ausstreckte, nahm sie einen Geruch wahr. Das war nicht der Duft von Blattwerk und Blüten, auf den sie sich gefreut hatte, nein, es roch eindeutig giftig. Und es kam von nebenan.

Sie reckte den Hals. Aha, ihr Nachbar Winter stand auf einer Trittleiter vor seinem japanischen Teehaus und ließ einen breiten Pinsel über die Außenwand gleiten. Was er da aufs Holz strich, war eine Lasur, die sicher nicht vom Bioladen stammte.

Der beißende Geruch drang über die Thujahecke geradewegs in Pilars Nase und machte es ihr schwer, sich auf die windumtoste nordische Insel zu versetzen. Es war ohnehin nicht leicht, die seltsamen alten Geschichten mit den unseligen Fehden und den vielen Menschen zu erfassen, die Namen wie Thorkel, Thorgrim, Thorolf, Thorbjörn, Thorgeir, Thord oder Thorir hatten und meistens auf blutige Weise starben, weil das Unheil kein Ende nahm, aus immer demselben Grund.

»Rache«, sagte Pilar laut vor sich hin.

»Hat man Ihnen was angetan?« Über der Hecke tauchte Winters rundes Gesicht auf. »Rache ist ein Gericht, das am besten kalt serviert wird, Frau Nachbarin.« Er schickte ein fettiges Lachen herüber und hustete dabei – kein Wunder bei der Substanz, die er da einatmete. »Auch Kriemhild hat sich gut vorbereitet, und der Graf von Monte Christo hat sich ebenfalls Zeit gelassen.«

Oha, dachte Pilar, seit wann kommt Winter mir so literarisch? Im nächsten Moment wusste sie, warum: Er hatte Besuch.

»Unsere Nachbarin ist Literaturwissenschaftlerin, Erik«, hörte sie ihn sagen, während sein Kopf verschwand. »Sie hält vielbeachtete Vorträge. Pilar Álvarez-Scholz, vielleicht hast du schon von ihr gehört. Aber im Vertrauen: Das Tollste ist, dass sie einen unfehlbaren kriminalistischen Riecher hat. Da könnte ich dir Dinge erzählen …« Er kicherte. »Die Polizei war ihr jedes Mal dankbar.«

Was der Gast hinter dem dichten Grün der Hecke erwiderte, konnte Pilar nicht hören. Es war ihr auch gleichgültig, aber sie nahm sich vor, dem Nachbarn demnächst zu signalisieren, dass er den Quatsch mit dem Riecher in Zukunft für sich behalten sollte.

In ihrem Wohnzimmer läutete das Telefon. Sie legte das aufgeschlagene Buch auf den Tisch und lief ins Haus.

»Pilar!« Es war Nina, und sie klang atemlos. »Ich hab was gefunden. Von Dörte. Ein Buch mit Adressen. Hinter den Namen von Inga und Ute sind mit Bleistift Häkchen eingezeichnet, wie man sie macht, wenn was erledigt ist.«

»Erledigt?« Das Wort war wie ein Funkenschlag.

»Was betonst du das so merkwürdig?«

»Welcher Name hat noch so ein Häkchen?«

»Moment.«

Pilar hörte sie blättern.

»Der einer Lehrerin. Sonst keiner.«

»Deiner nicht?«

»Nein.«

In Pilars Kopf entstand ein Brausen, ein Wirbel von Gedankenfetzen. »Wie heißt die Lehrerin?«

»Elfriede Naumann.«

»Ruf sie an.«

»Warum?«

»Weil du Inga und Ute nicht mehr anrufen kannst. Wenn Dörte diese Frau Naumann besucht hat, bedeutet das Häkchen vielleicht: *Ich war da.* Oder …« Pilar hielt inne.

»Du, das war eine Lehrerin, die sie nicht ausstehen konnte, und die war echt gemein zu ihr. Dörte hat unter der gelitten. Warum sollte sie die alte Frau besuchen?«

»Weil …«

Vorsicht, dachte Pilar, noch nicht. Es ist nur ein wackliger Gedanke, eine unsichere Vermutung, nicht überprüft. »Lass uns nicht spekulieren, Nina. Ruf sie an. Hast du die Nummer?« Gegen ihren Willen sprach Pilar aufgeregt und hektisch.

»Die Nummer in Dörtes Büchlein ist vielleicht nicht mehr aktuell«, erwiderte Nina. »Ich schau lieber im Telefonbuch nach. Ich mach's sofort und sag dir Bescheid.«

Pilar blieb an der offenen Terrassentür stehen und sah in den Garten, der in der Abendsonne eine goldfarbene Tönung angenommen hatte. Das Vogelgezwitscher kam ihr unglaublich laut vor. Und sie spürte, wie sie innerlich vibrierte. Wie Ahnungen in ihr brodelten und etwas Düsteres, Rätselhaftes heraufspülten. Lass die Finger davon, Pilar.

Im Nachbargarten ertönte Eva Winters flötende Stimme: »Herr Dröbel, Sie stehen ja noch! Bitte, setzen Sie sich.«

»Sollten wir uns nicht duzen?«

»Aber gern.«

»Erik.«

»Eva.«

Das zarte Klirren edler Gläser. Das Klappern der Leiter.

260

»Tut mir leid, Erik, dass ich so spät mit dem Streichen fertig bin.« Die blecherne Stimme Winters. »Aber jetzt ist es so weit.«

Das Rücken von Terrassenstühlen. Der Duft guten Essens. Geschmortes Gemüse, Zwiebeln, Fleisch und Gewürze.

*Erik*, rekapitulierte Pilar für sich, *Herr Dröbel*. Den Namen hatte sie schon mal gehört: *Erik Dröbel*. Ein schwaches Glimmen in den unteren Schichten ihres Gedächtnisses. Das musste lange her sein. Ein Freund von irgendwelchen Freunden vielleicht. Auf einer Party, in einer Kneipe, irgendwo. Niemand, der einen nachhaltigen Eindruck hinterlassen hatte. Weder einen angenehmen, noch einen unangenehmen, einfach gar keinen.

Das Telefon läutete erneut. Pilar ging ins Haus. Wie erwartet, meldete sich Nina.

»Hast du sie erreicht?«, fragte Pilar.

»Nur ihre Schwester, die lebt jetzt in ihrer Wohnung in der Maxstraße.« Ninas Stimme klang dumpf.

»Und?«

»Frau Naumann ist tot.

»Seit wann?«

»Januar.«

»Woran ist sie gestorben?«

Nina schien tief Luft zu holen. »Offenbar ist sie in der Küche gestürzt und mit dem Kopf unglücklich auf den Fliesen aufgekommen. Sie war 82, da kann so was passieren.«

Wirklich? Der Fall erinnerte an Ingas Tod. Auch Nina musste das auffallen, Freddy hatte ihr von Ingas Sturz gezählt.

»War sie allein in der Wohnung?«

»Davon geht man aus. Das rechtsmedizinische Gutachten lässt allerdings offen, ob Fremdeinwirkung eine Rolle gespielt hat, sagt die Schwester. Sie fragt sich, ob nicht doch irgendwer da war. Viele Opfer öffnen dem Mörder selbst die Tür, das hört man ja oft.«

Die Häkchen. *Erledigt.* Wahrscheinlich konnte Nina sich glücklich schätzen, dass Dörte nicht mehr in der Lage war, hinter den Namen *Nina* ein Häkchen zu setzen.

»Gib das Büchlein der Polizei, Nina.«

»Hm, ja … Natürlich.«

Das klang allzu zögerlich.

»Am besten sofort«, sagte Pilar mit Nachdruck. »Ruf die Leute von der Mordkommission an.«

»In dem Buch stehen nicht nur Adressen, Pilar. Hinten sind ein paar Seiten mit Aufzeichnungen, eine Art Tagebuch, ganz eng beschrieben. Das möchte ich erst noch lesen. Es steht bestimmt was über mich drin. Ich rufe die Polizei morgen früh an.«

»Besser, du rufst noch heut Abend an. Mach dir vorher Kopien.«

»Geht nicht, unser Scanner ist kaputt.«

»Komm zu uns, wir machen es hier.«

»Nee, ich bin zu müde. Ich will nicht noch mal fort.«

»Ich kann das Buch abholen und die Seiten für dich kopieren.«

»Mach keinen Stress, Pilar! Heut Abend liest es bei der Polizei sowieso niemand mehr.«

Pilar konnte sich des Eindrucks nicht erwehren, dass Nina erst prüfen wollte, ob Dörte nichts Verfängliches über sie geschrieben hatte, ehe sie das Notizbuch der Polizei zuführte. Sie hatte schon den Vorschlag auf der Zunge, für zwei Stunden auf den Venusberg zu kommen, damit sie das Tagebuch gemeinsam studieren könnten. Aber das hieße, dass sie nicht zu Hause wäre, wenn Richard käme, was alles andere als gut wäre, nachdem sie gerade erst von ihrer Islandreise zurückgekehrt war.

»Ruf mich an, wenn du in den Notizen was Besonderes entdeckst.«

»Klar, mach ich.« Nina legte auf.

Und plötzlich war es wieder da, dieses Misstrauen gegen Nina. War sie Dörte zuvorgekommen? Hatte sie sich diesmal nicht beherrscht? Pilar schüttelte den Kopf. Sie wollte es nicht. Nein.

»Ich glaub's erst, wenn alle anderen Möglichkeiten ausgeschlossen sind«, murmelte sie.

Inga und Ute. Die Lehrerin Elfriede Naumann. Die Häkchen. Wenn sie bedeuteten, dass Dörte diese Frauen durch Taten, die wie

262

Unfälle aussahen, *erledigt* hatte, war die These von dem Täter aus der Vergangenheit, der es auf alle vier Mädchen abgesehen hatte, jedenfalls Käse. Doch irgendwer, der einem der Opfer nahestand, konnte Dörte auf die Spur gekommen sein, sie beobachtet, ihr zur Klinik gefolgt und dort auf dem einsamen Flur Rache geübt haben. Der Mann im grauen Anzug, der hinter Nina auf der Treppe war? Außer ihm, Ludger und Nina konnte noch einer unterwegs gewesen sein. Der unbekannte Fünfte.

Pilar wählte Freddys Nummer.

»Freddy!«

Es klang so aufgeregt, dass Freddy mit dem Schlimmsten rechnete und eine Gänsehaut bekam.

»Pilar, was ist los? Ich bin gerade dabei, den Kleinen zu füttern.«

»Schieb das Breichen weg und lass Birgit euren Sohn füttern! Jetzt musst du ermitteln.«

»Wie? Du hattest doch beschlossen ...«

»Egal«, fiel sie ihm ins Wort, »Das müssen wir jetzt wissen. Wenn Dörte ihre alten Freundinnen umgebracht hat ...«

»Hey, Moment! Das klingt, als wärst du dir da ziemlich sicher.«

Justus krähte in seinem Hochstuhl. Birgit trat hinzu und übernahm den Löffel, von dem der Brei auf die Tischplatte tropfte. Auf Freddys Hose war bereits ein dicker weißer Klecks.

»Freddy, Nina hat ein kleines Adressbuch gefunden, das Dörte gehört hat. Morgen gibt sie es bei der Polizei ab. Dörte hatte hinter die Namen von Inga und Ute einen Erledigungshaken gesetzt. Und der Bruder sagt, sie sei auf ihre alten Freundinnen höllenfeuerheftig neidisch gewesen.«

»Was für ein Bruder?«

»Dörtes. Den hab ich Frau Mohn zuliebe aufgesucht. Der ist total nett, mag aber keine Hunde.«

»Wundert mich, dass du ihn trotzdem magst.«

»Bleib bei der Sache, Freddy. Auch eine verhasste alte Lehrerin aus der Maxstraße hat ein Häkchen abbekommen. Sie hat sich in ihrer Küche zu Tode gestürzt, hat Nina von der Schwester erfahren. Also, pass auf: Falls die Häkchen bedeuten, dass Dörte die drei Frauen getötet hat, hätten wir noch ein paar mögliche Verdächtige: Ein Angehöriger eines Opfers kann sich gerächt haben.«

»Klingt nach Island-Sagas. Mittelalter, tausend Jahre her.«

»Experten bezeichnen sie als erstaunlich modern.«

»Heutzutage rächt man sich nicht. Man geht normalerweise zur Polizei.«

»*Normalerweise*. Wer einen geliebten Menschen verloren hat, ist im Ausnahmezustand, Freddy. Das Problem ist, wie man herausfindet, wer Dörte auf die Spur gekommen ist. Vielleicht einer der beiden Ehemänner, zum Beispiel der von der Staatsanwältin. Der wusste, dass Dörte bei seiner Ute gewesen war. Darüber wird er eine Weile nachgedacht haben.«

»Das dürfte die Polizei auch schon beschäftigt haben. Da müssen wir uns nicht drum kümmern.«

»Und Werner, Ingas Mann, hat immerhin gelogen.«

»Möglicherweise nur gegenüber der Tante.«

»Okay, was er der Polizei gesagt hat, wissen wir nicht. Frau Mohn wird bei ihrem Besuch im Präsidium die Lügen des geliebten Neffen geflissentlich verschwiegen haben.«

So wie Birgits Kollegin Nadine Rücksicht auf den netten Werner genommen hat, dachte Freddy. Liebe, Sympathie, Rücksichtnahme – das war der Stoff, der eine Täterschaft verschleiern konnte.

»Was soll ich tun?« Von solchen Dingen ging ein Sog aus, ob er es wollte oder nicht. Das hatte er mit Pilar gemeinsam. Endlich war sie wieder so, wie er sie kannte.

»Beispielsweise den lieben Werner aufsuchen und ihm auf den Zahn fühlen«, schlug Pilar vor.

»Gut. Aber zunächst hab ich eine andere Idee.«


Während Birgit den kleinen Justus fürs Bett fertig machte, schob Freddy sein Fahrrad aus der Garderobe und durch die Haustür.

Ob Ansgar seiner geliebten Dörte wirklich überallhin gefolgt war? Wenn ja, konnte er mehr wissen als jeder andere.

»Freddy?«, rief Birgit aus dem ersten Stock, als das Hinterrad über die Schwelle rollte. »Wohin fährst du?«

Freddy blieb stehen. Sie stand oben an der Treppe.

»Doch nicht etwa zu dem Typen, der dich beinahe umgebracht hat?«

»Doch«, erwiderte er. »Nur ganz kurz.«

»Nein, Freddy! Das ist Wahnsinn.«

»Mach dir keine Sorgen. Um diese Zeit ist sein Bruder da.«

»Der Bruder könnte Dörtes Mörder sein, das hast du selbst gesagt.«

»Aber nicht meiner.«

Der kleine Justus schrie im Badezimmer gellend auf. Freddy hörte Birgits eilige Schritte. »Oh, nee, der hat alles mit Salbe eingeschmiert!«

»Tschüß, bin gleich wieder da.«

Freddy schloss sachte die Haustür und lauschte. Einfach schnell loszufahren, war ein bisschen gemein, aber er verspürte den unwiderstehlichen Drang, das zu tun, was er sich vorgenommen hatte. Es hatte ihn gepackt.

In wenigen Minuten gelangte er von seinem Häuschen in Röttgen über Lengsdorf und Poppelsdorf in die Argelanderstraße, wo sich wieder einmal der Verkehr vor der Kreuzung staute. Er überquerte die Fahrbahn zwischen qualmenden Auspuffrohren und vibrierenden Kühlerhauben, schloss sein Rad an den Zaun und stieg die Stufen hinab, die zur Kellerwohnung führten. Mit einem Ruck öffnete sich die Tür, und Ansgar stand vor ihm.

»Was willst du?«

Freddy blickte an den langen Armen herunter bis zu den behaarten Händen links und rechts der schlabberigen Trainingshose. Keine Waffe.

»Reinkommen will ich. Reden.«

»Mensch, verpiss dich.«

»Es ist wegen Dörte. Ich muss über sie reden.«

Das Gesicht über dem dichten schwarzen Bart veränderte sich, wurde weicher. Wechselte langsam von grimmig zu verletzlich. Freddy wartete. Seiner Einschätzung nach musste Ansgar ein starkes Bedürfnis haben, über Dörte zu sprechen. Mit Ludger konnte er das vermutlich nicht, ohne gesagt zu bekommen, dass ihr Tod seine Rettung bedeute.

Ansgar trat zwei Schritte zurück. Der Dackel auf dem Sofa knurrte leise. Freddy trat ein, Ansgar schloss die Tür. Sie blieben vor dem Küchentisch stehen.

»Was heißt das: *über sie reden*?«

»Ich möchte wissen, ob du Dörte immer gefolgt bist. Jeden Tag. Auch mal nachts.«

Die dunklen Augen unter den schwarzen Brauen musterten Freddy. Der Mann war auf der Hut.

»Nur in Bonn. Berlin mag ich nicht.«

»Wie war das im April – war sie hier?«

Ansgar ließ sich auf einen der Küchenstühle sinken.

»Was soll das?«

Freddy setzte sich auf den Stuhl gegenüber. Das Holzgefüge knackte und schien ein wenig nachzugeben.

»Ich möchte rauskriegen, wer sie ermordet hat.«

»Bist du ein verkappter Kriminaler oder was? Arbeitest du für die?«

»Mit denen hab ich nichts zu tun. Aber ich bin dafür, dass sie Dörtes Mörder schnappen. Du nicht?«

»Mir scheißegal. Ich will, dass sie lebt. Das schaffen die nicht.«

»Hat die Polizei schon mit dir gesprochen?«

Ansgar zuckte mit den Schultern. »Ließ sich nicht vermeiden.«

»Hast du denen alles gesagt, was du gesehen hast, wenn du hinter Dörte hergefahren bist?«

»Alles, was die was angeht.«

»Und was geht sie nichts an?«

»Das geht auch dich nichts an.«

266

»Ich kann verstehen, dass du Polizisten nicht magst. Geht einem halt so, wenn man mal Ärger mit denen hatte.«

»Ist mir egal, ob du das verstehst.«

»So, wie die Dörte drauf war, mochte sie die Polizei auch nicht«, sagte Freddy in möglichst neutralen Ton. »Sie hatte ihre Gründe.« Weiter oben im Haus rauschte eine Toilettenspülung. Der Dackel auf dem Sofa veränderte seine Lage und seufzte. Einer der Wellensittiche knabberte an dem Holzleiterchen im Käfig. Der Kühlschrank summte leise. Von draußen war das Klackern von hohen Absätzen auf den Platten des Bürgersteigs zu hören, im Hintergrund das Anhalten und Anfahren der Fahrzeuge. Als der Bus vorbeifuhr, schien das ganze Haus zu beben. Freddy fand sich allmählich damit ab, dass sein Gegenüber für den Rest des Abends schweigen würde.

»Wir passten zusammen«, sagte Ansgar plötzlich.

»Dieser Ansicht war sie nicht so, oder?«

»Ich mach ja auch alles falsch.«

»Und sie, was hat sie denn falsch gemacht?«

»Sie wusste nicht, dass ich sie beobachtet hab.«

»Wolltest du es ihr irgendwann sagen?«

Er zuckte mit den Achseln. »War mir peinlich.«

»Was?«

»Bei so was zuzusehen, das ist … Hm. Tut man ja nicht.« Ansgar blickte zum Sofa, wo der Dackel gähnte und sich streckte.

»Was meinst du jetzt genau?«

Freddy wagte kaum zu atmen. Bis hierhin hatte er alles richtig gemacht. Er spürte, dass etwas kommen würde, es war wie eine Schwingung in der Luft.

Die Augen halb geschlossen, wandte Ansgar ihm wieder das Gesicht zu. »Ist egal jetzt, wie?«

Freddy nickte.

»Da oben am Denkmal. Venusberg. Nachts. Da war Dörte dabei.«

»Es waren zwei Radfahrerinnen, und die eine war Dörte, ja?«

»Dörtes Arm ist zur Seite. Die andere ist gestürzt. Mit dem Kopf auf so'n Basaltklotz. Dörte zu ihr hin. Und den Kopf noch mal dagegen, irgendwie so …« Ansgar machte eine Bewegung, als würde er ein Ding von der Größe eines Balls hochheben und feste auf die Tischplatte knallen.

Sekundenlang verschlug es Freddy den Atem. Die zweite Kopfverletzung, die die Rechtsmediziner festgestellt hatten …

»Und du bist nicht dazwischen gegangen?« Vorsicht, dachte Freddy, keine Schuldzuweisungen, sonst macht er dicht.

»Sie musste es tun. Das hab ich gefühlt.«

»Na, toll«, murmelte Freddy.

»Da war was. Von früher. Offene Rechnung. Ich hab's gespürt.«

»Ein Vergeltungsakt also.«

Freddy atmete tief durch. Wenn das alles stimmte, hatte Dörte ihre frühere Freundin Inga ermordet. Dass sie Gründe hatte, sich für irgendwas zu rächen, hatte er bisher nicht ernsthaft in Erwägung gezogen. Nina hatte ihm von den Vorwürfen erzählt, doch wie tief mussten die Verletzungen gesessen haben, um durch Tötung vergolten zu werden, wie kaputt, wie zerbrochen musste diese Dörte gewesen sein …

»Und dann?«, fragte Freddy.

»Sie ist weggefahren. Mit der anderen war es vorbei.«

»Bist du Dörte gefolgt?«

»Bin ich ja die ganze Zeit. Ohne Licht, das hab ich sowieso nicht. Aber nun war sie weg. Da gehen mehrere Wege ab. Hab alle probiert. Aber nix. Vom Wald verschluckt.«

»Was hat sie sonst noch getan?«

»Dörte? Nichts.«

»Aber bei einer Frau, die am Venusberghang wohnte, war sie doch auch?«

»Der hat sie nur was Blutwurst mitgebracht. Im Glas, hab ich in ihrer Tasche gesehen. Hat sie selbst gekocht, in Berlin, leider nicht für mich. Aber die Fahrrad-Freundin wollte keine. Vegetarierin.«

»Woher weißt du das?«

268

»Die haben im Wald drüber geredet. In der Schutzhütte.«

»Und wie lange war Dörte bei der anderen im Haus?«

»Weiß nicht. Zwei Tage?«

Das wäre lang genug, um zu verhindern, dass ärztliche Hilfe kam, mutmaßte Freddy. Falls es die Berliner Wurst war, die Ute vergiftet hatte, könnte auch dieser Tod auf Dörtes Konto gehen.

»Dann gab es noch eine alte Frau in der Maxstraße, Ansgar, in der Altstadt. War Dörte da mal? Im Januar?«

»Frostiger Tag. Da war sie nur kurz. Viertelstunde.«

»Das alles hast du nicht der Polizei gesagt?«

»Nein. Und du tust das auch nicht.«

»Du meintest eben, es sei jetzt egal. Und das stimmt. Dörte hat keinen Nachteil davon.«

»Sag das nicht. Wir wissen nichts über die Toten.«

»Manches doch: Sie müssen die Polizei nicht fürchten.«

»Du sagst denen kein Wort!« Ansgars Stimme schwoll unangenehm an. »Ich weiß genau, wo du wohnst und dass du eine Frau und ein kleines Kind hast! Ich hab eine Pistole. Und jede Menge Munition.«

Alles an Freddy verkrampfte sich. Er war nicht besonders ängstlich, aber wer Birgit und Justus anrühren wollte, traf ihn mitten ins Herz.

»Wie kommst du an meine Adresse?«

»Fahrrad.«

Also war Ansgar ihm auf dem Rad bis nach Hause gefolgt. Wahrscheinlich nachdem Freddy hinter dem Zafira hergefahren war, um festzustellen, wo Ansgar wohnte. Auf dem Rückweg hatte Freddy sich nur auf sein Zuhause gefreut und nicht damit gerechnet, dass jemand ihm folgte. Er hatte Ansgar unterschätzt.

»Dein Bruder hat versprochen, die Pistole bei der Polizei abzugeben.«

»Hat er auch gemacht.«

Freddy entspannte sich ein wenig und erhob sich.

»Aber der weiß ja nicht«, sagte Ansgar, »dass ich noch eine hab.«

Aufgewühlt verließ Freddy die Kellerwohnung. Natürlich musste er die Polizei informieren! Zur zuständigen Mordkommission gehörte auch sein alter Freund Klaus Kohl, den konnte er anrufen. Aber das musste er nicht überstürzen, schließlich war es schon ziemlich spät. Es sprach nichts dagegen, mit dem Anruf bis morgen früh zu warten, wenn Nina das Notizbuch zur Polizei brachte. Dörtes Aufzeichnungen waren für die Ermittlungen sicher aufschlussreicher als Angaben aus zweiter Hand, die der seltsame Kellerbewohner vor der Polizei womöglich nicht bestätigen würde. Jetzt stand erst mal an, was Freddy Pilar versprochen hatte: Werner, den Ehemann der verstorbenen Inga aufzusuchen. Wenn der Mann wusste, dass Dörte seine Frau auf der nächtlichen Radtour begleitet hatte, und von ihrer Schuld überzeugt war, hatte er das sicher sofort der Polizei gesagt. Hatte man Dörte allerdings nichts nachweisen können und kam er damit nicht klar, war ein Racheakt nicht ausgeschlossen.

Freddy hatte sich die Adresse, die er dem Telefonbuch entnommen hatte, im Handy gespeichert. Die kleine Straße am Fuß des Kreuzbergs war nicht weit entfernt. Als er sich dem Reihenhaus mit der Nummer 37 näherte, stand dort ein schlanker Mann mittleren Alters, der den Deckel einer Mülltonne anhob und eine Abfalltüte hineinstopfte.

»Oh, was für ein Zufall«, rief Freddy ihm entgegen und bremste. Der Mann fuhr zusammen und blickte auf.

»Entschuldigung, ich wollte Sie nicht erschrecken. Sie sind doch Werner Altkirch? Bob Keller ist mein Name, ich bin ein guter Freund der verstorbenen Dörte Flauscher und habe Sie beide irgendwann im Frühjahr zusammen gesehen, im April war das wohl. Wenn ich jetzt nur wüsste, wo! In irgendeinem Lokal jedenfalls. Ihr markantes Gesicht hatte sich mir sofort eingeprägt, deshalb hatte ich Dörte gefragt, wer Sie sind. Und jetzt hab ich Sie auf Anhieb wiedererkannt.«

Schwindeleien gehörten zum Metier eines Privatdetektivs, ohne sie ging es nicht. Freddy beherrschte das ganze Arsenal an

270

falschen Behauptungen, Schauspielerei und hohlen Komplimenten inzwischen perfekt. Was er sich erhofft hatte, blieb indessen aus. Altkirchs feine, ein wenig kantige Gesichtszüge erstarrten kein bisschen und zeigten keine Spur von Unsicherheit. Er runzelte nicht einmal die Stirn, sondern nickte nur bedächtig.

»Ach, so ist das. Dörte war eine Schulfreundin meiner Frau. Sie hatte mich angerufen und wollte mich unbedingt treffen, um sich nach Jobs in der Werbung zu erkundigen, das ist meine Branche. Da ich mich gerade wegen eines blödsinnigen Streits von meiner Frau getrennt hatte, war meine Laune fürchterlich. Ich war abweisend und unfreundlich zu Dörte, sie ging mir auf die Nerven. Das bereue ich nun. Der Tod verändert unsere Einstellung zu den Menschen.«

»Ich hatte in der letzten Zeit keinen Kontakt zu Dörte und hätte sie so gern noch dies und das gefragt.«

»Da kann ich Ihnen leider nicht helfen.«

»Na, vielleicht doch. Ich hab von irgendwem gehört, dass sie im April, kurz nach unserem letzten Telefongespräch, eine nächtliche Radtour über den Venusberg unternommen hat. Eine gewisse Inga soll dabei gewesen sein.«

»Inga?« Frau Mohns Neffe schüttelte den Kopf. »Falls damit meine Frau gemeint ist, kann ich nur sagen, dass es für mich so aussah, als sei sie allein mit dem Rad auf dem Venusberg gewesen – leider. Sie ist tödlich verunglückt, und man fand sie viel zu spät.«

Freddy zog ein schockiertes Gesicht, denn ein x-beliebiger Freund von Dörte konnte von diesem Unfall kaum Kenntnis haben.

»Mein Beileid …«

»Von einer gemeinsamen Tour weiß ich nichts. Dörte war ja nur auf der Durchreise von Basel nach Berlin und hatte vor, direkt nach unserem Gespräch weiterzufahren.« Der Mann sah Freddy aus ruhigen blauen Augen an. »Wie kommen Sie darauf, sie könnte mit Inga unterwegs gewesen sein?«

»Das hat einer von den anderen Freunden gesagt.«

»Dann hätte auch die Polizei davon hören müssen, es wurden ja Zeugen gesucht. Die Nachbarn jedenfalls sahen Inga gegen Abend allein losradeln, das haben sie mir erzählt. Eine Frau wie Dörte wäre ihnen aufgefallen.«

Dieser Mann wirkte aufrichtig und ohne Falsch. Der Gedanke, er könne ein Rachemörder sein, kam Freddy lächerlich vor. Er hoffte, dass Werner Altkirch verwirrt genug war, nicht nach dem Namen von Freddys Informanten zu fragen. Sicher, es wäre recht und billig, Ingas Ehemann über die wahren Tatsachen ins Bild zu setzen, dann aber aus erster Hand, durch Ansgar selbst. Wenn Ansgars Darstellung überhaupt die wahren Tatsachen enthielt … Hatte er sie womöglich erfunden, um Freddy zu täuschen? Wollte er auf diese Weise den Verdacht, Dörte ermordet zu haben, von seinem Bruder auf Ingas Ehemann lenken?

»Wahrscheinlich irrt sich dieser Freund«, sagte Freddy und schwang sich wieder auf sein Fahrrad. »Entschuldigen Sie die Störung.« Sackgasse, dachte er. Es tat ihm leid, Frau Mohns Neffen irritiert zu haben. Und was war mit dem Ehemann der anderen, dem von Ute Hackmeyer? Den wollte Freddy heute nicht mehr aufsuchen, es begann schon zu dunkeln. Ob denn dieser Witwer überzeugt war, dass Dörte seine Frau mit Absicht sterben ließ? War er ihr hinterher gepirscht, um sich zu rächen?

»Ich glaub's nicht, ich glaub's einfach nicht«, murmelte Freddy in den Fahrtwind. »Aber was glaub ich denn?«

Nina saß auf dem Sofa im Wohnzimmer. Das Licht im Raum war dämmrig, sie knipste die Stehlampe an. Sie hatte eine Tasse Tee aufgebrüht und vor sich auf den Couchtisch gestellt, zog die Beine unter sich und nahm Dörtes schwarzes Adressbuch zur Hand. Die Katze Leni schmiegte sich an ihre Hüfte und schnurrte laut. Das half Nina, sich ein wenig besser zu fühlen.

Mit dem Lesen kam sie nur langsam vorwärts. Es war mühsam. Dörtes Schrift war schludrig, unregelmäßig und winzig klein. Manche Worte waren nicht zu erkennen.

272

In Ninas Gedächtnis stiegen dunkle Seiten der Kindheit herauf, düstere Nebel aus Handlungen, Worten und Schuld. Inga, Ute und sie selbst waren Dörte keine guten Freundinnen gewesen. Sie hatten nur zu ihr gehalten, solange es darum ging, durch gemeinsame Streiche und verrückte Ideen Spaß zu haben. Das war Nina als tolle Gemeinsamkeit in Erinnerung geblieben. Wie mies und böse sie sich oft verhalten hatten, war dagegen verblasst wie eine alte Buntstiftzeichnung. Auch hatte Nina damals nicht gewusst, welche Schwierigkeiten Dörte zu Hause hatte, in der Wohnung unterm Dach, von ihren Eltern *Mansardenwohnung* genannt, wo sie nie zusammen spielen durften.

Dörtes Mutter hatte Nina selten gesehen. Diese unscheinbare, verhuschte Frau sollte Terroristen beherbergt haben? Auch an den Bruder erinnerte sich Nina nur äußerst schwach. Hin und wieder hatte sie ihn auf dem Schulweg gesehen und von all den anderen Jungs, die einen Kopf kleiner waren als sie, kaum unterscheiden können. Und was war mit Dörtes selbstgemachter Wurst? Sie war daran erkrankt, doch wie es weitergegangen war, konnte Nina nicht entziffern. Bei der Schilderung der Leute in der Dachwohnung und im Hauseingang war die Schrift deutlicher. Nina überblätterte zwei Seiten, die besonders schwer lesbar waren und nahm sich die letzte Eintragung vor. Sie stutzte. Der Rechtsanwalt – ein Mörder? Die ganze Geschichte mit den angeblichen RAF-Leuten erinnerte Nina an einen Schulaufsatz von Dörte, der ähnlich verrückt klang und den Frau Naumann mit der Bemerkung quittiert hatte: *für einen Bericht zu fantasievoll, Thema verfehlt.*

Ein gedämpftes Geräusch ließ Nina aufblicken. Die Katze hob den Kopf. Kam Gregor schon nach Hause? Er war beim Jägerstammtisch, da wurde es meistens später.

Nina lauschte. Nein, es musste etwas anderes gewesen sein. Es war nichts mehr zu hören. Ihr war nicht einmal bewusst, aus welcher Richtung das Geräusch gekommen war. Sie schaute sich um. Ihr Blick traf die Fensterscheibe. Darin sah sie sich erschreckend klar mit allen Einzelheiten gespiegelt: ihr strubbeliges Haar, das aufgeschlagene Büchlein in ihrer Hand, die getigerte Katze neben ihr. Draußen war es längst dunkel, und sie hatte weder die Rollläden heruntergelassen noch die Gardinen vorgezogen! Das versäumte sie sonst nie, weil ihr die Vorstellung, es könne jemand ums Haus schleichen und sie im erleuchteten Zimmer beobachten, unerträglich war. Der Garten hatte keinen Bewegungsmelder, Gregor hielt das für überflüssig.

Vorsichtig schob Nina die Katze, deren Körper einen angespannten Eindruck machte, ein Stück beiseite und stand auf. Sie legte Dörtes Notizbuch aus der Hand, ging zu den großen Terrassenfenstern und ließ den Rollladen hinunter, ebenso so an dem kleineren Fenster an der Seite. Währenddessen gähnte sie mehrmals, sie war furchtbar müde. Sie würde nicht warten, bis Gregor zurückkehrte, sie wollte zu Bett gehen. Zwar hatte sie Dörtes Aufzeichnungen noch nicht vollständig gelesen, aber das ließe sich morgen früh erledigen oder in der Nacht, falls sie nicht schlafen konnte. Langsam stieg sie die Treppe hinauf. Sie hatte vergessen, das Licht im Wohnzimmer zu löschen, wollte aber nicht umkehren. Ihr Kopf fühlte sich schwer und überfüllt an, das Denken war mühselig.

Auf der drittletzten Stufe hielt sie inne. Es hing ein Geruch in der Luft. Unangenehm und fremd, aber der Art nach eindeutig – männlicher Schweiß. Der Körpergeruch eines Kerls, der mit Sicherheit nicht Gregor war.

Auf der Treppe war ein Fremder gewesen. Vor Minuten oder Sekunden. Während sie im Wohnzimmer mit dem Rücken zur Tür saß, konnte er hinaufgeschlichen sein. Und hielt sich nun im Schlafzimmer, im Gästezimmer, im Arbeitszimmer oder im Badezimmer auf. Oder umgekehrt: Er war aus dem ersten Stock gekommen und jetzt in der Küche, im Gäste-WC oder im Keller. Er konnte ebenso gut unten wie oben sein.

Ihr Herz klopfte wie wahnsinnig. Wo sollte sie hin? In ihrem Kopf tobte ein Durcheinander zwischen *Ich bin verloren* und *Dreh nicht durch.*

274

Vielleicht war es er nur ein Einbrecher auf der Suche nach Schmuck und elektronischen Geräten. Aber waren solche Menschen immer harmlos? Zückten sie nicht die Waffe, wenn sie ertappt wurden? Noch schlimmer war es, wenn der Eindringling einen anderen Zweck verfolgte und der Mann war, der Dörte liebte. Wenn er glaubte, Nina habe sie umgebracht, konnte er nur ein einziges Ziel haben – Rache.

Hilfe holen, war der einzige klare Gedanke, den Nina fassen konnte. Aber wie? Ihr Handy lag auf dem Tisch in der Küche, dort lauerte vielleicht der Mann. Das Festnetz-Telefon befand sich auf der Ladestation, die ebenfalls in der Küche war.

Lautlos beugte sie sich vor, um durch die offene Schlafzimmertür zu schauen, durch die ein Luftzug wehte. Da fiel es ihr ein: Sie hatte die Tür des kleinen Balkons offen gelassen, um gründlich zu lüften. Bestimmt war der Kerl auf diesem Weg ins Haus eingedrungen. Neben dem Balkon stand ein Kirschbaum, ein sportlicher Mann konnte es schaffen, von dort auf die Brüstung zu gelangen. Dann musste er von oben nach unten unterwegs gewesen sein und befand sich nicht mehr im ersten Stock.

Leise stieg Nina die restlichen Stufen hoch. Was, wenn ihre Folgerung falsch war? Sie hielt den Atem an und horchte. Nichts.

Sie ging einen Schritt weiter und erstarrte. Im dunklen Schlafzimmer war eine Bewegung an der Balkontür. Etwas Großes, Weißes schwang herein und auf sie zu. Bitte nicht.

Die Gestalt wich zurück. Sprang wieder vor. Die Gardine, in die der Wind gefahren war – nichts weiter. Doch Ninas Herz pochte unvermindert hart und heftig.

Und da war wieder was. Im Parterre. Sie fuhr herum und sah nach unten. In ihrem Rücken flog, wie von Geisterhand gestoßen, die Schlafzimmertür zu.

Im nächsten Moment wusste sie, was los war: Durchzug! Er hatte die Haustür geöffnet. Und wieder geschlossen. Aber hieß das auch, dass er weg war? Ebenso gut konnte er einen Kumpel hereingelassen haben. *Komm rein. Die Frau ist oben. Zu zweit kriegen wir sie.*

Sie könnte auf den Balkon rennen und um Hilfe rufen. Wenn jemand sie hörte … Um diese Zeit saß niemand mehr draußen, es war zu kühl. Drinnen sahen die Leute womöglich fern und merkten nichts. Oder glaubten, das Schreien käme aus dem Fernseher der Nachbarn.

Nina lauschte. Vollkommene Stille. War sie wieder allein?

Vorsichtig schlich sie, auf jeder Stufe innehaltend, die Treppe hinunter. Bis sie die Haustür im Blick hatte. Die war zu. Alles schien wie immer. Nina stieg die restlichen Stufen hinab und blickte vom Flur aus ins Wohnzimmer. Das Sofa war leer, die Katze verschwunden – ein sicheres Zeichen, dass ein Fremder dagewesen war. Nina ging ein paar Schritte weiter und ließ ihren Blick durch den Raum schweifen. War etwas verändert?

Nein.

Doch.

Das schwarze Büchlein lag nicht auf dem Couchtisch. Es war fort, als hätte es nie dort gelegen. Oder hatte sie es in der Hand gehabt, als sie aufstand, um die Rollläden runterzulassen? Hatte sie es woanders abgelegt? Möglich. Aber wo war es jetzt? Auf dem Esstisch, wo sich die Zeitungen stapelten, im Bücherregal, auf der Anrichte? Es lag zu viel herum, um auf Anhieb erkennen zu können, ob sich dazwischen das kleine Buch befand. Aber es musste irgendwo sein. Niemand kam, um ein solches Ding zu stehlen.

Und jetzt sah sie es: Ihr Fotoapparat war von der Anrichte verschwunden. Sie war sich absolut sicher, dass er dort gelegen hatte. Der Dieb hatte also was Brauchbares gefunden. Sie lachte leise auf. Ihr Herz schlug fast wieder normal. Nicht schlimm um den Apparat. Der war nicht toll, dafür würde sie nicht die Polizei holen, auf die sie ohnehin nicht scharf war. Und das Büchlein würde sich morgen finden, sie musste nur richtig suchen. Jetzt aber vor allem schlafen. Bei geschlossener Balkontür.

Sie ging in die Küche, stellte fest, dass Handy und Geldbörse noch da waren, nahm beide an sich und schloss die Haustür ab.

276

Kurz nach Mitternacht öffnete Erik Dröbel die unbeleuchtete Tür seines Bungalows in Bonn-Castell und ließ Manni herein. In der Diele war nur eine kleine Wandlampe eingeschaltet, aber den Wohnraum, dessen Fensterfront zum Rhein hinausging, erhellte das flackernde Feuer des offenen Kamins. Schließlich war der Abend kühl. Doch nicht um den Hausherrn und seinen Gast zu wärmen, brannte das Feuerchen, sondern aus einem ganz anderen Grund. »Setz dich. Kölsch oder Pils?«

»Kölsch.«

Manni ließ seinen breiten Hintern in einen der sandfarbenen Clubsessel plumpsen. Erik stellte eine Flasche Früh Kölsch vor ihn hin und setzte sich in den Sessel gegenüber.

»Und?«

»Als ich die Polizeistreife dort rum fahren sah, dachte ich mir schon, dass die Sache interessant wird.«

»Hattest du Probleme, rein zu kommen?«

»Nicht wirklich. Die haben einen Balkon nach hinten raus.«

Dröbel sah auf Mannis derbe Pranken, die lässig über die Armlehnen hingen. »Nix gefunden?«

»Oh, doch. Adressbuch und Tagebuch in einem. Höchst aufschlussreich.«

Na, bitte, so sind sie, diese Frauen, dachte Dröbel. Nur Mannis Betonung gefiel ihm nicht. Nun erschien auch noch ein breites Grinsen auf dem teigigen Gesicht.

»Hast du reingeschaut?«, fragte er in gleichgültigem Ton, als spielte die Antwort keine Rolle.

»Musste ich ja. Woher hätte ich sonst gewusst, dass ich das Richtige hab? Und überhaupt – das ist geil. Kenne sonst keine Frau, die Tagebuch führt.«

»Intime Bettgeschichten?«

»Viel interessanter.«

Das Grinsen in dem feisten Gesicht war unerträglich. Dröbel stand auf und zog einen Umschlag zwischen den Büchern im Regal hervor.

277

»Dann gib mal her. Hier sind deine Sechshundert.«

»Sechshundert? Dass ich nicht lache.«

Dröbel fühlte, wie ihm das Blut aus dem Gesicht wich.

»Es war so abgemacht.«

»Tja …« Manni lehnte sich zurück und verschränkte die Arme vor der Brust. Er wirkte provozierend entspannt. »Wir haben jetzt ganz neue Voraussetzungen. Für einen RAF-Mörder ist die Sache teurer.«

»Was redest du da? Bist du bescheuert?«

»Ich nicht. Aber du, weil du mitgemacht hast.«

»Was für ein Unfug! Diese Person hat doch wohl nicht geschrieben, ich wäre bei der RAF gewesen?«

»Aber klar doch. Fühle mich bestens informiert.«

»Sei kein Schwachkopf. Wenn das in dem Tagebuch steht, ist das reine Fantasie. Die Frau hättest du sehen sollen, die war total gestört.«

»Und weshalb sollte ich nach Briefen und Notizbüchern fahnden, hm? Das macht keinen Sinn, wenn es um die Märchensammlung einer psychisch Kranken geht.«

Dröbel versuchte sich an einem anzüglichen Lächeln. »Zwischen uns gab es ein paar pikante Kleinigkeiten. Um die ging es mir.«

»Mir ist das hier pikant genug. Macht Fünfzigtausend.«

Dröbel blieb die Luft weg. So eine Wende hatte er nicht erwartet. Er hatte geglaubt, Manni sei sein Bewunderer und ihm treu ergeben, seit er ihn vor Gericht verteidigt und aus einer Rieseneinbruchsache rausgepaukt hatte, was ihm mehrere Jahre Bau erspart hatte. Manni war ihm unendlich dankbar gewesen und hatte versichert, ihm jederzeit helfen zu wollen, falls Erik es mal nötig hätte, egal, um was es sich handelte. Dröbel hatte ganz selbstverständlich angenommen, Manni würde in etwaige Schriftstücke nur oberflächlich reinschauen und sich für den Inhalt nicht interessieren. Dass ihm das Lesen schwerfiel, war für jeden, der ihn kannte, offenkundig.

278

»Hast du das Sümmchen nicht im Haus? In dem Fall nehme ich die Sechshundert als Anzahlung und hol den Rest morgen.«

»Du musst wahnsinnig sein.«

Dröbel brach der Schweiß aus. Fünfzigtausend! Das Haus war bis zur Dachrinne mit Grundschulden belastet, an weitere Kredite war nicht zu denken, und die Kanzlei warf nicht genug ab. Er schielte in die Ecke, wo sich das Kaminbesteck befand. Der Schürhaken lag am nächsten. Die Pistolen waren im Nebenzimmer, die Jagdwaffen noch weiter weg. Aber wenn er unter dem Vorwand, das Geld holen zu müssen, ins Nebenzimmer ginge … Er stand auf.

»Falls du planst, mich kalt zu machen, lass es lieber«, sagte Manni lässig. »Meine ganze Bagage weiß, wo ich bin und weshalb ich hier sitze. Das sind zwölf Erwachsene. Zwei stehen vor der Haustür.«

»Kalt machen!« Dröbel lachte, und natürlich klang es unecht. »Absurde Idee! Aber sag mir, was ich machen soll, ich hab das Geld nicht. Und unter uns: Das Tagebuch einer Person, die reichlich meschugge ist, wäre es auch nicht wert.«

Zum Glück hatte er Manni nicht gesagt, dass die Frau tot war. Wenn der herausbekäme, dass sie ermordet worden war, würde der Halsabschneider seine Forderung verdoppeln.

»Ich glaub nicht, dass sie meschugge ist.«, sagte Manni. »Und wer weiß, was die Polizei schon an Indizien hat. Da kann eins zum anderen kommen Außerdem gibt es für nützliche Hinweise eine fürstliche Belohnung, auf die ich verzichten muss, wenn ich dir die Notizen aushändige. Genau genommen ist mein Schweigen viel mehr wert als Fünfzigtausend. Deine ganze Existenz hängt daran.«

Nicht nachgeben, dachte Erik, sonst bin ich verloren.

»Das Notizbuch bitte«, sagte er kalt und streckte seine Hand aus.

»Erst das Geld.«

»Erst das Buch.«

»Ich hab's nicht mit.«

»Drecksack. Also kein Geld.«

»Tja, du hast Bammel, dass ich es der Polizei in den Rachen werfe. Säg ich an dem Ast, auf dem ich sitze? Das Ding ist an einem sicheren Ort. Im Übrigen könnten noch andere wissen, was drin steht.«

»Meinst du jemand Bestimmtes?«

»Zum Beispiel die Frau auf dem Venusberg. Die hat einen Mann, vielleicht eine Schwester, eine Mutti, Freunde und Freundinnen. Da hast du viel zu tun, wenn du die alle am Reden hindern willst.«

»Hast du irgendwelche Namen gehört? Sie war doch allein, als du kamst?«

»Hm. Die Info kostet.«

Dröbel zog einen Hunderter aus dem Umschlag und legte ihn auf die Granitplatte des Couchtischs. Das restliche Geld ließ er seiner Hosentasche verschwinden.

»Eine Weile bevor ich rein bin, hab ich im Gärtner-Overall da rumgelinst«, sagte Manni und nahm den Schein an sich. »Musste auch checken, wie oft die Streife kam. Jedenfalls stand die Terrassentür offen, und die Frau hat telefoniert. Falls das überhaupt ein Name ist, hat sie mit einem *Pilar* geredet.«

Um ein Haar wäre Erik aufgesprungen. Er hatte Mühe, sich zu fassen. »Und? Was hat sie dem erzählt?«

Manni zuckte mit den Schultern. »Keine Ahnung. Konnte sonst nix verstehen. Klang ein bisschen aufgeregt.«

»Verschwinde jetzt. Das Restgeld kriegst du, wenn du das Buch dabei hast.«

Manni grinste.

Er macht sich Kopien, dachte Dröbel. »Mach keine Experimente mit mir«, sagte er. »Ich hab Freunde. Einflussreiche Leute.«

»Sicher. Das Buch gegen Fünfzigtausend. Ich komme Morgen Abend. Sieh zu, dass du genug im Haus hast. Fünfzigtausend. Ich hab eine Familie zu ernähren.«

280

Manni erhob sich und ging rückwärts aus dem Raum, ohne Erik aus den Augen zu lassen. Das Kölsch hatte er nicht angerührt. Er öffnete die Haustür, indem er einen Arm hinter sich ausstreckte. Draußen standen zwei junge Burschen mit breiten Schultern und nahmen ihn im Empfang.

Sobald Manni über die Schwelle getreten war, drückte Dröbel die Tür zu und lehnte sich dagegen. Pilar! Schon wieder. *Das Tollste ist, dass sie einen unfehlbaren kriminalistisches Riecher hat ... Die Polizei war ihr jedes Mal dankbar.* Das waren die Worte seines Kollegen Christoph Winter gewesen. Pilar, die in Island nach Gerda geforscht hatte, stand in Kontakt zu dieser Freundin von Dörte Flauscher! Alles nur Zufall? Niemals.

Was tun? Das konnte man nicht so laufen lassen. Dröbel sah die Telefonliste seines Handys durch. Er suchte Freddy Stieger, den man früher oft mit Pilar zusammen gesehen hatte. Na, bitte, da war die Nummer.

»Hallo Freddy, alter Kumpel. Hier Erik.«

Sie wechselten ein paar Worte über das jeweilige Befinden.

»Ich hab dich neulich jemandem empfohlen und gehört, dass die Frau bei dir gewesen ist«, sagte Freddy schließlich.

Das war die Krone. Hatte er den ganzen Schlamassel dem dämlichen Freddy zu verdanken? Dem war zuzutrauen, dass er nicht mal wusste, was er da in Gang gesetzt hatte. Mit dem geringfügigen Vorteil, dass die Flauscher dann ahnungslos in der Kanzlei erschienen wäre und erst dort begriffen hätte, wer ihr gegenüber stand. Aber jemand anderes konnte Bescheid gewusst und alles gesteuert haben, derjenige, der Pilar auf Gerda angesetzt hatte, ein Ermittler des BKA. Wie man das Ding auch ansah, es war in jedem Fall ein dickes Stück Scheiße.

Erik seufzte tief ins Telefon. »Ich hab gehört, was mit der Frau passiert ist. Schrecklich.«

Natürlich ließ es sich nicht vermeiden, über ihren Tod zu sprechen. Als das abgehakt war, erkundigte er sich, ob Freddy noch Kontakt zu Pilar habe, was dieser, wie erwartet, bejahte.

»Weißt du, Freddy, ich hab sie neulich von weitem gesehen, aus dem Auto heraus. Und nun hab ich von irgendwem gehört, sie war gerade in Island. Da kenn ich mich aus. Wo war sie denn genau?«

»An vielen Orten. Sie war begeistert, besonders von der Halbinsel Snæfellsnes. Am besten fragst du sie selbst danach.«

»Gute Idee, das mach ich«, sagte Dröbel. »Hast du eine Nummer für mich? Möglichst die Handynummer.«

Es klappte butterweich. Freddy gab sie ihm. Unter Freunden kein Problem.

Fast im selben Moment kam Dröbel eine Idee, wie er an das Tagebuch gelangen könnte: Mannis Familie hatte undichte Stellen. Ein Sohn und eine Tochter waren nicht gut auf den Vater zu sprechen; vielleicht wäre da ein Deal möglich, der billiger käme als Fünfzigtausend. Na, bitte, es konnte noch alles gut werden.

Erst einmal musste er Sonja in Island anrufen.

Sie war sofort dran. »Was gibt's?«

»Diese Frau, über deren Erscheinen du dich neulich so aufgeregt hast …«

»Ich hab mir nur Sorgen gemacht.«

»Vielleicht hattest du Recht damit.«

»Hältst du mich nicht mehr für hysterisch?«

»Sie ist klein und sieht südländisch aus, hast du gesagt«, wich er aus. »Geht es genauer?«

»Schwarze Locken, bräunliche Haut, dunkle Augen. Spanisch, denk ich mal. Aber akzentfreies Deutsch. Schätzungsweise Anfang vierzig.«

»Ende vierzig. Ich kenne sie.«

Sonja schien den Atem anzuhalten.

»Du planst was«, flüsterte sie schließlich. »Was hast du vor?«

»Das weiß ich noch nicht.«

Aber eins wusste er genau: Er durfte keine Zeit verlieren.

282

# VIERZEHN

Den Hund angeleint und in Straßenschuhen, stand Pilar, fertig für die Morgenrunde, in der Diele, als das Telefon klingelte.

»Hallo, Pilar.«

Nina. Pilar kannte sie gut genug, um dem Klang ihrer Stimme zu entnehmen, dass wieder etwas Missliches passiert war.

»Das Adressbuch ist verschwunden.«

Pilar entfuhr ein Stöhnen.

»Gestern Abend war jemand hier. Als ich die Haustür zuklappen hörte, war ich oben, und als ich runterkam, war mein Fotoapparat weg. Und das kleine schwarze Buch. Ich dachte erst, ich hätte es verlegt, war aber zu müde, um lang drüber nachzudenken. Heut Morgen hab ich gründlich danach gesucht und bin mir nun sicher. Es ist weg.«

»Wer klaut denn so ein Buch?«

»Möglicherweise hat der Kerl die Kamera zum Schein mitgenommen, damit es wie gewöhnlicher Diebstahl aussieht, und in Wirklichkeit war er nur hinter Dörtes Notizen her. Vielleicht kannte er das Büchlein bereits und sah mich damit im erleuchteten Wohnzimmer sitzen.«

»Was steht denn drin? Irgendwelche Enthüllungen?«

»Vieles ist kaum lesbar, zum Beispiel eine Seite über ihren Bruder, der sie hier angetroffen hat, solche Stellen hab ich überschlagen, um sie später zu lesen, ich hab ja nicht geahnt, dass einer hinter dem Ding her ist. Vor allem beschreibt sie Vorfälle aus ihrer Kindheit, aber auch was Seltsames über den Rechtsanwalt, den Freddy uns genannt hat, das ist krass und mit Sicherheit ausgedacht, darin war sie ja gut: Sie habe ihn an unserer Haustür in der Weberstraße gesehen, 1986, und jetzt wiedererkannt, der sei bei der RAF gewesen und habe einen Diplomaten in Ippendorf erschossen. Was sagst du dazu?«

»Der Diplomat hieß Gerold von Braunmühl.«

»Was, den gab es wirklich? Wer war das?«

»Ein Ministerialdirektor, Leiter einer der wichtigsten politischen Abteilungen im Auswärtigen Amt. Das war das erste Attentat der RAF in der Bundeshauptstadt Bonn.«

»Ach, du Schreck.«

»Wie bei der RAF üblich, gab es ein Bekennerschreiben, aber die beiden Mörder sind im Schutz der Dunkelheit entkommen. Über sie ist so gut wie nichts bekannt.«

»Woher weißt du das alles?«

»An der Uni hab ich mir das Thema für ein Referat im Nebenfach ausgesucht.«

»Ich glaube, ich hatte damals anderes im Kopf.«

»Und jetzt ist der RAF-Terror fast vergessen, weil man neue Sorgen hat.«

»Gut, dann hat Dörte die Realität eben für sich ausgeschmückt. Sie schreibt auch, ihre Mutter habe die RAF-Leute in der Wohnung übernachten lassen, noch so eine typische Dörte-Fantasterei. Sie war sauer, weil wir nie bei ihr spielen durften.«

*Fantasterei*? Pilars Körper durchzog ein Kribbeln. Sie sah Einzelheiten aufleben und einen neuen Sinn ergeben: Gerdas Tod in Island, die Bemerkungen des alten Mannes, das Verhalten der blonden Deutschen, die was dagegen hatte, dass jemand sich für Gerda interessierte. War Dörtes Mutter einem RAF-Mörder zum Opfer gefallen? Und Dörte ebenso? Hatte jemand verhindern wollen, dass sie ehemalige Terroristen verriet?

»Nina, wann war Dörte bei dem Rechtsanwalt? Am Samstag? An ihrem Todestag?«

»Genau.«

Die Aufregung ergriff Pilar wie jähes Fieber. Der Rechtsanwalt konnte Dörtes Mörder sein! Er hatte Dörte erkannt und sie ihn ebenfalls, das sah er ihr an oder sie verplapperte sich. Da fasste er den Entschluss, *die muss weg,* und folgte ihr unauffällig. Möglich, dass er der Mann im Anzug war, den Nina hinter sich auf der Treppe gesehen hatte, der seine Hände in den Taschen hielt,

284

vielleicht wegen seiner Pistole, die er in der Klinik nicht benutzen konnte, weshalb er, untypisch für die RAF, seine Hände gebrauchen musste samt der Tüte, die er vom Boden aufgelesen hatte.

»Nina, du musst zur Polizei.«

»Moment mal. Du hast Dörte ja erlebt und manches über sie gehört. Mindestens die Hälfte von dem, was sie von sich gab, war völlig frei erfunden. Und in dem Büchlein wird das nicht anders sein. Was soll die Polizei damit?«

»Polizei und BKA können prüfen, ob was an der Sache dran ist. Vielleicht haben sie sogar die passende DNA, wenn sie in dem damaligen Fluchtauto ein Haar oder Hautpartikel sicherstellen konnten.«

»Pilar, mach mir keine Angst! Wenn was an der Sache dran ist, bin ich die erste, die in Gefahr ist! Dann kann der Kerl, der gestern hier war, der RAF-Mörder gewesen sein.«

»Falls er nicht nur der Reporter eines Enthüllungs-Magazins war.«

»Er hätte mich umlegen können, damit ich nichts ausplaudere, und wenn die Polizei bei ihm anrückt, weiß er, noch bevor es klingelt, dass sie die Info von mir hat. Wenn nichts geschieht, denkt er vielleicht, ich hab nicht viel von Dörtes Notizen gelesen und deshalb keine Ahnung. Das kann mir das Leben retten.«

»Wenn die Ermittler anrücken, verhaften sie ihn. Wie soll er dir dann noch ans Leben?«

»Er kann Kumpels haben, die es für ihn erledigen. Dann genügt ein Telefonanruf, während die Polizei noch draußen auf der Fußmatte steht.«

»Aber du kannst nicht einfach schweigen! Der Mann hat möglicherweise Gerold von Braunmühl und Dörte ermordet, vielleicht auch ihre Mutter!«

»Eben. Dann kann er auch mich töten.«

»Du bekommst Polizeischutz. So was ist nicht neu für die.«

Pilars Hand tätschelte unentwegt die Ohren ihres Hundes, der genießerisch die Augen schloss. Sie nahm es kaum wahr vor lauter Grübeln. Wenn Dörtes Notizen der Wahrheit entsprachen und der Anwalt sie auf Grund ihres Wissens ermordet hatte, warum hatte er dann nur das Tagebuch entwendet, nicht aber dafür gesorgt, dass die Frau, die es höchstwahrscheinlich gelesen hatte und allein im Haus war, nichts mehr darüber erzählen konnte? Wer schon eine Zeugin beseitigt hatte, war mit der nächsten nicht zimperlich.

Irgendwas stimmte nicht. Ein Puzzleteil war falsch. Mindestens eins.

»Nina, du hast gesagt, Freddy hat euch diesen Rechtsanwalt genannt. Wie hieß der?«

»Erik Dröbel.«

Pilar schnappte nach Luft. »Der? Ich fass es nicht.«

»Du kennst ihn?«

»Aus meiner Studentenzeit. Erik war der größte Langweiler, den du finden konntest.«

Eine Stunde später saßen Pilar, Nina und Freddy auf der letzten Bank im Bus, der zum Glück fast leer war, so dass sie ohne unerwünschte Zuhörer miteinander reden konnten. Sie waren unterwegs zu Margot Mohn, die darum gebeten hatte, über neue Entwicklungen des Falls informiert zu werden. Pilar hatte Nina aufgefordert, einfach mitzukommen, da sie den Eindruck hatte, dass es der Freundin nicht gut tat, allzu viel allein zu sein. Zwar konnten sie in Ninas Gegenwart nicht ganz so offen miteinander reden, aber das erschien Pilar zweitrangig.

Freddy schüttelte immer wieder den Kopf. »Erik soll einer von der RAF gewesen sein? Und dann noch Todesschütze? Nee.«

»Wie stellst du dir die Leute vor?«, fragte Pilar.

»Endlos debattierend. Kritisch. Radikal. Nicht so bieder.«

»Die Mitglieder der sogenannten dritten Generation der RAF waren unauffälliger als ihre Vorgänger.«

»*Dritte Generation*? Pilar, was heißt das denn? Ich kenne nur Andreas Baader, Ulrike Meinhof, Gudrun Ensslin samt ihren terro-

286

ristischen Aktionen, und dann die anderen, die sie aus dem Knast rausholen sollten und dafür ein paar Personen ermordet haben. Wie den Generalbundesanwalt Buback und den Arbeitgeberpräsident Schleyer.«

»Das war die zweite Generation der RAF. Die dritte wurde in den achtziger und neunziger Jahren tätig und hat im Namen der Revolution zehn Morde begangen, von denen nur einer aufgeklärt ist. Die Mitglieder blieben überwiegend unbekannt, also perfekt im Dunkeln, und hinterließen kaum Spuren – begabte Kriminelle. Man hält es für möglich, dass ein paar von ihnen inzwischen ein biederes Leben führen. Wie Erik. Er könnte dazu gehört haben, bevor er ein braver Jurastudent wurde.«

»Uns wäre doch was aufgefallen! Wir waren oft genug mit ihm im Juridicum und in der Kneipe zusammen. Der hat nie über Politik geredet, wirklich nie.«

»Wie schlau von ihm«, sagte Pilar. »Ich fand ihn immer ätzend schweigsam. Er kann ein As im Bombenbauen und ein Meisterschütze gewesen sein. Wir hätten nichts gemerkt.«

»Seit wann kennt ihr den?«, schaltete sich Nina ein.

»Sommersemester 87«, sagte Freddy. »Er hatte mit dem Studium pausiert und gerade wieder angefangen.«

»Passt doch«, meinte Pilar. »Vielleicht hatte er keinen Bock mehr auf bewaffneten Kampf.«

»Er war vorher im Ausland, wenn ich das richtig behalten habe.«

»Passt auch. Die RAF hat in den achtziger Jahren versucht, mit französischen und italienischen Linksextremisten zu kooperieren.«

»Ich wäre nicht mal im Traum darauf gekommen, Erik könnte dazugehören«, sagte Freddy.

»Damals waren wir nicht gewohnt, überall Böses zu wittern, und als Student war er einer von uns.«

Freddy blickte aus dem Fenster auf die vorbeiziehenden Gründerzeithäuser. »Dörte hat das alles nur kombiniert«, sagte er schließlich. »Was meint ihr, wie viele Leute an diesem Abend in den Eingängen der Südstadthäuser zu sehen waren?«

287

»Mit dem Unterschied, dass in den anderen Häusern keine RAF-Sympathisantin wohnte«, beharrte Pilar.

»Auch das ist nur Dörtes Schlussfolgerung«, erwiderte Freddy. »Falls sie nicht alles frei erfunden hat.«

»Er hatte eine Narbe, schreibt sie«, sagte Nina. »Hat euer Erik eine Narbe irgendwo am Bart?«

»Nie drauf geachtet«, antwortete Freddy.

»Weiß ich auch nicht«, erklärte Pilar. »Aber der Bart schien dicht genug, um allerlei zu verbergen.«

»Dörte hat sich eine Menge abstruser Geschichten ausgedacht, Pilar, das sagt Nina, das sagt Frau Mohn. Wie kannst du ihr ausgerechnet diese glauben?«

»Weil ich sonst keinen Grund sehe, warum jemand das Tagebuch entwendet haben sollte.«

Nina runzelte die Stirn.

»Oder fällt dir ein anderer Grund ein?«, wandte Pilar sich an sie.

»Ich fürchte, ich hab es nur verlegt.«

»Wie?«, brauste Pilar auf. »Vorhin warst du dir sicher, dass es gestohlen ist!«

»Ja, vorhin. Aber jetzt nicht mehr.«

»Herrjeh!«, rief Pilar. »Warum nicht?«

»Psst«, machte Freddy.

Der Bus hielt an. Die Türen öffneten sich und ein paar Leute stiegen ein.

»Du weißt doch, dass ich in letzter Zeit völlig durch den Wind bin«, verteidigte sich Nina. »Und seit Dörtes Tod noch mehr. Ich höre es überall knacken, höre schleichende Schritte oder fremde Atemgeräusche. Kann sein, dass ich nervös und in Gedanken war und das Büchlein nicht auf den Couchtisch, sondern ganz woanders hingelegt habe und einfach nicht mehr finde.«

»Du hast doch alles durchsucht?«

»Ja, schon, aber …« Nina zuckte mit den Achseln und seufzte. »Ich bin seit Tagen zerstreut und unordentlich.«

Pilar schwieg. Sie kannte das von sich selbst, dass man sich im Nachhinein nicht sicher war und dem eigenen Gedächtnis misstraute. Aber dieses Hin und Her schien doch merkwürdig. Überhaupt – die ganze Sache begann sie zu ärgern. Sie hätte darauf bestehen müssen, dass Nina noch gestern Abend die Polizei anrief. War Ninas Wunsch, die Aufzeichnungen zuerst selbst durchzusehen, nicht ziemlich sonderbar gewesen? Stand darin, dass sie Dörte an die Gurgel gefahren war, und manches andere, was als Indiz dafür taugte, dass sie es war, die Dörte umgebracht hatte? War es möglich, dass sie das Büchlein mit Absicht hatte verschwinden lassen? Pilar betrachtete Nina verstohlen, während sie so tat, als sähe sie schräg an ihr vorbei zur Straße. Was ging in der Freundin vor? Als Mörderin schien sie kaum in Betracht zu kommen, so fahrig, wie sie in letzter Zeit war. Oder tat sie nur so? Pilar schüttelte unwillkürlich den Kopf. Sie wusste doch, dass Nina eine mäßige Schauspielerin war.

Nina hatte das Kopfschütteln offenbar gesehen. »Glaubst du mir nicht?«

»Doch. Sag es so der Polizei, die ist gut im Suchen. Sie stellen dein Haus auf den Kopf und finden es.«

Nina gab einen Laut des Unmuts von sich. »Vielleicht finde ich es noch selber.«

Pilar verkniff sich eine weitere Bemerkung. Sie waren bereits im Bonner Talweg und näherten sich der Haltestelle Weberstraße.

»Was meint dein Mann zu der Angelegenheit?«, wandte Freddy sich an Nina, als sie aus dem Bus stiegen.

»Gregor hatte ein paar Bier oder Korn zu viel getrunken und schlief gestern sofort ein«, vernahm Pilar Ninas Stimme durch den Verkehrslärm und das Rattern der vorbeifahrenden Straßenbahn. »Heut Morgen hab ich ihn nur kurz gesehen, weil er in aller Herrgottsfrühe irgendwo sein Auto holen musste, das er gestern wegen seines Alkoholpegels stehen gelassen hat.«

Sie bogen die in die ruhigere Weberstraße ein. Nina deutete auf die geschlossene Reihe schlichter Gründerzeithäuser. »Hier haben wir gewohnt. Da, wo der grau gestrichene Zaun ist, neben Frau Mohn. Ich bin ewig nicht hier gewesen. Als Dörte die RAF-Mörder im Hauseingang gesehen haben will, lebte ich in einer WG in der Altstadt.«

»Deine Eltern wohnten im Parterre«, sagte Pilar. »Hätten sie gemerkt, wer abends durch den Hausflur schleicht?«

»Nicht unbedingt. Ab neunzehn Uhr lief der Fernseher.«

Freddy blickte nach oben. »Gerda, Dörte und Simon lebten also unterm Dach, und wer wohnte in der Mitte?«

»Drei alte Schwestern, von denen zwei schwerhörig waren und die dritte ständig Klavier spielte.«

»Die hätten erst recht nichts gemerkt«, stellte Pilar fest.

»Aber das heißt doch nichts!«

Nina schüttelte unwillig den Kopf. Sie stand bereits vor der Tür mit dem verschnörkelten Fenstergitter, durch die Pilar schon einmal gegangen war, und drückte auf den untersten Klingelknopf.

Nein, muss nichts heißen, dachte Pilar, wäre aber eine Erklärung, warum dieses Haus für die Täter geeignet war, vor allem abends, im Dunkeln.

Einige Minuten später saßen sie alle um den runden Tisch der alten Dame. Frau Mohn hatte ein paar Fragen an Nina und gestand ihr, dass sie einige Stunden auf der Nachbarterrasse zugebracht hatte, um zu lauschen.

»Ich war sehr sauer auf Dörte«, erklärte sie. »Aber den Tod hab ich ihr weiß Gott nicht gewünscht. Jedes Menschenkind wird so unschuldig geboren. Was ist bei ihr schief gelaufen?«

Nachdem Pilar und Freddy sie mit den neuen Informationen vertraut gemacht hatten, schüttelte die alte Dame den Kopf. »Wie Sie die Häkchen hinter den Namen deuten, überzeugt mich nicht, solange man nicht weiß, von wann sie stammen. Vielleicht sind sie vor zig Jahren angebracht worden, in Dörtes Jugend zum Beispiel. Sie können sich auf das Versenden von Weihnachtskarten beziehen und müssen nicht einmal von Dörte selbst sein.«

290

»Alle, die ein Häkchen haben, sind auf fragwürdige Weise gestorben«, beharrte Pilar. »Im Fall von Weihnachtspost ein sehr sonderbares Zusammentreffen.«

»Was Ansgar mir anvertraut hat, scheint ein Häkchen zu bestätigen«, pflichtete Freddy ihr bei. »Danach hat Dörte Inga auf dem Gewissen.«

»Und Sie glauben ihm das?« Frau Mohn fuhr so ruckartig auf, dass der antike Stuhl unter ihr knackte. »Der will doch nur den Verdacht, Dörte umgebracht zu haben, auf meinen Neffen lenken, damit sein Bruder und Chauffeur nicht verdächtigt wird. Kommt der eifersüchtige Ansgar nicht sogar selbst als ihr Mörder in Betracht?«

»Nicht sehr«, sagte Pilar. »Zur Tatzeit war der Eingriff an seinem Ellbogen keine zwei Tage alt.«

»Ja, und?« Das Gesicht der alten Dame nahm einen trotzigen Ausdruck an, als hätte sie schon frisch Operierte morden sehen.

»Ansgar hat auch erzählt, dass Dörte selbstgemachte Blutwurst zu Ute mitgenommen hat«, sagte Freddy.

Frau Mohn zuckte mit den Schultern. »Ich kenne noch andere Leute, die ihre Wurst selber machen und sich nach wie vor bester Gesundheit erfreuen.«

»In dem Büchlein steht was von Wurst«, schaltete sich Nina ein. »Dörte schreibt, sie sei an ihrer Blutwurst schwer erkrankt und die Nachbarin habe sie gerettet. Das war Botulismus, wie bei Ute.«

Pilar wechselte einen Blick mit Freddy. Anscheinend dachte er dasselbe wie sie: Wenn Dörte etwas von der infizierten Wurst verwahrt hatte, durfte sie damit rechnen, die frühere Freundin ohne viel Kraftaufwand vom Leben zum Tod befördern zu können. Sie musste nur dafür sorgen, dass Ute der Wurst reichlich zusprach und später kein Arzt kam. Das hatte geklappt – wie auch immer. Das zweite Häkchen.

Frau Mohn schien nicht an Dörtes Schuld glauben zu wollen und nicht ganz bei der Sache zu sein. Pilar fiel auf, dass die alte Dame schon zum zweiten Mal zu ihrer Standuhr hinüberschaute.

Womöglich hatte sie heute noch irgendwas vor und wollte das Gespräch bald beenden. Aber da fehlte noch etwas. Schon zu Anfang der Unterhaltung hatten sie Frau Mohn von den Notizen zu den RAF-Leuten berichtet, und Pilar hatte ein Stirnrunzeln bemerkt.

»Was meinen Sie zu der RAF-Angelegenheit, Frau Mohn?«

Sie erntete einen fast mitleidigen Blick. »Liebe Pilar, haarsträubende Geschichten waren bei Dörte normal.«

Pilar fing triumphierende Blicke von Nina und Freddy auf und ärgerte sich darüber. Das Wurstkochen nahmen sie Dörte ab, die RAF-Sache aber nicht? Offensichtlich war sie hier die einzige, die daran glaubte. Sollte sie der Polizei auf eigene Faust einen Tipp geben? Ohne das verschwundene Tagebuch je gesehen zu haben?

»Gott allein weiß, warum sie so erfinderisch war«, fuhr Frau Mohn fort. »Vielleicht, weil es das Leben nicht gut mit ihr meinte. Es ist Blödsinn, dass im Nachbarhaus solche Mörder genächtigt haben. Hier in der Weberstraße sind sie nie gewesen. Die hausten in anonymen Wohnblocks und nicht mal in Bonn.«

»Weiß man das so genau?«, warf Pilar ein.

»Gerda war viel zu unbedarft, um als Sympathisantin von Revolutionären zu taugen. Natürlich hatte sie ab und zu Besuch, und diese jungen Leute grüßten nicht, wenn man sie zufällig kommen oder gehen sah. Keine gute Kinderstube. Aber RAF? Nein.«

»Die RAF-Mitglieder haben viele getäuscht«, meinte Pilar. »So konnten sie ihre Taten ungestört vorbereiten. Sie kamen als Landvermesser, Bauarbeiter, Briefzusteller oder gewöhnliche Mieter und kauften ihren Bedarf zum Bombenbasteln in der Apotheke und im Baumarkt, wo sie genauso wenig auffielen.«

»Ich hätte was gemerkt. Als Pädagogin hat man einen Blick dafür. Unter meinen Schülern habe ich die Missetäter immer sofort erkannt. Nein, die Sache liegt anders, ich bleibe dabei: Die Lösung liegt in der Vergangenheit der Mädchen.« Sie wandte sich Nina zu. »Ihr habt euch allerlei geleistet.«

»So schlimm war das nicht.«

292

»Aus deiner Sicht wohl nicht. Aber wenn ich damals auf der eingeseiften Treppe gestürzt wäre und den Rest meines Lebens querschnittgelähmt im Rollstuhl hätte sitzen müssen, dann hätte ich mir eine fürchterliche Rache ausgedacht!«

»Mir fällt niemand ein, den es so schwer getroffen hat«, sagte Nina.

»Das hab ich mir schon gedacht. Deshalb forsche ich auf eigene Faust und habe die Nachbarn befragt, die von früher übriggeblieben sind. Leider ist nichts dabei herausgekommen. Nun habe ich eine Verabredung für den frühen Nachmittag getroffen. Davon verspreche ich mir was.«

Frau Mohn schien die erstaunten Blicke zu genießen.

»Ich treffe mich mit Dörtes Bruder«, erläuterte sie. »Er kann wissen, wer in Frage kommt.«

»Ich hab doch mit ihm gesprochen«, wandte Pilar ein. »Er konnte nichts Brauchbares dazu sagen, und als ich nach Namen fragte, musste er passen.«

»Liebe Pilar, bedenken Sie bitte, dass eine alte Nachbarin, die ihn als Kind gekannt hat, selbstverständlich größere Chancen hat und besser nachhaken kann, wenn er seine Erinnerungen schildert. Sobald er jemanden beschreibt, werde ich wissen, wen er meint.«

Pilar fühlte leichten Ärger in sich brodeln. Glaubte die ehemalige Lehrerin, die Sache besser zu machen, obwohl sie anfangs davor zurückgeschreckt war? Pilars Augen begegneten Frau Mohns Blick. Die alte Dame lächelte.

»Mich treibt auch meine Neugier. Ich muss sehen, was aus ihm geworden ist.«

Das leuchtete Pilar ein. »Er wird Ihnen bestimmt gefallen.«

Freddy grinste. »Pilar ist sonst immer äußerst kritisch.«

»Er ist Lehrer«, sagte Frau Mohn, als wäre das ein anerkanntes Gütesiegel. »Ein Kollege. Das gefällt mir.«

Pilar kramte in ihrer Umhängetasche nach ihrem Handy. »Ich hab ein Foto für Sie gemacht, das hätte ich fast vergessen.«

Margot Mohn setzte ihre Brille auf, nahm das Handy, das Pilar ihr über den Tisch reichte, und betrachtete das Bild. Ihre Stirn legte sich in Falten.

»Komisch.«

»Ja? Ich dachte, ich hätte ihn gut getroffen.«

»Einerseits kommt mir das Gesicht bekannt vor, als hätte ich es kürzlich irgendwo gesehen. Andererseits erinnert es mich kaum an den Jungen von damals.«

»Aber es ist doch Dörtes Bruder?«, fragte Pilar. »Oder meinen Sie, das ist jemand anderes?«

Ihr kam plötzlich der Gedanke, die Tatsachen könnten andere sein, als bisher angenommen. Simon hatte sehr betont, dass Dörte seine *Schwester* sei – stimmte das nicht? Sie erinnerte sich daran, dass sie sich gewundert hatte, dass Dörtes einen so netten Bruder hatte. Die beiden schienen nichts miteinander gemeinsam zu haben, weder im Aussehen, noch im Charakter. Andererseits gab es das bei Geschwistern öfter. Und Simon hatte so viel über Dörte gewusst, das konnte er sich nicht ausgedacht haben.

»Nein, nein, er muss es ja sein«, erwiderte Frau Mohn. »Und ja, seine Augen waren so hell, wie es hier aussieht, seine Haut war genauso blass, das Haar nur ein bisschen blonder. Ich hab ihn nicht allzu oft gesehen, muss ich zugeben, und als er älter wurde, ist er zu seinem Patenonkel gezogen, der wohnte ganz woanders, ich glaube, in Köln.«

Nina blickte ebenfalls auf das Display und zuckte mit den Achseln. »Keine Ahnung.«

»Haben Sie vielleicht ein altes Foto, auf dem er zu sehen ist?«, fragte Pilar.

Frau Mohn stand auf und ging zum Bücherregal. Sie griff nach einem dicken Fotoalbum aus weinrotem Leder und trug es zum Tisch. Nach kurzem Blättern legte sie das Album aufgeschlagen vor Pilar hin. Auch Freddy und Nina beugten sich vor.

»Karneval«, sagte Nina. »Die Prinzessin bin ich. Das Gespenst mit dem löchrigen Bettlaken ist Dörte.«

Das Foto zeigte eine Schar verkleideter Kinder, die ernst in die Kamera schauten. Frau Mohns Finger tippte auf einen dünnen Jungen. Sein Gesicht war farbig geschminkt und lag im Schatten eines gewaltigen Indianerschmucks.

»Den Federputz hat sein Patenonkel spendiert. Auf Zuwachs.«

Pilar seufzte und steckte ihr Handy weg. »Wo wollen Sie ihn treffen, Frau Mohn?«

»Er hätte es gern gesehen, wenn ich zu ihm ins Rosental gekommen wäre.« Frau Mohn sah auf die weiße Tischdecke, die ein verblasstes Kreuzstichmuster zierte, vielleicht eine Handarbeit aus ihrer Jugend.

»Aber Sie wollten nicht?«, fragte Pilar.

»Es ist zu nah an der Römerstraße. Dort hatte ich einen Verlobten. Ist nichts draus geworden.« Sie strich mit der Hand über die Decke. »Simon schlug dann den Venusberg vor. Er will vorher ins Chirurgische Zentrum, um den Ort, an dem seine arme Schwester starb, noch mal zu sehen. Wir treffen uns an der Wiese hinter der Robert-Koch-Straße zu einem Spaziergang entlang der Klinikmauer. Er steckt sich eine weiße Blüte an, damit ich ihn erkenne.« Sie kicherte wie ein junges Mädchen vor einem Rendezvous und sah zum Fenster. »Hoffentlich hält das Wetter. Aber ich bin nicht empfindlich. Ich nehme einen Schirm mit.«

Wer weiß, dachte Pilar, als alle sich erhoben, um sich zu verabschieden, vielleicht schafft sie es tatsächlich, Simon etwas zu entlocken, das er mir nicht anvertrauen wollte, vielleicht sogar das: *Meine Mutter war Sympathisantin der RAF, Frau Mohn; darüber wusste Dörte viel mehr als ich, der ich nun fürchte, dass ihr Tod damit zusammenhängt.*

Als Margot den Bus an der Haltestelle *Casselsruhe* auf dem Venusberg verließ, nieselte es leicht. Da sie damit gerechnet hatte, trug sie ihren leichten dunklen Regenmantel, aber den Schirm mochte sie noch nicht aufspannen. Sie freute sich auf das Treffen mit Simon, Gerdas Sohn, Dörtes Bruder. Die Stimme am Telefon hatte äußerst sympathisch geklungen, und Margot hatte sich spontan einen Klassenraum voll junger Mädels vorgestellt, die wie gebannt an seinen Lippen hingen und für ihn schwärmten.

Sie brauchte eine Weile, bis sie es schaffte, über die Straße zu gelangen. Aus beiden Richtungen brauste ein Auto nach dem anderen vorbei, überwiegend Verkehr von und zu den Uni-Kliniken. Endlich entstand eine Lücke auf der vorderen Spur, und auf der hinteren hielt ein höflicher Fahrer extra für sie an, so dass Margot die Fahrbahn überqueren konnte. Sie betrat den Fußweg, der durch die Wiese zur Ostseite des Venusbergs führte, wo die Bergstraße, die von Kessenich heraufkam, auf den Rheinhöhenweg stieß. Diese Stelle war der Treffpunkt.

Es war noch ein paar Minuten vor der vereinbarten Zeit, doch im Schatten der Laubbäume im Hintergrund sah Margot einen Mann mittleren Alters, von dem sie annahm, dass er auf sie wartete. Am Revers seines grauen Anzugs leuchtete eine weiße Blüte.

Abrupt blieb Margot stehen. Das durfte nicht wahr sein! Ihre Knie zitterten, ihr Herz pochte bedenklich. War sie auf dem besten Weg, in eine Falle zu tappen?

Die straffe Haltung, die schlanke Silhouette, das glatte dunkelblonde Haar, das blasse Gesicht … Das war der Mann, den sie mindestens dreimal vor Ninas Haus gesehen hatte. Unmöglich, dass sie sich täuschte. Jetzt wusste sie auch, warum das Gesicht auf dem Handy-Foto ihr bekannt vorgekommen war – nicht, weil es sie an den Jungen aus der Dachwohnung erinnerte, sondern weil es ihr vor Ninas Haus begegnet war. Womöglich war dieser Mann gar nicht Dörtes Bruder! Er konnte ebenso gut jemand sein, den die vier Mädchen in ihrer Jugend tödlich beleidigt hatten. Und selbst wenn er der echte Simon war, musste man sich fragen, welche Veranlassung er hatte, so oft mit prüfendem Blick an Ninas Haus vorbeizugehen.

Das alles und noch mehr schoss in Sekundenschnelle durch Margots Kopf. Unterdessen wandte der Mann sich ab und drehte ihr den Rücken zu. Er schien sie noch nicht entdeckt zu haben.

296

Rasch blickte sie sich um. Kein Mensch zu sehen, nur vorbeirauschende Wagen auf der Straße, von der sie sich entfernen müsste, wenn sie weiterginge. Nein, unter diesen Umständen wollte sie auf keinen Fall mit einem Mann, den sie so wenig einschätzen konnte, im Wald spazieren gehen. Sie eilte zur Straße zurück, schwang ihren Stockschirm durch die Luft und blickte so herrisch nach links und rechts, dass die Autofahrer aus beiden Richtungen sofort bremsten, als fürchteten sie Kratzer im Lack. Sie überquerte die Fahrbahn, lief ein Stück den Haager Weg entlang und bog in die erste ruhige Seitenstraße ein. Dort kramte sie ihr Handy aus der Tasche und wählte Pilars Nummer.

»Hallo?«

»Margot Mohn hier. Ich kann ihn nicht treffen, diesen Mann.« Sie sah sich um. Die Luft war rein. »Ich hab ihn von weitem gesehen. Es ist der Mann, der mir mehrmals vor Ninas Haus aufgefallen ist.«

»Ansgar, der Finstere?«

»Nein, der im grauen Anzug! Ich ...« Sie fand es jetzt doch ziemlich schwer zu erklären, warum sie kneifen wollte. »Außerdem ist das Wetter so schlecht. Ich fröstele.«

Pilar kicherte. »Schieben Sie nicht das Wetter vor, Frau Mohn! Sie fürchten, dass er nicht Dörtes Bruder ist, sondern einer, der Böses im Schilde führt. Rufen Sie ihn einfach an und sagen Sie ihm, Sie fühlten sich nicht gut. Das ist Ihrem Alter nicht ungewöhnlich. Und fügen Sie bitte hinzu, dass Pilar Álvarez-Scholz kommt.«

»Sie, Pilar?«, rief Margot entsetzt. »Aber ...«

»Wo er nun mal da ist, sollte man das ausnutzen. Ich weiß ja, was Sie ihn fragen wollten. Ich versuche es noch mal und kann Ihnen später sicher auch sagen, warum er vor Ninas Haus aufgekreuzt ist. Vielleicht war er unterwegs zum Wald, zur Kirche, zu einer Bekannten in der Nähe, oder er hatte sich mit Dörte verabredet und war immer zu früh, so dass er noch ein wenig spazieren gehen musste.«

297

»Aber wenn er nun nicht Dörtes Bruder ist?«

»Wie sieht er aus?«

Margot versuchte, ihn möglichst genau zu beschreiben.

»Das muss der Mann sein, den ich kenne. Der schien mir kein bisschen unheimlich.« Pilar lachte amüsiert auf. »Ich brauche etwa zehn Minuten bis zum Venusberg. Können Sie ihm das sagen?«

»Das ist mir gar nicht recht. Wenn er die Sache durchschaut, wenn er den wahren Grund erkennt, weshalb ich nicht komme … Er kann gesehen haben, dass ich umgekehrt bin.«

»Ihr Unwohlsein trat ganz plötzlich auf, da ist das plausibel. Ihr Blutdruck, Ihr Herz, Ihre Galle – irgendwas wird Ihnen doch einfallen.«

Margot spürte Pilars Ungeduld. Sie fürchtete, dass die jüngere Frau allzu unbekümmert war und die Sache auf die leichte Schulter nahm.

»Frau Mohn, ich fahre jetzt los. Rufen Sie ihn an, sonst ist er gleich weg.«

Das wäre mir ganz recht, dachte Margot. Sie ging die kurze Kontaktliste ihres Handys durch und hielt bei dem Namen Simon Flauscher inne. Wenn sie jetzt anriefe, würde er ihre Nervosität heraushören, würde merken, dass sie log und ihm misstraute. Der Gedanke war unbehaglich. Lieber darauf bauen, dass Pilar ihn nicht mehr antraf. Und falls Flauscher sie von sich aus anrief, na, dann musste sie eben doch die Gebrechliche mimen. Sie überlegte noch kurz und wählte dann eine andere Nummer.

Ungeduldig lauschte sie den Freizeichen. Niemand hob ab. Zugleich hörte sie ein fernes Brummen. Sie wandte sich zum Haager Weg um und sah den Bus näherkommen, mit dem sie nach Hause fahren konnte. Dankbar ging sie die paar Schritte zur Haltestelle und stieg ein. Schließlich war sie 86 Jahre alt und fühlte sich wirklich nicht ganz wohl.

Pilar hatte nichts dagegen, für Margot Mohn einzuspringen. Möglich, dass Simon inzwischen noch das eine oder andere ein-

298

gefallen war. Allerdings sollte sie ihn, der seine Schwester geliebt hatte, besser nicht mit der Vermutung konfrontieren, Dörte habe zwei frühere Freundinnen umgebracht. Nein, sie wollte sich an etwas Wichtigeres herantasten: Gerdas Unterstützung der RAF und Dörtes Kenntnis davon. Wenn Simon etwas darüber wusste, könnte man der Polizei mehr präsentieren als einen lückenhaften Bericht von einem verschwundenen Notizbuch.

Sie fand einen Parkplatz am Hauweg neben dem Sendemast im Wald. Wenn sie den direkten Weg zum Treffpunkt nähme, wäre sie in zwei bis drei Minuten dort. Doch die verlässliche Frau Mohn hatte Simon bestimmt angerufen und ihn gebeten zu warten. Pilar wollte sich den Luxus eines kleinen Umwegs leisten, um darüber nachzudenken, wie sich das Gespräch einfädeln ließe, und der schmale Trampelpfad, den sie von Spaziergängen mit Tajo kannte, lockte sie. Der würde sie ebenso zum Treffpunkt führen wie die kürzere Strecke, sie sollte nur etwas schneller gehen. Den Hund dieses Mal zu Hause zu lassen, hatte ihr weh getan, aber sie hatte sich dazu verpflichtet gefühlt, weil Simon seine Abneigung gegen Hunde deutlich zum Ausdruck gebracht hatte.

Als sie den Rheinhöhenweg fast erreicht hatte, meldete sich ihr Handy. Das Display zeigte eine Nummer, die mit +354 begann. Die Vorwahl von Island.

»Hallo, hier ist Helgi.«

»Oh, Helgi …« Vor Überraschung blieb sie stehen. »Was gibt es?«

»Da ist noch was. Gerdas Tochter. Simon hat von seiner Schwester gesprochen, als er das letzte Mal hier war, vor Ostern.«

»Was hat er über sie gesagt?« Die Frage kam ihr taktlos vor, da sie Simon jetzt persönlich kannte. Andererseits war Helgi offenbar daran gelegen, ihr etwas anzuvertrauen.

»Ich wollte das nicht sagen, als du hier warst. Aber nun … Er mochte sie nicht.«

»Ach.« Pilar sah sich noch in Simons Wohnung sitzen. *Sie ist meine Schwester, ich habe sie geliebt.* Der Satz war aus tiefster Seele

299

gekommen, daran hatte sie keinen Zweifel. Helgi musste sich irren.

»Simon kam, um Gerdas Sachen durchzusehen. Nach der Beerdigung wollte er das nicht, es ging ihm zu schlecht. Inzwischen hatte ich die Hütte ausgeräumt und alles bereitgestellt. Sogar der Sack mit dem Abfall war noch da. Simon suchte etwas, das seine Schwester dagelassen hatte. Sie muss irgendwann hier gewesen sein. Ich habe sie nicht gesehen, und Gerda hat mir nichts davon erzählt.«

»Hat er gefunden, was er suchte?«

»Ich dachte, es geht um Schmuck, weil er so hektisch war. Aber er zog etwas aus dem Abfall. Ein fast leeres, schmutziges Glas mit Deckel. Das nahm er mit. Und er weinte dabei.«

»Fast leer? Was war da drin?«

»Ich weiß nicht. Vielleicht ein Rest Wurst. Aber frag ihn selbst.«

»Okay.«

Wurst. Schon wieder Wurst. Sie merkte, dass Helgi noch etwas sagen wollte, und wartete ab, während sie weiterging und dabei überlegte, ob es Zweck hätte, ihn zu fragen, was er über Gerdas Vergangenheit wüsste.

Er räusperte sich. »Stimmt es, dass Simons Schwester ermordet worden ist?«

»Ja. Woher weißt du es?«

»Von der Frau meines Bruders. Sie ist Deutsche.« Er verabschiedete sich knapp und legte auf.

Pilar ging schneller, erreichte den breiteren Rheinhöhenweg und kam am Aussichtspunkt Casselsruhe vorbei. Der Blick ins Rheintal und aufs Siebengebirge war auch bei grauem Wetter eindrucksvoll. Und wieder klingelte ihr Handy. Eine unbekannte Nummer.

Sie zögerte, meldete sich dann aber doch. »Hallo?«

»Hi, hier ist Erik Dröbel.«

Pilar erstarrte. Sie stand mitten auf dem Weg, außerstande weiterzugehen.

»Wir kennen uns aus der Studentenzeit, genauer aus einer Altstadtkneipe«, sagte er. »Ich hoffe, du erinnerst dich an mich.«

Warum rief er an? Sie musste irgendwas erwidern.

»Ja, ich erinnere mich.«

Es gelang ihr nicht, so zu tun, als sei sie hocherfreut. Erik Dröbel. Der Rechtsanwalt, von dem Dörte behauptet hatte, er sei ein Mörder aus den Reihen der RAF! Der möglicherweise auch Dörte ermordet hatte. Der von seinem Kollegen Winter gehört hatte, dass Pilar zur Aufklärung von Verbrechen beigetragen und einen Riecher dafür habe. Warum nahm er ausgerechnet jetzt Kontakt zu ihr auf? Sie wünschte, Freddy, Nina und Frau Mohn stünden neben ihr, denn schlagartig war eines völlig klar: Der Inhalt des Notizbuchs beruhte nicht auf Dörtes Fantasie. Er war so real wie dieser Anruf, der keinen Sinn ergäbe, wenn Dörte sich die Sache ausgedacht hätte.

»Ich hab über ein paar Ecken erfahren, dass du Dörte Flauscher gekannt hast«, sagte er.

»Nur ganz flüchtig«, entgegnete sie und überlegte, wer hinter den *paar Ecken* stecken könnte.

»Ist das nicht furchtbar, was mit ihr passiert ist? Sie war am Nachmittag noch bei mir in der Kanzlei. Kannst du dir vorstellen, wie ich mich fühle?«

»So ungefähr.« Wenn du ihr Mörder bist, allerdings nicht, fügte sie in Gedanken hinzu.

»Ich komme nicht drüber hinweg und würde so gern mit dir reden, weil du die Frau gekannt hast und ich dich kenne.«

»Erik, wir haben uns seit 25 Jahren nicht gesehen.«

»Das spielt doch keine Rolle. Kann ich dich treffen, sagen wir in einer Viertelstunde?«

»Nein, ich gehe gerade auf dem Venusberg spazieren.«

»Ah! Wo denn da? An der Waldau? Am Wildgehege? Oder auf dem schönen Weg zwischen der Klinikmauer und der Kante, wie ich immer sage? Da hab ich dich mal mit deinem Mann getroffen.«

»Äh – ja.« Pilar war verblüfft. Wirklich, Richard und sie waren diesen Weg früher oft gegangen, und Erik war ihnen dort ein- oder zweimal begegnet.

»In welcher Richtung bist du unterwegs?«

»Nach Süden.« Sie biss sich auf die Lippen. Warum sagte sie das? Sie war abgelenkt gewesen, hatte an vergangene Spaziergänge gedacht und sich gewundert, wie beredt dieser Mann war, obgleich er früher nicht die Zähne auseinander bekommen hatte.

»Bist du allein?,« fragte er. »Dann könnte ich dich doch …«

»Vielleicht ein anderes Mal, jetzt treffe ich einen Freund. Mach's gut.«

Und dieser Freund beschützt mich, falls du hier aufkreuzen solltest, dachte sie, während sie auflegte und ihr Herz fast schmerzhaft pochen fühlte.

Mit diesem Anruf war was faul. Wollte Erik herauskriegen, was sie wusste? Hatte er das Tagebuch geklaut und wollte testen, ob sie den Inhalt kannte? Jedenfalls war der Zeitpunkt gekommen, wo die Polizei davon erfahren musste. Obwohl … Während Pilar weiterging, kamen ihr wieder Zweifel. Was konnte sie den Kriminalbeamten vorsetzen, das nur halbwegs Hand und Fuß hatte – ohne das Tagebuch je gesehen zu haben? Einen Haufen Vermutungen. Deshalb musste Nina, die den Inhalt wenigstens zum Teil gelesen hatte, die Polizei informieren. Sie konnten das gemeinsam erledigen, das sollten sie noch heute tun. Es war schon viel zu viel Zeit verstrichen.


Ha, Venusberg, der Weg an der Kante, der Rheinhöhenweg! Erik Dröbel lachte in sich hinein. Dort musste es bei solchem Wetter und um diese Zeit menschenleer sein. Und vielleicht war Pilar nicht die ganze Zeit in Begleitung, womöglich war sie keine Sekunde mit jemandem zusammen und hatte nur geflunkert, weil sie ihn, Erik, nicht treffen wollte!

Dröbel eilte in sein Arbeitszimmer, das neben dem Wohnzimmer lag, mit der gleichen Sicht auf den breiten Strom, wo die

Kähne gemächlich vorbeizogen, links nach Holland, rechts nach Frankreich und in die Schweiz. Jedes Mal, wenn er zu den Fenstern blickte, empfand er Dankbarkeit gegenüber sich selbst. Nicht nur, weil es ihm gelungen war, ein Haus in einer derartigen Lage zu ergattern, sondern vor allem, weil er rechtzeitig die Kurve gekriegt hatte, nachdem er früher so ... Daran mochte er nicht denken. Die Politik ging ihm jetzt am Arsch vorbei. Obwohl ihm kaum noch klar war, wie er die Kehrtwende so fix hinbekommen und was dazu geführt hatte, dass er die verdammten Funktionsträger plötzlich privat sah, ohne Bügelfalten und Krawatte, als Ehemänner, Väter, Brüder und Söhne einer nicht unsympathischen Familie, die fassungslos ums Grab stand. Diese Toten für eine Idee, handverlesen zwar, aber nicht weniger tot als Millionen Opfer von Krieg und Faschismus, was für eine Scheiße, immer wieder Tote und völlig umsonst. Der verfluchte Kampf hatte nichts gebracht, keine Sau hatten sie wach gerüttelt, bis auf die Leute vom Bundeskriminalamt, die einzigen, die das technische Know-how und die Perfektion der Revolutionäre richtig gewürdigt hatten.

Der Erik von früher, das war ein anderer, ein Fremder mit verkrustetem Gehirn. Der durfte ihm das mühsam Aufgebaute nicht kaputtmachen, und das hieß: höllisch aufpassen, was vor sich ging. Es war noch alles zu retten.

Er trat an die Wand hinter dem Schreibtisch, nahm ein Ölbild vom Haken und öffnete das Schränkchen dahinter, das nicht besonders gesichert war, weil er es günstig fand, im Bedarfsfall keine Kombination einstellen zu müssen, sondern schnell an die Waffen heranzukommen. Viele waren es nicht. Drei feine Überbleibsel aus einem Waffenraub. Er nahm eine kleine Pistole, die alte, aber verlässliche Heckler & Koch, und schob sie in die Tasche seines Sakkos. Sie war geladen, das waren alle seine Waffen, man wusste ja nie. Das Ding hatte eine vernünftige Reichweite und war trotzdem leicht und nicht allzu groß. Nicht, dass er es unbedingt benutzen wollte, aber man musste auf alles gefasst sein. Deshalb steckte er sich auch die dünne schwarze Strumpfmaske in die Hosentasche,

303

für den Fall des Falles. Er wusste ja nicht, mit wem die Frau im Wald war – im Nieselregen! Weil das so ungewöhnlich war, roch es verdammt nach BKA.

Hätte er nur das Tagebuch, um zu sehen, was genau drin stand! Er fluchte leise, während er zum Auto eilte. Eins war immerhin sicher: Das Buch enthielt brennende Hinweise und deutliche Informationen. Wenn nötig, musste noch mal jemand dran glauben. Es ging um seine Existenz. Die mit ein paar Menschenleben nicht zu teuer bezahlt wäre.

Margot wählte die Nummer im Stehen, noch im Mantel, den sie nicht einmal aufgeknöpft hatte. Nach zwei fruchtlosen Versuchen hatte sie ihrem Handy nicht mehr getraut und deshalb zum heimischen Telefon gegriffen. Und wirklich, sie hatte Erfolg.

»Gut, dass ich Sie erreiche, Herr Stieger. Ich hab es schon unterwegs versucht.«

»Was ist los, Frau Mohn?«

»Sind Sie zu Hause oder am Gemüsestand?«

»Beim Gemüse. Aber wieso –«

»Das ist praktisch«, unterbrach sie ihn. »Lassen Sie schnell alles stehen und liegen und –«

»Frau Mohn, ich bin am Bedienen«, schnitt er ihr den Satz ab. »12,80 bitte.«

»Wie?«

»Ich kassiere gerade. Kleiner haben Sie es nicht? Moment.«

»Danach geht's aber?«

»Noch drei Kunden. Ich rufe Sie zurück.«

Und weg war er. Hatte einfach aufgelegt! Margot streifte ihren Regenmantel ab und warf ihn, regenfeucht, wie er war, auf den samtbezogenen Ohrensessel ihres Vaters, was sie in ihrem ganzen Leben noch nicht getan hatte. Während der Busfahrt war ihr schwelendes Unbehagen zur Flamme geworden. Pilar konnte in eine gefährliche Situation geraten, so ganz allein mit dem Mann auf dem Waldweg, mochte er nun Dörtes Bruder sein oder nicht.

Und sie, Margot, war schuld daran, wenn Pilar etwas zustieß. Sie hätte sie nicht anrufen dürfen. Oder sie zumindest mit ihrem Stockschirm begleiten müssen, statt so jämmerlich zu kneifen.

Und nun konnte sie nicht länger warten. Sie nahm das Telefon erneut zur Hand und wählte die Nummer des Detektivs noch einmal. Er meldete sich nicht. Bloß nicht aufregen, das war nicht gut fürs Herz. Sie atmete tief durch und versuchte es noch einmal. Diesmal hatte sie Glück.

»Frau Mohn, inzwischen sind es fünf Kunden. Warum soll ich alles stehen und liegen lassen?«

»Pilar – auf dem Rheinhöhenweg – es war falsch von mir – war doch meine Verabredung – nun ist sie dort mit dem Mann im grauen Anzug, derselbe, der sich Simon Flauscher nennt – man muss nachschauen, zur Sicherheit!«

»Ja, die sind frisch von heute Mittag.«

Hitze schoss in Margots Kopf. Was waren ein paar Erdbeerkunden angesichts der möglichen Gefahr?

»Haben Sie mir überhaupt zugehört?«

»Ja, aber nichts begriffen. Bitte sehr, zweimal die Auberginenpaste.«

»Na, los! Den Weg an der Klinikmauer entlang, keine zehn Minuten von Ihnen, nehmen Sie Ihr Fahrrad!«

»Das hat einen Platten.«

»Dann laufen Sie eben, Sie sind noch jung. Ich vertrete Sie am Stand. Ich nehme mir ein Taxi.«

»Aber …«

Margot hörte ihn nicht mehr. Sie hatte aufgelegt, um die Taxizentrale anzurufen. Die Idee mit der Vertretung war ihr gerade erst gekommen. Endlich war sie überzeugt, das Richtige zu tun, obwohl der Detektiv es offenbar nicht glaubte. Vielleicht hätte sie es genauer erklären müssen. Aber das hätte zu lange gedauert. Sie hatte gehofft, er würde sie sofort verstehen.

Die Nummer des Taxirufs stand in ihrem handgeschriebenen Verzeichnis. Sie ließ ihren Zeigefinger hindurch gleiten. Als sie bei

*T* angelangt war, klingelte es an der Haustür. So war es ja immer: Man hatte es eilig, und prompt kam was dazwischen.

Sie drückte auf den Türöffner. Gleichgültig, wer es war, sie musste ihn in Windesweile abwimmeln.

Was sie als erstes sah, als sie in den Hausflur trat, war ein gigantischer Blumenstrauß, der in seiner Breite kaum durch die Tür passte. Über den gelben und roten Blumenköpfen leuchtete eine weiße Haarwolke, darunter bewegten sich lange dünne Beine.

»Oh, Karl ...«

Kaum hatte sie Holzschröder erkannt, schien alles andere unwichtig. Nicht mehr dringend. Eine Gefahr für Pilar? Natürlich eingebildet. Alte-Damen-Panik. Katastrophenwahn.

Er überreichte ihr den duftenden Strauß.

»Herrlich, ich danke dir. Und bitte, tritt ein. Magst du einen Kaffee?«

»Keine Umstände. Ich muss weiter und wollte dir nur sagen, dass ich den hübschen Gründerzeit-Tisch zu der Dame auf den Venusberg gebracht habe. Sie schien ziemlich durcheinander, aber sehr erfreut, ihren alten Mathelehrer wiederzusehen. Und natürlich ihren Tisch.«

»Wo musst du denn so schnell hin, dass du nicht mal Zeit für eine Tasse Kaffee hast?« Sie wandte ihr Gesicht ab, damit er ihre Enttäuschung nicht sehen konnte, und langte nach der großen Vase, die auf dem Regal neben der Wohnzimmertür stand.

»Wieder auf den Venusberg. Termin in der Augenklinik.«

»Venusberg!«

»Was ist daran bemerkenswert?«

»Nimm mich mit, Karl. Setz mich am Biostand ab.«


Pilar erreichte im Laufschritt die Stelle, wo links ein steiler Weg, die alte Bergstraße, zum Stadtteil Kessenich hinabführte und sich rechts eine Wiese ausbreitete. Sie erkannte Simons Gestalt schon von weitem, sein Gesicht war nur im Profil zu sehen. Er stand unter einem der Bäume und blickte zur nahen Robert-Koch-Straße. Ihr

Herz schien einen Hüpfer zu machen. Sie freute sich, ihn wiederzusehen. Nur der graue Anzug, über den er gerade eine dunkelblaue Regenjacke streifte, war nicht nach ihrem Geschmack. Darin sah er aus wie ein x-beliebiger Durchschnittsmann, wie jemand, der nicht auffallen wollte. Das karierte Hemd hatte ihm viel besser gestanden. Wahrscheinlich trug er solche Anzüge im Gymnasium und war von dort direkt zum Venusberg gefahren.

Simon hörte offenbar das Knirschen ihrer Stiefel auf dem Weg. Er wandte ihr sein Gesicht zu.

»Du, Pilar? Was für eine Überraschung! Schade, dass ich mit einer uralten Dame verabredet bin. Aber vielleicht kommt sie nicht mehr. Ich warte schon lange.«

»Ich bin der Ersatz«, keuchte Pilar. »Sie hat mich gebeten, sie zu entschuldigen. Ihr war unwohl. Hat sie dich nicht angerufen?«

»Nein.« Das Lächeln verschwand. Über seiner Nasenwurzel entstand eine senkrechte Falte. »Wusste gar nicht, dass ihr euch kennt.«

»Bonn ist eine Kleinstadt«, sagte Pilar leichthin. Darauf, dass Simon es merkwürdig finden könnte, dass sie Frau Mohn kannte, war sie nicht gekommen. »Meine Mutter wohnt in ihrer Nähe«, schob sie rasch hinterher.

»Ach ja?«

Das fängt nicht gut an, dachte Pilar. Wie packe ich es nur an? Sie hatte kein Konzept, ihr schwirrte zu viel Neues durch den Kopf. Helgis Beobachtung, Eriks Aufdringlichkeit …

Während sie sich langsam in Bewegung setzen, fragte Simon nach dem Fortschritt ihres Vortrags. Sie erwiderte, dass sie noch dies und jenes lesen müsse.

»Stört dich das Wetter, Pilar? Du wirkst ein bisschen zerknirscht.«

»Nein, ich bin wetterfest. Und ich möchte noch was über Dörte wissen. Das war gestern nicht genug. Ich musste wegen meiner Mutter so schnell aufbrechen.

»Ja, das war ein bisschen plötzlich.«

»War Dörte auch ein paar Mal in Island?«

»Nein, nie.«

Pilar versuchte sich an Helgis Worte zu erinnern.

»Nicht mal zur Beerdigung?«

»Sie hat es bedauert, aber sie konnte nicht. Sie litt an unüberwindlicher Flugangst.«

»Ach so.«

Pilar grübelte. Irgendwas stimmte nicht, aber im Moment kam sie nicht drauf. Die beiden Anrufe hatten sie ganz durcheinander gebracht.

»Wie stand sie in letzter Zeit zu eurer Mutter?«, fragte sie.

»Es war immer ein schwieriges Verhältnis. Wäre Mutti hier in Deutschland gewesen, hätte sich das wieder eingerenkt. Aber so ... Mutti wollte nicht nach Deutschland kommen und Dörte nicht nach Island.«

»Warum hat eure Mutter Deutschland gemieden?«

»Sie wollte die Insel nicht verlassen. In Deutschland passte ihr Verschiedenes nicht.« Er zuckte mit den Achseln. »Warum beschäftigt dich das alles so?«

»Dörte interessiert mich. Sie war ein bisschen rätselhaft. Und ich mochte sie.«

Warum belog sie diesen Mann, der doch schon beinah ein Freund war? War das nötig? Aber mit den wahren Tatsachen herauszurücken, schien im Augenblick nicht ratsam. Die Stimmung zwischen ihnen war nicht so gut wie bei Kaffee und Sekt in seiner Wohnung.

»Hoffentlich findet man den Täter«, sagte Pilar.

»Die meisten Mörder werden ja geschnappt. Aber dadurch wird meine Schwester nicht lebendig. Ebenso wenig wie meine arme Mutter.«

Pilar horchte auf. Deutete sie den Tonfall, in dem er den letzten Satz gesprochen hatte, richtig? Ging er davon aus, dass seine Mutter ebenfalls ermordet worden war? Hielt er es für möglich, dass es ein und derselbe Täter gewesen war?

308

Er hatte den Blick abgewandt, hinüber zur Straße, die in einen Parkplatz mündete, hinter dem sich der markante eckige Turm der Kliniken erhob. Pilar spürte, wie bewegt Simon war. An der Mutter hatte er sehr gehangen, so viel war klar. Sofern er von Gerdas linksextremistischem Engagement nichts wusste, würde es nicht einfach werden, darüber zu reden. Schließlich wollte Pilar seine Gefühle nicht verletzen. Er hatte innerhalb eines Dreivierteljahres seine einzigen nahen Angehörigen verloren, das war bitter genug.

»Magst du mir von deiner Mutter erzählen?«

Simon nickte. Und sie hörte zu.

Der Weg entfernte sich von der Straße und führte an der Mauer des Klinikgeländes entlang. Er wirkte ein wenig düster, was teils am bleigrauen Himmel, teils an den hohen Laubbäumen lag. Außer ihnen schien kein Mensch unterwegs zu sein. Pilar ließ ihren Blick über den Abhang gleiten, den dichter Wald und viel Unterholz bedeckten. Lang her, dass sie das letzte Mal hier gewesen war. Sie war erstaunt, wie steil der Berg zum Rheintal abfiel, das hatte sie vergessen.

Obwohl sie es angekündigt hatte, traute Freddy seinen Augen kaum, als die alte Dame einem dunkelroten Volvo entstieg und auf seinen Stand zukam. Über ihrem Arm hing nicht nur die gewohnte Henkeltasche, sondern auch ein gemusterter Kittel. Den tauschte sie behände gegen ihren Regenmantel aus, während sie ihm grüßend zunickte. Im Nu stand sie neben ihm hinter dem Verkaufstisch.

»Nun gehen Sie schnell«, drängte sie. »Ich habe Klassen mit fünfunddreißig lärmenden Kindern in Griff bekommen. Dann werde ich wohl spielend mit ein paar erwachsenen Kunden fertig.«

Freddy zeigte ihr die Preisliste und die Schildchen an den Waren. Ihm war nicht klar, warum es so dringend war. Er sah sie zweifelnd an. »Und Sie meinen ...«

»Den Mann hab ich mehrmals vor Ninas Haus gesehen, Herr Stieger. Sie wissen, dass so was selten Zufall ist.«

»Pilar hat ihn in seiner Wohnung aufgesucht, so gefährlich kann er nicht sein.«

»Wenn schon jemand ermordet wurde, ist etwas mehr Misstrauen angebracht.«

Die Kundin, die gerade an den Stand trat, zuckte zusammen und riss die Augen auf. Freddy wurde die Sache peinlich.

»Sie können sich irren, Frau Mohn, und Simon mit dem anderen verwechseln.«

»Das sagt man, wenn man zu faul ist, sich auf die Socken zu machen!« Frau Mohn warf Freddy einen strengen Blick zu und lächelte die Kundin an. »Sie wünschen?«

Wenig überzeugt setzte Freddy sich in Bewegung. Während er den Bürgersteig des Haager Wegs entlang eilte und auf den Rheinhöhenweg zusteuerte, kam ihm der Gedanke, dass es sinnvoll wäre, jemanden hinzuzuziehen, der im Ernstfall helfen konnte, falls Frau Mohn mit ihren Ahnungen wider Erwarten richtig läge. Nicht die Kriminalpolizei, nein, der konnte er mit den diffusen Ängsten einer alten Dame, die sich kaum begründen ließen, nicht kommen. Aber vor Jahren hatte er beim Kegeln einen Polizeihauptkommissar kennengelernt, und dieser Markus war ein netter Kumpel, den er ganz unkonventionell um Beistand bitten konnte.

Freddy zog sein Handy aus der Hosentasche. Und steckte es sofort wieder weg. Sicher hätte auch Markus Schwierigkeiten, die Befürchtungen der sechsundachtzigjährigen Oma nachzuvollziehen. Und womöglich liefen Pilar und Dörtes Bruder nicht mehr im Nieselregen herum, sondern saßen mittlerweile in einem gemütlichen Café bei einem netten Plausch. In dem Fall stünde Freddy mit seinem Polizisten an der Seite schön blöd da.

Der Rheinhöhenweg, den Freddy nun erreichte, verlief hier noch unweit der Straße, aber bald musste die Klinikmauer kommen. Freddy bedauerte, dass sein kleiner Sohn nicht dabei war, der es so mochte, in seiner Karre unter den Blätterdach der Bäume herzufahren, wo es hoch oben zwitscherte und unten raschelte.

Auf dieser Strecke stand irgendwo die imposante Knolleneiche, die aus einer Verdickung herauswuchs wie aus einer riesigen Kartoffel, die sollte er dem Kleinen mal zeigen.

*Kartoffel.* Freddy dachte an den Biostand. Wie Frau Mohn wohl zurechtkam? Er griff in seine Tasche und wählte ihre Handynummer.

»Ach, Herr Stieger …« Es klang verzagt.

Was für ein Wahnsinn, die alte Frau allein dort zurückzulassen, an einem Verkaufsstand, der nicht einmal sein eigener war! Im Bruchteil einer Sekunde lief in seinem Kopf ein Film ab, wie jemand sie beiseite stieß und mit der Geldkassette durchbrannte.

»Ich wollte Sie auch schon anrufen«, sagte sie, »aber dann kamen mir Bedenken. Sie hätten ja in einem Versteck sitzen können, und das Klingeln hätte Sie verraten.«

»Was ist los?«

»Ich wage es kaum zu sagen. Wo es doch mein eigener Vorschlag war, hier zu bedienen.«

Also tatsächlich die Kasse. Er blieb stehen. Sein Leichtsinn würde ihn den Job kosten. Abgesehen vom Schadensersatz. In der Kassette lagen viele Scheine. Erdbeerzeit brachte was ein.

»Was ist passiert?«

»Ich kann die Preise nicht sehen.«

Er lachte erleichtert auf. »Ich hab Ihnen doch die Liste und die Schildchen –«

»Die Liste und die Schilder sehe ich ja«, unterbrach sie ihn, »aber nicht die Zahlen darauf. Ich hab meine Brille zu Hause vergessen und muss ständig die Kunden fragen, was es kostet.«

»Wenn es weiter nichts ist … Die meisten sind ehrlich.«

Sie seufzte. »Ich ersetze den Schaden, falls es ein Defizit gibt. Das ist mir Pilars Sicherheit wert. Jetzt muss ich weitermachen.«

Und ich muss weitergehen, dachte er. Frau Mohn würde die Sache schon schaukeln.

*Pilars Sicherheit.* Das Wort piekste wie ein Dorn. Die alte Dame gab sich alle Mühe, und er selbst nahm die Sache nicht ernst. Na, immerhin hatte Pilar ja ihren Tajo dabei. Nein, durchfuhr es ihn, bestimmt nicht! Sie war rücksichtsvoll. *Der ist total nett, mag aber keine Hunde,* hatte sie von Simon Flauscher erzählt. Freddy war zumute, als legte sich in seinem Kopf ein Schalter um. Er wurde unruhig. Sah die Dinge aus einem anderen Blickwinkel. Fand Frau Mohns Ansicht nicht mehr so abwegig. Was vielleicht daran lag, dass er Vorbehalte gegen Menschen hatte, die Hunde nicht mochten.

Markus. Er war Diensthundeführer und trainierte am Nachmittag oft seine belgische Schäferhündin, eine wichtige Aufgabe, damit das Tier in der Lage war, die Spur eines Verbrechers aufzunehmen und ihn zu stellen. Vermutlich lernte die Hündin noch einiges mehr, von dem Freddy als Halter eines an jeder Ecke schnüffelnden Freizeithundes keine Ahnung hatte. Markus würde ihm eine kalte Abfuhr erteilen, wenn Freddy ihn mit halbgaren Erklärungen beim Training störte.

*Wenn schon jemand ermordet wurde ...* Frau Mohns Worte gingen Freddy nicht aus dem Kopf. Wurden zum Ohrwurm. Eine talentierte Lehrerin – was sie sagte, blieb hängen. Freddy scrollte die Liste in seinem Handy durch. Vielleicht ging Markus nicht dran, dann war es eben so.

Simon erzählte viel von seiner Mutter, ging dabei langsamer und blieb ab und zu stehen. Pilar begriff, ohne dass er es aussprach, wie viel er verloren hatte. Gerda war sein Ein und Alles gewesen, der Mittelpunkt seines Lebens. Wann immer es sein Beruf ermöglichte, hatte er sie besucht, und regelmäßig hatten sie einander lange Briefe geschickt. Simon hatte keine Partnerin und keine engen Freunde. Nur die Mutter zählte.

Je mehr Pilar dies klar wurde, desto furchtbarer schien ihr das Thema, auf das sie ihn ansprechen wollte: die Beziehung seiner Mutter zur RAF. Wie sollte sie das schaffen, ohne ihm weh zu tun und den Eindruck zu erwecken, sie wolle das Bild der Mutter mit Dreck bewerfen? Zudem war da noch die Frage, ob er tatsächlich ein paar Mal vor Ninas Haus aufgetaucht war. Nein, die musste sie zurückstellen, die passte nicht hierhin.

Während Pilars Gedanken abgeschweift waren, hatte sich Simon ein paar Aspekten seiner Kindheit zugewandt. »Wir mussten fürchterlich sparen. Meine Mutter war immer hinter den billigsten Lebensmitteln her und kochte viel in Gläser ein, um einen Vorrat zu haben. Obst, Bohnen, rote Beete, Pilze. Aber am besten war ihre selbstgemachte Wurst.«

Pilar drängten sich Wörter auf, die ihr nicht behagten. *Naturdarm, Fleischwolf*. Sie war seit Jahren Vegetarierin.

»Was für eine Wurst?«, erkundigte sie sich.

»Meistens Blutwurst, fein gewürzt.«

Pilar vermied es, sich das schlachtfrische Schweineblut vorzustellen, das dort hineingehörte, und zwang sich, an das zu denken, was Freddy von Ansgar erfahren hatte: Dörte hatte Ute ein Glas Blutwurst mitgebracht, Ute, die kurz darauf an Botulismus starb. Nach Aussage des alten Isländers am Friedhof hatte auch Gerda etwas gegessen. Und nun Helgis Angaben über ein Glas, das möglicherweise Wurstreste enthielt, Wurst, die Gerda verzehrt hatte. Zu viel Wurst. Pilar war ganz elend, während sie sich bemühte, den Nebel in ihrem Kopf zu durchdringen.

»Hat deine Mutter in Island auch Wurst gemacht?«

»Nein.«

»Hat Dörte Wurst gekocht?«

»Keine Ahnung.«

»Sie mochte die Wurst doch auch?«

»Möglich.«

Er war verändert, wirkte einsilbig und deutlich kühler, geradezu frostig, als hätte Pilar etwas Falsches gesagt. Möglich, dass er mit dem Wurstmachen wehmütige Erinnerungen verband. Jetzt pack ich noch das andere Thema an, sagte sich Pilar, dann hab ich es hinter mir.

»War deine Mutter politisch aktiv?«

»Nicht, dass ich wüsste.«

313

Pilar wandte sich halb um. Sie hatte in der Nähe ein Geraschel vernommen, das sie irritierte. Für das, was sie zu sagen beabsichtigte, wollte sie keine Zuhörer haben. Aber wahrscheinlich war es nur ein Tier gewesen. Der Weg war menschenleer, rechts die Klinikmauer, links das Gebüsch, dahinter der Abhang. Weit und breit niemand. Sie waren allein. Ein ganzes Stück weiter unten verlief zwar noch ein zweiter Fußweg, aber dort konnte man sicher nicht hören, was hier oben gesprochen wurde.

»Deine Mutter war anscheinend linksextremistisch.«

Simons Schritte verlangsamten sich wieder. Er sah Pilar an. Sein Erstaunen schien echt.

»Das höre ich zum ersten Mal.«

»Sie soll die RAF unterstützt haben.«

»Wer behauptet das?«

»Das hat Dörte mir erzählt«, log Pilar mit schlechtem Gewissen. Von dem verschwundenen Notizbuch mochte sie nicht anfangen.

»Wie kam sie darauf?«

»Angeblich hat eure Mutter RAF-Mitglieder beherbergt.«

»Mutti hatte hin und wieder Freunde da, die ein Bett für die Nacht brauchten. Aber RAF? Das ist lachhaft.«

»Zum Beispiel die Mörder des Bonner Diplomaten Gerold von Braunmühl.«

»Ein RAF-Mord hier in Bonn? Darüber weiß ich nichts.«

»Der Diplomat wurde im Oktober 1986 erschossen. Vor seinem Haus in der Buchholzstraße. Dort ist eine Gedenkplatte im Boden.«

»Aber warum sollte meine Mutter …« Er blieb stehen und schüttelte den Kopf. »Typisch Dörte, das hat sie sich zurechtgesponnen.«

»Sie glaubte, dem Mörder damals an eurer Haustür in der Weberstraße begegnet zu sein. Und hat ihn jetzt als Rechtsanwalt wiedergesehen – an ihrem Todestag.«

Durch Simon schien ein Ruck zu gehen. Im ersten Moment dachte Pilar, es läge daran, dass es am Hang mehrmals geknackt

314

hatte. Offenbar hatte sich dort ein größeres Tier bewegt. Aber Simon sah sie nur durchdringend an, als hätte er ein ganz neues Interesse an ihr. Sekundenlang war ihr unheimlich zumute. Doch wahrscheinlich war er nur aufgewühlt wegen der RAF-Geschichte, die ihm offenbar völlig neu war. Merkwürdig, dass Dörte ihm nichts davon erzählt hatte.

»Dieser Rechtsanwalt«, sagte Simon, »könnte der ihr Mörder sein?«

Sie nickte. Seltsamerweise kamen ihr jetzt Zweifel. Würde ein Mörder, der es geschafft hatte, dreißig Jahre lang unerkannt zu bleiben, seine Anonymität durch eine weitere Tötung aufs Spiel setzen? Würde er es nicht vorziehen, kein neues Aufsehen zu erregen und klammheimlich zu verschwinden?

»Aber sicher, der kann es sein!« Simon klang mit einem Mal gut gelaunt. »Du, das musst du mir genauer erzählen. Da vorne ist ein toller Aussichtpunkt, das Dottendorfer Jugend-Kreuz. Wenn die Bank nicht zu nass ist, setzen wir uns dorthin, einverstanden?«

Sein Schritt war schwungvoll, als sie den Pfad zu dem gepflasterten Plateau hinuntergingen, vorbei an dem hohen Holzkreuz, das eine Jugendgruppe im Jahr 1950 errichtet hatte. Sie traten an das schmale Eisengeländer und blickten auf die südlichen Bonner Stadtteile herunter, deren nächstliegender Dottendorf war. Der Himmel spannte sich in unzähligen Grautönen über Dächer und Bäume, die Godesburg mit dem aufragenden Bergfried und die zahlreichen Kuppen dahinter. Der Rhein war im Häusermeer kaum zu erahnen, und jenseits des verborgenen Stroms erhob sich bläulich das Siebengebirge. Unterhalb des Geländers bedeckte ein Dickicht aus Büschen und Gestrüpp den steil abfallenden Hang.

Simon legte den Arm um Pilars Schulter. Das ist in Ordnung, ist ja rein freundschaftlich, sagte sie sich.

Trotz der Schönheit des Ortes war sie mit ihren Gedanken ganz woanders. Sie überlegte fieberhaft, wann Simons Stimme schon einmal so verändert gewirkt hatte wie vorhin. Der Arm um ihre Schulter lenkte sie ab, und zugleich befand sie sich in einem un-

315

seligen gedanklichen Spagat zwischen RAF und selbstgemachter Wurst. Doch, da fiel es ihr ein: Er hatte gesagt, Dörte sei nie in Island gewesen, sie habe *unüberwindliche Flugangst.* Helgi aber hatte gesagt, Simon habe etwas gesucht, das Dörte in Gerdas Hütte zurückgelassen hatte, und das setzte voraus, dass Simon davon ausgegangen war, seine Schwester sei bei der Mutter auf Snæfellsnes gewesen. Warum schwindelte er, was verbarg er?

»Du bist so schweigsam«, bemerkte Simon und nahm den Arm von ihrer Schulter. »Woran denkst du?«

Irgendwo am Hang raschelte es. Wieder eines der vielfältigen Geräusche des Waldes, die ihr heute besonders zahlreich schienen. Oder war es was anderes? Ihr fiel ein, dass sie Erik verraten hatte, welchen Weg sie gehen wollte. Um Himmels willen … War er ihnen gefolgt, war er in der Nähe?

Sie sah, dass Simon auf eine Antwort wartete.

»Dörte war bei deiner Mutter in Island. Jemand hat es mir auf dem Friedhof erzählt.« Das entsprach nicht ganz der Wahrheit, hinderte ihn aber vielleicht daran, erneut zu behaupten, seine Schwester sei nie in Island gewesen.

Simon blickte sie stumm an. Seine Stirn war leicht gekräuselt, als überlegte er, ob er widersprechen sollte.

Pilar wollte das Thema schnell zu Ende bringen. Die Angst, die sie bei dem Gedanken an Erik Dröbel befallen hatte, drohte ihre Zunge zu lähmen. Er konnte hier irgendwo im Gebüsch lauern. Wer wusste, wozu ein solcher Mensch fähig war?

»Deine Mutter hat vor ihrem Tod etwas gegessen. Dörtes Freundin Ute ist auch gestorben, nachdem sie etwas verzehrt hatte. Die Obduktion ergab, dass sie an Botulismus, an Fleischvergiftung, starb. Aber in ihrem Haus waren nirgends infizierte Nahrungsreste. Hast du bei deiner Mutter was gefunden?«

Fahrig zog er ein zerknülltes Papiertaschentuch aus der Hosentasche, drückte es auf die Augen und steckte es wieder weg. Die Bewegung wirkte zackig und ungeschickt, das Papiertuch hatte er nicht mal richtig verstaut, es hing aus der Tasche heraus. Er blickte

316

sich um und schien den ganzen Wald einer grimmigen Prüfung zu unterziehen.

Nichts raschelte. Nichts knackte. Als hielte der Wald den Atem an.

»Ich wusste, was sie meiner Mutter gebracht hat. Ich habe das Schraubglas gefunden. Mit einem Rest Blutwurst. Dörte war schlampig, das war sie immer.«

Seine Stimme war jetzt rau und hart. Sein Gesicht schien länger geworden, war gerötet und hatte einen bitteren, abstoßenden Zug. Pilar begriff: Was ihn veränderte, war der Hass. Eine dunkle Ahnung beschlich sie.

»Der Laborbefund war eindeutig«, sagte er. »Die Wurst enthielt dieses Gift. Botulinumtoxin.«

»Das konnte Dörte aber nicht wissen.«

»Sie wusste es, weil sie selbst daran erkrankt war. Hätte man sie nicht intensivmedizinisch betreut, wäre sie gestorben. Sie hatte noch Wurst im Keller. Dieselbe Serie. Vertrauensvolle Auskunft ihrer Nachbarin.«

*Dieselbe Serie.* Mehrere Wurstgläser, das war einleuchtend. Für ein einziges Glas machte man sich nicht die Mühe mit der Herstellung.

»Kein Arzt hat die Nachricht erhalten, dass Mutti Hilfe brauchte. Dafür hat Dörte gesorgt. Sie hat sie hilflos liegen lassen, bis niemand mehr helfen konnte. Sie hat die Mutter, die ihr das Leben schenkte, umgebracht.« Simons Stimme rutschte ab, klang tief und dumpf. »Muttermord. Das schlimmste aller Verbrechen.«

Pilar betrachtete die feucht glänzenden Blätter zu ihren Füßen. Wie schwer es war, jetzt etwas Angemessenes zu sagen …

»Bist du zur Polizei gegangen?«

»Wozu? Sie hätte sich herausgeredet, sie habe nicht gewusst, dass die Wurst infiziert war, und meine Mutter bei bester Gesundheit verlassen. Ich hatte da gestanden wie ein Depp, der seine Schwester um jeden Preis im Kittchen sehen will.«

»Ja, aber …«

»Sie hat auch die Freundinnen umgebracht«, fuhr Simon fort. »Die eine im Wald, die andere mit Wurst.«

Pilar ließ sich nicht anmerken, dass ihr die Vorstellung nicht ganz neu war. »Weißt du den Grund?«

»Alte Demütigungen. Sie wollte diese Frauen und meine Mutter aus ihrem Leben tilgen, als wären sie Fettflecken auf dem Bild ihrer Vergangenheit.«

»Hat sie das gesagt?«

»Ja.«

»Wann denn?«

»Sie hat's mir an den Kopf geschleudert. Ganz zuletzt.«

Pilar erschrak. *Ganz zuletzt?* Das konnte nur eins bedeuten: kurz vor Dörtes Tod, auf dem Flur im zweiten Stock der Chirurgie. Pilar konnte nicht anders – sie starrte Simon mit weit aufgerissenen Augen an. Die Wende, die Erkenntnis, kam zu plötzlich. Wäre sie nicht so verblendet gewesen …

Zu spät, um zu verbergen, was sie dachte. Er schien es in ihrem Gesicht und ihren Augen zu lesen. Und im rechten Moment den Mund zu halten, war ihr schon immer schwergefallen. Sie musste wissen, ob sie richtig lag, sie musste!

»Du hast den richtigen Zeitpunkt abgepasst. Bist ihr gefolgt, als sie zu Fuß unterwegs war, nicht zum Wald, wie du hofftest, sondern zur Klinik. Vor dir ging eine Frau, die eine Plastiktüte verlor, die du eingesteckt hast. Kann man ja immer gebrauchen. Oben auf dem Flur hast du Dörte angesprochen.«

Er lachte leise auf. Kein Zweifel: Alles traf zu.

»Nach dem Wortwechsel hast du sie gewürgt. Bis sie bewusstlos war. Dann die Tüte über den Kopf. Damit sie erstickt. Du hast den Muttermord gerächt. Heimlicher als ein Sagaheld. Und nicht ehrenvoll. Weil unser Strafgesetz vom Rachemord nichts hält.«

Sie war entsetzt über ihrem Leichtsinn. Der Rächer würde nicht dulden, dass sie ihn verpfiff.

Zu spät, um das Gesagte zurückzunehmen.

Aber nicht zu spät zum Abhauen.

Sie stieß sich vom Geländer ab.

Er warf sich auf sie, packte sie, schleuderte sie an die Querstange, drückte sie dagegen. Sie wand sich wie eine Katze. Tobte, kratzte, biss und trat. Und wusste, dass es nicht zu schaffen war. Seine Hände schlossen sich um ihren Hals. Sein Körper presste sie an die Stange, bog sie hintenüber. Das Eisen schien ihren Rücken zu zerteilen. Kein Schrei mehr möglich. Keine Rettung in Sicht. Diesmal nicht.

Dröbels erster Impuls war, das Gebüsch zu verlassen, zur Aussichtsplattform zu laufen und Pilar zu helfen. Hab ich mich so verändert?, wunderte er sich. Nächstenliebe war jetzt völlig daneben. Er fühlte den kühlen Griff der Pistole in der Tasche seines Sakkos. Das half, vernünftig zu bleiben.

Seine Füße hatten keinen festen Stand. Auf dem unebenen Boden und den feuchten Blättern geriet er immer wieder ins Rutschen. Ein herumliegender Zweig rollte tückisch unter seinen glatten Sohlen weg. Die Lederslipper waren ungeeignet für Wald und Wetter und den steilen Hang. Zudem war er fix und fertig. Das ständige Auf und Ab im Gebüsch unterhalb des Wegs, die geduckte Haltung, das angestrengte Lauschen, damit er wenigstens die wichtigsten Worte, die das Miststück von sich gab, verstehen konnte. Und er hatte sie verstanden! *Der Diplomat wurde im Oktober 1986 erschossen … Sie glaubte, dem Mörder damals an eurer Haustür in der Weberstraße begegnet zu sein. Und hat ihn jetzt als Rechtsanwalt wiedergesehen – an ihrem Todestag.*

Der Fall war klar, die Lage ernst. Die Lösung? Nichts wie weg! Darauf war er seit langem vorbereitet. Die alten Genossen hatten Hilfe zugesagt, auf die war Verlass.

Nur ein paar Sekunden noch. Er musste wissen, ob sich da vorne eins seiner Probleme erledigte. Ob der Mann es ernst meinte und Pilar endgültig zum Schweigen brachte. Schließlich sollte es ihm nicht so ergehen wie am Samstagabend. Durch die Glastür des Klinikflurs im zweiten Stock hatte er gesehen, dass Dörte

Flauscher mit jemandem sprach, worauf er sich sofort zurückgezogen und die Treppe hinunter begeben hatte. Eine Ewigkeit hatte er am Eingang gewartet, weil er annahm, die Frau müsse früher oder später wieder dort entlang kommen. Aber sie tauchte nicht auf. Wenn er da schon gewusst hätte, was sich da oben ereignet hatte, wäre es ihm bedeutend besser gegangen. Er hätte nicht bang herumgerätselt, ob der Mann auf dem Flur ein Ermittler vom BKA war, hätte nicht die halbe Nacht auf das Reihenhaus geglotzt, und die Diskussion mit den Genossen auf dem improvisierten Treffen in der Eifel wäre ganz anders verlaufen.

Am Geländer sah es jetzt nach einer runden Sache aus. Die Kleine bäumte sich noch mal auf. Es würde ihr nichts nützen. Sie wurde bereits schwächer. Gleich würde sie wegkippen.

Was war das? Freddy blieb stehen. Vom Hang her meinte er ein ersticktes Husten vernommen zu haben. Tatsache? Einbildung? Er hörte nichts mehr. Nichts außer Vogelstimmen.

Er ging weiter. Nach einigen Metern sah er die Einmündung eines Pfades, der zu einem tiefer liegenden Aussichtspunkt hinabführte, dem *Dottendorfer Jugend-Kreuz*. Möglich, dass der Laut von dort gekommen war. Jäh sprang ihn die Gewissheit an, dass etwas Endgültiges passiert war. Die Angst, dass er zu spät kam. Eine Schuld, die unerträglich war.

Er rannte los, stolperte über eine Wurzel, taumelte auf dem unebenen Boden, fing sich und erblickte das gepflasterte Plateau mit dem Riesenkreuz.

Am Geländer stand breitbeinig und vorgebeugt ein Mann in dunkler Regenjacke und grauer Hose. Sein Rücken verdeckte etwas, das er über die Querstange schob, eine große Puppe, schlaff und bewegungslos. Baumelnde dunkle Locken. Keine Puppe.

Pilar.

Freddy raste das letzte Stück hinunter. Mit Markus, der bei seinem Anruf im Auto unterwegs gewesen war, konnte er nicht rechnen, der käme zu spät. Pilar lag schon im Gestrüpp jenseits des

320

Geländers. Der Mann in der Regenjacke setzte hinüber und hastete ins Dickicht. Vielfaches Knacken, Reißen, Rascheln, die Äste schlossen sich hinter ihm. Nur ein leichtes Wippen und ein paar geknickte Zweige zeugten von seiner Flucht.

Beklommen näherte sich Freddy der Stelle, wo er Pilars Körper vermutete, und entdeckte ihn sofort. Sie lag gekrümmt auf der Seite, mitten in Kraut, Blättern und Dornen, und rührte sich nicht. Ihr Hals zeigte rote Abdrücke und blutige Schrammen. Das Gesicht kam ihm bläulich blass vor. Ihre Augen waren geschlossen.

Er schob sich unter der Querstange her und kniete sich neben sie. Von Wiederbelebung hatte er nicht viel Ahnung. Seit vielen Jahren hatte er sie nicht geübt. Und niemals gebraucht.

»Es wird alles gut«, sagte er in dem Gefühl, eine Tote anzusprechen.

Seine Beine waren wie aus Pappe, seine Kehle war trocken, seine Hand zitterte, als er sie ausstreckte, um Pilars Wange zu berühren. Sie kam ihm kühl vor. Hastig griff er nach ihrem Handgelenk und hoffte auf das Pulsieren der Schlagader unter dem Ärmelbündchen der Jacke. Da bewegten sich ihre Augenlieder. Langsam drehte sie den Kopf. Wandte ihm ihr Gesicht zu.

»Ich hatte mir doch vorgenommen …«Unter ihren dunklen Wimpern quollen Tränen hervor. »Und nun bin ich …«

»…wieder übel in was hineingeraten«, vollendete er den Satz.

»Simon ist Dörtes Mörder.«

»Das war Simon Flauscher? Den du so nett gefunden hast?«

»Dörte hat die Mutter umgebracht. Er hat sie gerächt. Der Mörder einer Mörderin.«

»Um ein Haar auch deiner.«

»Meine eigene Blödheit. Wenn Richy das erfährt, lässt er sich scheiden.«

»Hey, du hast einen Mörder entlarvt. Du bist eine Heldin!«

»Fühl mich gar nicht so. Gewurgt werden ist was Furchtbares, Freddy.« Die Tränen rannen ihr über beide Wangen. Sie lächelte schwach.

Von weiter oben näherte sich jemand. Freddy sprang auf die Füße. Ein Mann in einem hellblauen Hemd kam auf die Plattform zu. Er führte einen schmalen braunen Hund mit Stehohren und schwarzer Schnauze an der Leine. Markus! Und Cara, die Diensthündin.

»Lass sie Witterung aufnehmen. Er ist hier herüber und ins Gebüsch. Der wollte …« Freddy schluckte und deutete auf Pilar, die sich halb aufrichtete, eine Hand am Rücken, das Gesicht verzerrt.

»Sind Sie okay? Bleiben Sie liegen, ich rufe den Notarzt.« Markus hatte schon sein Handy am Ohr und forderte mit knappen Worten einen Rettungswagen und Verstärkung von den Kollegen an. Cara schnüffelte mit kleinen schnellen Bewegungen ihrer schwarzen Nase an den Eisenstangen des Geländers.

»Zu viele Spuren«, meinte Markus. »Wir brauchen einen Gegenstand des Flüchtigen, sonst geht es nicht.«

Freddy stöhnte. Wenn man was holen musste, das Flauscher gehörte, würde das viel zu lange dauern, und seine Spur womöglich an irgendeinem Parkplatz enden. Ratlos blickte er zu Boden, wo ein Windstoß ein paar trockene Blätter herumwirbelte. An der senkrechten Stange des Geländers flatterte etwas Weißes auf. Leicht zusammengeknüllt und beinahe trocken.

»Markus! Das Papiertaschentuch! Das liegt da noch nicht lang, sonst wäre es pitschnass. Es kann ihm aus der Tasche gefallen sein.«

»Ihm oder jedem anderen.« Markus zog ein skeptisches Gesicht.

»Er hatte so eins«, meldete sich Pilar mit dünner Stimme.

Markus reagierte schnell: »Riech!«

Die Hündin streckte den Kopf vor und bewegte die Nase stärker. Sie ließ von dem Tuch ab und schob sich unter dem Geländer durch, während Markus darüber stieg. Cara drängte ins Gestrüpp, der Polizist zog den Kopf ein, und beide verschwanden zwischen den Sträuchern. Knackende und raschelnde Laute verrieten, wohin die Spur sie führte – den Berg hinab.

322

Freddy wandte sich wieder Pilar zu. Steif und mühsam kam sie auf die Knie. Er reichte ihr seine Hände. Sie stöhnte auf.

»Mein Rücken … Der fühlt sich an, als hätte einer versucht, ihn durchzusägen.«

Freddy half ihr auf die Füße und unter der oberen Querstange des Geländers durch. An seinem Arm wankte sie zu der Bank gegenüber, die nicht allzu feucht schien, und ließ sich darauf nieder.

»Autsch.« Sie verzog das Gesicht.

Vom Fuß des Bergs ertönte eine Stimme:»Hier Polizei! Kommen Sie raus, oder ich setze den Diensthund ein!«

Nicht weit entfernt knackte es wieder. Diesmal oben am Hang. Kam schon die polizeiliche Verstärkung? Freddy spähte durch die Zweige. Zwischen den Stämmen und Büschen eilte jemand halb geduckt Richtung Rheinhöhenweg. Kein Polizist. Trotz der Kürze des Augenblicks erkannte Freddy ihn – an der Haltung des Kopfes, der Körperform oder den abfallenden Schultern, an irgendwas Besonderem, das ihm sagte: Der ist es.

»Erik! Was machst du hier?«

Der Rechtsanwalt war nicht mehr zu sehen.

»Moment, Pilar, bin sofort wieder da.«

»Lass es, Freddy«, sagte sie kraftlos »Bitte.«

»Merkwürdig, dass er ausgerechnet hier …« Freddy vollendete den Satz nicht, er stürzte los, auf die Lücke im Gebüsch zu, wo Erik verschwunden war. Feuchte Blätter schlugen ihm ins Gesicht, ein Zweig verhakte sich am Bügel seiner Brille. Er riss ihn ab und trat auf den Weg hinaus. Niemand zu sehen. Und zu hören war nur heftiges Hundegebell aus der Ferne. Freddy trat den Rückzug an, um Pilar nicht länger allein zu lassen, und wich einem tief hängenden Ast aus. Abrupt hielt er inne.

Zwischen totem Laub und dicken Büscheln Schattengras lag ein schwarzes, matt schimmerndes Ding. Eine Pistole. Staubfrei und so sauber, als hätte sie eben noch in einer Tasche geruht.

Hatte Erik sie verloren? So was trug man nicht bei sich wie ein Feuerzeug. Und wer besaß schon eine Schusswaffe? Ehemalige

323

RAF-Leute konnten eine haben. Und dazu den Willen, sie auch einzusetzen. Freddy durchlief ein Schauder. Erik Dröbel. Ganz real. Keine Fantasie von Dörte.

Während Freddy die Waffe anstarrte, hörte er neue Geräusche. Er blickte auf. Der ganze Wald schien sich zu beleben. Von links kam ein blau-silbernes Polizeiauto den Weg entlang, von rechts brummten Motorräder heran. Martinshorn-Sirenen ertönten, Uniformierte tauchten zwischen den Bäumen auf. Freddy hoffte, dass sie nicht nur Dörtes Mörder, sondern auch Erik zu fassen bekamen. Wer in solcher Eile die Gegend des Tatorts verließ, musste ihnen auffallen. Wenn er nicht aufs Klinikgelände entkommen war und sich dort unter die Leute mischte …

Freddy ließ die Pistole liegen, um keine Spuren zu verwischen, und ging zurück zum Aussichtsplateau. Pilar saß noch still auf der Bank, wie er sie verlassen hatte. Weiter oben leuchtete die hellrote Kleidung der Sanitäter und des Notarztes, eine Frau und zwei Männer, die sich mit ihren Koffern rasch näherten. Von schräg unten kam mit großen Schritten Markus zurück. Der Hund hechelte, die lange rosa Zunge hing seitlich aus dem Maul.

»Hat sie den Mann gestellt?«, fragte Freddy.

»Wird gerade abgeführt.« Markus setzte sich neben Pilar auf die Bank. »Sie haben Glück gehabt.«

»Das Glück ist mit den Dummen«, murmelte sie zerknirscht.

»Und dir, Freddy, gratuliere ich zu deinem Instinkt.«

»Das war der Instinkt der alten Dame, die heute mein Obst und Gemüse verkauft. Über ein polizeiliches Lob wird sie sich freuen.«

»Eine Art Miss Marple?« Markus grinste.

»Aber ich hab noch was für euch. Da oben rechts unter dem langen Ast. Die Pistole eines mutmaßlichen RAF-Mörders.«

Markus blickte ihn ungläubig an.

»Den fangt ihr bitte ohne mich«, sagte Pilar. »Das hier war das letzte Mal für mich.«

»Das hat sie schon einmal verkündet«, erklärte Freddy. »Aber diesmal glaube ich ihr.«

324

# Danach

Simon Flauscher, nunmehr in Untersuchungshaft, ist wegen Mordes angeklagt und hat eine lebenslange Freiheitsstrafe zu erwarten. Die Ermittlungen gegen Erik Dröbel laufen noch. Die gefundene Pistole konnte einem Waffendiebstahl der RAF aus den achtziger Jahren zugeordnet werden. Doch Dröbel ist ebenso verschwunden wie Dörtes Notizbuch. Man vermutet, dass er über das Gelände der Uni-Kliniken entkommen ist und Freunde ihn im Auto Richtung Luxemburg und Frankreich gebracht haben. Die Rechtsanwaltsgehilfin Annette Becker beteuert, von dem Ziel seiner, wie sie sich ausdrückte, überstürzten Auslandsreise sowie seiner Vergangenheit nichts gewusst zu haben.

Und die anderen?

Margot scheint von dem Wunsch, Miss Marple zu gleichen, geheilt, doch das Scheitern von Gerdas Familie bedrückt sie. Zu ihrer Aufheiterung hat Karl Holzschröder sie eingeladen, mit ihm ein Wochenende in der Eifel zu verbringen.

Pilar hat den Vorsatz gefasst, sich in Zukunft von allem fernzuhalten, was auch nur den geringsten Anschein erweckt, sich als Kriminalfall zu entpuppen. Um nicht zu vergessen, sie daran zu erinnern, hat Freddy sich einen Knoten in ein Taschentuch gemacht, das inzwischen allerdings gefaltet und gebügelt im Schrank liegt.

Nina hat sich von ihrem Mann getrennt und wohnt jetzt mit ihrer Katze bei Pilars Halbschwester Isabell in der Adenauerallee, wo die zweite Etage freigeworden ist.

Ansgar hat eine Therapie begonnen. Er scheint auf einem guten Weg und hat Aussicht auf eine Stelle als Hausmeister einer Schule. Der Dackel ist bei Ludger eingezogen, die Wellensittiche sind bei Ansgar geblieben. Der gelbe Vogel heißt Dörte, der blaue Ansgar, und wenn sie ihre Köpfe zusammenstecken, gelingt ihrem Besitzer ein Lächeln.

# Anmerkungen und Danksagung

Der vorausgegangene Text ist ein Roman. Die Geschichte und ihre Figuren sind rein fiktiv, mit Ausnahme der zeitgeschichtlichen Fakten und Personen. Ähnlichkeiten mit lebenden oder toten Menschen sind ansonsten zufällig und nicht gewollt. Dies möchte ich insbesondere hinsichtlich der Person des Täters vom 10. Oktober 1986 betonen. Die Gestalt, die ich ihm gegeben habe und sein Status als Bonner Bürger sind frei erfunden.

Die Bereitwilligkeit, mit der mir Hilfe bei meiner Arbeit gewährt wurde, hat mich wieder einmal begeistert. Dafür möchte ich mich herzlich bedanken, insbesondere bei
– Reinhard fürs Zuhören, für Geduld, unzählige Ratschläge und Stärkungen sowie die Begleitung auf Recherchegängen,
– meiner Tochter Steffi für medizinische Auskünfte und manche kreative Idee,
– Dr. Frank Glenewinkel vom Rechtsmedizinischen Institut der Universität Köln für seine ausführlichen Antworten,
– Polizeihauptkommissar Ludwig Engel vom Polizeipräsidium Bonn für eingehende Informationen aus seiner Tätigkeit bei der Diensthundeführer-Staffel
– und Tina Flecken, literarische Übersetzerin in Köln, die so nett war, mir bei der isländischen Sprache auszuhelfen.

Das Zitat von Halldór Laxness entstammt einer Ausgabe des Romans »Weltlicht« (Steidl Verlag, Göttingen 2012). Danke für die Genehmigung. Meine Informationen zur RAF habe ich größtenteils dem Buch »Tödlicher Irrtum – Die Geschichte der RAF« von Butz Peters (Argon Verlag, Berlin 2004) entnommen.

Bonn, Aschermittwoch 2017

# Ein bestelltes Alibi. Erpressung. Ein Toter.

*Alexa Thiesmeyer*
**Sonnenblumen zum Selberschneiden**
Rheinland-Krimi

363 Seiten, 13,5 × 21 cm, Paperback, ISBN 978-3-87062-179-7

Der Journalist Björn Kröger ist ein lieber Neffe, aber ein wenig leichtsinnig: Für den Freund seiner Tante schwört er einen Meineid vor Gericht, worauf er erpresst wird, was wiederum neue Meineide nach sich zieht. Wer oder was steckt dahinter? Ist die Tante wirklich so ahnungslos? Und warum wurde ihr Ehemann ermordet? Björn sieht unaufhaltsam eine Katastrophe auf sich zukommen. Jede Entscheidung kann falsch und die letzte sein …